Das Buch

Ein Wunsch, den Martin seinem Großvater Franz nicht abschlagen kann: eine letzte große Reise unternehmen, nach Amerika, an die Orte, die Franz seit seiner Kriegsgefangenschaft 1944 nicht mehr gesehen hat. Martin lässt sich auf dieses Abenteuer ein, obwohl er den Großvater eigentlich nur aus den bitteren Geschichten seiner Mutter kennt.

Unter der sengenden texanischen Sonne, zwischen den Ruinen der Barackenlager, durch die Begegnung mit den Zeugen der Vergangenheit, werden in dem alten Mann die Kriegsjahre und die Zeit danach wieder lebendig. Und endlich findet er Worte für das, was sein Leben damals für immer verändert hatte.

Mit jeder Erinnerung, mit jedem Gespräch kommt Martin seinem Großvater näher, und langsam beginnt er die Brüche zu begreifen, die sich durch seine Familie ziehen. Er erkennt, wie sehr die Vergangenheit auch sein Leben geprägt hat, und sieht seine eigene familiäre Situation in einem neuen Licht.

Der Autor

Hannes Köhler, geboren 1982 in Hamburg, lebt als freier Autor und Übersetzer in Berlin. Studium der Neueren deutschen Literatur und Neueren/Neuesten Geschichte in Toulouse und Berlin. 2011 erschien sein Debütroman *In Spuren* (mairisch). Für *Ein mögliches Leben* erhielt er 2018 den Buchpreis der Stiftung Ravensburger Verlag für den besten Familienroman des Jahres.

Von Hannes Köhler ist in unserem Hause bereits erschienen:

In Spuren

HANNES KÖHLER

Roman

EIN MÖGLICHES LEBEN

Ullstein

Besuchen Sie uns im Internet:
www.ullstein-buchverlage.de

Ungekürzte Ausgabe im Ullstein Taschenbuch
1. Auflage September 2019
© Ullstein Buchverlage GmbH, Berlin 2017 / Ullstein Verlag
Umschlaggestaltung: zero-media.net, München,
nach einer Vorlage von Büro Jorge Schmidt, München
Titelabbildung: © john finney photography / Getty Images
Satz: Pinkuin Satz und Datentechnik, Berlin
Gesetzt aus der Albertina MT Pro
Druck und Bindearbeiten: CPI books GmbH, Leck
ISBN 978-3-548-06013-2

Für Paula

»I suppose if a man has something once,
always something of it remains.«
Ernest Hemingway

PROLOG

ER GRÄBT DIE HÄNDE in den feuchten Sand, bewegt die Finger, spürt das Reiben der Körner auf der Haut. Er hält die Beine angewinkelt und starrt auf seine Stiefel, stumpfes Leder, mit Erde verkrustet. Sein Zeigefinger berührt etwas Hartes, eine Muschel vielleicht; er tastet danach, spürt, dass es ein Stein ist, der sich bewegen lässt, er nimmt die anderen Finger zu Hilfe, sie schließen sich darum, ziehen ihn aus dem Boden. Er wischt mit dem Daumen über die glatte, schwarz glänzende Oberfläche. Er beugt den Oberkörper noch ein wenig weiter vor, öffnet die Lippen und tippt mit der Zungenspitze gegen den Stein. Salz schmeckt er, Meersalz, er schmeckt Bitterkeit und ein leichtes metallisches Prickeln. So schmeckt die Normandie, denkt er, hebt den Kopf.

Die Frontklappe eines Landungsbootes fällt in den Sand, und mit ihrem Aufklatschen ist das Stampfen der Boote in der Brandung zurück, der Geruch nach Diesel und Verbranntem, die Kommandorufe, das Röhren der Panzer, die den nassen Sand hinter sich aufspritzen lassen, wenn sie die erste Steigung am Anfang des Strandes emporfahren. In einiger Entfernung noch mehr und noch größere Boote, die Buge offen wie Münder. Soldaten marschieren, Jeeps und Lastwagen fahren daraus hervor, auf den Ladeflächen noch mehr Menschen, immer mehr runde Helme, immer mehr grüne Uniformen, immer mehr. Die Zeit marschiert im Kreis, immer wieder und wieder dieselben Bilder, mehr Stiefel im Sand, immer mehr Maschinen, so als reichten die Laderäume der Schiffe bis auf den Grund des Meeres und noch tiefer, als gäbe es kein Ende für diesen Strom aus algengrünen Meermännern.

Er schaut sich um, beobachtet die Kameraden, die neben ihm im Sand sitzen, ihre Augen aufgerissen, ihr weniges Hab und Gut zu ihren Füßen. Furcht erkennt er, Trauer. Die Stacheldrahtrollen um sie herum achtlos hingeworfen, die meisten Wächter haben sich von ihnen abgewandt, auch sie betrachten das Schauspiel am Ufer, einige begleiten das Anlanden einzelner Boote oder Gefährte mit Pfiffen und Gelächter. Noch immer kein Ende, er sieht die nächsten Boote über die Wellen tanzen, sieht noch größere Schiffe dahinter, sieht Dampf aufsteigen, sieht die sonderbaren kleinen Zeppeline an Metallleinen über sich schweben, hört das Dröhnen der Flugzeuge aus den tiefhängenden Wolken. Ein Regen aus hauchdünnen Tropfen legt sich auf die Gesichter wie ein feines Netz. Er ballt die Faust, drückt zu, bohrt die Kante des Steins in seine Haut.

»Armes Deutschland«, sagt ein Kamerad, dessen Verband um die Stirn sich dunkel gefärbt hat. Er schüttelt den Kopf. »Armes Deutschland.«

Sie sind vielleicht hundert Mann, nach einer Nacht auf einem Feld hat man sie an den Strand marschieren lassen, die Hände an die Hinterköpfe gelegt, zu ihren Seiten die Amerikaner. An die anderen denkt Franz, an all jene, die noch draußen sind, noch nicht gefangen, die Kameraden auf der Flucht oder im Hinterland, für die der Kampf noch nicht zu Ende ist. An Essen denkt er, an Katernberg, an Haus, Mutter und Bruder. Armes Deutschland. Er sollte ein Teil der Gegenoffensive sein, ein Teil der Rettung, jetzt ist er ein Zuschauer. Er schämt sich, nicht für die Gefangenschaft, nicht für das Sitzen am Strand, sondern für die Erleichterung, das Gefühl, wieder atmen zu können, die Seeluft tief in der Lunge zu spüren. *Vorbei* ist das Wort, das immer wiederkehrt, und wenn er es noch so oft in seinen Gedanken zu versenken versucht, es steigt wieder auf, wie eine Flaschenpost. Was bist du für ein Soldat, was bist du für ein Deutscher. Er führt die Faust an seine Lippen, so dass seine Zunge hineingleiten kann. Der Stein prickelt an seinem Mund, und mit ihm die Hoffnung, nicht mehr kämpfen zu müssen. Er hat versucht, ein guter Soldat zu sein, er hat es versucht, aber man hat ihn kaum gelassen, hat ihm keine Zeit gegeben. Nach ein paar Wochen Ausbildung an die Front, von der er damals nicht wusste, dass sie eine Front sein würde. Normandie, Urlaub in Frankreich, die Französinnen, hat einer gesagt. Du bist ein Bergmann, denkt er, das bist du. Er schaut auf. Niemand beachtet ihn, niemand spricht, alle starren in die Brandung, auf die Boote und die Amerikaner. Er öffnet die Brusttasche der Uniformjacke und lässt den Stein hineinfallen.

Stunden vergehen, Stunden im Regen, im Wind, Stunden, in denen er wegdöst und sein Kopf auf die Knie sinkt; und wenn er hochschreckt, sind da immer noch die Boote, die Lastwagen und Soldaten, so stetig wie das Rollen der Brandung. Erst als sie am Abend den Befehl erhalten, sich zu erheben und hinunter zum Wasser zu marschieren, ist der Strom versiegt, sind die Bäuche geleert. Aber nur, und das begreift er, als er die Kameraden sieht, die von anderen Punkten des Strandes oder der Steilküste herabmarschieren, nur geleert sind die Bäuche, um jetzt ihn und all die anderen Deutschen aufzunehmen. Überall dieselben platt geregneten Frisuren, dieselben vollgesogenen Uniformen, stoppeligen Gesichter, Augen, aus denen die Verwirrung schaut.

»On board, on board«, ruft jemand, und die ersten Kameraden laufen hinein in die Brandung. Die Wellen klatschen gegen seine Beine, durchnässen die Stiefel. Er watet durch die Wellen, über die Laderampe hinauf in das kleine Landungsboot.

Das Metall der Rampe gibt einen langen, dunklen Ton von sich, als sie geschlossen wird, ein Rumpeln geht durch das Boot, es wird zurück in die See gedrückt. Gischt spritzt über ihre Köpfe. Der Steuermann, der leicht erhöht am Heck steht, navigiert sie zwischen den großen Transportern hindurch. Franz klammert sich an die Reling, er sieht schwarze Wellen, deren Spitzen ab und an in den Laderaum schwappen. Jemand erbricht sich. Vater unser, denkt Franz, Vater unser im Himmel, und kommt nicht weiter, weil ein Kamerad stürzt und ihn beinahe umreißt. Der Steuermann ruft etwas Unverständliches.

Das Licht des Tages wird vom Meer und den Wolken über ihm geschluckt, die Nacht schickt stärkeren Regen und ein Donnern, das Fliegerbomben sein mögen oder Artillerie. Oder einfach nur ein Gewitter.

Vor ihnen im Wasser die dunkle Masse der Schlachtschiffe, der Zerstörer. Als er zur Seite schaut, erkennt er Dutzende anderer Landungsboote, sieht die schemenhaften Köpfe der Kameraden, die gemeinsam mit ihm Frankreich verlassen. Sie nähern sich einem großen grauen Kasten, dessen Kanonenrohre stumm in den Himmel deuten. Er sieht eine Ankerkette, so dick wie ein ausgewachsener Mann. Eine Trillerpfeife erklingt, eine Strickleiter fällt herab. Das ist es, denkt er und schaut zurück in Richtung Küste, über der es zu blitzen begonnen hat. Jemand stößt ihn vorwärts. Er greift die Leiter und beginnt zu klettern.

I.

ALS MARTIN ERWACHTE, roch es nach Kaffee. Ein Kind weinte. Die Turbinen brummten gleichmäßig, eine leichte Vibration ging durch den Flieger und setzte sich durch die Lehne bis in seinen Arm fort. Seine Sitznachbarin hatte sich eine Decke der Fluggesellschaft bis zum Kinn gezogen und schlief, durch das Fenster hinter ihr sah er faserige Wolken, vom Licht der aufgehenden Sonne in Rot getaucht, darunter das Blau des Meeres, in der Ferne eine grüne Landfläche.

Eine Hand legte sich auf seine Schulter. Der Alte stand im Gang und lächelte ihn an. Von unten sah Martin Härchen aus seiner Nase ragen.

»Geht es dir gut?«, fragte der Alte.

Martin nickte.

»Man muss laufen«, sagte sein Großvater, »ich habe das gelesen, man soll laufen wegen der Thrombose.«

Wieder nickte Martin.

»Ich habe diese Strümpfe an«, flüsterte der Alte, »da kommt man sich vor wie eine Dame für gewisse Stunden.«

Martin musste lachen.

»Du solltest auch aufstehen.«

»Werde ich, Opa. Ich muss erst mal wach werden.«

»Dann mach das mal«, sagte der Alte, »und komm mich besuchen. Ich werde noch ganz bräsig da oben.«

Als er weiterging, berührte er kurz mit der flachen Hand

den Kopf seines Enkels. Martin saß regungslos in seinem Sitz, er sah den Fingern nach, die sich von seinem Kopf entfernten, sah den goldenen Ring, die Leerstelle kurz darüber, nach dem Gelenk nur dieser weiße Knubbel Narbengewebe, vor dem er sich als Kind so gefürchtet hatte. Diese Angst, ihm könnten Teile seines eigenen Körpers abfallen, wenn er den halben Finger an der rechten Hand seines Großvaters berührte.

»Und ich leg meine Hand auf die Hauswand … und: Pamm, da hatten die Amis mir den Finger abgeschossen.«

Und zum Beweis hatte er immer die Hand emporgereckt, mit dem Stummel gewackelt und gelacht. Und der kleine Martin hatte ängstlich den Finger betrachtet, von dem er glaubte, er habe ein Eigenleben. Dass er den Ring nicht einfach am anderen Finger trug oder an der linken Hand. Wie eine Auszeichnung den Ehering ausgerechnet an diesem Stumpen zu tragen.

»Ach, der Finger«, hatte seine Mutter gesagt. »Da hab ich so viele Varianten gehört: ein Feuergefecht in Frankreich, ein Arbeitsunfall im Lager.«

»Und was glaubst du?«, hatte er gefragt.

»Dem glaube ich schon lange nichts mehr«, hatte sie geantwortet.

Martin schaute auf den Bildschirm in der Rückenlehne vor sich, betrachtete den kleinen weißen Flieger, der eine Linie hinter sich herzog, das Blau des Atlantiks schon fast überquert hatte und jetzt über dem großen Fischmaul des Sankt-Lorenz-Stroms schwebte. Martin sah die Geschwindigkeitsanzeige und rechnete nach: zweihundert Meter, jede Sekunde. Zweihundert Meter weiter weg, zweihundert Meter mehr nur er und der Alte, nur er und dieser Kontinent, nur er und die Geschichten von verlorenen Fingern und dem verlorenen Krieg.

Am Flughafen war seine Mutter völlig aufgedreht gewesen, sie war pausenlos hin und her gelaufen, hatte sich ständig geräuspert, gehustet, sie hatte ihn beiseitegenommen und ihm gesagt, er solle gut achtgeben auf seinen Großvater, auf seinen Schlaf, seine Medikamente, seine Ernährung. Und Martin hatte zum Alten geschaut, der ein wenig abseits bei ihren Koffern stand, sehr ruhig. Der Blick ein wenig trübe, wolkig, hatte Martin gedacht. Sein Großvater trug einen Anzug, hatte sich schick gemacht für die Reise, er sah elegant aus und gerade, sehr gerade. Martin dagegen fand sich krumm, verwachsen, ungepflegt in seiner Jeans und dem weiten, ungebügelten Hemd. Klein war das Wort, er hatte sich klein gefühlt, obwohl er den Alten beinahe um einen Kopf überragte.

»Dass er nicht übermütig wird«, hatte Barbara gesagt, und Martin hatte seine Mutter angelächelt und den Kopf geschüttelt. Wie mit Kindern sprach sie mit ihnen. Mit Martin immer noch und mit dem Alten jetzt erst. Das war es, was einen erwartete, dachte er, nur dass sie sich nicht traute, es ihrem Vater direkt zu sagen. Er versuchte, sich Judith vorzustellen, als erwachsene Frau, in vierzig oder fünfzig Jahren, die ihm Vorschriften machte, die versuchte, ihm eine Reise mit seinem Enkel zu verbieten. Er schaffte den Sprung nicht, schaffte es in den Kindergarten, in die Grundschule, konnte sich seine Tochter als kleines Mädchen vorstellen, aber weiter reichte seine Phantasie nicht, nicht zu einer Frau, nicht zu einer Mutter.

Er beugte sich vor, tippte auf dem Bildschirm herum, gelangte in ein Menü, suchte nach einem Film, las einige Beschreibungen, ließ es bleiben. Er lehnte sich zurück, schloss die Augen, spürte den Luftstrom der Düse auf seiner Stirn. Nur du und dein uralter Großvater, dachte er, was für eine Dummheit. Ein gigantischer Doppelstockbus in der Atmosphäre, Tausende Kilometer, die schon hinter dir und noch vor dir liegen. Er glaubte, sich von oben auf den Scheitel schauen zu können, der am Hinterkopf ein wenig weiter wurde. Schau an, dachte er, auch das noch. Was willst du denn, flüsterte er sich selbst ins Ohr, du hast es doch so gewollt.

Mit Regen hatte es begonnen, mit Regen, der gegen die Schräge des Dachfensters getrommelt hatte. Oder, dachte er, nicht begonnen, nicht begonnen an diesem Tag, aber sich entschieden. Es hatte sich mit dem Regen entschieden, mit diesem Morgen, an dem er aus dem Bett hinaus ins Grau des Himmels geschaut hatte, in dieses Hauptstadtgrau, in dem kein Frühling wartete, kein Garnichts. Er hatte das Kissen an die Wand geschoben und sich aufgesetzt, hatte ein leichtes Pochen verspürt, einen Druck im Magen. Nichts, was wirklich den Namen Kater verdient hätte, eher ein unangenehmes Gefühl. Damit hatte es zu tun gehabt. Und mit dem Brief, der am Vortag gekommen war, mit der Kündigung, eine Kündigung ohne Überraschung. Er kannte das sommerliche Spiel: Der Brief im Mai, irgendein Standardschrieb, den die Schulleiter wahrscheinlich vorgefertigt in ihren Schubladen hatten und an Leute wie ihn verschickten:

Bedauern wir sehr, keine Verlängerung des, wünschen Ihnen für Ihre weitere. Dann Neuanstellung Ende August, an derselben Schule, wenn möglich, an einer anderen, wenn ein weiterer Vertrag die Entfristung bedeutet hätte. Freuen wir uns sehr, Ihnen, hoffen, dass Sie, tolles Team, an unserer bunten und kreativen. Er hatte gewusst, dass dieser Brief kommen würde, dass sie ihn wieder haben wollten im August, nur eben nicht genug haben wollten, um ihm die Ferien zu bezahlen.

Also würde er trotz dieses Briefes vor der Klasse stehen, der 7a, würde unterrichten: Past tenses and their use. Würde auf die nächste Klassenarbeit vorbereiten, Kinder anlächeln, kurz vor der Pubertät oder schon mitten darin, zwergenhafte Jungen und Mädchen, deren Oberteile sich zu wölben begannen. Eine anstrengende Klasse, zu viele dumme Kinder, zu viele vorlaute, zu wenige Hoffnungsschimmer, zu schlechte Aussprache, zu wenig Interesse. Und immer Grammatik. Wieder und wieder. Wie hätte er ihnen verübeln können, dass sie gelangweilt waren. Und trotzdem: Ärger, dass sich niemand für ihn einsetzte, dass man seine Stunden nahm, sein Engagement, English Film Club, unbezahlte Extrastunden, die, wenn er ehrlich war, das Schönste an der ganzen Sache waren, dass man all das nahm, aber niemand sagte: Der ist gut, dem geben wir jetzt einen richtigen Vertrag, einen echten.

Er hatte zum Schreibtisch geschaut, die Rotweinflasche neben dem Laptop fast leer, das Blinken an der Vorderseite des Rechners verriet ihm, dass er das Gerät nicht ausgeschaltet hatte, einfach mit dem Stuhl herübergerollt und ins Bett gekrochen war. Ein stetiges Pochen hinter der Stirn, vielleicht doch ein Kater, aber ein kleiner nur.

Einen kurzen Moment versuchte Martin, sich einzureden, dass es dieser Kater gewesen war, dass alles daran gelegen hatte. Aber vor allem, dachte er, war es die Erinnerung an den Tag zuvor gewesen, an den Samstag mit Judith, an das Spielen, das Herumrobben auf dem Boden, das Grimassenschneiden. Wie sie sich festhielt, auf ihren wackeligen, speckigen Beinen, wie sie schaute und wie er alles wiederholen musste, immer und immer wieder, Hände vorm Gesicht, Hände weg, Hände vorm Gesicht, Hände weg. Ihr Laufen ein stetiges Vorwärtsfallen, ein Stürzen, das irgendwann auf dem Boden enden musste. Und als es dann passierte: Quaken und Flennen, als ginge die Welt unter. Und er hatte lachen müssen, die Kleine im Arm gehalten und lachen müssen über die Tränen seiner Tochter. Was zum Teufel ist mit dir los, hatte er gedacht, aber dann hatte sie aufgehört zu weinen und mitgelacht, hatte ihn angestrahlt und gegluckst und gekichert. Ein paar Augenblicke lang war sein Kopf leer gewesen, nur Lachen, sonst nichts.

Ein paar Stunden später hatte er vor Lauras Tür gestanden, die Kleine auf dem Arm, ihre Tasche neben sich auf dem Fußboden. Er war zu spät gewesen und hatte erwartet, dass Laura einen Kommentar machen würde, aber sie hatte ihn nur hereingewunken, hatte ihm die schlafende Judith nicht abgenommen, sondern war vorangegangen und hatte ihm zugeschaut, wie er seine Tochter in ihr Bett legte. Eine Weile hatten sie beide schweigend im Zimmer gestanden und ihr beim Schlafen zugeschaut.

Danach hatten sie im Flur gestanden und geredet, er wusste nicht mehr, über was, er hatte über ihre Schulter hinweg die offene Tür des Wohnzimmers gesehen, ein Weinglas auf dem Tisch beim Sofa, er hatte nicht erkennen können, ob es das einzige Glas auf dem Tisch war. Er hatte sich gefragt, wann er das letzte Mal dort gesessen hatte. Vielleicht bei Judiths erstem Geburtstag, inmitten kreischender Kinder und anderer Eltern. Du hast nie wirklich dort gesessen, sagte er sich, warst immer nur zu Gast.

»Alles okay?«, hatte sie gefragt, und er hatte genickt und sich verabschiedet.

»Danke dir«, hatte sie gesagt und ihm auf die Schulter geklopft.

Er ließ sich von der Stewardess einen Kaffee geben und ein kaltes Croissant. Das war es gewesen, dachte er, dieses Schulterklopfen, der Tag mit der Tochter und als Dank dieses aufmunternde Klopfen, der Weg nach Hause mit dem Fahrrad im Regen, der Wein, die kurze Nacht, der Brief und der Kater. Das war die Vorbereitung gewesen für den Moment, in dem er sich den Laptop ins Bett geholt, das Postfach geöffnet und die Nachricht gelesen hatte. »Re: Aw: Re: Viele Grüße aus Essen« im Betreff, dazu die Adresse: f.schneider26@web.de. Er scrollte durch die ersten Nachrichten des Alten, die er vor zwei Wochen im Spam-Ordner entdeckt hatte, zwischen »Hi luv!«, »Potenzpillen, jetzt!!« und der Aufforderung, jemandem bei der Auszahlung seines Erbes behilflich zu sein. Er überflog die Sätze über den neuen PC, den Martins Cousin eingerichtet hatte, über die ersten Versuche mit dem Internet und die Faszination, die es im Alten ausgelöst hatte. Martin hatte sich damals die langen, dünnen Finger seines Großvaters auf der Tastatur eines Rechners vorgestellt, den abgespreizten, im Rhythmus der Anschläge wippenden Ringfingerstumpf.

Er sah ihn durch die Reihen auf der anderen Seite des Fliegers zurückkommen, er winkte, bevor er wieder die Treppe in die Businessclass emporstieg.

Mit jeder weiteren Nachricht, die der Alte aus dem Ruhrgebiet an seinen Enkel geschickt hatte, war diese Distanz zwischen ihnen geschrumpft, die sich sonst in Händeschütteln, einem Rückenklopfen oder ein, zwei ungelenken Sätzen über das Studium oder die Arbeit geäußert hatte.

Sätze über Einsamkeit hatten sich in die Belanglosigkeit gemischt, Sätze über Trauer und über das Fehlen der verstorbenen Frau. »Ich wache auf und rede mit ihr«, hatte der Alte geschrieben, »obwohl sie schon seit Wochen nicht mehr auf der anderen Seite des Bettes liegt.«

Martin hatte das Kopfkissen gegen die Wand gestellt und sich dagegengelehnt, hatte an die dunkle Kirche gedacht und den Sarg der Großmutter, die vielen Menschen in Schwarz, die vielen kalten Hände, die er an diesem Tag hatte schütteln müssen.

Und in der folgenden Nachricht hatte dieser Satz gestanden: »Ich habe die Lager gefunden.« Martin hatte sich dunkel erinnert an Geschichten aus der Gefangenschaft, Anekdoten über Fußballspiele und den Englischkurs, die auf Familienfeiern immer für einen Lacher gut gewesen waren. »Ich habe mit einer Frau geschrieben, die ein Museum betreibt in Texas, an der Stelle, wo früher unser Lager war.« Und darunter ein Link, der ihn auf eine Seite führte, auf der eine graue Baracke zu sehen war, ein gedrungen wirkender, achteckiger Wachturm, dazu viele Aufnahmen in Schwarzweiß.

Texas, hatte Martin gedacht und den Namen des Ortes gesucht, die Karte geöffnet, nur um auf einem grauen Fleck im Nirgendwo zu landen. Er musste herauszoomen, dann noch mal und noch mal, um San Antonio zu sehen, Austin und Houston.

»Es gibt noch ehemalige Wächter dort«, hatte der Alte geschrieben, »die sich regelmäßig treffen. Ab und an kommt ein Deutscher dazu, so wie ich. Das ist sicher eine Dummheit, denkst du nicht? Dieser Wunsch, dort noch einmal zu stehen, noch einmal zu prüfen, ob Texas so riecht, wie ich mich daran erinnere. Ob der Boden die richtige Farbe hat. Und die Männer zu sehen, die damals auf der anderen Seite des Zauns gestanden haben. Fernweh. Das hatte ich fast vergessen.«

Martin hatte auf den Monitor gestarrt, er hatte mit den Fingernägeln auf der Freifläche unterhalb der Tastatur getrommelt, dann auf »Antworten« geklickt.

Der Kater, dachte er, während er sich abschnallte und aufstand. Judith und Laura, die Schule, die Kündigung, dachte er, während er die Treppe in die Businessklasse hinaufstieg, einfach alles. »Dann lass uns hinfliegen«, hatte er geschrieben und die E-Mail abgeschickt. Wegen dieser E-Mail würde er jetzt wochenlang auf diesen Mann acht-geben müssen, der fast neunzig war und über dessen Ge-sundheitszustand er eigentlich nichts wusste. Vielleicht hättest du es stoppen können, vielleicht. Aber nur wenige Minuten später war wieder eine Nachricht in seinem Post-fach erschienen: »Ich rufe Dich an!« Und beinahe im selben Moment hatte sein Handy gesummt, sein Kopf gesummt, der Alte, seine Stimme. Wie stoppt man den Enthusiasmus eines so alten Menschen?

»Da bin ich«, sagte er, und der Alte schaute von seinen Papieren auf und lächelte ihn an. Seine Lesebrille saß sehr weit unten auf der Nase. Martin ging in die Hocke.

»Was liest du?«

Er stützte sich auf die Lehne des großen Sitzes. Er roch den Alten, roch Rasierwasser und einen herben Duft, der etwas von trockener Erde hatte. In seinem Rücken dezen-tes Licht und das rhythmische Klackern von Fingern auf Tastaturen. Der Alte reichte ihm ein Blatt Papier. »RMS Mauretania (Schiff, 1939)«, stand oben auf dem Ausdruck, darunter einige Informationen, ein Index. Vorkriegszeit, Nachkriegszeit, las er.

»Unser Kreuzfahrtschiff«, sagte der Alte. »Oben die ver-letzten Amis und unten wir. Ich weiß nicht mehr, wo wir damals in England gelandet sind. Ich hab mich das oft ge-fragt. Eine kleine Stadt war das, an der Südküste. Von da ging es mit dem Zug nach Glasgow. Da lag sie. Mauretania. Mein erster Dampfer.«

»Wie war der Swimmingpool?«, fragte Martin.

»Topp«, sagte der Alte, »und das Büfett erst.«

Martin überflog den Text, reichte ihn dem Alten zurück.

»Die Maschinen«, sagte der Alte, »ich kannte ja das

Dröhnen von Bohrern unter Tage, Lärm und Hitze. Aber dieser hämmernde, hektische Rhythmus. Das Zischen des Dampfs. Ich glaube, ich habe den ersten Tag nur gelauscht, den Kopf an der Wand des Lagerraums. Und dann ging es auf und ab in die Wellen. Wir haben einen Sturm erwischt, das sag ich dir. Das Metall hat gesungen wie ein Wal. Das sind so Sachen …«

Er tippte sich an die Stirn.

»Eingebrannt, auch wenn mir die Rübe weich wird, irgendwann. Das ist drin. Die Leute haben gekotzt und gebetet. Und sich festgeklammert, damit sie nicht durch den Laderaum rutschen. Tagelang konnten wir nicht an Deck. Alles kotzte und jammerte. Und alles stank.«

Was hast du erwartet, dachte Martin.

»Ich kannte ja Dunkelheit, eingesperrt sein, das war ja nichts Neues für mich. Bin zweimal verschüttet worden in den zwei Jahren, bevor sie mich gezogen haben. Hitze, Schwärze, all das. Aber die Erde, den Stollen, das kannte ich. Diese Kiste im Wasser. Wie soll man das aushalten, als Bergmann. Auch ein Bergmann braucht mal die Sonne.«

»Sie können hier nicht sitzen«, sagte die Stewardess. Sie stand hinter Martin im Gang und balancierte ein Tablett auf der Hand. »Dieser Bereich ist für Businesskunden reserviert.«

»Aber Fräulein«, sagte der Alte und lächelte, »Sie wollen einem alten Mann doch nicht den Enkel ausspannen!«

Sie blieb stehen, musterte die beiden.

»Ich wollte ihm das Ticket ja bezahlen, aber der junge Herr hat seinen Stolz.«

Was er zu sagen vergaß, war, dass der Stolz nur so weit gereicht hatte, um die Business abzulehnen, nicht aber das normale Ticket. Die Frau lächelte.

»Aber nur ein paar Minuten. Und wenn sich andere Gäste beschweren, müssen Sie auf Ihren Platz zurück.«

»Natürlich«, sagte Martin. Sein Großvater sah der Frau nach, er musterte ganz offensichtlich ihren Hintern. Anschließend beugte er sich vor, um aus seinem Rucksack eine Mappe hervorzuholen, sie zu öffnen und in einigen Papieren zu blättern. Martin sah den halben Ringfinger, war einen Moment versucht, danach zu fragen, ließ es aber.

»Ich hab ein paar Kopien mit«, sagte der Alte, »ein bisschen mehr Info als in den Büchern. Primärquellen, sozusagen. Hast du das *Prisoners of War*-Buch von Krammer gelesen?«

»Fast fertig«, log Martin. Aber immerhin, dachte er, immerhin die ersten paar Kapitel, immerhin kannte er die Zahlen, die ihm absurd hoch erschienen waren, immerhin hatte er gelesen von den Truppentransportern, die Amerikaner nach Europa brachten und Deutsche zurück, hatte die Fotos gesehen der Deutschen bei der Erstregistrierung, bei der Entlausung, die traurigen Gesichter bei der Einschiffung, die in den Nacken gelegten Köpfe der Männer, die zum Fotografen hinaufschauten, in der zusammengepressten Menge an Deck. Er hatte tatsächlich nach seinem Großvater gesucht, viele skeptische Blicke gefunden, aber auch viele lächelnde Männer. Es hatte ihn berührt, diese Gesichter zu sehen und sich vorzustellen, wie der Alte dort an Deck stand und über das Meer schaute.

Martin setzte sich und nickte seiner Sitznachbarin zu, die aufgewacht war und frühstückte. Sie hatte ihre Decke auf den freien Mittelsitz gelegt, und er legte die Blätter darauf ab, während er sich anschnallte und seinen Tisch ausklappte. Die Frau lächelte, ließ kurz einen Blick über die Papiere gleiten und widmete sich wieder ihrem Kaffee.

Prisoner of War Postcard, stand auf dem obersten Blatt, das er jetzt auf den Klapptisch legte, darunter die deutsche Übersetzung, links die Information *Do not write here!*, über die ein großer Stempel mit den Worten *Passed By US Army Examiner* gedruckt war. Oben der Name seines Großvaters, dahinter eine Nummer, vermutlich seine Registrierung, die Absenderadresse: *German POW Camp, Co # 4, Texas ASF Camp Hearne/TX, USA.* Und rechts unten im Adressfeld: *Hannelore SCHNEIDER, Essen-Katernberg, Viktoriastr. 100, GERMANY.* Er nahm die Kopie der Rückseite, blickte auf die krakelige altdeutsche Schrift des Alten, oben rechts das Datum, 5. August 1944.

Liebe Mutter, stand dort, *endlich finde ich*, glaubte er zu lesen, war sich aber nicht sicher, er überflog den Text und konnte kaum etwas entziffern, *Star Sprengled Banner*, entdeckte er weiter unten. Dann wieder Haken, Zacken, Kurven, die sich ihm nicht erschlossen. Er würde den Alten fragen müssen, vielleicht würde er ihm vorlesen. Die zweite Kopie zeigte eine Zeichnung: feine Bleistiftschraffuren, die Vorderseiten einiger länglicher Baracken, geöffnete Türen, vor den Gebäuden kleine Brücken, die einen Kanal überspannten, vermutlich einen Entwässerungsgraben, die Andeutungen einiger Pflanzen und im Hintergrund die Aussichtsplattform eines Wachturms, darüber das Dach, auf dem sich ein Scheinwerfer befand. Martin fragte sich, ob sein Großvater diese Zeichnung selbst angefertigt hatte oder ob sie das Geschenk eines Mitgefangenen gewesen war. Er hatte den Alten nie zeichnen sehen, aber was hieß das schon. Auf dem nächsten Blatt der Ausdruck eines Fotos, das einige Männer in hellen, weiten Stoffhosen und kurzärmeligen Hemden zeigte, die Armeekappen auf den Köpfen, hockend oder stehend, mit ernsten Gesichtern vor einem schwarzen Holzgebäude, von dem nicht viel mehr zu erkennen war als zwei Fenster und die Stufen zu einer geöffneten Tür. *Sep '44*, stand unten rechts, mehr nicht. Er erkannte seinen Großvater erst auf den zweiten Blick; einen jungen Mann mit hellen Haaren, die an den Seiten kurzrasiert waren. Er stand hinter einem hockenden Mann, dem er die Hände auf die Schultern gelegt hatte. Die Aufnahme erinnerte ihn an das Foto einer Sportmannschaft, er dachte an die eigenen Bilder, aufgenommen von Barbara auf den Ascheplätzen in Bremen, die ernsten Gesichter der Kinder, von denen er eines war. Auch er hatte seine Mannschaftskameraden allesamt aus den Augen verloren, so wie der Alte, der nie auf einer Geburtstagfeier jemanden als Freund aus den USA vorgestellt hatte. Er betrachtete die Gesichter. Alle verloren, dachte er. Es gab diese paar Geschichten von der Hitze und dem Fußballspielen, vom Lastwagenführerschein und irgendeinem Wächter, der betrunken eingeschlafen war, Erzählungen ohne einen rechten Raum, ohne Anknüpfungspunkte. Er bemerkte eine Ähnlichkeit zwischen sich und dem Alten, eine sehr deutliche Verwandtschaft in Gesicht und Haltung, die ihn überraschte.

Einer Eingebung folgend, hob er die Kopie nah vor die Augen und betrachtete die Hände des jungen Mannes, der sein Großvater war. Acht, zählte er. Die Daumen verdeckt, aber auf den Schultern des hockenden Mannes acht Finger. Von wegen Schusswunde, dachte er, und dass er danach fragen musste.

Er blätterte weiter, fand noch ein paar Fotos, auf denen weder sein Großvater noch der andere Mann zu sehen waren, fand mehr der Postkarten, die für ihn unleserlich blieben, einige an die Mutter, einige an einen Josef Schneider adressiert. Das musste der Bruder sein, dachte Martin, denn wenn er die Familienchronik richtig im Kopf hatte, war sein Urgroßvater schon kurz nach Ausbruch des Krieges gestorben.

Fast schon tragisch, hatte Barbara es genannt. So ein richtig Hundertprozentiger zu sein und dann abzunippeln, bevor der Führer in seinem großen Krieg so richtig loslegen konnte. Sie hatte den Kopf geschüttelt und gelacht. Er fragte sich, ob sie diesen Kommentar im Beisein des Alten gemacht hatte, bezweifelte es aber. Seine Mutter lachte wenig im Beisein ihres Vaters.

»Der konnte das wirklich«, sagte der Alte und reichte ihm die Kopie der Zeichnung zurück. Nur eine halbe Stunde hatte Martin lesen können, dann war sein Großvater wieder an seinem Sitz erschienen. Er fühle sich sonderbar da oben, hatte er gesagt, woraufhin Martin auf den Mittelsitz gerutscht war und Franz sich auf dem Gangplatz niedergelassen hatte. Jetzt tippte er mit dem Zeigefinger auf das Blatt Papier. »Hat er mir einfach geschenkt, ohne viel Aufhebens zu machen. Hab vorher gar nicht gewusst, dass er das konnte.«

Martin stieß mit dem Ellenbogen gegen den Arm der Nachbarin am Fenster und entschuldigte sich. Die Frau warf ihm einen nicht definierbaren Blick zu, rückte ihre Kopfhörer zurecht und lehnte sich wieder gegen die Wand.

»Kanntest du den aus der Ausbildung?«, fragte Martin. Der Alte schüttelte den Kopf.

»An Bord. Hab ihn am Schlafittchen gepackt, als der Sturm tobte. Wäre sonst gegen einen Pfeiler geschleudert worden. Hat mir dafür Extrarationen bei den Wärtern besorgt, als sich der Sturm gelegt hatte. Da konnten wir alle unsere Mägen gar nicht schnell genug wieder füllen.«

»Der konnte Englisch?«

»Der war Amerikaner.«

»Was?«

Franz lächelte.

»Nicht nur. Paul war beides. Deutscher und Ami. Eltern aus Ostfriesland, Ende der Zwanziger sind die rüber. Wirtschaftskrise. Er hat keine Erinnerungen an seine Heimat, hat er gesagt. Ein amerikanischer Teenager. Aber dann ist er doch wieder rüber, Ende der Dreißiger. Für den Führer.«

Der Alte zog eine Grimasse, schaute eine Weile auf den Bildschirm in der Sitzwand.

»Das gab es?«, fragte Martin. »Amerikaner, die für die Wehrmacht gekämpft haben?«

»Na ja, den einen. Den kannte ich. Bestimmt gab's noch ein paar mehr. Er hat von Freunden erzählt, die mit ihm gekommen sind. Sind zusammen zu Veranstaltungen gegangen, die der Amerikadeutsche Bund gemacht hat. Die haben ein paar tausend Leute versammelt im Madison Square Garden. Man glaubt das kaum, wenn man sich die Fotos anschaut. Hakenkreuz, Blasmusik und Führerbilder neben Gemälden von George Washington.«

»Und er ist dortgeblieben, in den USA?«

»Ja«, sagte der Alte.

»Keinen Kontakt mehr?«

Der Alte schaute auf seinen Ehering.

»Er ist mir abhandengekommen, sozusagen.«

Der Erste Offizier meldete sich und kündigte den Landeanflug auf Houston an. Alle Passagiere wurden gebeten, sich auf ihre Sitze zu begeben.

»Danach wollte ich dich eigentlich gar nicht fragen«, sagte er zu seinem Großvater, der sich schon abschnallte, »sondern nach deiner Ankunft in New York.«

Der Alte lachte.

»Ja, New York, die Statue, das war was. Ein andermal.«

»Look into the camera!«, sagte ein kleiner Mann in beiger Uniform. Martin drehte den Kopf, entdeckte die Webcam, ein rundes Plastikmodell; er schaute hinein, wartete auf ein Geräusch oder irgendetwas, aber nichts passierte.

»Okay«, sagte der Officer.

Der Alte wurde ebenfalls fotografiert, bekam ebenfalls seinen Stempel. Sie wurden durchgewinkt, liefen unter einem Schild hindurch: »Welcome to George Bush Intercontinental – Welcome to the Lone Star State«. Sie folgten dem Strom der Menschen durch die hellen Hallen des Flughafens, durch Duftwolken von Parfum, Frittierfett und Zucker, folgten den Schildern zum »TerminaLink«. Martin überprüfte das Gate des Anschlussfluges an jedem Monitor, den sie passierten. Der Alte dagegen wirkte ruhig, er war ganz Schauen und Staunen, er drehte den Kopf hierhin und dorthin, blieb stehen vor Schildern oder Ladenzeilen. Martin wartete, bis der Alte ihm wieder folgte, er lief voran. Die großen Fliesen in den Gängen glänzten, spiegelten das Licht, spiegelten auch ihn, der er darüberlief, er sah die eigenen Schemen, einen glänzenden, undeutlichen Martin. Wie auf Wasser zu laufen, so fühlte es sich an.

Um sie herum großgewachsene Menschen mit rosigen Gesichtern, Cowboyhüte, tatsächlich Cowboyhüte, wohin man schaute, Stiefel mit Absätzen, nur die Sporen fehlten, dazwischen viele Latinos. Er schwamm durch die Menge, dann die Rolltreppe aufwärts, ein Eintauchen in Tageslicht, Sonne, ein hellblauer Himmel, rundherum Glas, die Bahnstation wie ein Terrarium, aus dem sie in die Neue Welt schauten, in seinem Rücken die silbrig glänzende Außenhülle des Terminals, vor ihnen das Flugfeld, auf dem sich winzige Flieger und Menschen bewegten.

Das ist jetzt diese Reise, dachte Martin, die du im Studium nie gemacht hast, nicht davor und nicht danach. Kein China, Japan oder Indien, kein Afrika. Keine Blogs, keine Rundmails, keine Fotoalben auf Facebook. Ein Erasmus in Kopenhagen, ein halbes Jahr, was kaum als Exotik durchging. Ein Studium und eine Wohnung mit Anne, ein Plan, bis es keine Anne mehr gab und keinen Plan, bis es nur noch Sitzen gab und Starren und Arbeiten und dann plötzlich, gegen alle Wahrscheinlichkeit, diesen kurzen Moment Laura, aus dem Judith entsprungen war.

Der Zug fuhr ein: zwei kleine, klobige Waggons ohne Fahrer, deren Türen sich geräuschlos öffneten.

»Opa«, rief Martin, aber der Alte hatte sich bereits in Bewegung gesetzt und stieg ein. Martin folgte ihm. Trotz zischender Klimaanlage war es im Zug unerträglich heiß. Martin spürte, wie ihm der Schweiß den Rücken hinablief. Der Alte lächelte, deutete hinaus auf die Startbahn, von der sich eine 747 gerade in den Himmel erhob. Die Waggons glitten langsam über die Schienen.

»Heiß wie damals«, sagte der Alte, »bei der Ankunft.«

»Und da gab es nicht mal Klimaanlagen«, sagte Martin.

»Aber feuchte Lappen«, sagte der Alte.

Martin lehnte sich an die Scheibe, drückte seine Stirn dagegen, aber das Glas war warm, er spürte, wie seine Haut daran kleben blieb. Ob Judith ihn vermisste, fragte er sich, ob sie sich überhaupt bewusst war, dass er fehlte.

»Warum jetzt?«, hatte Laura gefragt. Er auf dem Sofa neben ihr, eine Bierflasche zwischen beiden Händen.

»Weil der Alte reisen will und es jetzt noch kann.«

»Und du?«

»Schulsommerpause. Und gekündigt bin ich sowieso wieder.«

Sie hatte geseufzt.

»Ist das so eine Selbstmitleidsnummer?«

»Was soll das mit Selbstmitleid zu tun haben?«

»Flucht vor der Arbeit, der Unzufriedenheit, ab in die Neue Welt, unbegrenzte Möglichkeiten und so Zeug.«

»Ach, hör doch auf, so ein Quatsch!«

Sie hatte einen Schluck von ihrem Bier getrunken. Manchmal fragte er sich, was sie sich eigentlich angetan hatten. Oder ob es der Mangel des Antuns war, ob es gerade die Ruhe und die Gelassenheit war, mit der sie von Anfang an alles geregelt hatten, ob gerade das sie beide manchmal so wütend machte.

Sie hatte gesagt, dass das nicht gerade ihr Traum sei, den ganzen Sommer mit Judith allein zu verbringen. Und er hatte gesagt, dass es vier Wochen seien, wenn überhaupt, dass es für seinen Großvater vielleicht die letzte Chance sei.

»Ich will das machen, bevor er tot ist«, hatte er gesagt. »Aber ich will dein Okay. Ich will das nicht gegen dich machen.«

Sie hatte ihn eine Weile über die angezogenen Knie hinweg gemustert. Er hatte sich gewünscht, sie gut genug zu kennen, um ihren Blick deuten zu können.

»Na gut«, hatte sie schließlich gesagt, »ich kann wohl schlecht nein sagen nach dieser Ansprache. Aber den Rest des Jahres nimmst du sie jedes Mal ohne Widerrede, wenn ich ausgehen will.«

»Mach ich doch immer«, hatte er gesagt.

Der Zug hielt im Terminal C, sie stiegen aus, folgten den Ausschilderungen zu ihrem Gate, setzten sich zwischen die wenigen anderen Fluggäste und schauten hinaus.

»Fühlt sich sonderbar an«, sagte der Alte, »so angekommen, ohne anzukommen. Wir sollten rausgehen, einmal den Boden anfassen.«

»Wie der Papst«, sagte Martin. Der Alte lachte.

Du willst einen Stein klauen aus dem Kiesbett vor dem Terminal, dachte Martin, für die Sammlung im Arbeitszimmer, diese zahllosen Brocken, teilweise grau und stumpf, teilweise rot, schwarz, blau und glitzernd, in einer Vitrine auf Tücher oder Kissen gebettet. Als Junge hatte er geglaubt, dass sein Opa Edelsteine sammle, hatte sich die unermesslichen Reichtümer vorgestellt, die dort lagerten, sich Geschichten von Schätzen und Piraten ausgemalt. Aber eines Tages hatte ihn seine Großmutter im Arbeitszimmer erwischt, wie er sich die Nase an der Scheibe platt drückte.

»Mach dir keine Hoffnung!«, hatte sie gesagt. »Die sind absolut wertlos.«

»Als wir damals ankamen«, sagte der Alte, nahm einen Schluck aus seiner Wasserflasche und beugte sich vor, um sich die Fußgelenke zu massieren, »da ging es fast augenblicklich weiter. Wir wollten schauen, glotzen. Ich meine New York, stell dir das mal vor, wir ganzen Kappesköppe da, die wir nix kannten außer Deutschland oder vielleicht noch Russland und Frankreich, wir sind doch halb blöde geworden vor Neugier. Aber sie haben uns vom Schiff nur einen schmalen Steg hinabgescheucht, über Bahnschienen und zwischen Lagerhallen hindurch. Da waren überall Soldaten mit Gewehren, sogar auf den Dächern der Waggons, dann gab's Kontrollen in Zelten, während all unsere Kleidung und unsere Habseligkeiten desinfiziert wurden. Papiere und Registrierung in Unterhosen. Gelacht haben wir, wie ein Schulausflug war das. Aber völlig unwirklich, völlig fremd. Trotzdem war es echter damals. Sehen konnten wir nichts. Doch man konnte die Stadt zumindest riechen, die Kohle, den Diesel, den Fisch, man konnte Tü-

ren anfassen, Eisen; man stand auf dem Boden, das erste
Mal wirklich auf amerikanischem Boden. Das hier«, sagte
er und legte den Kopf in den Nacken, »ist Beton und Glas
wie überall.«

»Aber mit Cowboys«, sagte Martin.

»Aber mit Cowboys«, wiederholte der Alte.

Martin betrachtete seinen Großvater, sah das feuchte
Glänzen in den weißen Haaren, die von der hohen, mit
Altersflecken übersäten Stirn glatt bis in den Nacken gekämmt waren. Seine Stirn warf tiefe Falten, die buschigen
Augenbrauen senkten sich über das schmale Gesicht, als
er sagte, er denke darüber nach, sich auch so einen Hut zu
kaufen. Wenn es ihm zu viel ist, dachte Martin, wenn es
ihn überanstrengt, überspielt er es blendend. Und er fängt
an zu erzählen, dachte Martin und schaute auf die Hand
des Alten mit dem Ring, die auf dem wippenden Knie lag.
Warte noch ein bisschen mit dem Fragen, dachte er. Er
zog sein Handy hervor, tippte eine Nachricht, versende-
te dieselbe Mitteilung fünf Mal. Laura schrieb ihm direkt
zurück.

»ich erzähle vom papa auf abenteuer.«

»Barbara?«, fragte der Alte.

»Laura«, sagte Martin.

Der Alte nickte und schaute schweigend aus dem Fenster. Wie das für jemanden wie ihn sein muss, ein Enkel
ohne Frau, aber mit Kind, ein Dummkopf, der nicht richtig
verhüten konnte. Und andererseits, dachte er, hatte es das
damals bestimmt andauernd gegeben.

»Ich bin schwanger«, hatte sie ihm gesagt, kaum dass er sich
hingesetzt hatte. Er hatte die Speisekarte aufgeklappt und
angestrengt auf die Teesorten gestarrt. »Und ich möchte es
behalten.«

Wer ist das, hatte er gedacht, wer ist diese Frau mit dem strengen Gesicht, was hat sie mit der Frau zu tun, mit der ich vor ein paar Wochen geschlafen habe? Wo sind die offenen Haare, wo ist das Lachen, wo sind die Brüste, der Arsch, wo ist der Schweiß, wo die Nacht und der Morgen und der halbe darauffolgende Tag? Er hatte aufgeschaut. Sie hatte einen Rock getragen, eine Bluse, sie hatte geschäftsmäßig ausgesehen, und vielleicht, dachte er, vielleicht passte das. Er hatte die Karte auf den Tisch gelegt und sie angeschaut. Ihre Augen hatten dieselbe Größe, dieselbe Farbe. Unverkennbar diese dichten Augenbrauen. Er hatte seine Hand gehoben, den Zeigefinger ausgestreckt und auf sich selbst gedeutet. Sie hatte genickt.

»Okay«, hatte er gesagt, die Kellnerin herangewunken und ein Bier bestellt. Die Kellnerin hatte ihn angeschaut, so als wollte sie ihm einen Augenblick geben, um über die Uhrzeit nachzudenken, aber er hatte seine Bestellung wiederholt. Als die Frau gegangen war, hatte er sich wieder Laura zugewandt.

»Dann lass uns einen Plan machen«, hatte er gesagt. Und in ihrem Lächeln, in dem kurzen Blitzen ihrer Zähne hatte er für einen Moment die Frau von vor ein paar Wochen wiedererkannt.

Der Flieger machte einen Schwenk. Martin wurde in den Sitz gedrückt, spürte seinen Magen. Es hatte etwas von einem Jahrmarktsbesuch; da war ein Kribbeln, Freude. Er schloss die Augen und stellte sich vor, laut zu schreien wie in der Achterbahn. Der Flieger war nicht einmal halb so lang wie der Airbus, die Decke niedrig, insgesamt nur drei Sitze in einer Reihe, Propeller dröhnten an den Seiten, und er stellte fest, dass ihm die Angst Spaß machte, was immer das bedeutete.

Er schaute aus dem Fenster, sah viele grüne und braune Rechtecke, Wäldchen, sah Kanäle, einen breiten Highway, über den sich kleine Punkte bewegten. Er trommelte mit den Fingern auf dem dicken Buch von Arnold Krammer, das auf seinem Schoß lag, tippte auf die weißen Buchstaben auf schwarzem Grund, *Nazi Prisoners*, verdeckte mit seinem Daumen ein rotes Hakenkreuz. Hunderte Seiten voller Zahlen und Tabellen, aber auch Erklärungen, Erläuterungen, Geschichten. Er hatte lachen müssen über die Passage, in der der Historiker berichtete, wie ihn nach der Veröffentlichung der ersten Ausgabe, Ende der Siebziger, ein Mann anrief und erzählte, er sei genau jener eine geflohene Kriegsgefangene, den die Amerikaner nie gefunden hätten. Verschollene Nazis, Nazis in der Wüste, in Alaska, überall diese Lager voller deutscher Soldaten.

Seit sie im Flieger nach Austin saßen, hatte Martin sich immer wieder dabei ertappt, nach seinem Großvater zu schauen, in der Hoffnung, dass diese sonderbare Geschichte, in die er sich begeben hatte, etwas von ihrer Abstraktheit und Wunderlichkeit verlieren würde. Er flog durch Texas, flog mitten hinein in die eigene Familie, in die Erinnerung des Alten, die voll sein mochte von ganz ähnlichen Geschichten wie jenen aus dem Krammer. Er fragte sich, ob sich der alte Mann verändern würde, wenn er ihn sah an jenen Orten, wenn er reden würde über die vergangene Zeit. Was er gelesen hatte, klang nicht gerade grausam, aber was wusste er schon von den Geschichten in diesem hellen, schmalen Kopf, über dessen Oberseite sich jetzt ein Kopfhörer spannte, in diesem Kopf, der vor und zurück wippte im Rhythmus einer unhörbaren Melodie.

Martin fragte sich, wo sich die alten Kameraden versteckten, die Männer aus den Lagern, ob sie alle schon tot waren oder keine der Freundschaften die Jahre überdauert hatte, so wie jene mit Paul, dem Amerikaner. Warum hatten sie nicht versucht, diesen Freund ausfindig zu machen, wenn er denn in den USA geblieben war, warum nur ein Treffen mit ehemaligen Wächtern? Andererseits, dachte er, war das besser als gar nichts.

Im Flughafen von Austin, der eigentlich nur ein einzelnes lichtdurchflutetes Gebäude war, standen am Gepäckband ein gutes Dutzend überlebensgroßer Gitarren in Grellgrün, Gelb, voller Blumen, Gesichter und Herzen. Fotos von Bars und Musikern an den Wänden, dazu in den Souvenirläden Schilder und allerlei Tassen und T-Shirts, auf denen »Keep Austin Weird« zu lesen war. Den Alten schien das alles nicht zu interessieren, er wirkte jetzt müde, die Augen und die Schatten darunter waren dunkel, immer wieder gähnte er und starrte auf das Gepäckband, auf dem ein einsamer Koffer eines vorherigen Fluges seine Runden drehte. Der halbe Ringfinger wippte in der Luft, während die restlichen Finger um den Griff des kleinen Rollkoffers geschlossen waren.

Als sie eine Viertelstunde später mit dem Schlüssel für ihren Mietwagen ins Freie traten, war die Sonne bereits untergegangen. Trotzdem tauchte man in die Hitze wie in Wasser. Im Neonlicht der Laternen liefen sie über das Parkdeck, erste Sterne zeigten sich am Himmel, und die Zikaden veranstalteten einen Lärm, der nur ab und an von einem startenden oder landenden Flugzeug übertönt wurde. Martin hatte bemerkt, wie der Alte vor dem Flughafeneingang kurz in die Knie gegangen war, so als bände er seine Schuhe. Er hatte den Griff bemerkt, in das Blumenbeet neben den Bodenplatten. Sie erreichten ihren Wagen, einen weißen, etwas eckig wirkenden Chevy. Während Martin ihr Gepäck verstaute, stand sein Großvater an den

Wagen gelehnt und schaute in die Abenddämmerung, die kaum noch mehr als ein schmaler Streifen Rot am Horizont war. Er atmete tief ein.

»Wieder hier zu sein«, sagte er. »Diese schwere, dicke Luft. Damals war es schon sonderbar. Aber heute …«

Als Martin den Wagen startete, ertönte Countrymusic aus dem Radio. Er fühlte sich gleichzeitig unglaublich wach und wie in einem Traum. Sie rollten langsam vom Parkdeck, folgten den Anweisungen der elektronischen Frauenstimme und fuhren auf den Highway. Scheinwerfer in Weiß und Rot, in deren Kette sie sich einreihten. Der Alte schaltete das Radio aus.

»Damals hatten wir Tage«, sagte er, »Tage im Zug, um uns an die Vorstellung zu gewöhnen. Einmal quer durch. Wir haben es gefressen mit den Augen, dieses Land.«

»Von New York bis Texas?«, fragte Martin.

»Zwei oder drei Tage muss das gedauert haben«, sagte der Alte. »Ich weiß das nicht mehr so genau. Aber wir haben mehr als eine Nacht im Zug geschlafen. Wir fuhren los an den Docks nahe dem Bootsanleger, vielleicht war das Brooklyn. Sind rein in diese Pullmannwagen, saßen auf Lederbänken, hatten Gepäckablagen, Essen, Trinken. Wir haben uns an den Kopp geschlagen, so verrückt war das. Und am Anfang, nach den Türmen in New York, sah das alles noch halbwegs vertraut aus, dieses Grün, die Wälder und Felder. Nur die Holzhäuser nicht, die waren neu. Und die Weite, man hat immerzu dieses Gefühl der Weite gehabt, als ob nirgendwo ein Ende wäre.«

»Und ihr seid durchgefahren?«

»Die ganze Nacht. Am nächsten Morgen waren wir schon im Süden. Diese Hitze. Ich erinnere mich an riesige dunkle Bäume, an deren Ästen neben den Blättern auch graue Girlanden hingen; irgendeine Pflanze, die alles überwucherte. Wie Lametta an einem Weihnachtsbaum. Und wir drückten uns die Nasen an den Fenstern platt, bis uns die Wächter zurück auf unsere Sitze scheuchten. Dann kam das Wasser, Sümpfe, endlos lange Stelzenbrücken, über die unsere Wagen im Schritttempo rumpelten. In Unterhemden saßen wir, so heiß war das.«

»Und die Amerikaner?«

»Freundlich«, sagte der Alte, »fast schon zu freundlich. Misstrauisch machte einen das. Aber man gewöhnte sich dran. Es gab allerdings auch welche, die sich beschwerten.«

Martin verließ den Highway und rollte zwischen die Türme der Innenstadt.

»Worüber beschwerten?«, fragte er.

»Dass solch ein Aufwand betrieben wurde, um uns an den Bombenschäden vorbeizufahren.«

»Was für Bomben?«

»Na, der Luftwaffe.«

Martin lachte laut.

»Sollte man meinen«, sagte der Alte, »aber einige haben allen Schwachsinn geglaubt, den sie irgendwo gehört oder gelesen haben.«

»Und du?«, fragte Martin.

»Ach, ich. Ich hatte keine Ahnung. Tuten und Blasen. Aber mein Bruder, der wusste Bescheid, der hat sich informiert. Verbotenes Radio, ganze Nächte lang. Das bisschen, das ich wusste, wusste ich von ihm.«

Sie hielten vor dem Hotel, an dem man ihr Gepäck entlud und ihnen den Wagen abnahm. Der Alte steckte mit einer Beiläufigkeit Trinkgelder zu, als hätte er nie etwas anderes getan. Martin legte den Kopf in den Nacken und schaute den Hotelturm hinauf; eine glatte Glashaut, unter deren Oberfläche vereinzelte Lichtpunkte glühten.

»You have missed the bats«, sagte der Portier, als er ihnen die Chipkarten für ihre Zimmer gab. »You should take some time for them before your departure.«

»For the bats«, sagte Martin tonlos.

»For the colony below Congress Bridge.«

Er trat zum Alten, der im Hintergrund gewartet hatte und die Menschen in der Lobby zu beobachten schien, Geschäftsreisende und einzelne Familien. Als Martin seinen Namen nannte, zuckte er zusammen. Der Enkel entschuldigte sich. In Gedanken sei er gewesen, sagte der Alte, ganz in Gedanken. Martin reichte ihm die Chipkarte.

»Alles okay?«

»Da sind jetzt Bilder, Erinnerungen, ganz plötzlich«, sagte der Alte. Er steckte die Karte in seine Hemdtasche. »Siebzig Jahre ist das her, siebzig Jahre gibt der Kopf Ruhe. Und jetzt geht's los, jetzt springen mich Sachen an, sind im Glas gespiegelt oder flirren einfach in der Luft.«

»Was für Sachen?«, fragte Martin.

»Gesichter, keine Ahnung, was für Gesichter, wer das ist, wer da auftaucht, auch einzelne Gegenstände, eine Schaufel, die ich in der Hand halte, das Gefühl von Baumwollblüten in der Hand, ich erinnere mich plötzlich wieder daran; Gerüche, verbranntes Holz, Schweinebraten.«

»Ernsthaft?«

»Und nicht nur einen«, sagte der Alte. Er lächelte abwesend, folgte Martin wie ein Schlafwandler in Richtung Aufzug.

Das Bier war eiskalt und leicht, Martin lehnte sich in seinem Sessel zurück und starrte in den Nachthimmel. Auf der Terrasse, die man auf der Lobby des Hotels errichtet hatte, waren nur noch wenig andere Gäste. Aus der 6th Street war ein leichtes Wummern zu hören, Gelächter, das Klingeln der Fahrradtaxis, die alle Straßen füllten. Du solltest auf der Straße sein, dachte Martin, solltest den Jetlag ausnutzen, die Stunden ohne den Alten. Einige Fledermäuse zuckten durch den Lichtkegel einer Straßenlaterne, dann noch ein paar, und nach einer Pause noch ein paar mehr. Er wählte sich mit seinem Telefon ins WLAN des Hotels ein, sah, dass Laura online war, und rief sie an. Er sah ihr Gesicht, dahinter die Küchenschränke, leicht verzerrt, hörte die Ansage eines Radiosprechers, der vermutlich die morgendlichen Nachrichten las. Er hielt sein Telefon hoch, damit sie ein wenig die Stadt sehen konnte. Er erzählte vom Flug, der Ankunft, seiner Schlaflosigkeit, den Geräuschen der Bands von der Partymeile, den Fledermäusen.

»Ich bin jetzt tatsächlich traurig, das verpasst zu haben«, sagte er, »Fledermaus-Immigranten aus Mexiko, über eine Million, seit über hundert Jahren schon.«

»Und das in Texas«, sagte Laura.

Sie lief ins Kinderzimmer und zeigte ihm Judith, die noch in ihrem Bettchen lag und schlief. Er erkannte ihren kleinen Kopf erstaunlich klar, er konnte sehen, wie sich ihre Nasenflügel bewegten, wenn sie einatmete.

Warum ficht dich das an, dachte er, als er aufgelegt hatte und auf seine Schuhe starrte, dann das Bier in einem Zug leerte. Woher kommt das, diese Mammapappakindgedanken, warum kannst du es nicht gut sein lassen? Alles andere war nie eine Option gewesen. Er dachte an die Geschäftsmäßigkeit, mit der sie vorgegangen waren, seitdem Laura ihn über die Schwangerschaft informiert hatte. Kontrollmechanismen, die einen vor Dummheiten bewahrten. Und dann kam Judith, und er ertappte sich dabei, in Bildern zu denken, die im Fotoalbum der eigenen Eltern geklebt hatten. Lächeln, Umarmungen, Sommerferien in der Bretagne, Geburtstagsfeste auf der Terrasse.

Er lehnte sich zurück und schloss die Augen, hatte das

Gefühl, ein wenig zu schaukeln. Es roch nach Fluss, es roch süß, die Bars in der Ferne warfen eine Decke aus Musik und Lachen über die ganze Stadt. Als er die Augen wieder öffnete, war es still, der Himmel bereits graublau, und im Osten färbten sich die ersten Wolkenfetzen rot.

Kaum dass sie im Auto saßen, schob der Alte eine CD in die Anlage. Brahms ertönte, die ungarischen Tänze, und obwohl diese Musik so unglaublich fehl am Platz wirkte, gab sie Martin einen Schub, den vorher weder Kaffee noch Rührei zu bewirken in der Lage gewesen waren. Er trommelte mit den Fingern auf dem Lenkrad, und aus den Augenwinkeln sah er den Alten lächeln.

Nachdem sie den Stadtverkehr und die Highways um Austin hinter sich gelassen hatten, wurde die Landstraße schmal und der Horizont machte sich breit. Getreidesilos glänzten im Sonnenlicht, in der Ferne waren Erntemaschinen zu erkennen, winzige gelbe Käfer, aus deren Rücken die Spreu schoss. Er sah ein Propellerflugzeug, das im Tiefflug über sie hinwegglitt und irgendeine Flüssigkeit auf einem der nahe gelegenen Felder versprühte. Er hatte bei Texas an Wüste gedacht, an Felsen, an Geier.

»Die gibt's reichlich«, sagte der Alte, »aber weiter im Westen. Dann kommt Arizona, Nevada, nix als Sand und Steine.«

Sein Großvater hatte sich im Sitz ein wenig zurückgelehnt und ließ die Landschaft, so schien es, durch sich hindurchrollen. Er wirkte sehr ruhig.

Eine Stunde später trat Martin aus einem Tankstellen-Diner in die Hitze des Tages, er blieb stehen und trank eiskalte Limonade. Sein Rücken war schweißnass, kleine Tröpfchen perlten von seiner Stirn. Er sah, dass der Alte den Kopf gegen das Fenster gelehnt hatte und schlief. Als er wieder einstieg, betrachtete er eine Weile den schmalen Mund, die etwas hängenden Wangen und die vereinzelten, beim Rasieren vergessenen Barthaare, die schimmernd helle Haut, auf der die Altersflecken ein schwaches Leopardenmuster zeichneten. Du weißt eigentlich nicht, wer dieser Mann ist. Worüber sprach man schon, als Enkel und Großvater: das Studium, die Arbeit, die Gesundheit. Jeder Blick auf das Leben dieses Mannes ist aus der Perspektive deiner Mutter erfolgt. Ihre Geschichten, ihre Erinnerungen: der harte, distanzierte Vater, der wie ein Richter zu Hause sein Urteil sprach, ein Gerechter, nicht im positiven Sinne des Wortes. Einer, der seine Tochter aus dem Haus geworfen hatte, als sie heimlich heiratete. Als Martin den Motor anließ, öffnete der Alte die Augen und lächelte. Etwas Weiches lag in seinem Gesicht, nicht erst seit diesem Morgen, etwas Weiches, das Martin nicht mit den Geschichten seiner Mutter und den eigenen Erfahrungen in Zusammenhang bringen konnte.

»Der Finger, Opa«, sagte Martin. Der Alte hielt den Ring hoch.

»Der hier?«

»Ja, der.«

»Was ist damit?«

»Wie hast du den verloren?«

»Den hat mir einer abgebissen«, sagte der Alte.

Martin lachte und schüttelte den Kopf. Als er wieder zum Alten schaute, hatte der den Kopf schief gelegt und betrachtete ihn interessiert, vielleicht auch ein wenig verwundert.

Das Dorf war schmucklos, schon bevor sie das Ortsschild passierten, sahen sie riesige Lagerhallen, vor denen Güterwaggons abgestellt worden waren, schließlich der Name,

Hearne TX, Weiß auf grünem Grund, einige einfache Ladenzeilen, eine Tankstelle, ansonsten kleine einstöckige Häuser, die sich von der Straße zurückzogen und vor der Hitze unter Ulmen und Eichen duckten. Sie folgten der Wegbeschreibung, die der Alte ausgedruckt hatte, passierten »Love's Travelshop«, dessen Apostroph auf dem gigantischen Werbeschild am Highway aus einem roten Herzen bestand, verließen die Hauptstraße und folgten der schmalen, von Rissen durchzogenen Landstraße, bis sie das kleine braune Schild mit der Aufschrift »Camp Hearne« dazu aufforderte, auf einen staubigen Schotterweg einzubiegen. Im Hintergrund Lagerhallen, Maschendrahtzaun und ein völlig verrostetes Silo, neben dem sich lose Schienenstränge stapelten. Nach einigen Dutzend Metern gaben die Bäume zur Rechten den Blick frei auf eine langgestreckte anthrazitfarbene Baracke mit einem weißen Dach, hinter der sich ein gedrungener achteckiger Holzturm erhob. Als sie näher kamen, erkannte Martin, dass die Baracke von massiven Stelzen etwa zwanzig Zentimeter über dem Boden gehalten wurde. Rund um das Gebäude zogen sich weiße rechteckige Fensterrahmen, aber nur im vorderen Teil waren diese auch mit drei gläsernen Fenstern gefüllt, sonst versperrten Holzplatten in der dunklen Färbung der Baracke den Blick ins Innere.

»Das ist es«, sagte der Alte.

Ein weißes Schild hieß sie willkommen im Camp Hearne – Exhibit & Visitor Information Center. Martin parkte den Wagen neben dem Turm und einem halben Dutzend weiterer Autos. Die Baracke und der Wachturm waren unverkennbar Neubauten, das Holz und die Farben leuchteten. Martin stieg aus. Es dauerte einige Augenblicke, bis auch die Beifahrertür aufschwang und der Kopf des Alten erschien. Kurz darauf öffnete sich die Tür der Baracke und eine kleine, schlanke Frau trat auf den Vorplatz. Ihre weißen Haare waren sehr kurz, sie trug ein kariertes Hemd und eine Cargohose aus Kunststoff. Als sie auf den Alten zulief, zog ihr Lächeln viele kleine Falten in ihr Gesicht.

»You must be Franz«, sagte sie. »I'm Cathy. Welcome back!«

Erst schüttelte sie dem Alten die Hand, danach Martin.

»Follow me, follow me«, sagte sie.

Sie durchquerten einen Vorraum, der bis auf ein paar Stühle leer war, und betraten den hinteren Bereich der Baracke, der durch eine Klimaanlage gekühlt wurde. In der plötzlichen Kälte richteten sich augenblicklich die Haare auf Martins Armen und in seinem Nacken auf. Ein Schauer lief durch seinen Körper.

Der Raum war vielleicht dreißig Quadratmeter groß und vollgestellt mit Schaukästen und Ausstellungsstücken aller Art. Sein Großvater lief voran, blieb vor Bildern und Karten stehen, beugte sich tief über eine Vitrine, so als wollte er hineinklettern. Eine Schaufensterpuppe mit Kappe und einer Uniform, auf deren Brust ein PW genäht worden war, schaute ihm dabei zu, wie auch Martin und die Amerikanerin; zwei stille Figuren, die beobachteten, wie dieser alte, dünne Mann von Ausstellungsstück zu Ausstellungsstück lief, wie er nickte, immer wieder nickte, so als sprächen die Objekte mit ihm.

»Looks like he's enjoying himself«, sagte Cathy.

»He sure does«, sagte Martin.

In seinen Kopf gucken, dachte er, jetzt mitten hinein, die Bilder, Gedanken, plötzlichen Sprünge zwischen den Synapsen, Altes, das emporstieg, plötzlich wieder da war, ganz da in diesen Schaukästen, in den Fotos, in der Puppe mit der Uniform. Er machte ein Foto für seine Mutter. Barbara müsste hier sein, dachte er, sie müsste das sehen. Er verstand nicht, warum er sie nicht eingeladen hatte. Aber vermutlich wäre sie nicht gekommen. Er machte noch ein Foto für sie. Er versuchte, sich den Alten vorzustellen, den jungen Franz in dieser Jacke mit dem Aufnäher auf der Brust, den jungen Franz in der Hitze einer Baracke oder draußen, auf der trockenen, staubigen Erde, wie er nach Steinen grub mit seinen Fingern, den ersten Steinen für seine Sammlung. Das muss es sein, dachte Martin, die Erde in Texas, so musste es begonnen haben, und da war plötzlich die absurde Frage in seinem Kopf, wie diese Erde wohl schmecken würde.

Er trat zu seinem Großvater an die Schaukästen und sah Briefe, wie sie ihm der Alte im Flieger gezeigte hatte, dasselbe Papier, derselbe Vordruck. Er sah ein Zigarettenetui, auf das ein Kriegsgefangener den Umriss einer Baracke und darüber die strahlende Sonne geritzt hatte. Cathy schloss einen der Vitrinendeckel auf und nahm eine Feldflasche heraus, die der Besitzer ebenfalls graviert hatte. Die Rückseite zeigte Palmen und ein Haus mit Flachdach, ein Minarett, davor ein Tier, das wohl ein Kamel darstellen sollte. »Tunis«, stand darunter. Im Rand befanden sich die Stationen des Mannes: Frankreich, Sizilien, Tunesien, Atlantik, New York, Hearne Texas. Und auf der Vorderseite ein Ebenbild des Wachtturmes, neben dem sie ihr Auto geparkt hatten. Martin hielt die blecherne Flasche in den Händen, er drehte sie, fühlte die Gravuren mit den Fingern. Er stellte sich den Alten neben einem Mann auf den Stufen seiner Baracke vor, während der mit einem Messer auf dieser Feldflasche kratzte.

»Kennst du die?«, fragte er den Alten, der ihm die Flasche abnahm, sie befühlte, drehte.

»Ich hatte keine Freunde aus Afrika«, sagte er. Und nach kurzem Zögern. »Oder doch, einen. Aber nur einen.«

Er schaute Martin an, als wäre sein Gesicht nur eine Leinwand, auf die in diesem Moment Bilder geworfen wurden.

»Nur einen«, wiederholte Franz leise. Er gab Cathy die Feldflasche zurück, drehte sich zu einer anderen Vitrine um. Martin trat neben seinen Großvater, er sah die Bilder von Männern in Frauenkleidern, mit Fellhüten oder sonderbaren Phantasieuniformen auf einer kleinen Bühne, daneben eine Aufnahme des gefüllten Zuschauerraumes, amerikanische Offiziere in der ersten Reihe.

»Compound 3«, sagte Franz. »Die Deutsche Bühne. Das mit Abstand beste Theater. Eine ganze Baracke hatten die umgebaut. Orchestergraben und alles. Ich hab nur zwei oder drei Aufführungen dort gesehen, glaube ich, eine im Herbst, wenn ich mich recht erinnere, eine vor Weihnachten. Irgendwas von Goethe.«

Er legte Martin eine Hand auf die Schulter, zeigte auf eine andere Fotogruppe, die eine Frauenstatue und einen Brunnen zeigte.

»Der hieß Teufelsbrunnen«, sagte er und deutete auf die Nahaufnahme dreier Fratzen, aus deren geöffneten Mündern die Spitzen von Metallrohren ragten. »Unser Treffpunkt im Compound, an der Rückseite der Kantine. Man kam raus vom Essen und hat sich ans Becken gesetzt. Ein paar Maurer und Klempner aus dem Afrikakorps haben den gebaut, noch bevor wir ankamen.«

Cathy trat zu ihnen und sagte, dass von dem Brunnen nichts mehr übrig sei, dass man aber das Fundament einer anderen Fontäne besichtigen könne, dazu die Basis des Schlosses. Sie deutete auf einige Steinbrocken in einer anderen Vitrine, auf denen ein Miniaturturm und die Reste einer Burgmauer zu erkennen waren.

»Njuhschwonstiehn in Texas«, sagte sie und lächelte. Sie fragte Franz, ob er jetzt bereit sei, einige ehemalige Wächter zu treffen. Sie deutete auf eine Tür am Ende des kleinen Museumsraums. »They're waiting for you«, sagte sie.

Die alten Männer im Seminarraum trugen Baseballcaps, karierte oder geblümte Hemden, Trainings- oder Anzughosen, Sandalen oder Schuhe ohne Schnürsenkel. Einige ihrer Kinder oder Enkel standen im Hintergrund und lächelten verlegen. Die Männer stellten sich als Bill vor, als Walter, als Joe oder als Leonhard. Ihre Haare waren weiß oder die Köpfe kahl, die Augen wässrig, ihre Hände gefleckt. Einer von ihnen saß im Rollstuhl, bis auf zwei große, schlanke Männer mit gebräuntem Gesicht wirkten sie alle deutlich älter als Martins Großvater. Sie umarmten Franz wie einen alten Bekannten, obwohl sie sich nicht zu kennen schienen. Nur einer, ein dünner, hutzeliger Glatzkopf, der sich zittrig auf einen Gehstock stützte und Franz als Letzter die Hand schüttelte, dieser Mann hielt den Kontakt mit dem Deutschen ein wenig länger, er reckte den Kopf vor, so als würde er seinen Gegenüber beschnuppern. Nach einigen Augenblicken der Stille stieß das Männchen einen Laut aus, der ein Wort sein mochte oder nur ein Ausdruck der Freude. Er drehte sich nach seiner Tochter um, deutete mit dem Zeigefinger auf Franz' Brust und rief laut: »I know him! I know him!«

Martin sah, wie Franz erschrak, wie er den Mann musterte, ein wenig hilflos, wie er versuchte, sich zu erinnern.

»I know him«, wiederholte der Amerikaner.

Seine Tochter, eine kleine, rundliche Frau in einem Blumenkleid, löste sich von den anderen Angehörigen, trat zu ihrem Vater und legte ihm die Hand auf den Arm. Ob er sicher sei, fragte sie. Der Amerikaner nickte.

Dass er Franz transferiert habe, sagte er, er habe ihm damals die Papiere gegeben. »I'm Lieutenant Williams.«

Und Martin sah ein Blitzen im Gesicht des Alten.

»Sie waren das«, sagte Franz.

Williams nickte. »Sie haben geweint, ich erinnere mich daran, dass Sie geweint haben.« Jetzt sprach er halb zu Franz, halb zu seiner Tochter. »Wie ein Baby hat er geweint, als ich ihm die Papiere gegeben habe.«

Martin sah das Profil seines Großvaters, sah die schmalen, aufeinandergepressten Lippen. Er hasst das, dachte er.

»Sie wollten weg«, sagte der Amerikaner. »Wohin haben wir Sie verlegt?«

»Utah«, sagte Franz. Der Amerikaner nickte.

»Ja, Utah, ich war mir nicht mehr sicher, aber jetzt erinnere ich mich. Nach Utah. Ich hab gehört, dass es ein gutes Camp war, da oben. Bei uns war es schwieriger. Es war nicht immer leicht. Mit allem, was bei uns so passiert ist.«

»Nein«, sagte Franz, »es war nicht leicht.«

II.

»KOMM SCHON, KOMM RÜBER!«

Er winkt ihn zu sich. Franz klettert aus seiner Hängematte, steigt über einige am Boden liegende Kameraden. Die Laternen am metallenen Haken unter der Decke sind pausenlos in Bewegung, sie lassen die Schatten im Zwischendeck schwanken.

»Er ist einverstanden.«

Paul strahlt.

»Wir sollen jetzt zum Schott kommen, uns in der Nähe aufhalten. Er wird uns holen, wenn es so weit ist.«

»Bist du sicher?«

Paul hebt den Daumen und spaziert vorweg zur Tür am Ende des Zwischendecks, wo er sich hinsetzt und seine Skatkarten aus der Uniformjacke zieht. Sie spielen einige Runden Kutscher. Schließlich setzen sie sich an die Rückwand und schauen in den Lagerraum. Sie spüren das warme Metall im Rücken, spüren die Vibrationen der Motoren. Die Männer vor ihnen schlafen oder unterhalten sich leise. Eine große Ruhe nach den Tagen im Sturm, eine große Ruhe, diese Sicherheit, dass der Krieg für sie vorbei ist, dass sie an Bord eines Transporters sind, der sie nach Amerika fährt. Bis der Führer sie abholen wird, hat einer gesagt. Einige lachten laut darüber. Andere schwiegen.

Das Schott neben ihnen öffnet sich, ein amerikanischer Soldat betritt den Raum. Er schaut sich beiläufig um.

»You two!«

Er zeigt auf Paul und Franz.

»Get up! Work!«

Ein Kamerad neben ihnen sieht von seinem Buch auf.

»Arme Schweine«, lacht er.

Sie folgen dem Amerikaner, treten in den Gang. Kaum hat der Mann das Schott wieder verschlossen, gibt er Paul grinsend die Hand.

»I should win an Oscar for that performance«, sagt er. »Hurry up!«

Er läuft voran. Sie steigen einige Treppen hinauf, biegen um Ecken, erklettern Leitern. Die weiß gestrichenen niedrigen Gänge des Schiffes sind verlassen. Die Maschinen wummern, das Klongklongklong ihrer Schritte wird von den Wänden geschluckt. An einem Durchgang bleibt der Mann stehen, dreht sich um und sagt etwas auf Englisch. Paul hört ihm zu und nickt.

»Er sagt, dass die Besatzung und die Verwundeten schon beinahe alle an Deck sind, um zu schauen. Er lässt uns bis zur Außentür. Er selbst wird davorstehen. Die Tür wird offen sein, aber wir müssen drinbleiben. Wenn wir rausgehen, knallt er uns ab.«

»Alles klar?«, fragt der Ami.

»Yes«, sagt Franz, »alles klar.«

Der Ami lacht.

»Wir können so lange bleiben«, sagt Paul, »bis er uns ein Zeichen gibt. Dann geht's zurück in den Lagerraum. Und wenn einer fragt, haben wir Latrinen geschrubbt.«

Fremde Geräusche sind von draußen zu hören, Möwen, Möwen oder andere Tiere, denkt Franz, bis er begreift: Sie hören Menschengeschrei, Jubel, Pfeifen. Der Ami läuft wieder voran, am Ende des Gangs das Tageslicht, davor Schemen in Bewegung. Ihr Wächter legt einen Finger auf die Lippen, bevor er ins Freie tritt. Sie stellen sich an die Schwelle, strecken die Köpfe vor.

Licht, gleißend grell, Lärm, nicht nur von Menschen, auch aus den Hörnern anderer Schiffe, die Welt überdreht, tönend und leuchtend, Franz sieht zunächst nichts als Helligkeit, sieht die dunklen Umrisse der Soldaten vor sich, der Männer, die an der Reling stehen, teilweise halb emporgeklettert, die johlen, lachen und sich umarmen. Nach einigen Augenblicken sieht er das Wasser, das Blau, sieht die vielen Schiffe darin, den kleinen grünen Turm, fokussiert ihn langsam, er begreift, erkennt die Krone und die Fackel.

Er schaut zu Paul, der mit weit geöffnetem Mund lacht, während das Schiff eine leichte Drehung fährt und die Statue hinter sich lässt. Eine endlose Ebene aus Flachbauten, Lagerhäusern, Fabrikschloten. Überall Boote, groß und klein, grau gestrichen, an den Anlegern oder im Wasser, ein großes Durcheinander, unzählig, unbeschreiblich. Ist das schon New York, ist es das schon? Er erhält einen Stoß gegen die Schulter.

»Schau!«, ruft Paul, streckt den Arm hinaus aus der Tür. Franz' Blick folgt dem Zeigefinger, schweift über das Wasser, weg von den Lagerhäusern, über die kleinen Boote hinaus nach Norden. Dort sieht er sie: dunkle, dichtgedrängte Gebäude neben grauem Sandstein, rote Backsteinklötze neben dem Glänzen von Glas und Metall in der Sonne, das grüne Funkeln der Kupferdächer, Nadelspitzen, die in den Himmel stechen. An Kirchtürme denkt er, umstellt von dicken Blöcken, die allein schon doppelt so hoch sind wie der Bergmannsdom in Katernberg. Von Süden nach Norden scheinen die Gebäude zu wachsen; Orgelpfeifen, die Stadt steigt auf, sie reckt sich ins Blau. Es folgt eine Lücke, ein Abebben, flachere Bauten und dahinter, im fernen Dunst des Sommertages, noch mehr Türme.

»Empire State«, sagt Paul, »siehst du? Empire State!«

Und Franz nickt, obwohl er nicht begreift, er würde zu allem nicken, er staunt, kann die Augen nicht abwenden, sein Blick ist hungrig, hat einen Appetit, den Franz nicht gekannt hat bisher, der mehr will, nicht satt zu kriegen ist. Das hier, denkt er und versucht, sich jeden Turm einzuprägen, jede Lichtreflexion, jede Spitze und jede Antenne, die Form der Torbögen an den Fähranlegern, das hier darfst du nie vergessen.

*

Das ganze Dorf ist gekommen. Er sieht Väter, die ihre Kinder auf den Schultern tragen, Mütter mit weißen Hauben, alte Frauen, Halbstarke, Franz sieht Automobile, Traktoren, auf denen einige Frauen sitzen und winken, er sieht weiße und schwarze Gesichter, hört Stimmen, Gelächter, Kleinkindergeschrei. Ein Volksfest oder vielleicht ein Zoobesuch. Alle halten gebührenden Abstand, warten hinter der Reihe amerikanischer Soldaten, die mit gesenkten Gewehren, aufgepflanzten Bajonetten und ernsten Gesichtern darauf warten, dass die Deutschen den Zug verlassen.

Eine einfache Schotterstraße kreuzt die Schienen, zwei Warnschilder, sonst nichts. Nur die zusammengelaufenen Menschen zeugen von einer nahe gelegenen Siedlung.

Franz blinzelt, er beschirmt sein Gesicht mit den Händen, er stolpert vorwärts, folgt den Kameraden durch jenes Spalier, das die Amerikaner ihnen bilden. Sie marschieren voran oder marschieren nicht, sie laufen, humpeln, schleppen sich. Erst nach einigen Metern scheinen sie sich daran zu erinnern, wer sie sind, sie fallen in Reihe, mehr oder minder, sie halten Gleichschritt, auch das mehr oder minder, mit ihren Rucksäcken, Seesäcken oder Koffern beladen. Die Sonne steht hoch, brennt auf sie nieder, die Hitze unerträglich, die Luftfeuchtigkeit raubt ihm den Atem, Salz läuft ihm in die Augen, brennt, der Vordermann nur eine verschwommene Form inmitten einer Wolke wirbelnden Staubs. Er bemüht sich, die Füße zu heben, den Rhythmus zu halten, nicht aus der Reihe zu fallen.

Motorenbrummen begleitet sie. Franz erkennt zwei Jeeps, die langsam neben ihnen fahren, er erkennt große Formen auf der Ladefläche: die MGs. Die Bevölkerung bleibt zurück oder hält Abstand, er schaut nicht nach den Fremden, schaut nur auf die hin und her schwankenden Rohre. Eine der Waffen würde ausreichen, vermutet er, vielleicht würden es einige in das nächste Wäldchen schaffen, vielleicht nicht. Seine Kleidung klebt ihm am Körper, der Rucksack schwer, die Beine kraftlos, durch seinen Kopf poltern Gedanken, so als fielen sie aus einem Regal an ihm vorbei, hinab, wohin auch immer, aber hinab, in einen Stollen, dein Bergmannsgehirn, was ist los, was geht da durcheinander; es ist doch beinahe geschafft, die werden uns nichts antun, nicht vor Zivilisten. Und das Rote Kreuz, sowieso das Rote Kreuz. Wo ist Paul, denkt er, hebt ein wenig den Kopf, aber der Schweiß läuft und brennt, nur noch graue Schlieren im Blick. Du musst schreiben, sobald du angekommen bist, dem Bruder und der Mutter, dass du wohlauf bist, das müssen sie wissen, dass du sie vermisst, dass du sogar den Vater vermisst, sogar den Toten. Dein Kopf, denkt er, die Sonne. Ein Butterbrot, wie wunderbar das jetzt wäre, ein Butterbrot mit einem Glas Milch, oder den Zechenturm zu sehen, Kohlestaub auf dem Gesicht zu haben, mit der Hand über die gewachste Tischdecke in der Küche der Mutter zu streichen. Du brauchst Wasser, du brauchst Schatten. Er konzentriert sich auf seine Schritte, einen Fuß vor den anderen, immer weiter, immer geradeaus, einen Schritt, einen zweiten, einen dritten, er beginnt zu zählen. Links und rechts die Bäume, eher lose Ansammlungen als wirklich ein Wald, keinerlei Schutz gegen die Sonne. Er hat bis jenseits der Tausend gezählt und schon eine Weile aufgegeben, als endlich Stimmen laut werden und sich das Marschtempo verlangsamt. Er drückt das Gesicht in seinen Ärmel, reibt sich die Augen, hebt den Kopf, blinzelt so lange, bis er wieder etwas erkennen kann: Stacheldraht hinter der Baumreihe zu seiner Linken, hinter dem Zaun mehrere große, längliche Gebäude. Unruhe macht sich breit, ein Summen in Köpfen und Stimmen, sie setzen sich nach Aufforderung der Amerikaner wieder in Bewegung, beschleunigen ihre Schritte. Die Baumreihen öffnen sich, geben den Blick frei auf die großen grauen Baracken, ein zweiflügliges Tor im Stacheldraht, das bereits offen steht, dahinter ein weiterer Jeep mit aufgepflanztem MG. Strommasten erheben sich zwischen den Gebäuden, die Kabel wie unerreichbare Wäscheleinen. Rauch steigt auf, und es riecht nach Essen. Er spürt weder Freude noch Angst, die Bilder drücken alle Gefühle aus seinem Kopf. Sie marschieren vorbei an den ersten Gebäuden; Menschen warten an den Türen oder am Straßenrand und beobachten sie: Männer und Frauen in grünen Uniformen, einige Zivilisten oder Gestalten in weißen Arztkitteln. Sie durchqueren diesen Bereich, diesen Anfang eines kleinen amerikanischen Barackendorfes, überall grün uniformierte Menschen, rechts sieht er eine lange Straße, an der sich weitere Holzhäuser reihen, aber die Deutschen stapfen weiter geradeaus, weiter nach Süden, hinaus aus dem Bereich der Amerikaner und auf einen doppelten Drahtzaun zu, in dem ein offenes Tor auf sie wartet. Daneben die ersten Wachtürme, bullig und vieleckig, auf den Dächern Scheinwerfer. Soldaten stehen auf den Aussichtsplattformen,

haben die Gewehre auf sie gerichtet. Es folgt ein Stückchen Niemandsland, trockenes gelbliches Gras, durch das
die Straße auf einen weiteren Zaun führt, der sich weit bis
nach Osten und Westen erstreckt. Auch hinter dem Zaun
erst einmal nur eine trockene Wiese, aber dann, einige
Dutzend Meter weiter südlich, beginnt das Lager, beginnen
die Baracken, unzählige Dächer, noch mehr Türme in der
Ferne, Rauch aus Schornsteinen, eine richtige Stadt, denkt
Franz, eine Stadt im Draht.

Direkt vor ihnen ein verschlossenes Tor, dahinter ein
breiter, verlassener Schotterweg, der mitten hinein führt
in das Camp. Aber dieser Weg ist nicht für sie, es ist nicht
ihr Teil des Lagers, sie biegen nach Westen, marschieren
parallel zum Zaun, bis sie ein weiteres Tor erreichen, das
ihnen offen steht. Der Kopf der Kolonne wendet sich erneut
nach Süden, durchquert das Tor, marschiert über eine aus-
getretene Wiese; auch Franz ist jetzt auf diesem Weg, ihrer
Dorfstraße, an der nach einigen Metern links und rechts die
Baracken liegen, erhöht auf Stelzen. Auf beiden Seiten der
Straße auch Entwässerungsgräben, von winzigen Steinbrü-
cken überspannt, an den Rändern der Gräben sauber ge-
zogene Blumenbeete, Stiefmütterchen, Vergissmeinnicht.
Eine Idylle, wie ausgestorben, als hätte der Erdboden alle
Menschen, die jene Brücken gebaut und Pflanzen gezogen
haben, vor ihrer Ankunft verschluckt. Aus einem großen
Gebäude steigt Rauch auf, das einzige Anzeichen von Leben. Ein Raunen und Flüstern, als sie auf der Rückseite dieses Gebäudes einen Brunnen ausmachen, ein Halbrund aus
Beton mit einer Steinwand an der Rückseite, einer Steinwand, aus der drei Gesichter mit gehörnter Stirn schauen
und Wasser in das Becken unter sich spucken.

»Come on, come on, come on!«, ruft einer der Amerikaner an ihrer Seite. »Keep walkin', keep walkin'!«

Und immer noch geht es weiter nach Süden, einmal quer durch ihr neues Zuhause, bis zu einem weiteren Doppelzaun mit einem Wachturm an der südwestlichsten Ecke. Hinter dem Zaun erstreckt sich ein riesiges Sportfeld, mehrere Tore, Reckstangen, Pavillons. Auf der Freifläche vor dem Zaun wartet ein Jeep auf die Deutschen, auf der Ladefläche ein großer, hagerer Mann mit Schirmmütze. Er schaut auf sie hinab, abgeschirmt von einer ganzen Wachmannschaft Amerikaner.

»Ordnung, Männer, Ordnung, Männer«, ruft jemand von vorne, irgendein Uffz, vermutlich ein Feldwebel, der ihre Aufstellung in Reih und Glied zu bringen versucht, alles dauert lange, die allgemeine Verwirrung stört die gelernten Abläufe, die Masse der Deutschen füllt die Wiese zwischen Baracken und Zaun fast völlig aus.

Franz fühlt sich kraftlos, müde, seine Knie drohen nachzugeben. Er möchte sich gerne aufstützen bei jemandem, bei Paul, er würde sich gerne bei Paul aufstützen.

»Willkommen, willkommen!« Die Stimme des Lagerkommandanten sehr hell aus den Lautsprechern schnarrend, beinahe wie die Stimme einer Frau. Sobald er ins Englische wechselt, folgt jedem seiner Sätze der Satz eines deutschen Übersetzers.

Ehrenhaft gefangene Kombattanten, hört Franz, er hört Sätze von Feinden, denen man mit Respekt begegnen wird, solange sie als Gefangene die Regeln des Lagers berücksichtigen. Alle einfachen Soldaten, hört er, werden im Compound 1 untergebracht, den sie soeben passiert haben, alle Unteroffiziere auf die weiter östlich gelegenen Compounds 2 und 3 verteilt, wo sie sich in die vorhandene Lagerstruktur integrieren müssen.

»Ihre Kameraden aus dem Afrikakorps«, scheppert der

Übersetzer aus dem Lautsprecher, »werden Sie ebenfalls willkommen heißen und Ihnen die wichtigsten Regeln unseres Lageralltags erneut erklären.«

Einige Kameraden vor ihm wechseln Blicke.

»Weckruf ist jeden Morgen um fünf Uhr dreißig, Frühstück um sieben, dazu Durchzählen im Speisesaal, Gefangene auf Arbeitseinsätzen mit entfernt liegenden Einsatzorten können, wenn nötig, früher geweckt werden. Die Rückkehr von allen Arbeitseinsätzen erfolgt um sechs Uhr abends, für alle im Lager verbliebenen Soldaten ist zwölf Uhr Mittagsessen, um neunzehn Uhr für alle Gefangenen Abendbrot. Halb zehn abends Löschung aller Lichter in den Baracken, ab elf Uhr abends herrscht Ausgangssperre.«

Der Kommandant macht eine längere Pause und betrachtet die versammelten Deutschen. Er räuspert sich.

»Nach einer kurzen Eingewöhnungsphase sind alle einfachen Soldaten verpflichtet, Arbeitsdienst zu leisten.«

Unruhe kommt auf. Ein Kamerad brüllt sie von vorne zur Ruhe.

»Unteroffiziere, die sich als solche ausweisen können, sind von Arbeitseinsätzen freigestellt, können sich jedoch freiwillig melden.

Das Essen wird in der Messe ausgegeben. Darüber hinaus steht es Ihnen frei, Verdienste aus Arbeitseinsätzen in der Kantine Ihres Compounds für Gegenstände des täglichen Bedarfs auszugeben.

In jedem Compound gibt es ein Waschhaus mit Aborten, Spülbecken und Duschen. Reinigungs- und Küchendienste liegen im Arbeitsbereich der Gefangenen. Sie können sich zu diesen Diensten freiwillig melden, besonders dann, wenn sie Erfahrung im Küchenwesen haben.

Im Laufe des Tages können Sie sich in der Kantine einen

Zahlungsvorschuss in Form von Coupons von einem Dollar und fünfzig Cent abholen. Dieser wird Ihnen von Ihrem ersten Arbeitslohn abgezogen.«

Franz lacht tonlos. Er schaut am Jeep des Offiziers vorbei durch den Zaun, über das Sportfeld. Essensmarken in der Heimat, Bomben und Luftschutzkeller. Und hier steht er: Schwitzend, unter der hoch am Himmel flirrenden Sonne, durstig, zittrig, und man erzählt ihm von Einkäufen, Duschen und Arbeit. Was der Vater wohl sagen würde, wenn er seinen Jüngsten sehen könnte, als Gefangenen der Amis. Vielleicht schaut er von oben herab, vielleicht aber auch, und das ist wahrscheinlicher, von unten, ganz tief unten, unter den tiefsten Stollen. Er stellt sich den Vater vor, auf seinem Stuhl im Garten, das große Holzbrett auf den Knien, darauf Papiere und die Kohlestifte, er erkennt die Formen einer Tanne, die der Vater gezeichnet hat, der großen Blautanne auf dem Nachbargrundstück. Der Vater dreht den Kopf, nickt ihm zu. »Haltung«, sagt er, »immer Haltung. Vergiss nicht, wer du bist!«

Weiß und duftend, blütenweiß die Laken und das Kissen, am Fußende Wolldecken, sauber gefaltet, darauf Kleidungsstücke, Socken und Unterwäsche. Sie drängen in die längliche Baracke, in den Freiraum zwischen den Betten, etwa zwanzig zählt er auf jeder Seite. Vor jedem Bett eine kleine Kiste, auf der »US-Army« gedruckt steht. In der Mitte des Raumes ein Tisch mit einigen Hockern, ganz am Ende einige Stühle, leere Regale, an der Rückwand eine Tür.

Rundherum erstaunte Gesichter, Kopfschütteln. Die Ersten lassen sich auf die Betten fallen, strecken die Beine aus. Jemand pfeift anerkennend. Franz setzt sich auf eine Matratze nahe dem Eingang, legt seinen Rucksack neben sich ab, schaut den umherlaufenden Kameraden zu. Er streicht mit der Hand über das Laken, fühlt den rauen gestärkten Stoff.

»Eigenes Scheißhaus«, ruft einer von der Tür am Ende der Baracke. Auf dem Kopfkissen ein Stück Papier, sauber bedruckt: *Hinweise und Verhaltensregeln für das Lagerleben in Camp Hearne*, darunter eine ganze Reihe von Paragraphen, die auf den ersten Blick viel von dem enthalten, was ihnen der Lagerkommandant auf der Freifläche verkündet hat. Von Öffnungszeiten der Bücherei steht dort etwas, vom Lehrangebot, von Instrumenten, die man leihen kann.

»Da wird doch …«

Franz hebt den Kopf.

»Was wird?«

Auf dem Bett neben ihm ein bleicher Kerl mit schmalem Gesicht und schwarzen Haaren, auch er über das Papier gebeugt. Er hebt den Kopf, schaut Franz an.

»Der Hund«, sagt der andere, »der Hund in der Pfanne verrückt. Ist ja das reinste Kurhotel.«

»Abwarten. Wenn sie uns erst mal schuften lassen.«

Der andere hebt seine dünne Hand und winkt ab.

»Ach, schuften, was ist dem Ami denn schuften? Das reißen wir doch auf einer Arschbacke ab!«

Er lacht. Seine Zähne sind klein, sehr gerade und sehr weiß. Auf der rechten Seite seines Halses ein roter Fleck, der sich zur Brust hinzieht und unter dem Uniformhemd verschwindet, ein Brandmal vielleicht.

»Jürgens«, sagt er und reicht Franz die rechte Hand, klopft mit der linken auf die Matratze. »Bettnachbarn also.«

»Dann mal auf gute Nachbarschaft.«

»Und Kameradschaft.«

Franz macht sich daran, seine Habseligkeiten aus dem Rucksack in die Kiste am Fußende zu räumen. Er schwitzt, tut es den Kameraden gleich, die bereits ihre Jacken und Hemden ausgezogen haben.

Er legt sein einziges anderes Hemd und seine zweite Hose auf dem Bett ab, die Feldflasche aus Metall, deren Seite ein wenig eingedellt ist, seitdem er sich in Cherbourg, im Feuer der Amerikaner, zu Boden geworfen hat. Kurz nach seiner Ankunft, nach dem Anfang und Ende. Eingegraben in einem Hauskeller mit einem Uffz, der sie warten ließ, bis das Kämpfen vorbei war, bis sie hinaustreten konnten mit den Händen am Kopf, der vorher noch den Keller durchwühlte nach Weinflaschen und tatsächlich eine fand, sie mit dem Seitengewehr köpfte und unter seinen Männern kreisen ließ. Kein Kampfeswille mehr. Franz trank. Er war erleichtert, aber gleichzeitig spürte er Trauer und Enttäuschung. Er würde kein Held sein, kein Krieger.

Am Kopfende des Bettes, oben auf dem kleinen Nachtschrank, platziert er das schmale Heft im Ledereinband, das ihm sein Bruder bei der Verabschiedung zugesteckt hat. Dass es ein Tagebuch sei, sagte Josef, damit er seine Heldentaten darin festhalten könne. Der Ältere lachte und umarmte ihn. Elend fühlte sich Franz, wie hineingestopft in die Uniform, verloren auf dem Bahngleis des Essener Hauptbahnhofs, verloren zwischen all den Soldaten, verloren in seiner eigenen Uniform. Der Bruder, dachte er, während er sich aus der Umarmung der Mutter löste und in den Zug stieg, der große Bruder vor dem Unfall, der hätte seine Uniform ausgefüllt, hätte sich wohl gefühlt darin. Der war ein echter Soldat gewesen, ein Kämpfer. Soldat in der Reichswehr, Anfang der Dreißiger, Wachbataillon Berlin. Die ganze Straße hatte darüber gesprochen. Und Franz auf seinem Weg in den Krieg war sich nur wie ein Bergmann vorgekommen, den man verkleidet hatte. Er öffnet das Heft, lässt die leeren Seiten über den Daumen laufen.

In der Brusttasche seiner Uniformjacke findet er einen Bleistift.

14. Juli 1944

Ankunft im Lager Hearne, Texas. Einweisung in Lagerregeln und Barackenzuteilung. Alles erscheint als ein Luxus. Essensgeruch in der Luft von der Messe her. Hitze.

Er versucht sich an einer Zeichnung des Lagers, malt den Bereich für die amerikanischen Soldaten als ein Quadrat im Norden, darunter der deutsche Bereich, die voneinander getrennten Compounds, drei gleich große längliche Rechtecke, noch weiter südlich das Sportfeld, neben ihrem Compound, dem westlichsten, die Lazarettbaracken. Er malt sie als Kreis, bricht ab, starrt auf die wenigen Worte und die krakelige Zeichnung. Wer soll daraus schlau werden, denkt er, steckt den Bleistift zurück in die Brusttasche, öffnet die Tür seines Schrankes und legt das Heft hinein.

*

Die Leitung röchelt, sprotzt. Er schaut hinauf, genau als das Wasser kommt, er starrt mitten hinein in den dicken Strahl, in dem er die Abkühlung der Nacht nachzuspüren glaubt, die das Schlafen zum ersten Mal seit Tagen erträglich gemacht hat. Er schließt die Augen.

Er hört die Männer neben sich summen und singen. Er öffnet die Augen wieder, schaut sich um, sieht die nackten weißen Körper, viele von ihnen an den Armen oder am Kopf rot verbrannt. Einige halten die Augen offen, andere geschlossen, aber sie lächeln oder lachen beinahe alle, auch nach Tagen noch.

Als er ins Freie tritt, ist der Himmel noch tintenblau, der Tag ein Schimmern über den Baumwipfeln. Ein leichter

Wind geht, ein Kribbeln im feuchten Haar, das in Kürze getrocknet sein, auf das die Sonne brennen wird. Er folgt den anderen zur Kantine, aus der es bereits nach frischem Brot und Kaffee duftet. Er erinnert sich an den Kameraden, der beim Eintreten in das Gebäude am ersten Abend, nachdem sie in ihre Kompanien und Baracken eingeteilt waren, der beim Eintreten in die Kantine und dem Anblick des bereitgestellten Essens zu weinen begann. Der Mann stand schluchzend und zitternd vor den dampfenden Töpfen, vor den Bergen aus Obst, Brot, Gemüse, er schlug die Hände vor das Gesicht, stand eine Weile regungslos da und begann schließlich wie ein Kind zu heulen. Und alle anderen standen im Kreis um ihn herum, schauten ihn verlegen an, wussten nicht recht, ob sie lachen oder ebenfalls weinen sollten. Sie hielten das Essen und seinen Überfluss für ein Spotten zur Begrüßung, ein Lachen ins Gesicht der abgemagerten Deutschen, die nicht anders konnten, als zu essen, die Braten und Hähnchenkeulen in sich hineinschlangen aus Angst vor Hunger oder noch Schlimmerem. Das Wort von der Henkersmahlzeit machte die Runde. Aber der Morgen danach kam, der Mittag und der Abend. Der Tag danach, noch einer und noch einer. Und das Essen hatte nicht mehr den Überfluss des ersten Abends, aber es blieb reichlich, üppig; serviert und gekocht von Kameraden, Soldaten aus dem Afrikakorps, die schon seit fast einem Jahr in Texas lebten.

Nach dem ersten Abendessen standen sie am Zaun und unterhielten sich mit den *Afrikanern*, deren Ausgangssperre nach der Einweisung der *Franzosen* aufgehoben wurde und die ihnen Schokolade oder Zigaretten anboten. Im Hintergrund hörte man das Plätschern des Wassers am Brunnen.

»Teufelsbrunnen«, sagte einer der Afrikaner, und dass es eine Frechheit sei, dass man die Franzosen genau in dem Compound einquartierte, den sich die Afrikaner am schönsten hergerichtet hatten.

Die anderen Afrikaner lachten oder murmelten, einige fluchten laut auf die Amerikaner. Franz schmeckte trotz aller Freundlichkeit und kameradschaftlichen Worte die Bitterkeit hinter dem Scherz. Die Männer auf der anderen Seite des Zauns beobachteten sie sehr genau. Ihre Gesichter waren braungebrannt, in der anbrechenden Dunkelheit für ihn kaum zu erkennen, nur ihre Augen leuchteten weiß. Er wandte sich ab, spazierte umher, lauschte auf das Schnarren der Zikaden, schaute hinüber zum Wachturm im Süden, auf dem die zwei Wächter als Scherenschnitte vor dem Abendhimmel standen.

»Rührei?«

Der Kamerad vor ihm hält eine Kelle in seiner riesigen Hand und lächelt ihn an. Franz nickt. Der Mann füllt ihm auf, legt zwei Scheiben Brot dazu, einen Klecks Butter und etwas Käse.

»Musste sagen, wenn du Nachschlag willst«, sagt er. Franz lächelt ihn an. Weiße Kappe auf dem großen, eckigen Kopf. Die Haut stark gebräunt, viele Falten. So alt wie sein Vater, oder vielleicht erscheint es ihm nur so.

»Die lassen uns machen in die Küche«, sagt der Koch, »also friss ma lieber mehr, als datt wir was wegschmeißn.«

»Alles klar«, sagt Franz.

»Ick bin der Rudi«, sagt der andere, »wenn's ums Essen geht, wendeste dich an mir, verstanden?«

»Verstanden!«

»Was wollte der denn?«, fragt Jürgens, einen Becher Kaffee in den Händen, als Franz den Tisch erreicht, an dem die Kameraden aus seiner Baracke Platz genommen haben. Franz winkt ab.

»Vorsicht bei dem«, sagt Jürgens, »ein Kamerad aus dem Korps hat mich gewarnt, dass wir einen Roten hier in der Küche haben.«

»Einen Roten?«

Jürgens hebt die geballte Faust neben den Kopf.

»So einen, verstehst du. Einen Russenfreund.«

»Ach komm!« Franz schüttelt den Kopf.

»Pack gibt es überall«, sagt Jürgens. »In der Schusterei meines Alten, da hatten wir einen Gesellen, immer freundlich, immer korrekt, kein Wässerchen trüben, nette Eltern. Und eines Tages wird der abgeholt, hat Propaganda gemacht für die Roten. Kannst du dir vorstellen, was das für einen Ärger gab für uns, was wir für eine Angst hatten, man würde uns alle einbuchten wegen dieses Schweins? Ohne die guten Verbindungen meines Vaters säße ich wahrscheinlich gar nicht hier, sondern würde Steine kloppen hinter schwedischen Gardinen.«

Franz löffelt sein Rührei. Er schaut sich nach Paul um, dem man eine Baracke im Nordosten ihres Compounds zugeteilt hat, aber er entdeckt ihn nicht. Ein hagerer rothaariger Kerl setzt sich zu ihnen und beginnt, sich mit Jürgens zu unterhalten. Die beiden scheinen sich von der Reise oder von der Front zu kennen. Weitere Kameraden strömen in den Raum; es wird voll, das Brummen Hunderter Stimmen und das Klirren ihres Bestecks vermischen sich. Ein amerikanischer Unteroffizier tritt ein, schreitet die Bänke ab und zählt sie durch. Danach essen sie, unterhalten sich über die Sportmannschaften, die es zu bilden gilt, über die Sprach- und Lehrkurse, über die bevorstehenden Arbeitseinsätze. Von Sklavenarbeit redet einer, ein anderer wirft ein, dass man sie immerhin bezahlen würde.

»Man wird uns mit den Negern über das Feld knüppeln«, sagt der Rothaarige, »die man hier noch schlimmer behandelt als bei uns die Juden. Woran sich die Verlogenheit der Amerikaner zeigt, die Verlogenheit des ganzen Systems. Freiheit predigen, aber die eigenen Leute ausbeuten.«

Der Rothaarige schaut Franz an. Seine Augen sind klar und blau, sein Gesicht voller Sommersprossen. Er wirkt sehr jung, fast noch wie ein Kind.

»Oder wie siehst du das, Kamerad?«

Franz zuckt die Schultern.

»Hab da keine Meinung zu. Was interessiert mich der Amerikaner?«

»Man muss den Feind kennen«, sagt der Rothaarige, »man muss seine Lügen durchschauen.«

»Versuchen wir doch«, sagt Jürgens und kneift Franz ein Auge, »aber wir haben halt nicht dieselbe Schule besucht wie du.«

Als sie nach dem Essen den Saal verlassen, holt Jürgens Franz ein und legt ihm den Arm um die Schultern.

»Nimm's dem Baumann nicht übel«, sagt er, »der kann etwas bohrend sein. Das ist die Ausbildung. Hitler-Schule. Echte Elite, verstehst du? Könnte noch irgendwo sitzen und büffeln, um Parteibonze zu werden, hat sich aber freiwillig gemeldet, alles abgebrochen. Wollte für das Reich kämpfen. Echter Heldenmut. Der hat das Herz am rechten Fleck. Und vormachen tut dem keiner was, der Ami schon gar nicht, hast du ja gehört.«

Franz sitzt auf seinem Bett in der Hitze der Baracke, er schaut aus dem Fenster, ohne recht zu schauen. Er hat das Gefühl, als habe ihn bis hierher eine Strömung mitgerissen, in der er sich hat treiben lassen, ohne unterzugehen. Aber diese Strömung, die ihn in den Krieg, in die Gefangenschaft und bis in das Lager gespült hat, wird immer schwächer, er wird langsamer und das Wasser tiefer. Dass er nicht schwimmen kann, denkt er, und dass er es lernen sollte. Und viel wichtiger, denkt er, von wem man es lernen will, das Schwimmen. Er legt sich auf sein Bett, schließt die Augen, streicht mit der flachen Hand über seine Bettdecke. Kurz nach dem Tod des Vaters stieg Josef das erste Mal mit seiner Decke ins Wohnzimmer. Als ein weißer Daunenberg saß er dort über dem Volksempfänger, nur gedämpft drangen die Stimmen hervor, Stimmen in einer fremden Sprache. Als Franz ihn ein paar Tage später begleiten, als er zu Josef unter die Decke kriechen wollte, schüttelte der Bruder den Kopf.

»Es reicht«, sagte er, »wenn sie einen hängen.«

Seine kalte Hand auf Franz' Arm. Wie er ihn behutsam, aber nachdrücklich zur Treppe schob. Und wie Josef später in dieser Nacht dann plötzlich im Zimmer stand, noch bevor die Sirenen auf der Straße erklangen.

»Mach dich fertig«, sagte er, »heute fliegen sie.«

Wenn es nach seinem Bruder ginge, denkt Franz, wäre ganz klar, mit wem er schwimmen müsste.

»Schau dir das an!«

Paul steht vor dem Teufelsbrunnen, die Hände in den Taschen seiner neuen Hose, die ihm bis zu den Knien reicht. Er betrachtet die drei Dämonenköpfe, die unaufhörlich ins Becken spucken. Sie geben sich die Hand, klopfen sich auf die Schultern.

»Ich kann mich nicht sattsehen daran«, sagt Paul. »Was die für eine Zeit gehabt haben müssen, was für ein Luxus.«

Franz stellt sich neben den Kameraden und starrt die drei steinernen Fratzen an, ihre lachenden Münder, die lockigen Haare und kleinen Hörner. Die Sonne hat sich bereits erhoben, die Schatten der Gebäude sind kurz.

»Wenn ich an Russland denke.« Pauls Gesicht plötzlich finster. Franz wirft ihm einen Seitenblick zu, schweigt.

»Hast du schon nach Hause geschrieben?«, fragt er Paul. Der andere nickt.

»Am zweiten Tag. Mit Sondergenehmigung. Ist eigentlich verboten. Post innerhalb der Staaten.«

»Du wirst wohl schneller Antwort bekommen«, sagt Franz.

»Wer weiß das schon. Ich hab von Afrikanern gehört, die bis heute keine Post bekommen haben. Andere nach ein paar Wochen. Immerhin haben wir die Postzentrale hier. Das mag helfen.«

Franz hat die Lastwagen gesehen, die jeden Abend in langen Reihen das Lager erreichen und morgens wieder davonfahren. In einer großen Baracke im amerikanischen Sektor, heißt es, arbeiten über hundert Afrikaner daran, die Briefe aus allen Lagern und die eigene Post zu sortieren. Vor Weihnachten 43, erzählen die Kameraden, hätte wegen des großen Arbeitsaufkommens das halbe Camp dort gearbeitet. Dass es wert sei, sich dort zu melden, sagt Paul, dass er aber lieber versuchen wolle, als Dolmetscher zu arbeiten. Er sei dazu schließlich qualifizierter als alle anderen. Franz nickt, er setzt sich auf den Brunnenrand und schaut zu Paul empor, der immer noch die Teufel betrachtet. Er lächelt. Sein amerikanischer Freund.

»Sei ehrlich!«

Er lachte laut. Einige Kameraden, die mit ihnen an der Reling standen, drehten sich um.

»Sag schon, woher?«

Die Sonne schien, der Wind ließ ihre Haare flattern, hinter Paul das Glitzern des Meeres.

»Ganz ehrlich, Cullmann, Alabama.«

Franz stieß ihn vor die Brust.

»Das ist doch Unfug«, sagte er.

»Wenn ich's dir sage«, entgegnete Paul. »Geboren in Ost-friesland, aber schon als Kind mit meinen Eltern rüber. Ich weiß nicht einmal den Namen des Dorfes in Deutschland. Zu Hause, das schwöre ich dir, ist Cullmann. Das ist mir geblieben. All der Rest …«

Er machte eine Bewegung mit der Hand, als würde er einen Ball über den Rücken werfen.

»Du meinst Ostfriesland?«

Er schüttelte den Kopf.

»Ich meine alles. Deutschland. Die Freunde, den Bund.«

»Was für einen Bund?«

»Den Amerikadeutschen. Braune Bataillone, Abteilung Übersee.«

»Wie die Hitlerjugend«, sagte Franz.

»Mehr oder minder. Aber Alt und Jung. Fackeln und Fahnen. Einige Freunde aus Cullmann, die mit mir zur Highschool gingen, die haben mich mitgeschleppt. Das war was anderes als Feldarbeit und Traktoren oder sich in der Schule langweilen.«

»Die waren an der Schule?«

Paul lachte, er schüttelte den Kopf, spuckte über Bord.

»Nein, das dann doch nicht. Aber in der Gemeinde, auf der Straße, bei den Festen. In Alabama gibt es viele Deut-sche. Sie haben gesucht. Nach Idioten wie mir.«

Paul tippte sich auf die Brust.

»Neununddreißig rüber nach Deutschland, gerade recht-zeitig, um vom Hafen in Hamburg durchzumarschieren bis Warschau. Oder so in der Art. Und was sind wir marschiert und was haben wir gesungen.«

Das Horn des Schiffes unterbrach ihn, die Deutschen reckten die Köpfe und johlten. Ihr Gespräch brach ab, Ka-meraden drängten sich zwischen sie und verlangten eine Aussicht auf das Blau, auf die Ferne. Später, zurück im

Laderaum, setzte Paul sich wieder neben ihn. Sie kloppten eine Weile Kutscherskat. Auch heute muss Franz genau hinschauen, um hinter dem jungenhaften Eindruck, dem weißblonden Kopf, der hellen, glatten Haut, dem offenen Lächeln, auch die Falten um seine Augen zu sehen, die Anspannung seiner Lippen, die Ernsthaftigkeit seines Blicks zu bemerken, die ganz plötzlich auftauchen kann. Dann bemerkt er den Altersunterschied, überhaupt den Unterschied zwischen ihnen. Franz stellt sich den Freund auf seiner ersten Fahrt nach Deutschland vor, die erste Rückkehr seit Kindertagen vor Augen, wie das sein mag, in der Heimat ein Fremder. Das erste Mal in Uniform, der erste Kriegseinsatz schon in Polen.

»Und du warst wirklich von Anfang an dabei?«, fragte er Paul nach einigen schweigsamen Runden Skat im Schiffsbauch. Paul zuckte mit den Schultern.

»Was heißt das schon, Anfang. Frühjahr neununddreißig rüber mit dem Bund. Arbeitskräfte für das Reich.«

»Und deine Eltern?«

»Meine Eltern, ja.« Er machte eine Pause. »Die haben versucht, es zu verbieten, den Bund, die Treffen, schon die Reise nach New York zur Kundgebung im Madison Square Garden. Und je mehr sie sich aufregten, desto mehr wollte ich es machen. Sie haben gesagt, das weiß ich noch, wie mein Vater das sagte, dass ich froh sein solle, in Amerika zu sein, dass ich versuchen solle, ein Amerikaner zu werden und nicht deutscher als die Deutschen.«

»Und im Krieg?«

»Freiwillig gemeldet, Anfang Juni. Als man es schon riechen konnte. Das lag in der Luft. Vielleicht waren das die Kontakte der Leute im Bund, ich weiß es nicht; aber es lag in der Luft. Wir wollten dabei sein, Heldentaten und all so ein Zeug, haben uns gemeldet. Ich stellte mir Abenteuer vor, dass ich ein Mann werden würde, ein echter, ganz eigener, ein Deutscher. Die Ausbildung abgeschlossen Ende September; wir konnten noch zum Winken und Jubeln nach Warschau fahren, als die Polen kapitulierten. Dann ein wenig Ruhe, kurz darauf Frankreich, da war es kurz wirklich wie ein Heldenspiel, die schnellen Offensiven, das Vorrücken, der Jubel, die Tage in Paris. Aber dann kam Russland, das unendlich lange, unendlich kalte, in allem unendliche Russland.« Er machte eine Pause, stierte auf seine Stiefel, klopfte sich dann mit den flachen Händen auf die Oberschenkel, so als wollte er sich selbst aufmuntern. »Und jetzt das Ende wieder in Frankreich.«

»Du hast alles mitgemacht«, sagte Franz.

»Ja«, sagte Paul und schaute ihn an. Franz hielt dem Blick eine Weile stand, schaute schließlich auf seine Karten.

Er lässt eine Hand in das Brunnenbecken sinken und fährt sich damit über die Stirn. Es ist noch nicht einmal elf, aber die Hitze drückt schon auf den Brustkorb. Dass er sich kaum vorstellen kann, sagt er, wie das möglich sein soll, Arbeitseinsätze bei diesem Wetter.

»Du gewöhnst dich dran«, sagt Paul. »Und du fängst am besten an zu trinken, so viel Wasser wie nur möglich. Gestern ist einer umgekippt bei uns. Mitten in der Baracke. Musste ein Sani kommen. Völlig dehydriert, der Kamerad. Da hat's eine Standpauke gegeben von einem Wachmann. Und ich hab brav übersetzt. Der war überrascht, hat sich gleich meinen Namen notiert.«

Er zwinkert Franz zu. Mit einem Offizier will er sprechen, so bald wie möglich. Gar nicht erst auf einem Feld landen, sagt er. Franz sagt, er habe einen Einführungskurs in die Kartoffelernte am nächsten Morgen.

»Für mich geht's also auf den Acker.«

»Wirst du auch überstehen«, sagt Paul. »Vielleicht kann ich ja ein Wort für dich einlegen, wenn ich einen Posten bekomme.«

Franz schüttelt den Kopf.

»Ich war Bergmann, gute zwei Jahre, jetzt werde ich Erntehelfer. Das sind die richtigen Sachen für mich.«

»Mach doch einen dieser Schulkurse, zur Not abends, wenn du tagsüber arbeitest. Ich hab das Programm angesehen, solltest du auch.«

»Werd ich drüber nachdenken«, sagt Franz.

*

Mit dem Deutschlandlied fängt es an. Damit, dass Kameraden aufstehen und das Deutschlandlied singen vor dem Frühstück. Und jene, die wie Franz schon mit dem Essen begonnen haben, legen das Besteck ab, erheben sich ebenfalls, fragenden Blickes zunächst, mit gefülltem Mund, umgeben von Männern, die aus voller Brust die Strophen schmettern. Der Amerikaner, der sie durchzählt, steht mit verschränkten Armen an der Tür und wartet, »über alles in der Welt«, Franz bewegt den Mund, hört Jürgens und Baumann neben sich, stößt ebenfalls ein paar Töne aus; die Worte wollen nicht recht, Rührei und Kaffee auf der Zunge.

Er fängt den Blick eines Mannes am gegenüberliegenden Tisch auf, eines kleingewachsenen, stämmigen Kerls mit platter Nase, der zwar den Mund bewegt, seine Unlust zu singen aber noch schlechter verbirgt als Franz. Als sie geendet haben, hält der Mann seinen Blick noch einen Augenblick und grinst, eher er sich wieder seinem Essen zuwendet.

Nach dem Frühstück strömen die Männer nicht wie gewohnt in ihre Baracken oder zu den Sportplätzen. Grüppchen sammeln sich hinter der Messe, auf der Freifläche zwischen Hauptstraße und Teufelsbrunnen. Franz sieht Männer, die sich in Kreisen aufstellen und die Köpfe zusammenstecken, ein schmaler Kerl sitzt auf dem Boden und weint Rotz und Wasser, ein anderer kniet vor ihm und redet auf ihn ein. Es liegt eine Spannung über ihren Köpfen, so als läge eine Leitung in der feuchten Luft offen. Franz entdeckt Paul, der neben einem baumlangen Kameraden steht und sich gestikulierend unterhält. Als der Freund ihn entdeckt, winkt er ihn zu sich.

»Was ist denn …?«

»Hitler«, sagt Paul, »man hat versucht, Hitler zu töten.«

»Was?«

»Offiziere, Teile der Wehrmacht. Es gab einen Putschversuch.«

»Aber woher …«, sagt Franz.

»Die Afrikaner haben Radios«, sagt der Riese. »Kurzwelle. Umgebaut, obwohl es verboten ist.«

Er reicht Franz seine Hand. Ihr Griff ist sehr weich, sehr warm.

»Heimo«, sagt er. Seine Stimme ist erstaunlich hell. Sein Deutsch hat einen südlichen Einschlag, vielleicht Schwaben, irgendwo von dort, vermutet Franz.

»Die werden gehütet wie Schätze, aber so eine Nachricht lässt sich nicht zurückhalten.«

»Und ist er tot?«

Führerbilder in Rahmen im Bücherregal neben Winnetou und dem Mannschaftsfoto von Rot-Weiß, kleine Postkarten in einem Hefter, die Unterschrift: eine Jugend für den Führer, eine Holzfigur, nur eine Fingerlänge messend. Der Bruder sagte ihm, er solle das wegschmeißen. Er solle nicht dumm sein. Aber er konnte nicht, er schob sie nach hinten, zwischen die Bücher, verstaute die Figur in seinem Nachtschrank.

»Überlebt«, sagt Paul, »sagen zumindest die Afrikaner. Der Putsch ist gescheitert. Nur eine kleine Bande Verbrecher sei beteiligt gewesen, heißt es.«

Ein Aufschrei geht durch eine Gruppe hinter ihnen, ein Kreis aus Kameraden hat sich gebildet, in der Mitte zwei Körper auf dem Boden in einer Staubwolke.

»Gib's ihm, hau ihm die Fresse ein!«

Sie laufen hinüber, sehen zwei ineinander verkrallte Männer, die versuchen, einander Schläge zu verpassen. Franz erkennt den Kameraden, dessen Blick er beim Singen des Deutschlandliedes aufgefangen hat. Der Kleine presst seinen Kopf unter das Kinn seines Gegners und drückt ihn so zu Boden, holt immer wieder aus und schlägt ihm seine Faust auf die Rippen. Der andere lockert den Griff, so dass der Boxer auf die Knie kommen und zwei Schläge ins Gesicht nachsetzen kann. Blut spritzt. Einige Kameraden jubeln, andere brüllen auf vor Zorn. Jemand springt vor und versucht, den Boxer zu packen, jemand tritt nach ihm. Heimo bewegt sich durch die Menge, als liefe er durch ein Kornfeld. Er greift die Hand des Boxers, »hierher, hierher«, brüllt er, zieht ihn in seine Richtung, jemand will sich ihm in den Weg stellen, wird aber einfach von seinen Pranken beiseitegeschoben. Franz neben Heimo und Paul an der Seite des Kämpfers, andere Kameraden neben ihnen, Schulter an Schulter, Fäuste fliegen, Gesichter tauchen in seinem Blickfeld auf, für Sekunden nur, offene Münder im Staub, das Herz rumpelt wie wild in seiner Brust, Rufe vom Nazipack und von Verräterschweinen, eine wogende Masse, die erst von den Trillerpfeifen der Amerikaner auseinandergetrieben wird. Ein Jeep mit montiertem MG rauscht heran, dazu Wachpersonal mit Schlagstöcken im Laufschritt, aus den Lautsprechern ein auf und ab schwellender Alarmton, Warnschüsse von den Wachtürmen.

»Return to your barracks immediately! Return to your barracks immediately!«

Zögern, Sekundenbruchteile nur, erste Männer, die sich in Bewegung setzen. Ihre Gruppe unschlüssig, bis Paul Heimo vor die Brust klopft.

»Wir sollten verschwinden! Hat keinen Sinn mehr. Wir sehen uns später.«

Er dreht sich um, steckt seine Hände in die Hosentaschen und spaziert davon, überquert die Straße direkt vor dem Jeep, der vor dem Eingang zur Messe zum Stehen gekommen ist. Alles setzt sich in Bewegung, eilig, aber ohne zu rennen, die einzigen Stimmen noch die der Wachen, dazu der Klang der Sirene, der auch Minuten später, nachdem Franz seine Baracke erreicht hat, immer noch nicht abebbt. Er legt sich aufs Bett, starrt an die Decke. Return, klingt es von draußen, return to your barracks.

Er spürt eine Erschütterung. Als er den Kopf hebt, sieht er Jürgens neben sich auf dem Bett sitzen. Sein Gesicht scheint zu leuchten, so hell ist es, sein Blick ist gesenkt. Seine Hände zittern.

»Eine Bombe«, sagt Jürgens mehr zu sich selbst, »eine Bombe, diese feigen Schweine.« Jetzt hebt er den Kopf. »Das sind doch Soldaten«, sagt er, »Soldaten wie wir. Die haben doch denselben Eid geschworen, Mensch.«

»Ich weiß«, sagt Franz.

Tränen laufen aus Jürgens' Augen.

»Es ist haarscharf gewesen, sagen sie. Reines Glück. Vielleicht die Vorsehung. Und man sitzt hier hinterm Draht und kann nichts tun. Rein gar nichts.«

»Wir müssen abwarten«, sagt Franz.

Jürgens greift seine Hand und drückt sie. So sitzen sie

still, während sich der Raum um sie herum langsam mit Kameraden füllt.

Der Vater saß am Tisch. Er strahlte. Vor ihm ein halb ausgetrunkenes Bierglas, neben ihm ein Stapel Papiere, auf denen er gezeichnet hatte, aber auch geschrieben. Karikaturen, vermutete Franz, die er ab und an per Post an Zeitungen schickte. Wenn einmal eine gedruckt wurde, präsentierte er sie Franz und der Mutter, bevor er sie behutsam in ein Album klebte. Der Vater beobachtete Franz dabei, wie er der Mutter half, das Essen aufzutragen. Vor etwa anderthalb Jahren, kurz nachdem er in die Schule gekommen war, hatten sie begonnen, ihm Aufgaben im Haus zu übertragen. Und wenn der Vater entschied, dass er seine Arbeit nicht gut erledigte, waren die Folgen selten angenehm. Franz wartete darauf, dass der Vater etwas sagen würde, aber der Alte schwieg und lächelte nur. Ab und an trank er einen kleinen Schluck Bier. Sie setzten sich. Vor ihnen das dampfende Gulasch und die gelb leuchtenden Kartoffeln. Josefs Stuhl war noch leer. Die Mutter erhob sich.

»Ich werde ihn …«

»Wir warten«, unterbrach sie der Vater mit erhobener Hand.

Sie saßen still, Franz starrte auf die weißen Keramikschüsseln, in denen das Essen dampfte. Er hatte riesigen Hunger, war nach dem Turnen mit knurrendem Magen von der Schule nach Hause gerannt. Er drehte den Kopf, schaute zum Flur. Das Knarren der Dielen im ersten Stock war zu hören, kurz darauf das dumpfe Tappen von Josefs Füßen auf dem Teppich der Treppe. Er trat ein, den Rücken sehr gerade, das helle Gesicht mit den roten Wangen glänzend, so als wäre er gerannt, er warf dem Vater einen kurzen Blick zu, klopfte dem kleinen Bruder auf die Schulter und setzte sich. Obwohl es seine Urlaubswoche war, trug er ein Uniformhemd. Die Mutter stand auf, nahm die Kelle mit den Kartoffeln, aber der Vater beugte sich vor, seine schwere Hand griff ihren Arm.

»So schweigsam?«, fragte er.

Josef reagierte nicht. Die Mutter ließ die Kelle los und setzte sich wieder.

»Karl«, flüsterte sie. »Lass doch.«

»Freust du dich gar nicht über unseren neuen Kanzler? Hast dir doch extra für ihn Urlaub genommen, oder etwa nicht?«

Josef begann, sich Kartoffeln aufzutun, griff anschließend auch die Kelle, die im Gulasch steckte, und füllte sich dampfendes Fleisch und Soße auf. Franz ahnte, dass es um den Herrn Hitler ging, von dem ihm der Vater erzählt hatte, dem Herrn Hitler, der Deutschland in Ordnung bringen würde. Er begriff nicht, was zwischen seinem Bruder und dem Vater geschah, aber diese Anspannung, der konzentrierte Gesichtsausdruck in den Gesichtern der beiden, ließen ihn starr auf seinem Stuhl sitzen und das Geschehen beobachten. Er hörte die Mutter schwer neben ihm atmen. Sie griff unter dem Tisch seine Hand und presste sie. Josef schaute auf.

»Soll der mal Kanzler spielen, der Herr Gefreite«, sagte er.

»Und glaub du mal, dass sie gewonnen hat, deine Bewegung.«

Der Vater lachte.

»Du wirst dich noch umschauen, wie der Kanzler spielt, ihr werdet euch alle noch umschauen, du und deinesgleichen.«

»Und wer soll das sein, meinesgleichen?«, fragte Josef. »Echte Soldaten? Leute, die nicht unter der Woche am

Schreibtisch sitzen und am Wochenende in ihren Müllmannkutten durch die Stadt marschieren?«

»Unser neuer Kanzler war viel mehr Soldat, als du es je sein wirst«, sagte der Vater. Er griff sich seinerseits die Kelle, füllte erst der Mutter und dann Franz Kartoffeln auf. Franz spürte, wie der Griff von Mutters Hand sich lockerte. Sie stand auf und teilte das restliche Gulasch unter ihnen auf, lief in die Küche und holte sowohl Josef als auch dem Vater ein Bier. Während sie aßen, erzählte der Vater von den neuen Zeichnungen, die er gemacht hatte. Er griff auf die Bank neben sich und hielt ein Blatt empor. Ein dicker Mann mit Glatze war zu sehen, der mit gesenktem Kopf aus einem Gebäude trat, das wohl der Reichstag sein sollte.

»Da schleicht er sich, der von Schleicher«, sagte der Vater, lachte kurz und widmete sich wieder seinem Gulasch. Eine Weile waren nur das Klirren des Bestecks auf Porzellan und ihr Schmatzen zu hören.

»Lecker«, sagte Josef irgendwann, »wirklich sehr lecker, Mutter.«

Der Vater nickte. Er trank sein Bier aus.

»Nichts für ungut«, sagte er in Richtung seines älteren Sohnes. »Wirst du auch schon noch einsehen, jetzt, wo die neuen Zeiten anbrechen. Da werden wir alle was von haben, alle Deutschen.«

Und Franz glaubte, dass der Bruder etwas entgegnen wollte, aber er zuckte nur mit den Schultern und sagte: »Wollen wir's hoffen.«

»Sie haben nichts gefunden«, sagt Paul. »Was für ein Scheißtag. Kein toter Hitler, keine erfolgreiche Durchsuchung.«

»Spinnst du jetzt?«

Heimo stößt ihn vor die Schulter.

»Meinst du, des wär' besser, wenn wir keine Radios mehr hätten?«

»*Wir* haben aber keine Radios«, sagt Paul, »*die* haben die Radios. Und das wird so bleiben, bis die Amerikaner sie finden.«

»Da hat er recht«, sagt der Kleine mit der Boxernase, dessen Gesicht noch die Spuren des morgendlichen Kampfes trägt. »Ich sag: lieber gar keine Radios als Radios bei den Afrikanern. So seh ich das.«

»Das sind immerhin unsere Kameraden, Husmann.«

»Schöne Kameraden«, sagt der Boxer. »Das in Berlin, sag ich, die Kerle, die sie jetzt als Verbrecher bezeichnen, das waren meine Kameraden. Ich wette, da waren viel mehr dran beteiligt, als sie jetzt sagen. Wer weiß das schon. Alles Lügen, was hier bei uns ankommt.«

»Leise!« Paul legt den Zeigefinger auf die Lippen. »Wenn wir zu laut sind, kommt er vielleicht nicht.«

Franz betrachtet den Zaun, der auf den ersten Blick in der Dämmerung nicht mehr ist als eine Reihe Pfähle in gleichmäßigem Abstand. Erst auf den zweiten Blick kann er die feinen Linien des gespannten Stacheldrahts ausmachen. Ihre kleine Gruppe hinter der Messe, nahe dem Zaun zum zweiten, nur von Afrikanern bewohnten Compound, schweigt jetzt und wartet. Die Lichter der Baracken sind bereits erloschen, die Scheinwerfer der Wachtürme bewegen sich langsam zwischen den Gebäuden umher, beleuchten ab und an einen einzelnen Deutschen, der vor seiner Baracke sitzt und raucht, oder einen, der den Weg entlangspaziert. Ein leichter Wind in den Bäumen, Blätterrauschen, keine Schreie mehr, keine Beleidigungen. Das Horst-Wessel-Lied, das angestimmt worden ist auf dem großen Versammlungsplatz, nachdem der Lagerkommandant sie offiziell über das Attentat und Hitlers Überleben informiert hatte, ist längst verklungen. »Die Knechtschaft dauert nur noch kurze Zeit«, schmetterten sie. Und Franz, nahe bei Jürgens, nahe beim rothaarigen Baumann, traute sich nicht zu schweigen, er bewegte den Mund, stieß Geräusche aus, sinnlose Töne zuerst, die dem Klang der Worte ähnelten, bis er merkte, dass es doch die passenden Worte waren, dass er sie sang, dass sie aus seinem Mund kamen, ganz automatisch. Nach dem Singen, auf dem Weg zur Baracke, drückte Paul ihm einen Zettel in die Hand, den er sich erst auf der Toilette zu lesen traute. *Heute Abend, halb zehn, hinter der Messe*, stand darauf. Franz zerriss das Papier in kleine Schnipsel und warf sie ins Klo.

»Er kommt«, sagt Paul.

Franz dreht den Kopf, er sieht eine dunkle, massige Figur, die sich im Schatten zwischen zwei Baracken auf sie zubewegt. Erst als der Mann in den Freiraum nahe dem Zaun tritt, erkennt er Rudi, den Kameraden aus der Küche, der ihm morgens für gewöhnlich sein Frühstück auf den Teller legt. Statt der Kochmütze bedecken kurzgeschorene graue Haare den kantigen Schädel. Er tritt nahe an den Draht, mustert sie schweigend.

»Da wären wir«, sagt Paul.

Rudi nickt.

»Näher kommen und auf die Hinterbacken«, sagt er, »so ham wa Schatten von Baracken und Messe. Festbeleuchtung brauch ick nich.«

Sie hocken sich im Halbkreis vor den Zaun. Rudi mustert sie schweigend. Außer Husmann, dem Boxer, und dem riesigen Heimo sitzen noch drei weitere Kameraden im Halbschatten, deren Namen Franz nicht kennt. Während Rudi sich ächzend in den Schneidersitz setzt und beginnt, eine Zigarette zu drehen, überlegt Franz, nach den Namen zu fragen, aber vielleicht, denkt er, ist es besser, sie nicht zu kennen. Als Rudi sich schließlich seine Kippe ansteckt, leuchtet sein Gesicht für einen kurzen Moment auf. Roter Rudi, denkt Franz, wie ein Märchenonkel vor den Kindern.

»Du wolltest von den 999ern erzählen«, sagt Paul.

»Und da haste einfach deine Verschwörertruppe mitjebracht«, sagt Rudi. »Ob ditt heute ne goldene Idee is, weeß ick wirklich nich.«

»Alles ist ruhig«, sagt Paul.

Franz spürt, wie er sich beim Wort Verschwörer verkrampft hat. Er spürt sein Hemd an seinem Rücken kleben, sieht die Bewegungen der Schweinwerfer, die langen, sehr geraden Lichtarmen gleich von den Türmen herabgreifen. Er schließt die Augen. Und sofort sieht er im Dunkel der Baracken die Kameraden tuscheln und sich fragen, wo denn der Franz ist, was der denn macht, ob der nicht heute neben dem Boxer gestanden hat, der Hitler den Tod wünschte.

»Hier verschwört niemand gegen nix«, sagt Paul. »Wir sind einfach nur da, um uns die Geschichte anzuhören, von der du neulich nach dem Essen angefangen hast.«

»Hätt ick ma meine Klappe jehalten«, sagt Rudi.

Paul zuckt mit den Schultern.

»Wir tun doch nichts. Sitzen hier nur rum, rauchen eine, unterhalten uns. Und alles ist ruhig.«

»Wenn sie ditt Lager durchsuchen, ist nie allet ruhig«, sagt Rudi. »Aber vielleicht sind se zu beschäftigt, weil se ditt Überleben von Führer feiern. Die schützende Vorsehung.«

»Stümper«, sagt Husmann.

»Watt willste, Großer?«

»Stümper«, wiederholt Husmann und spuckt aus. »Die Offiziere mein ich, die Putschisten. Tapfer, ehrenvoll, aber am Ende eben doch Stümper, wenn sie ihn nicht erwischt haben.«

Rudi lacht.

»Und wo is deine Bombe gewesen, du Held? Haste sie zu Hause vergessen, bei deine letzte Führerparade?«

Er zieht an seiner Kippe, schaut in die Runde.

»Und außerdem, nix für ungut, aber ick kenn euch jahnich. Der Paul sacht, ihr seid alle in Ordnung, schön und jut. Aber sowatt würd ick grad selbst mit meine Oma nur besprechen, nachdem ick sie uffn Zahn jefühlt hab, is ditt klar?«

Einige Augenblicke ist es ruhig. Husmann sieht zu Boden. Er reibt sich über die platt gedrückte Nase. Rudi presst seine Kippe in den Sand. Die Zikaden schnarren laut in die Stille zwischen ihnen.

»Die 999er«, sagt Paul. »Du erzählst uns einfach die Geschichte. Bringst uns auf Stand. Mehr nicht.«

Rudi schaut ihn an.

»Ach leck mir doch. Gehst mir eh uff die Nerven, bis ich's erzählt hab, was? Mach'n wa also Geschichtsstunde vom Onkel Rudi für euch arme Franzosen. Watt soll's. Damit ma klar ist, wo ihr hier so jelandet seid. Hier denkt man ma besser zweimal nach, bevor man die Fäuste fliegen lässt oder Dummheiten brüllt.«

Der Alte schnipst seine ausgerauchte Kippe in Richtung Husmann, steckt sich direkt eine neue an.

»Is gut jetzt!«, sagt Paul, im Befehlston beinahe. Rudi bläst eine Rauchwolke aus, er lacht.

»Ist ja jut. Lasst einen alten Landser seinen Spaß haben. Ein dickes Fell solltet ihr euch zulegen, liebe Jungens, ditt is ne Empfehlung. Die waren auch dünnhäutig, die 999er. Bataillon in Afrika. Auf Bewährung. Wer immer sich ditt ausjedacht hat. Allet voller Kommunisten, Sozialisten, auch gewöhnliche Verbrecher dabei. Alle nach Afrika geschickt, um für den Führer zu bluten.«

Wieder lacht er. Sein Gesicht im Wechsel zwischen Schatten und dem Glimmen seiner Zigarette. Das Erzählen macht ihm sichtlich Spaß.

»Hat nich so wirklich jeklappt. Denn watt sollten se sich auch den Arsch wegschießen lassen für's Adölfchen, wo sie ditt sowieso nich mochten. War nich so richtig durchdacht, wenn mich eener fragt. Aber mich fragt ja keener. Jedenfalls: Als wir hier ankamen«, er deutet auf die Baracken hinter sich, »da war allet noch frisch, noch roh. Farbjeruch, Lösungsmittel, Leim. Keene Blumen, keene Brücken, keene Brunnen, keen Nischt. Noch nich mal Fußballtore. Und trotzdem war es für uns wie Paradies. Vorher, die ersten Wochen Gefangenschaft in Afrika, ditt war vielleicht ne Dreckszeit, kann ick euch sag'n. Waren in Marokko, hockten da rum am Rand der Wüste, ham uns die Köppe verbrannt unter die Sonne, keene Dächer oder sonst watt, nich mal Zelte. Nur Stacheldrahtrollen und ein Graben zum Scheißen. Fliegen, Gestank, datt globt dir keen Mensch. Natürlich kriecht'n viele die Ruhr oder sonst watt, sahen aus wie Skelette und wurden dann auch welche, Stoffbahnen rüber und ab ins Massengrab; einige ham versucht, n Abgang zu machen, da knallten die Schüsse in der Nacht. Ditt hier, ditt war von Anfang an wie Kurhotel.«

In der Ferne jault ein Hund oder Kojote. Franz saugt die schwere Luft ein. Er schließt die Augen, versucht, sich Afrika vorzustellen, die Massen der Deutschen in der Wüste, die geschlagenen Helden.

»Kommen also hier an, machen's uns kuschlig in die Baracken. Einweisungen, viel Blabla, ditt janze Zeuch, kennt ihr ja. Bunter Haufen damals, wahrscheinlich wie bei euch. Da wurde nicht aussortiert, da wurde nich jefragt, weder nach deine Meinung zum Führer noch nach sonst watt. Obwohl wir ja wussten, wer unsere Pappenheimer waren;

die Kerls, die ditt schicke Schwarz noch eingetauscht hatten gegen normale Uniformen.«

»Und warum hast du nichts gesagt?«, fragt Paul.

»Und Kameraden verpfeifen?«

»Sind das denn wirklich deine Kameraden?«

»Jetzt haste gehört Roter Rudi, und da denkste, du kennst mir, du Schlauberger? Das ist n Spitzname, den ick verpasst jekriecht hab, nix weiter. Ich war nie ein Roter, oder nie so sehr, nie so richtig. Ditt ist mir alles nix, die mit ihren Fanatismus, weder auf die eine noch auf die andere Seite. Ditt war schon zu Hause so. Meinem Alten, dem ham se 1919 das Knie Schrott geschossen auf die Barrikaden. Und was hatte der davon? Nur Arbeitslosigkeit und nix zu fressen. Hab ick mir jenau jemerkt. Hab immer mein Kram gemacht, ganz in Ruhe, jeden Tag. Stein auf Stein, Mörtel dazwischen, und abends watt zu trinken. Und im Krieg nie freiwillig jemeldet, nie vornewech. Aber wenn man schießen musste, da hab ick jeschossen. Nur für einige Kerls hier, in ihre braune Soße, für die ist doch allet rot, watt bei Führerfotos keen Ständer kriecht.«

Er unterbricht sich, mustert sie, schüttelt den Kopf. Er würde uns gerne in die Schädel schauen, denkt Franz, so wie wir alle das gerne können würden, er würde gerne wissen, ob er sich gerade um Kopf und Kragen redet.

»Aber du hättest sie loswerden können«, sagt Paul, der sich anscheinend sicherer ist, was seine Begleiter angeht, oder dem es egal ist.

Rudi schaut ihn eine Weile an, senkt den Kopf, zieht Tabak aus seiner Hemdtasche und dreht sich eine weitere Zigarette.

»Du warst doch in Russland«, sagt er. Franz hat den Eindruck, dass er seinen Dialekt zurückfährt, dass er plötzlich beinahe Hochdeutsch spricht.

Paul nickt.

»Ich war da nich. Ich hab nur die Geschichten gehört.«

Rudi leckt seine Zigarette an, dann reckt er den Finger in Richtung Paul, der den Blick des Dicken erwidert und schweigt.

»Und du bist trotzdem hier, bist nich zum Russen übergelaufen, hast niemanden abgeknallt von deinen eigenen Leuten, bist brav mitmarschiert, denk ich mir. Darum bist du hier. Also sag mir man nich, was ich hätte tun sollen.«

Eine Weile ist es vollkommen still. Franz betrachtet Pauls graues Profil, die Linie aus Nase und nach oben geschwungener Oberlippe. Sein leuchtendes Auge.

»Hier ist nicht Russland«, sagt Paul schließlich, »hier sind wir in Sicherheit.«

Rudi lacht tonlos.

»Du hast doch gesehen, was hier heute für eine Scheiße los war. Und ditt warn nur deine Kameraden aus Frankreich. Was meinste, wie die Afrikaner so ticken? Die strecken längst ihre Fühler aus, die sorgen längst dafür, dass sich ditt hier auch so organisiert wie auf meiner Seite.«

»Melden muss man das«, sagt Husmann, »beim Amerikaner.«

»Was der Amerikaner will«, sagt Rudi, »ist *order and quiet*, allet andere ist dem egal, verstehste? Order und quiet, darum ging's auch bei den 999ern. Sonst nix.«

Er beginnt zu erzählen, von den Soldaten der Division, die anfangs mit ihm im Lager waren, ein paar hundert Mann nur. Die ersten paar Tage sei es ruhig geblieben, als hätten sie sich alle akklimatisieren müssen, durchatmen.

»Aber denn brach hier die Hölle los. Die Amis wussten nich, wie ihnen jeschah, die hatten keenen blassen Schimmer, watt hier los war.«

Massenschlägereien am Abend oder in der Nacht, Holzlatten aus den Barackenböden gebrochen, Stuhlbeine, durch deren Spitzen man Nägel trieb. Blut, gebrochene Knochen, die Amerikaner mit ihren albernen Knüppeln dazwischen, die Amerikaner, die sich an die Genfer Konvention halten und keine Gewehre in die Compounds bringen wollten. Und immer mehr mussten kommen, erzählt Rudi, weil diese Masse der Deutschen, die doch aus einer Armee stammte, aus einem Land, wie Wahnsinnige ineinander verbissen war. Die Deutschen mussten in die Baracken, die Kranken versorgt werden. Patrouillen im Lager die ganze Nacht über, niemand verriet, wer den Streit begonnen hatte, eine Handvoll Leute saßen für ein paar Tage in Einzelhaft, aber man verpfiff sich nicht, man hasste sich, doch man wollte es selbst sein, der den anderen aus dem Weg räumte. Wie Anfang der Dreißiger in Berlin, sagt Rudi, die Roten und die Braunen. Danach ein paar Tage Ruhe, ein paar Tage Ausgangssperre und Ansagen der Amerikaner.

»Und kaum waren die Wachen abgezogen«, sagt er, zieht an seiner Kippe und spuckt den Stummel auf den Boden, »da ging ditt Theater von vorne los.«

»Aber hier isch doch Ruhe«, sagt Heimo, »hier isch doch Totenstille, eine böse, giftige Totenstille. Nur heute, da hat's geknallt.«

»Watt glaubst du«, fragt Rudi, »warum wa Platz hatten für euch Franzosen? Peace and quiet, ick sach's ja.«

Die Kommunisten und Sozialdemokraten fassten den Plan, die fünf oder sechs Unteroffiziere zu töten oder zumindest auszuschalten, die das Sagen hatten, die das Lager stramm hielten, die Hundertprozentigen. Und gleichzeitig eine Nachricht für alle Duckmäuser und Angsthasen, dass Schluss sein würde mit den freien Straßen für die braunen Bataillone. Sie bauten Knüppel, stahlen Messer, sie wussten von einem Treffen der Braunen in einer Baracke. »Watt se aber nich wussten«, sagt Rudi, »war, datt die Braunen ditt wussten. Längst wussten.«

Ein Soldat aus der eigenen Division, der weder Roter war noch Sozialdemokrat, warnte die Braunen. Und als die 999er in die Baracke stürmten, in der die fünf Köpfe der Schlange sitzen sollten, warteten nur fünf leere Stühle auf sie.

»Und draußen kurz drauf der Mob, auch mit Knüppeln, mit Steinen, mit Messern. In diese Nacht«, sagt Rudi, »ditt war wieder wie Krieg. Wie Krieg ohne Gewehre, wie n neuer und gleichzeitig uralter Krieg, in dem man nur zuschlagen konnte, in dem man Steine schmiss, in dem man boxte und biss.«

Franz versucht, sich diese Nacht vorzustellen, die Schreie, das Blut, den Geruch nach Schweiß, die dunklen Körper, die miteinander rangen, bis die Lichter auf den Wachtürmen aufflammten, bis die Jeeps in das Lager fuhren, bis sie die Gewehre mitbrachten, obwohl es eigentlich verboten war. Es ist, als wären die Springbrunnen, die Brücken und die Blumen nur eine dünne Decke, die man über diese Nacht und die Tage davor gedeckt hat. Eine nette, adrette Verpackung, unter der man das geronnene Blut noch schmecken kann.

»Nach dieser Nacht«, sagt Rudi, »hat es den Amis jereicht. Mit dem MG über unsere Köpfe wech, und ein Kameraden hamm se sogar ins Bein jeschossen. Das Lazarett war voll, die mussten zusätzliche Ärzte und Krankenschwestern anfordern, Zelte mussten aufjeschlagen werden. Die janze Veranstaltung hat den Kommandanten sein Pöstchen jekostet, ein neuer Chef kam, der vor allem für Ruhe sorgen sollte. Also hat er Verhöre führen lassen, hat Dolmetscher geholt, die wussten, watt se taten. Und als die kapiert hamm, watt los war, da hamm se die 999er einfach verlegt, allesamt, in ein anderes Lager. Anti-Nazi-Camp, so nennen die ditt.«

Paul stöhnt auf, er sinkt auf den Rücken und streckt die Beine.

»Und seitdem sagen die Braunen endgültig und ungestört, wo's langgeht«, sagt er.

»Und die anderen halten die Schnauze«, sagt Rudi.

»Und warum bist du noch hier?«, fragt Heimo.

»Hab doch jesagt, dass ick keen Roter bin«, sagt Rudi. »Bin nicht aus der Division. Hab mich rausgehalten in diese Nacht, hab ditt für Unfug gehalten.«

Er lässt einen Rauchkringel aus seinem Mund aufsteigen.

»Also bin ick jeblieben. Trotz Spitzname und allet. Also halte ich die Schnauze und bekomme nix druff. So läuft ditt hier, so geht die Zeit vorbei. Warten, arbeiten, scheißen, schlafen. Vor allem Warten. Ruhig sein und warten, darüber solltet ihr ma nachdenken.«

Sie schweigen. Rudi erhebt sich. Die Sperrstunde, sagt er. Er riskiere schon viel zu viel Ärger mit seiner Märchenrunde. Er wolle mal abwarten, ob er sich nicht in ihnen geirrt habe, ob er nicht bald was aufs Maul kriegen würde. Sie nicken sich zu, verabschieden sich. Dass sie sich wieder treffen wollen, sagt Paul, aber Rudi hat sich schon abgewandt, er stapft davon, wird vom Schatten der Gebäude verschluckt. Husmann drückt Franz die Hand, auch Heimo drückt sie ihm kurz mit seiner großen Pranke. Die beiden laufen langsam davon, sehen im Schatten der Messe wie ein Zwerg und ein Riese aus. Die anderen Männer sind bereits fort. Nur Paul steht noch nahe am Zaun und hält die Arme vor der Brust verschränkt.

»Mach's gut«, sagt Franz leise.

Paul dreht sich um. Seine Augen leuchten.

»Ich hab das viel zu lange mitgemacht«, sagt er, »viel zu lange.«

Als er Franz' fragenden Blick bemerkt, zuckt er die Schultern.

»Vergiss es. Wir müssen los. Es ist gut, dass du da warst«, sagt er, dreht sich und verschwindet nach Norden, in Richtung seiner Unterkunft.

Als Franz seine eigene Baracke erreicht, liegen die Kameraden schon in ihren Betten. Kein Licht leuchtet mehr, niemand spricht. Er läuft zu seinem Bett, erstarrt bei jedem Knarren der Bohlen, schlüpft aus Stiefeln und Kleidung. Jürgens liegt neben ihm in seinem Bett auf dem Rücken, hat ihm das Gesicht zugewandt und die Augen geschlossen. Sein Brustkorb hebt und senkt sich gleichmäßig. Aber immer wenn Franz sich kurz abwendet, ist er sicher, dass der Kamerad die Augen öffnet und ihn anstarrt. Doch auch als er im Bett liegt und sich auf die Seite dreht, den Blick direkt auf das Gesicht des Nachbarn gerichtet, bleiben dessen Augen geschlossen.

*

Texas schmeckt bitter, schmeckt nach Staub und Hitze. Kein Prickeln ist da, kein Salz, aber nach einigen Sekunden eine schwache Süße, ganz zart nur, etwas wie Zuckerrübe oder Süßholz. Franz schaut auf, er sieht sich um. Die Männer im gebeugten Gang in den Reihen zwischen der aufgebrochenen, aufgewühlten Erde, in der ab und an noch die großen Kartoffelharken stecken. Lange beige Säcke auf den Rücken, Strohhüte oder Kappen auf den Köpfen, kurze Schatten, die Sonne ein Druck auf Nacken und Schultern, ein Stechen, in der Luft der Staub ihrer Schritte, der sich auf der Haut absetzt und ihre Lungen füllt. Er spuckt den schwarzen Stein, der wie eine Pfeilspitze aus der Erde geragt hat, zusammen mit einem Brei aus Speichel und Erde in seine Hand. Zunge und Gaumen sind trocken, er hustet, wischt den Stein an seinem Hemd sauber und lässt ihn in die Brusttasche seines Arbeitshemdes fallen. Anschließend beeilt er sich aufzuholen. Die anderen sind ihm einige Meter voraus, er läuft zum nächsten Erdhaufen, gräbt seine Hand hinein, befreit die Kartoffeln von ihren Wurzeln und Blättern und wirft sie in seinen Beutel. Er wird den Stein in das Einmachglas stecken, das ihm Rudi gegeben hat, zu den anderen Steinen seiner Sammlung; einige Exemplare aus dem Lager, vom Sportplatz und dem Kies des Weges sind dabei, der Stein aus der Normandie, einer aus England, ein winziger Brocken Beton nur aus dem Glasgower Hafen, der nach Diesel und Rauch schmeckt, etwas, das ihm hilft, sich zu erinnern, auch wenn es ihn zu einem Spinner macht. Ein Grubenunglück zu viel, werden sie denken, einmal zu oft fehlender Sauerstoff, der Schädel beschädigt, ein Zechenspinner, ein Erdmännchen, das an Steinen lutscht. Er wirft mehr Kartoffeln in seinen Sack. Wer jetzt noch in der Zeche sein mag, in den Stollen; vielleicht ein gefangener Amerikaner, ein gefangener Amerikaner unter der Essener Erde, während Franz über einen texanischen Kartoffelacker kriecht. Er schaut nach vorne und sieht, wie ein Kamerad in der Reihe neben ihm in die Hocke geht, wie er mit der Hand in den Boden greift, neben den Kartoffeln einige Steine zutage förderte und sie in den Sack füllt. Alle, denkt er, alle machen es jetzt.

Am Anfang der Woche, ihrem ersten Tag unter der Augustsonne, als sie verbrannt waren an Kopf und Körper, als alles schmerzte, hob der Farmer, ein Stier von einem Mann, mit kahlem Kopf und Kugelbauch, der hob ihre Säcke auf die Waage und schüttelte den Kopf.

»Lazy Krauts«, sagte er. »No food for you.«

Und sie saßen im Schatten einiger Bäume am Feldrand, verschwitzt und mit staubigen Gesichtern, hungrig, völlig entkräftet, das Leuchten des Tages ein Stechen in den Augen. Als Franz aufstand, um sich an der Wassertonne ein wenig zu trinken zu holen, glaubte er, er würde das Bewusstsein verlieren. An der Tonne standen einige ältere Männer, ihre Gesichter pechschwarz, die kurzen krausen Haare grau oder weiß. Seit dem Morgen beackerte der Trupp ein Feld neben ihnen. Ihre Kartoffelsäcke waren im Gegensatz zu denen der Deutschen prall gefüllt. Als er sich näherte, unterbrachen sie ihr Gespräch und musterten ihn. Franz versuchte ihre Blicke zu deuten. Neugierde glaubte er zu sehen, großes Interesse. Einer der Männer lächelte, nahm ihm die Feldflasche ab, füllte mit seiner Kelle Wasser hinein, und als er sie zurückgab, schob er Franz einen Kanten Brot mit dazu.

»Englisch?«, fragte der Schwarze, und Franz sagte: »A little.« Der Mann schaute zu den anderen Deutschen.

»If you're slow, pick some rocks«, sagte er, »pick stones. Do you understand?«

Franz nickte.

»Only a few«, sagte der Mann. »Until you can go faster.«

»Thank you«, sagte Franz. Die Zähne des Mannes blitzten. Er deutete auf den Farmer.

»He's a mean bastard, okay?«

»Yes«, sagte Franz, »a bastard.«

Die Männer lachten.

»Was wollte der Neger?«, fragte Jürgens, als Franz zur Gruppe zurückkehrte.

»Er sagt, wenn wir zu langsam sind, sollen wir ab und an einen Stein dazulegen, weil wir sonst das Gewicht nicht schaffen.«

»Ich arbeite doch nicht wie ein Neger«, sagte Jürgens.

»Aber der hier vielleicht«, sagte ein anderer, ein Kerl, dem das rechte Ohr fehlte; er sagte es und zeigte auf Franz: »Der hier macht das bestimmt.«

Der Kerl wieherte, und Franz stimmte mit ein, lachte leer vor sich hin und zuckte die Schultern. Bastard, dachte er, mean bastard. Und die Mägen blieben leer, blieben es bis zum Abend. Ein Kamerad kippte in den Staub, die Sanitäter mussten ihn abholen.

Und heute, am Ende der Woche, kann Franz sehen, wie der Kamerad einige Brocken in seinen Beutel schiebt, sich wieder aufrichtet und zur nächsten Erdauflockerung geht. Sie sind alle dazu übergegangen. Keiner spricht darüber, keiner gibt es zu, denkt Franz, sie alle hoffen nur stumm, dass der Farmer ihren Betrug nicht entdeckt.

An diesem letzten Abend der Woche scheint ihnen, als der Laster kommt, um sie wieder einzusammeln, als die amerikanischen Soldaten sie in Reihe aufstellen lassen, die tief über einer Baumreihe stehende Sonne ins Gesicht. Der Himmel ist blau, die faserigen, dünnen Wolken darin rot, das Land wirkt so satt wie die Farben, die sie umgeben. Unter dem Augustlicht, das am Abend weich geworden ist, fast zärtlich, leuchten die Kartoffelsäcke auf der Ladefläche des Lasters, leuchtet der Wagen selbst, sogar die Gesichter. Es fühlt sich reich an, dieses Land, reich an Land, Bergen, Feldern und vor allem an Licht, reicher an Licht als jeder Ort, den er sich vorstellen kann.

Sie verabschieden sich von den Schwarzen, geben sich die Hände, lachen, sogar Jürgens.

»What's your name?«, fragt der Schwarze, der Franz das Brot gegeben hat am ersten Tag. Seine Hand liegt rau auf seiner. Franz nennt seinen Namen und fragt seinerseits.

»Christmas«, sagt der Mann. »Like the holiday.«

»Good«, sagt Franz, »good name.«

Die Männer laufen die Straße hinunter, Franz sieht sie reden und lachen. Als der Lastwagen mit den Deutschen sie überholt, heben einige die Hände. Franz lehnt an der Seitenwand der Ladefläche, er ist verschwitzt und müde, aber er fühlt hinter der Erschöpfung ein Glück, eine Gelöstheit, die er lange nicht gespürt hat. Fliegen, denkt er, und weiß nicht, warum. Er schließt die Augen, spürt das Rumpeln des Wagens, riecht den Geruch des Diesels. Jemand pfeift ein Lied, das Franz vertraut ist, er summt leise mit; stand eine Laterne und steht sie noch davor.

An der Laterne, denkt er, nach seiner ersten Woche unter Tage, an der Laterne vor dem Zechentor lehnte sein großer Bruder. Josef sah aus, als bemerkte er all die Männer gar nicht, die sich an ihm vorbeischoben und in großen Gruppen in Richtung Bahnhof Katernberg Süd strömten. Er stand einfach mit gesenktem Kopf da und rauchte, ein Bein leicht angewinkelt, die Hacke gegen den Laternenmast gestemmt, die Augen im Schatten seiner Hutkrempe. Als Franz sich ihm jedoch näherte, hob er den Kopf und lächelte. Blass war der Bruder, so als wäre er es, der die Tage fern des Sonnenlichts in den Stollen gearbeitet hatte. Sie umarmten sich kurz, und der Ältere wischte dem Jüngeren mit dem Daumen über die Wange.

»Du musst besser schrubben, Mensch, sonst bist du bald schwarz wie ein Mohr.«

Franz stieß seinen Bruder von sich, ballte die Hände zu Fäusten, deutete einen Kinnhaken an. Der Ältere lachte, hob ebenfalls seine Fäuste vors Gesicht und wackelte mit dem Oberkörper. Nach einigen angedeuteten Schlägen holte Josef seine Zigarettenpackung aus der Jackentasche und hielt sie Franz hin. Der Jüngere schüttelte den Kopf. Josef zuckte die Schultern und steckte sich eine an. Schweigend warteten sie eine Weile, bis die große Masse der Kumpel die Zeche verlassen hatte, anschließend begannen auch sie, die Köln-Mindener-Straße in Richtung des Katernberger Zentrums hinabzulaufen. Josef neben ihm schwang den ganzen Rumpf mit seinem steifen rechten Bein mit, es sah ein wenig so aus, als tanzte er mit jedem Schritt um eine feste Achse in seinem Körper. Seit Jahren wartete Franz auf den Moment, in dem diese Bewegungen des Bruders sich nicht mehr falsch anfühlen würden, wie ein schlecht aufgeführtes Schauspiel. Aber der Moment kam nicht.

Der Ältere fragte nach den Kumpeln, ob sie ihn gut aufgenommen hätten, fragte ihn nach der Arbeit unter Tage, ob es dem Jüngeren gefiele. Dass ihn die Hitze überrascht habe, sagte Franz, das ständige Schwitzen. Die Steine und die Kohle, sagte er, gefielen ihm tatsächlich am meisten, die Härte, Ruhe, trotz all der Geschäftigkeit und des Lärms um ihn herum. Josef blieb stehen, schaute ihn an. Er hatte einen weichen Ausdruck im Gesicht, der Franz an die Mutter denken ließ, überhaupt war es, als gehörte der Bruder viel mehr zur Mutter als zum Vater.

»Das ist doch Verschwendung, du unter der Erde«, sagte er. »Nur damit der Alte die vermaledeite Tradition erhalten kann.«

Er zog sich eine neue Zigarette aus der Innentasche seiner Jacke hervor. Franz sah, dass die Hand mit dem Feuerzeug zitterte. Immer gegen den Vater, dachte Franz, in allem, immer. Und dass es ihn störte. Das laute Pfeifen einer Bahn ertönte. Sie drehten die Köpfe, sahen das Dampfen der Lok, die aus Richtung Altenessen hinter den Bäumen heranstampfte. Einige der Männer vor ihnen begannen zu rennen, um den Zug in Richtung Gelsenkirchen nicht zu verpassen.

»Der Steiger ist nett«, sagte Franz, »hat mich einem Rutschenbär zugeteilt, der alles in Ruhe erklärt und mich einweist.«

»Einem was?«

»Rutschenbär«, sagte Franz und grinste. »Der leitet den Steg an, in dem ich arbeite. Er sagt, man merkt, dass ich der Sohn vom Schneider bin.«

Josef zog die Nase hoch und spukte aus. Er schien etwas sagen zu wollen, überlegte es sich aber anders. Still liefen sie eine Weile nebeneinanderher. Aus dem grauen Granitplattenhimmel über ihnen begannen sich einzelne Tropfen zu lösen. Wieder pfiff der Zug, diesmal im Katernberger Bahnhof. Josef zog den Hut ab, legte den Kopf in den Nacken und streckte die Zunge heraus. Dass er vor dem Unfall nicht so merkwürdig gewesen war, dachte Franz. Oder er war einfach zu jung gewesen, um diese Sonderlichkeit seines Bruders zu bemerken.

»Das wird nicht besser werden«, sagte der Ältere und schaute mit zusammengekniffenen Augen ins Grau. »Aber ich wollte sowieso mit dir ins Warme.«

Die Kneipentür schwang auf und spülte ihnen eine Welle aus Stimmen und Rauch entgegen. Als er eintrat, senkte Franz instinktiv den Kopf. Josef lief an die Bar und wurde vom Wirt per Handschlag begrüßt. Der Mann hatte Arme, so dick wie Fußballerwaden, von der Hand an aufwärts war er tätowiert. Franz hatte noch nie so viele Bilder auf einem Menschen gesehen. Josef stellte seinen kleinen Bruder vor. Der Wirt nickte Franz zu und zapfte ihnen zwei Stauder. Als er seinem Bruder durch die Wirtsstube folgte, sah er, wie mehrere Männer die Hand hoben oder Josef auf den Arm klopften.

Die Decke der Marktschenke hing sehr niedrig, das Licht

der vereinzelten Leuchter an den Wänden schien kaum mehr als ein paar Meter weit zu reichen, bevor es von den schweren Körpern all der Männer geschluckt wurde, die im Schankraum herumsaßen und -standen. Die Kneipe war ein mit dunklem Eichenholz verkleideter Stollen, in den man die Hälfte aller Kumpel aus der Zeche gepfercht hatte. Mehrere Gesichter kamen Franz bekannt vor, aber niemand grüßte ihn, niemand schenkte ihm Beachtung. Alle Aufmerksamkeit schien auf Josef gerichtet.

Sie setzten sich an einen Tisch in der Ecke, durch die dicken Butzenscheiben neben ihnen war die Welt außerhalb der Kneipe verbogen und bunt. Es machte den Eindruck, dass Josef mit jeder weiteren Minute in der Kneipe ein wenig aufrechter saß, ein wenig wuchs. Seine Wangen hatten einen Anflug von Farbe bekommen. Er nahm einen tiefen Schluck Bier, lehnte sich zurück, die Hände hinter dem Kopf verschränkt, die Augen geschlossen. Seine Gesichtszüge entspannten sich. Er lächelte. Sie sprachen eine Weile über die Sportfreunde Katernberg, die seit vielen Jahren endlich wieder eine schlagfertige Truppe beisammenhatten. Franz erzählte, dass einige der Kumpel alle zwei Wochen ins Stadion gingen, die meisten aber zu Rot-Weiß oder zu Schalke. Dass sie auch mal wieder hinsollten, sagte er.

»Und der Krieg?«, fragte Josef.

»Was soll mit dem Krieg sein?«

»Redet ihr oft darüber?«

Franz schüttelte den Kopf.

»Der Steiger hat gesagt, dass wir froh sein sollten, unter Tage zu sein. Dass wir so unseren Beitrag für das Reich leisten könnten, ohne Gewehr in der Hand.«

»Fragt sich nur, wie lange noch«, sagte Josef. »So wie in Russland die Dinge stehen, werden wir bald jeden Mann brauchen. Aber ich hoffe wirklich, dass sie dich noch lange im Stollen lassen, bei deinem Rutschenbär.«

Er lachte.

»Den Krieg, das kann man niemandem wünschen.«

»Bald werden wir sicher wieder auf Moskau vorstoßen«, sagte Franz, »und wenn wir erst einmal das Schwarze Meer erreicht haben …«

»Was dann?«, fragte Josef. »Napoleon hat schon in Moskau gesessen. Hat ihm auch nichts geholfen. Haben es ihm unter dem Arsch weg angezündet. Und einen Napoleon haben wir sicher nicht abbekommen. Nur einen österreichischen Gefreiten, der nicht den blassesten Schimmer hat.«

Franz drehte den Kopf, schaute sich um. Seine Hand hatte sich um den Griff seines Bierglases gekrampft. Josef selbst schien sich nicht zu scheren um das, was er da sagte. Als er Franz' Blick bemerkte, grinste er.

»Hier wirst du keinen finden, der sich auf den Führer groß was einbildet«, sagte er. »Mahlke«, rief er.

Ein kugelrunder Kerl, zwei Tische entfernt, drehte den Kopf. Josef winkte ihm zu. Der Mann erhob sich stöhnend vom Tisch und kam zu ihnen herübergewankt.

»Johann«, sagte Josef, »willste meinem kleinen Bruder nich ma erzählen, wie du mit'm Hitler im Irrenhaus warst?«

Der Dicke zog sich einen Stuhl vom Tisch, ließ sich darauffallen, beugte seinen massigen Oberkörper vor und schaute eine Weile nur Josef an. Nach einigen Augenblicken holte er tief Luft, drehte den Kopf und musterte Franz aus zusammengekniffenen Augen, so als müsste er ihn ganz genau prüfen.

»War in meiner Zeit«, sagte er schließlich, »als ich noch Obermotz der dicken Kohlekerls war, Hitlers geheimer Sonderwachtruppe.« Er klopfte sich mit der flachen Hand auf die Wampe und grinste. »Hab zu Hause noch meinen Orden, Ritterkreuz der goldenen Speckschwarte.« Franz hörte seinen Bruder Josef lachen, wagte aber nicht, seinen Blick vom roten, aufgedunsenen Gesicht des Mannes abzuwenden, dessen Ausdruck völlig ernst blieb. »Jedenfalls«, fuhr er fort, »gehen wir die ganze Reihe der Irren ab, alle reißen den Arm hoch, schreien ›Heil Hitler, Heil Hitler‹, nur am Ende steht einer, hat den Kopf gesenkt und schweigt. Baut sich der Führer vor ihm auf und betrachtet ihn. Der Kerl reagiert nicht, während die anderen weiter schreien. ›Heil Hitler, Heil Hitler!‹ ›Und der‹, fragte der Führer mich, ›was hat der?‹ ›Das, mein Führer‹, sag ich ihm, ›das ist der Wärter.‹«

Mahlkes Oberkörper schnellte zurück, und ein lautes Lachen kollerte aus ihm hervor, ein paar Männer am Nachbartisch hatten mitgehört und lachten ebenfalls. Franz spürte dieses Zucken im Bauch, er konnte nicht mitlachen, mit seinem Bruder und all den anderen, aber er spürte dieses Zucken, eine Idee davon, wie befreiend es sein könnte, einfach einzustimmen. Er schüttete Bier in sich hinein an diesem Nachmittag, der zu einem langen Abend wurde, er schwamm inmitten des Gelächters, des Lärmens und der Wärme, die aus all diesen massigen Männerkörpern strömten. Er fühlte sich alt, nicht erwachsen, sondern alt. Irgendwann lachte auch er, den schweren Arm von Mahlke auf den Schultern, Stirn an Stirn mit Josef, der ihn an den Schultern packte und schüttelte.

»Mein kleiner Bruder«, lallte er, immer wieder nur: »Mein kleiner, kleiner Bruder.«

Aber am nächsten Morgen, mit schwerem Kopf im Kissen versunken, konnte Franz sich nicht mehr erinnern, warum er gelacht hatte, was so witzig gewesen war später am Abend. Nur an den Witz von Mahlke und an dieses Zucken im Bauch, als er noch nüchtern war, daran konnte er sich erinnern, genauso wie an den dringenden Impuls, es zu unterdrücken.

Im Lager, auf dem Weg zur Duschbaracke, sieht er Paul am Brunnen sitzen, den Rücken gegen die Beckenwand gelehnt, die Beine angezogen. Der Freund winkt ihn heran, er lächelt. Er fragt nach den Kartoffeln, und Franz sagt, dass es gut sei, dass er so schnell geworden sei, dass er auf die Steine wird verzichten können.

»Sie haben mich genommen«, sagt Paul.

»Wer?«

»Die Amerikaner. Als Dolmetscher.«

Sie schütteln sich die Hände, lachen sich an. Unsoldatisch sind sie, denkt Franz, wie zwei Freunde im Frieden. Dass er in wenigen Tagen anfangen wird, sagt Paul, dass er gespannt ist, welche Aufgaben man ihm zuweisen wird. Er will helfen.

»Vielleicht können die Dinge hier anders werden. Ich will ihnen zeigen, dass es nicht nur um Ruhe und Ordnung geht. Das kann nicht alles sein. Sie müssen begreifen, dass es sich lohnen kann, Leuten wie uns zu helfen.«

Leute wie wir. Er gestikuliert ausgreifend, seine Augen leuchten. Und Franz fragt sich, was genau das für Leute sind, Leute wie wir. Leute, die sich in unregelmäßigen Abständen mit Rudi am Zaun treffen, die über die Anordnung der Afrikaner diskutieren, keine amerikanischen Zeitungen zu kaufen, nicht zu kooperieren mit den Amerikanern, die sich fragen, ob man diesen Befehlen Folge leisten muss, ob man sie vielleicht umgehen kann. Die schimpfen über das Singen, das Marschieren. Die sich streiten über die Frage, was zu tun ist. Immer ist es Paul, der zum Handeln drängt, zu offenen Positionen. Meistens stimmt Husmann ihm zu und Heimo widerspricht, mahnt zu Ruhe und Besonnenheit, so wie auch Rudi, während die anderen stumm bleiben, unauffällig, soweit Franz das sagen kann, zumindest er bleibt es, er hört zu und schweigt, er schüttelt die Hände der Kameraden und geht, er liegt auf seinem Bett und lächelt Jürgens an und sogar Baumann, wenn der vom Endsieg spricht, von der Geheimwaffe, vom Willkommensempfang, den man dem Führer in Amerika bereiten wird. Franz besucht einen Englischkurs, das immerhin. Er liest und büffelt Vokabeln, auch nach langen Tagen auf dem Feld oder in den Wochen zuvor nach der Arbeit in der Putzkolonne, nachdem sie mit Lappen, Bürsten und Eimern durch die Duschräume und Toiletten gezogen waren. Die Kackkompanie taufte sie ein Kamerad, und Franz war froh, als er sich zum Einsatz auf dem Feld hat melden können.

»Hast du was zu lesen?«, fragt Paul.

Franz schüttelt den Kopf.

»Die haben Bücher hier, an die man in Deutschland gar nicht herankam in den letzten Jahren. Ich bring dir was mit.«

»Jawohl, Herr Lehrer«, sagt Franz.

»Da ist mehr Schmalz im Hirn, als du zugeben möchtest«, sagt Paul und tippt sich mit dem Zeigefinger vor die Stirn.

»Ich werde da mal etwas Schwung reinbringen.«

»Schwieriger als Kohle fördern mit nem Gummihammer«, sagt Franz und erhebt sich.

Unter der Dusche prasselt ihm das Wasser auf den Kopf, es spült den Staub des Tages in schwarzen Schlieren in den Abfluss. Er streckt die Arme nach oben, öffnet den Mund, gurgelt, spuckt aus.

»I go, you go, he she it goes, we go, you go, they go.«

Nicht mal der Bruder ist ihm so auf die Nerven gegangen mit dem Lernen und Lesen, der Vater schon gar nicht. Die paar Jahre Unterschied nur zwischen Paul und ihm. Du hast schon einen großen Bruder. Bist nie einer der Schlauköpfe in den warmen Stuben gewesen, hast auf Steine gekloppt in der Tiefe, das Gesicht so schwarz wie das von Christmas. Hat dir nicht sonderlich gefallen, aber so ist es eben. Und jetzt lernst du Englisch und lässt dir Bücher mitbringen. Er tritt aus der Dusche und trocknet sich ab.

»Du solltest stolz sein, ein Bergmann zu sein, diese Linie fortzuführen. Ich habe die Tage im Berg immer genossen, ich war enttäuscht, als sie mich in die Schreibstube befördert haben. Aber ich bin glücklich, weil ich weiß, dass es für meinen Sohn weiterhin in den Stollen geht, ich bin stolz darauf, dass du die Dinge fortführst, wenn es schon dein Bruder nicht tut.«

Der Vater saß am Tisch, hatte die Hände auf den Bauch gelegt und zwei Flaschen Bier geöffnet, gegenüber der sechzehnjährige Franz, den unterschriebenen Vertrag bei der Zeche vor sich, darauf seine kleine, krakelige Unterschrift. Andere Kameraden kommen unter die Dusche, beginnen zu lärmen, sie nicken ihm zu. Er steigt in seine Hose, schnürt sich die Schuhe.

»Das ist wie Arbeit am Volkskörper selbst, die Verbindung der Kumpel unter der Erde, der Schweiß, der Staub. So wird ein Land aufgebaut, vom Boden aus, mit der Hände harter Arbeit.«

Sie stießen an, tranken Bier. Der Vater zeigte ihm Zeichnungen von Menschen, die er in der Straßenbahn gesehen hatte. Auch ein paar Karikaturen. Ein Franzose, irgendein Marschall oder so jemand, Franz hatte den Namen vergessen, der Göring die Füße küsste. Stalin und der amerikanische Präsident, die sich innig umarmten. Sie lachten. Als er später im Bett lag, die Gedanken bei der nächsten Woche unter Tage, bei den Kumpeln, da öffnete sich die Tür und der Bruder kam herein, er lief zum Fenster und lehnte sich gegen den Rahmen. An das schleifende Geräusch seines Beins auf dem Teppich muss Franz denken, an seine dunkle Silhouette vor der Scheibe.

»Du weißt schon, dass sie ihn zu den Schreibern gesteckt haben, weil er Platzangst hat?«, fragte der Bruder.

Franz setzte sich auf, betrachtete den Älteren, dessen Stirn gegen das Glas gelehnt war, der Blick auf die Straße gerichtet, das halbe Gesicht im Schatten. Er sprach leise, so als redete er mit jemandem auf der anderen Seite.

»Panik hat er gehabt, Schweißausbrüche. Konnte es nicht aushalten in der Dunkelheit. Gib nichts auf seine Geschichten.«

»Du quatschst doch selbst Scheiße«, sagte Franz.

Josef lächelte. Er klopfte mit dem Knöchel des Zeigefingers vorsichtig gegen den Fensterrahmen.

»Ich sag, hab's dir gesagt, ich sag's dir jetzt, ich werd's dir wieder sagen. Immer wieder.«

Franz wusste nicht, was sein Bruder meinte. Der stieß sich vom Fenster ab, wünschte ihm eine gute Nacht und lief hinaus. Dieser wankende, schwere Gang.

Ein Gang, denkt Franz, als er aus dem Waschhaus ins Freie tritt, als ob dem Bruder ein Gewicht auf den Schultern liegt, jeden Tag. Als hätte der Lastwagen, der Josef das Bein zerquetschte, auch die Freude zertrümmert. Franz stellt sich die Freude des Bruders wie einen zusätzlichen Knochen im Bein vor, der unter dem Druck des rollenden Lastwagens einfach zersplittert. Nur in der Kneipe, denkt er, zwischen all diesen Männern, die ihn kannten und schätzten, da schien dieser Bruch ein wenig zu heilen.

Franz hebt die Brust, er zieht die warme Abendluft tief in die Lunge. Die Sonne schickt ihre letzten Strahlen über die Bäume am Brazos River. Vom Fußballplatz her tönen die Schreie eines Spiels herüber.

»I say, you say, he she it says …«

Er läuft zur Baracke und holt seine Unterlagen für den Englischkurs aus seinem Schrank. Jürgens ist beim Fußball, Baumann liegt auf seinem Bett und schnarcht. Franz legt seine verschwitzte Wäsche in seine Truhe. Er wird waschen müssen, bevor er in zwei Tagen wieder auf dem Feld steht, bevor er wieder schwitzen wird, Kartoffeln stechen, einsammeln, stechen, einsammeln. He she it, denkt er, he she it. Er steht auf und verlässt die Baracke.

Wenn er an den Vater denkt, sitzt der immer am Esstisch, es ist das stabilste Bild, das er von seinem Alten noch hat. Der runde Bauch, der gegen die Tischplatte drückt, die fein gebügelten Hemden, das Abzeichen der Partei an der Brust, wenn es ein Tag war, an dem er zu einer Versammlung ging. Die weichen Züge, das laute, ansteckende Lachen, aber auch die Schreie, wenn Josef und der Vater sich stritten, wenn der Alte seinen Erstgeborenen einen nutzlosen Krüppel nannte, einen Querulanten, den die eigenen Kameraden mit Absicht aus dem Verkehr gezogen hatten.

»Unfall«, brüllte er, »Unfall, das willst du gerne denken, dieses Märchen erzählst du dir selbst jede Nacht zum Einschlafen. Aber niemand, wirklich niemand kann einen wie dich mehr in der Wehrmacht gebrauchen. Du und deine Reichswehr-Sozen, ihr hättet euch längst aus dem Staub machen sollen. So musste eben jemand die Bremse lösen.«

Das Pfeifen eines Zuges stört die Abendruhe. Die ersten Fledermäuse zucken durch das Lager, darüber schon die Sterne.

»I shout, you shout, he she it shouts …«

Vor der Unterrichtsbaracke warten einige Kameraden. Sie begrüßen sich per Handschlag. Ob er gehört habe, fragt einer, man munkle, Paris sei gefallen. Das sei Propaganda, sagt ein anderer. Ob er keinen eigenen Kopf zum Denken habe, ob er auf das Geschwätz der Amerikaner hören müsse. Ein Afrikaner habe das gesagt, und die hätten schließlich die Radios, sagt der Erste. Selbst wenn, entgegnet der Zweite. Nichts als ein Manöver, um den Feind in Sicherheit zu wiegen. Die Gegenoffensive stehe kurz bevor, das sei allgemein bekannt. Amerika sei fast am Ende, die Moral mies, die Ressourcen aufgebraucht. Warum er dann Englisch lerne, fragt der Erste. Die Diskussion erstirbt, als der Lehrer erscheint, ein grauhaariger Veteran, der vor dem Krieg an der Volksschule unterrichtet hat. Sie setzen sich an ihre Tische und wiederholen Vokabeln. Franz ist abgelenkt, vielleicht ist er zu müde. Irgendwo da draußen Paris, denkt er, da draußen Kämpfe und Tote. Er schaut auf die gebeugten Rücken der Männer vor sich, lauscht auf das Kratzen der Bleistifte. Vor ihrem Fenster Gelächter, aus der Ferne das Brummen eines Lastwagens. Sein Blick trifft den des Lehrers. Der Mann nickt ihm zu. Also macht Franz sich wieder daran, Sätze zu bilden.

I die, schreibt er. You die. He dies. The father dies. The father dies on the table.

Sie saßen noch zusammen nach dem Abendessen und spielten eine Runde *Mensch ärgere Dich nicht*. Es war ein ruhiger Abend. Polen hatte kapituliert, der Angriff auf Frankreich noch nicht begonnen. Es war Krieg und doch nicht Krieg. Josef rauchte. Die Mutter würfelte und bewegte ihre Spielfigur. Der Vater setzte sein Bier ab. Er hustete, zuerst nur einmal kurz, er klopfte sich auf die Brust, hustete erneut und hörte nicht mehr auf, er begann zu röcheln, nach

Luft zu ringen. Sein Kopf wurde erst rot, dann lila. Die Mutter sprang auf, Josef drückte seine Zigarette aus.

»Vater«, sagte er.

Und bevor er mehr sagen konnte, knallte der Alte mit der Stirn auf die Tischplatte. Er riss seine Flasche um, das Bier lief schäumend über die Decke, es breitete sich aus und tropfte zu Boden.

»Willi«, schrie die Mutter, immer wieder »Willi«. Sie hob seinen Kopf hoch, streichelte ihn, gab ihm Backpfeifen. Es war Josef, der nach einem Arzt rannte, mit seinen wankenden, ausgreifenden Schritten. Franz saß still auf seiner Tischseite, er hielt sein Glas mit Limonade umklammert, er wollte sich bewegen, aber er konnte nicht. Er konnte nicht aufhören, den Vater anzustarren, dessen große Nase sonderbar platt gedrückt war, das eine Auge, das er sehen konnte, offen und weiß.

The doctor comes, schreibt er, the doctor comes too late.

Eine größere Gruppe Kameraden steht vor der Baracke und raucht, die Männer nicken Franz zu. Sie schweigen, aber es scheint, als hätten sie ein Gespräch geführt, das bei seinem Näherkommen abgebrochen worden ist.

Als er die Tür zum Schlafraum der Baracke öffnet, hört er das Wimmern. Er sieht den Mann einige Betten entfernt sitzen, sieht Jürgens, der vor ihm auf dem Boden kniet. Er erkennt Baumann am rotgelockten Hinterkopf, der vor und zurück wippt, er hört erneut das Jaulen, das aus Baumanns Körper zu steigen scheint. Auf seinem eigenen Bett und auf den Betten in der Nähe sitzen einige Kameraden, die zum weinenden Baumann schauen oder zu Boden. Jürgens hat die Hände auf die Knie seines Freundes gelegt und redet auf ihn ein.

»Da kannst du stolz sein«, sagt er, »dass er den Heldentod

gestorben ist. Wer kann das heute schon von sich sagen. Wir, die wir hier hinterm Draht hocken, bestimmt nicht.«

Baumann schluchzt, er schüttelt den Kopf. Er scheint etwas zu sagen, aber seine Worte sind unverständlich. Was denn los sei, fragt Franz einen Kameraden.

»Sein Bruder«, sagt der Mann, »kurz vor Paris hat es ihn erwischt. Er hat heute das Telegramm bekommen.«

»Scheiße«, sagt Franz.

Und gleichzeitig ist da dieser Gedanke, was für ein Glück es ist, dass Josef damals diesen Unfall hatte, dass er nicht mehr kriegstauglich ist, obwohl er es bis zum Feldwebel gebracht hat; aber er ist nur noch ein humpelnder Feldwebel, den niemand mehr an die Front schicken wird.

»Diese Schweine.«

Baumann hat den Kopf gehoben, er dreht sich um, schaut sie an, ohne sie recht zu sehen, denkt Franz.

»Diese dreckigen Amis, dreckige, feige Schweine. Und von Choltitz, dieses Verräterschwein. Kampflos«, brüllt Baumann, »mein Bruder fällt, und dieses Dreckschwein übergibt die ganze Scheißstadt kampflos.«

»Paris«, flüstert der Mann neben Franz, »keinen Schuss, keine Sprengung.«

»Was gibt es da zu flüstern?«, brüllt Baumann. Rotz hängt ihm aus der Nase, seine Augen sind rot und verquollen.

»Ich wusste das nicht«, sagt Franz sehr laut, »das mit Paris.«

»Da soll sich der Ami mal in Sicherheit wiegen«, Jürgens legt Baumann die Hände auf die Schultern. Wie ein Gebet sieht es aus, wie ein Priester.

»Wir machen die Stadt einfach in der Gegenoffensive platt, bis auf den letzten Stein, Eiffelturm, Schlösser, den ganzen Dreck, hätten wir schon am Anfang machen sollen, gleich einundvierzig. Und den von Choltitz«, sagt Jürgens, »den erwischt sicher einer im Lager. Gibt ja Möglichkeiten genug, gibt ja genug aufrechte Kameraden, die wissen, was man mit Verrätern zu tun hat.«

»Wir erwischen sie alle«, sagt Baumann leise. Er starrt zu Boden.

»Komm«, flüstert der Kamerad, der neben Franz sitzt, »ich hab genug von dem Theater.«

Draußen vor der Baracke hält der Neue ihm die Hand hin.

»Leo«, sagt er. Er ist nicht viel größer als Franz, vielleicht ein paar Jahre älter. Er trägt eine Brille mit kreisrunden Gläsern, seine kurzen Haare sind lockig. Franz nennt seinen Namen.

»Du bist neu«, sagt er. Leo nickt.

»Transfer aus Alabama mit einer Kompanie. Haben uns auf die einzelnen Baracken verteilt.«

»Und warum Transfer?«

Leo zuckt mit den Schultern.

»Die Wege des Herrn«, sagt er. »War alles ruhig bei uns, schöne Gegend. Aliceville. Sanfte Hügel und lichte Wälder. Hätte sich Hölderlin wohl gefühlt bei uns im Arbeitskommando.«

»Wer?«

Leo winkt ab.

»Hier ist es jedenfalls anders«, er deutet auf die Baracke, »anderes Klima.«

»Hier muss man vorsichtig sein mit dem Klima«, sagt Franz. Sie laufen zum Doppelzaun im Süden ihres Compounds, dahinter das große Sportfeld, auf dem, wie immer am Abend, ein Fußballspiel im Gange ist. Wo der andere herkommt, fragt Franz.

»Lübeck«, sagt Leo, »hatte gerade mein Abi in der Tasche,

da haben sie mich gezogen. Bella Italia. Dachte, dass ich Glück gehabt hätte. Auf Goethes Spuren. War auch schön da unten, zumindest bis die Amerikaner gelandet sind.«

Dass er schon ein halbes Jahr in den USA sei, erzählt Leo, dass er Geschichte zu studieren begonnen habe im Fernstudium und dass er hoffe, sein Studium hier fortsetzen zu können.

»Wenn ich es mir aussuchen könnte«, sagt er, »würde ich hierbleiben, wenn alles vorbei ist, nach dem Krieg.«

Dass der mir das alles erzählt, denkt Franz, dass der mir vertraut, einfach so. Ich könnte sonst wer sein, könnte direkt zu Baumann und Jürgens rennen, so einer könnte ich sein. Und er ist überrascht, wie sehr er sich darüber freut, dass Leo ihn nicht für so einen hält.

»Alles in Ordnung?«

Leo schaut ihn an.

»Bestens«, sagt Franz. »Ich hab da ein paar Kameraden, die du kennenlernen solltest.«

*

»Was soll das?«

Paul steht auf und kommt ihm entgegen.

»Das ist hier kein Treffen der Wandervögel.«

»Das ist ein Freund«, sagt Franz, »der ist in Ordnung.«

»Leo«, sagt Leo und streckt Paul die Hand hin.

»Du hast sie echt nicht mehr alle«, sagt Paul.

Er macht kehrt und setzt sich zu den anderen. Franz und Leo setzen sich schweigend. Franz schaut zu Paul hinüber. Dicker Max, denkt er. Husmann gibt ihm die Hand. Rudi, auf der anderen Seite des Zaunes, nickt ihm zu.

»Kann ich jetzt weiterreden?«, fragt Paul.

»Wer hat dir denn in die Suppe gespuckt?«, fragt Franz.

Die anderen schweigen, sie schauen zu Boden. Paul wendet den Kopf, schaut ihn an. Franz kann den Zorn spüren, der in diesem Blick liegt, die Abneigung. Schließlich schüttelt Paul den Kopf und spricht in Richtung Rudi, so als wäre Franz nicht mehr anwesend.

»Sie haben ihn gestern Abend erwischt, unter der Dusche. Mich hat heute ein amerikanischer Offizier angesprochen. Da sei ein Verletzter, ob ich mir den mal anschauen könne, beim Gespräch helfen. Und ich laufe ins Lazarett und ahne nichts Böses. Da liegt er, Kopf verbunden, Rippen bandagiert.«

»Wer liegt da?«, fragt Franz.

»Ich dachte«, sagt Husmann, »solche Kommandos gäbe es nur im zweiten und dritten?«

»Jetzt gibt es sie auch bei uns«, sagt Paul.

»Schöne Scheiße«, sagt Husmann.

»Hat mich gegrüßt und mich angelacht, als ich reinkam, der Hornochse. Und ich schnell ans Bett und frag ihn, was denn los sei. ›Du solltest mal die anderen sehen‹, sagt er bloß. Und der Offizier hat natürlich begriffen, dass wir uns kennen, hat gehofft, dass er mal etwas mehr Informationen bekommt. Der hat mir die Hand auf die Schulter gelegt und gesagt, das sei ja sehr gut, ein sehr glücklicher Zufall, da könne er ja direkt mit der Befragung beginnen.«

Franz möchte erneut fragen, aber er traut sich nicht. Er schaut sich nach Leo um, aber der schaut zu Paul und scheint ihm zuzuhören.

»Und?«, fragt Rudi.

Paul spuckt einen weißen Speichelklecks vor sich in den Sand.

»Nichts. Der dumme Hund. Hat gesagt, er sei in der Dusche ausgerutscht und auf den Kopf gefallen.«

»Richtig so«, sagt Rudi.

»Bist du auch auf den Kopp geknallt? So passiert hier doch nie was.«

»Watt soll hier denn passiern?«, fragt Rudi.

»Scheißegal, was«, sagt Paul, »aber irgendetwas, damit so was wie mit Heimo zum Beispiel nicht mehr passiert.«

Heimo, der nicht da ist, begreift Franz, Heimo, der im Lazarett liegt, den sie verprügelt haben, Heimo, der nichts verraten will. Rudi zündet sich eine Zigarette an, inhaliert und bläst langsam aus. Er lässt ihn zappeln, denkt Franz, er kann sehen, dass Pauls Knie zittern, dass er mit den Hacken einen schnellen Rhythmus auf den Boden klopft.

»Denkst du, die flaggen weiß, nur weil du n paar Kameraden verpfeifst? Selbst wenn die Amis watt machen. So werden's vier weniger, vielleicht fünf. Aber dafür haste den Rest der Bande an die Backe. Und die machen dich dann so richtig fertig. Und vielleicht nich mal dich, weil se nich wissen, dass du der Dolmetscher warst. Aber Heimo, den machen se fertig.«

»Er hat recht.« Leos Stimme, ein fremder Klang in ihrer Runde.

»Wer hat dich denn gefragt?«, sagt Paul. Und nach einer Pause: »Ist das eure Meinung? Maul halten und nichts tun?«

Er steht auf, er schaut Franz an. Franz senkt seinen Blick.

»Ach leckt mich doch alle am Arsch«, sagt Paul, »leckt mich doch alle kreuzweise.«

Er stapft davon, hinterlässt Schweigen. Rudi dreht sich eine neue Zigarette. Von irgendwo weht Musik zu ihnen herüber, ein Swing, er scheint von einem der Wachtürme zu kommen. Franz stellt sich vor, dort zu sitzen, mit einem kleinen Kofferradio, den Blick auf die Deutschen gerichtet, auf das weite Land dahinter. Raus müsste man, denkt er, einfach raus und sich von diesem Land verschlucken lassen. Einen der Lastwagen kapern, mit dem sie zur

Arbeit auf dem Feld fahren, den Fahrer hinausstoßen und dann nichts wie weg, Richtung Horizont. Drahtkoller, du hast einen Drahtkoller, das ist normal, das hat hier jeder mal. Vor ein paar Tagen haben sie ein paar Kameraden zurückgebracht, die mit selbstgebastelten Kanus den Brazos River hinunterwollten. In Mülltonnen aus dem Lager und in der Dunkelheit in den Fluss, heißt es. Bis zum nächsten Dorf sind sie gekommen. Viel zu niedrig der Wasserstand, viel zu schwach die Strömung. Paul erzählte, dass man sie eingefangen und ins Lagergefängnis gesteckt habe, Wasser und Brot und keinerlei Ausgang. Aber immerhin, denkt Franz, immerhin haben sie es versucht.

»Ich kann ihn verstehen.«

Husmann bricht das Schweigen. Er lässt die Fingergelenke knacken.

»Man muss doch was machen gegen die.«

»Gar nix muss man«, sagt Rudi. »Warum sollten ausjerechnet wir unsere Ärsche hinhalten?«

»Feige ist das«, sagt Husmann.

»Ditt is mir egal«, sagt Rudi, »ditt ist mir wirklich egal, aber so watt von. Den Krieg verlieren wa sowieso, nach allet, watt wir von drüben schon wissen und watt ma an Neuigkeiten so hört. Also abwarten, einfach abwarten. Die Sache ihren Lauf nehmen lassen.«

»Und das mit Heimo, das vergessen wir einfach?«

Husmann schaut in die Runde. Wieder schweigen sie. Die Scheinwerfer auf den Wachtürmen flammen auf und beginnen ihren Tanz durch das Lager.

»Ick muss«, sagt Rudi, »bin schon viel zu lang hier draußen.«

Er erhebt sich ächzend.

»Husmann«, sagt er, bevor er zwischen den Baracken verschwindet, »nix für ungut.«

»Mach's gut, Dicker«, sagt Husmann, ohne ihn anzu-
gucken.

Sie verabschieden sich und schlendern langsam zu ihrer
Baracke. Die Zikaden lärmen. Aus einer Baracke erklingt
Geigenmusik, versucht die Natur zu übertönen. Orches-
terprobe. Leo bleibt stehen, auch Franz lauscht eine Weile.

»Der muss vorsichtig sein, dein Freund«, sagt Leo, als die
Geige verstummt.

»Da bist du bei dem an der falschen Adresse«, sagt Franz.

»Das ist leichtsinnig«, sagt Leo, »wirklich leichtsinnig.«

Im Bett, in der Dunkelheit, lauscht er dem Schnarchen von
Baumann, dem einige der Barackenkameraden ihre täg-
liche Bierflasche gespendet haben. Biere auf den toten Bruder, Biere auf den Fall von Paris, Biere im Glauben an die
Gegenoffensive. Und er selbst und seine Freunde haben am
Zaun gesessen, ein kleines, trauriges Grüppchen, das sich
nicht einig ist, wie es sich verhalten soll. Dass er Paul hätte
zustimmen sollen, denkt er, aufstehen, etwas sagen, etwas
Entschiedenes. Aber was willst du denn sagen? Er schließt
die Augen. Er hat Paul alleingelassen. Er ist sich sicher, dass
Paul ihn nicht im Stich gelassen hätte. Paul ist für ihn da,
seit dem Schiff ist er da für ihn.

Das Sonnenlicht war stechend hell. Er hielt die Finger gespreizt vor das Gesicht, über ihm nichts als Blau und darin dieses Gleißen. Er hielt die Augen geschlossen, öffnete
sie wieder, schaute hinauf wie alle anderen; auch damals
taumelten sie, stolperten sie vorwärts, »Marsch, Marsch«,
klang es von den Seiten, aber die deutsche Ordnung wurde
nach Tagen im Sturm unter Deck aufgelöst im Licht und
Blinzeln, in der Wärme auf dem Gesicht, im Wind.

»Vorwärts, vorwärts!«, die Stimme aus einem Lautspre-

cher. »Gehen Sie voran, lassen Sie Ihre Kameraden nach-
rücken.«

Aus allen Lagerräumen, aus allen Zwischendecks strömten sie empor, graue Gestalten, weiße Gesichter, die Haare
fettig, die Bäuche vom Sturm geleert. Sie wurden nach vorne geschoben, bis zur Spitze oder wie man das nannte, er
drängte sich durch all jene Kameraden, die noch unsicher
umherstanden, er gelangte an den Rand, an das Metall-
geländer. Dahinter das Meer wie eine polierte Tischplatte.
Die Sonne spiegelte sich darin, glitzerte, sonst aber wirkte
es völlig unbeweglich, es streckte sich aus bis an das Ende
seines Sichtfeldes, klar, dunkel. Darüber einige Wolken wie
hingespuckt. Kra-kra, hörte er und entdeckte das Möwen-
gefolge hinter dem Boot. Er lauschte, das Kreischen, dazu
das Dröhnen der Maschinen, die Stimmen der Kameraden, deren Klang sich verändert hatte: Sie vibrierten, sie
lebten wieder. Auf den grauen Aufbauten des Schiffes die
Wächter, aber keine Waffen auf sie gerichtet; sie beobachteten, schauten ihnen zu, darüber stieg der Rauch aus den
Schornsteinen empor, zog ihnen nach und wurde vom
Wind verweht.

»Man möchte heulen.«

Franz drehte sich um und entdeckte neben sich den
Kerl, dessen Schulter er während des vergangenen Sturmes
unter Deck gepackt, den er vor dem Sturz gegen einen
Stützpfeiler bewahrt hatte. Der Mann nahm seine Kappe
ab, die kurzen weißblonden Haare kringelten sich, auf seiner Oberlippe ein heller Schnäuzer. Er wirkte viel größer
als unter Deck, ein Schlacks mit langen, sehnigen Armen
und großen Händen.

»Man möchte heulen, so schön«, wiederholte er.

Franz nickte.

»Dass gerade erst der Sturm war.«

Der andere lachte.

»Dass gerade erst Krieg war, dass immer noch Krieg ist.«

»Ja«, sagte Franz, »dass immer noch Krieg ist.«

»Paul.«

Der Blonde streckte ihm seine Hand entgegen. Franz drückte sie und nannte seinen Namen. Der andere lächelte.

»Ein Unbekannter weniger«, sagte er.

Er sieht das Meer, sieht Paul an der Reling im Halbschlaf, sieht wieder die Türme New Yorks, er riecht den Diesel, spürt die Aufregung. Raus aus dem Lager, denkt er, und mit Paul nach New York, mit einem Boot über den Fluss, mit einem Taxi durch die Stadt fahren, auf einen der Türme klettern oder hinauffahren, natürlich hinauffahren, in einem Aufzug mit Liftboy in roter Jacke. Er lächelt, fühlt sich in den Schlaf sinken, in einen New-York-Schlaf, wünscht sich einen Amerikatraum, einen echten, langen Amerikatraum.

*

Er sitzt auf der Wiese, hat die Beine ausgestreckt und schaut in den Himmel, durch dessen sattes Blau ein Vogelschwarm zieht. Die Abendsonne ist heiß, aber nicht unerträglich, das Heranrücken des Herbstes macht sich bemerkbar. Die Musik der Streicher klingt schwer und traurig, er sieht den rot angelaufenen Kopf des Solisten, der ein wenig vor den anderen Musikern sitzt.

»Schumann«, hat Leo gesagt, »Cello und Orchester, die haben wochenlang geprobt dafür. Das war es, was wir neulich gehört haben.«

Franz hat nicht hingehen wollen, hat mit seinen Vokabeln auf der Treppe vor der Baracke gesessen, aber als immer mehr Männer durch das geöffnete Tor im Draht auf den Sportplatz schlenderten, als die ersten Töne der stimmenden Musiker zu hören waren, ist er ebenfalls aufgestanden und dem Strom gefolgt. Er hat sich nach Leo umgeschaut, sich schließlich ein wenig abseits am äußeren Rand der Zuhörerschaft auf den Rasen gesetzt.

Das Orchester ist unter einem Pavillon platziert, den man einige Tage zuvor frisch gestrichen und mit Blumen umpflanzt hat. Die Musiker tragen weiße Hemden, die in der Sonne leuchten. Direkt vor dem Orchester die Stuhlreihen, ganz vorne erkennt er amerikanische Offiziere und ihre Frauen, dahinter die Unteroffiziere aus dem zweiten und dritten Compound, der deutsche Lagersprecher in der ersten Reihe neben den Amerikanern. Wer keinen Stuhl mehr ergattert hat, so wie die meisten der Landser aus dem ersten Compound, der sitzt auf dem Rasen oder im Staub. Einige Männer haben Colaflaschen oder Biere dabei. Seitdem die Musik begonnen hat, regt sich kaum noch jemand, viele Männer liegen bereits auf dem Rücken. Franz schaut auf die konzentrierten Gesichter der Streicher, auf die schnellen Bewegungen ihrer Arme, den wippenden Kopf des Cellisten.

Die Musik legt sich über sie, umarmt sie, jeden Einzelnen von ihnen, er sieht, wie die Blicke der Kameraden in seiner Nähe in den texanischen Himmel wandern, wie sich ihre Augen schließen. Auch Franz lehnt sich zurück, erst auf die Ellenbogen, dann ganz auf den Rücken, er legt den Kopf in den Sand, streckt sich aus, schließt die Augen.

Die Musik zerrt Bilder hervor, die er nicht sehen will, er sieht den Bruder und die Mutter vor der holzvertäfelten Wand am Esstisch sitzen, einen seiner Briefe weinend in den Händen, er sieht das Haus im Bombenfeuer verbrennen, er sieht Schutt, sieht Bäume, die auf den Resten ihrer

Siedlung wachsen, Wind in leeren Straßen, die langsam zuwuchern. Der Förderturm der Zeche über einer ausgestorbenen Stadt, sein Brief nur noch Asche auf dem schwarz verkohlten Esstisch. Nur ein Brief, denkt er, nur ein Brief von zu Hause, nur ein paar Sätze. Die Musik erstirbt. Räuspern, Notenrascheln, irgendjemand klatscht einige Male und wird zur Ruhe gezischt.

»Was für eine Trauermusik.«

Er öffnet die Augen. Paul steht über ihm, hat ein Bündel Bücher unter den Arm geklemmt. Ob er sich setzen könne. Natürlich, sagt Franz. Der Freund hockt sich hin, stützt die Ellenbogen auf die Knie und das Kinn auf die Hände.

»Hätten doch was Fröhlicheres aussuchen können. Die reinsten Heimwehmelodien.«

Der nächste Satz beginnt. Sie sitzen schweigend und lauschen. Franz betrachtet Paul aus den Augenwinkeln. Der andere schaut konzentriert, hat die Knie angewinkelt und den Oberkörper jetzt vorgebeugt, so als wollte er sich hineinlehnen in die Musik. Zwei Wochen haben sie nicht mehr miteinander gesprochen, seit jenem Treffen am Abend, seit dem Überfall auf Heimo. Franz hat tagsüber auf den Feldern Kartoffeln geerntet, abends Englisch gelernt, ist danach erschöpft ins Bett gefallen. Ab und an hat er draußen mit Leo gesessen, ein Bier getrunken oder Karten gespielt. Manchmal hat er Paul in der Messe beim Frühstück oder Abendessen gesehen. Rudi hat ihm teilnahmslos lächelnd das Essen gegeben, so als hätte er nie mit ihm am Zaun gesessen. Heimo ist noch im Lazarett, er hat keine Neuigkeiten von ihm. Husmann hat sich für ein Kommando gemeldet, das einen Kanal ausheben soll, und kaum kommt er abends zurück, rennt er auf dem Fußballplatz mit gieriger Entschlossenheit dem Ball hinterher.

Nachdem das Konzert geendet hat, brandet langer Applaus auf. Die Amerikaner und die Afrikaner erheben sich von ihren Stühlen. Die Musiker verbeugen sich. Bravorufe schallen durch den Abend. Franz sieht, wie der amerikanische Kommandant dem Lagersprecher auf die Schulter klopft und ihm die Hand schüttelt. Anschließend verlässt er im Gefolge seiner Offiziere und ihrer Frauen das Sportfeld. Langsam verteilen sich auch die Deutschen, die Musiker stehen beisammen und unterhalten sich, einige Männer bleiben bei ihnen, aber die Mehrzahl kehrt in ihre Compounds zurück. Am anderen Ende des Feldes fliegt bereits wieder ein Fußball durch die Luft.

»Hast du Post bekommen?«

Paul hat den Kopf gedreht.

»Nein.«

»Scheiße.«

»Ja, scheiße. Vor allem bei solcher Musik. Und du?«

»Sie werden mich besuchen kommen«, sagt er.

»Wer?«

»Meine Mutter und meine Schwester.«

Franz schaut auf seine Schuhspitzen. Er kann ja nichts dafür, denkt er. Solltest dich freuen für ihn.

»Und dein Vater?«, fragt er.

»Kommt nicht.«

Einer der Geiger unter dem Pavillon beginnt ein Solo zu fiedeln. Gelächter brandet auf.

»Ich nehm ihm das nicht mal krumm. Er steht zu seinem Wort.«

»Wozu steht er?«

»Du brauchst mir nicht mehr unter die Augen zu kommen, hat er mir damals gesagt. Wenn du jetzt wirklich nach Deutschland reist, dann brauchst du nicht mehr wiederzukommen. Das waren so ungefähr seine Worte. Und dass er die Nazis zur Not mit der Mistgabel aus Amerika

treiben würde, wenn sie es wagen würden, ihre Füße auf
amerikanischen Boden zu setzen.«

Er lacht.

»Jetzt sind wir hier, aber Sorgen muss sich niemand in
Amerika mehr machen.«

»Aber du bist doch sein Sohn«, sagt Franz.

»Das ist doch kein Wert, einfach nur das Sohnsein«, sagt
Paul, »wenn es sich mit keiner Haltung verbindet.«

»Ein Sohn ist und bleibt immer ein Sohn«, sagt Franz,
»das sollte dein Vater genauso sehen.«

Paul schüttelt den Kopf.

»Ich habe lange darüber nachgedacht. Nach der Rückkehr aus Frankreich, obwohl alles, was ich in Frankreich
erlebt habe, ein Kasperletheater war im Vergleich zu dem,
was dann in Russland kommen sollte. Aber schon damals
fing es an, das Zweifeln. Fing ich an zu begreifen, was für
ein Dummkopf ich war.«

»Dann waren wir alle Dummköpfe«, sagt Franz. Er erinnert sich genau an seinen Stolz, als der Vater ihn mit zu
einer Rede von Göring nahm, als der Essen besuchte, an die
Freude im Angesicht all dieser Menschen, die jubelten und
sangen. Die wehenden Fahnen, das Gefühl, Teil von etwas
Großem zu sein.

»Ich bin hier weg«, sagt Paul, »über den Ozean. Ich habe
es mir ausgesucht. Ich habe es mir viel mehr ausgesucht als
ihr alle. Abendelang hat mein Vater auf mich eingeredet.
Mir von den Chancen erzählt, die dieses Land für uns hat.
Von der Freiheit, davon, dass ich mir gar nicht vorstellen
könnte, wie es sein würde ohne diese Freiheit. Dass er genau wüsste, was das bedeutete. Und ich habe ihn für einen
Spinner gehalten. Ich habe gesagt, er wäre wie ein Hund,
der seinem neuen Herrchen die Füße leckt, weil es ihn mit
fetten Knochen versorgt hat.«

Er macht eine Pause, reibt sich die Hände. Abwesend wirkt er, nicht ganz da.

»All die Abende und Nächte in Russland, mit zitternden Gliedern schweigend am Feuer, weil niemand über das reden wollte, was wir am Tag erlebten. Und wenn einer sprach, dann davon, wie irgendjemand einem Bauern ein Schwein gestohlen hatte, wie man Vorräte fand, vergraben in einer Scheune. Was für ein Festmahl das gewesen war. Und hungernd und frierend, all die Bilder des Tages im Kopf, wuchs dazu die Gewissheit, dass er recht gehabt hat. Dass er es besser wusste. Die eigene Dummheit, in Schnee und Eis verfroren, im Donner der Artillerie bei Tag, dem Rumpeln der Panzerketten, im Tack-tack-tack der Gewehre, die eigene Dummheit, wenn man aus dem Lastwagen schaute auf dem Weg in die Etappe, in den kurzen Ruhepausen; all die verbrannten Dörfer, die man passierte, all diese Orte ohne Menschen, all das, was diese großartige Armee hinterließ, die ich für die Rettung der Menschheit gehalten hatte, das Bollwerk gegen den Bolschewismus. Was wusste ich denn vom Bolschewismus? Was ging mich Farmerssohn in Alabama denn der Bolschewismus an?«

Wir alle, denkt Franz, nicht nur er, wir alle. Und einige noch immer, einige werden bis zum Ende bleiben, sogar ein Teil von dir hat noch nicht aufgehört, es zu glauben.

»Er hat recht gehabt«, sagt Paul, »das ist entscheidend. Und damit hat er das Recht, sein Wort zu halten. Auch wenn das heißt, dass er mich nicht mehr sehen will. Sohn oder nicht Sohn. Man muss es verdienen. Und ich werde es mir verdienen. Ich werde ihm zeigen, dass ich es kapiert, dass ich gelernt habe. Schmerzhaft, in Schnee und Eis, im Feuer, im Schrecken, in Alpträumen. Aber gelernt. Kein Kopf ist immun gegen das Lernen, meiner nicht und nicht mal deiner.«

Er stößt ihn vor die Schulter. Franz lächelt. Es tut gut. Er weiß nicht, warum, aber es tut gut, die Offenheit, die Vertrautheit. Es ist traurig, den Freund so zu sehen, aber wenn er ehrlich ist, ganz ehrlich mit sich, dann ist es gut, ihn diese Dinge sagen zu hören. Paul ist keiner, dem es der Vater einzupflanzen versucht hat, der es aufgesogen hat in der Hitlerjugend, in all den Liedern, die Franz heute noch singen kann; da sind all die Erinnerungen, all die Freunde. Die Erzählungen des Vaters von den Treffen, von der Bewegung, von der goldenen Zukunft, aber auch von der Bedrohung, von der großen Gefahr, die der Bolschewismus ist für Deutschland und die Welt. Von der Schande, von der Deutschland sich befreien muss. Wenn einer wie Paul es glauben konnte und dafür über den Ozean gefahren ist, wenn er es glauben konnte und jetzt geheilt ist davon, vielleicht ist es dann nur verständlich, dass er selbst es so lange geglaubt hat. Trotz eines Bruders, der versuchte, ihn davon abzubringen. Vielleicht kann auch er sich davon befreien. Vielleicht kann er geheilt werden von diesem Gefühl, das eigene Land zu verraten, den Führer, die Erinnerung an den Vater.

»Hier.«

Paul reicht ihm ein Buch. Der Rücken ist gelb, auf der Vorderseite ein schwarzer Rahmen, in der Mitte die Zeichnung einer schwarzen Glocke an einem Querbalken. *Wem die Stunde schlägt* steht darunter.

»Muss man das kennen?«, fragt er.

Paul zuckt die Schultern.

»Lies es einfach. Das legt man nicht mehr aus der Hand, gerade als Soldat.«

»Dick«, sagt Franz.

»Versuch es mal«, sagt Paul. »Wenn es dir nicht gefällt, bring es mir zurück.«

»Ich kann es selbst abgeben«, sagt Franz.

»Bring es mir. Ich gebe es in der Bibliothek ab. Die kontrollieren, wer die amerikanischen Bücher ausleiht. Mein Ruf ist sowieso schon ruiniert.«

Wieder lacht er. Kleine Falten ziehen sich um seine Augen. Sein Gesicht ist braungebrannt mittlerweile, seine Haare sind fast völlig weiß.

»Vielleicht kannst du sie kennenlernen.«

»Wen?«

»Meine Familie. Ein Treffen hier im Lager. Ich rede mit meinem zugeordneten Offizier. Da lässt sich bestimmt was machen. So kann ich dir meine Schwester vorstellen.«

Er kneift ihm ein Auge.

»Kappeskopp«, sagt Franz.

Sie schauen den Musikern zu, die offensichtlich Wein oder Schnaps bekommen haben, aus geheimen Vorräten oder von den Amerikanern selbst. Mehrere Flaschen wandern umher, immer wieder werden kurze Improvisationen gespielt, gemischt mit den Schreien der Fußballspieler.

»How is translation?«, fragt Franz.

»Good«, sagt Paul. Er lächelt. »Very good. They trust me now. Mit einigen der Kameraden ist es schwierig. Sind harte Hunde dabei. Solche, die man loswerden müsste.«

»Das sind deine Kameraden«, sagt Franz.

»Sind sie nicht«, sagt Paul, »meine sind es nicht, und deine sind es auch nicht.«

Da sind wir wieder. Er hat es abgeschüttelt. Und ihm sitzt es noch in den Knochen. Warum kannst du nicht auf seiner Seite sein, ganz und gar, mit Haut und Haaren? Vielleicht braucht es Zeit, denkt er, um sich loszusagen von diesem Deutschsein, von den Jahren als Pimpf, von den Geschichten, den Liedern, von der Schönheit, die oft darin lag. Vielleicht kannst du an den Vater denken, ohne an all das andere zu denken. Nur an den lachenden Mann am Esstisch, den Zeichner, der stundenlang im Garten sitzen konnte mit Block und Bleistift oder in der Straßenbahn heimlich Skizzen machte, den Mann, der dich das erste Mal zu den Sportfreunden mitnahm und dir die Gesänge erklärte, der dir Geschichten erzählte oder dich in den Arm nahm, wenn du Angst hattest, der dich nie schlug, nie eine einzige Ohrfeige. Vielleicht geht es, vielleicht ist es machbar. Er wünscht sich eine zweite Heimat, so wie Paul sie hat, einen Ort, an den man sich flüchten kann. Aber du kannst nicht zurück, denkt er, du kannst nur ins Neue, ins Unbekannte.

»Entschuldige«, sagt Paul. »Ich hätte nicht wieder damit anfangen sollen.«

»Ist in Ordnung«, sagt Franz.

»Wir sollten uns wieder zusammensetzen, wenn Heimo aus dem Lazarett kommt. Eine Willkommensfeier.«

»Ja«, sagt Franz, »sollten wir.«

Lieber Josef, schreibt er, *auch wenn ich immer noch keinen Brief von Euch erhalten habe, so schreibe ich Dir doch ein weiteres Mal, in der Hoffnung, dass meine Post Euch schneller erreicht als mich die Eure.*

Er setzt ab, schaut an die gegenüberliegende Baracken-wand, an der ein Kamerad eine Europakarte befestigt hat, in der kleine Nadeln und Fäden den Frontverlauf nachzie-hen. Die Fäden sind bereits östlich von Paris, nahe der deut-schen Grenze. Er fragt sich, was er Josef schreiben kann, was nicht der Zensur zum Opfer fallen wird. Nichts über die Nazis, denkt er, nichts über die Angst. Vom Konzert könnte er schreiben, weiß aber nicht, wie. Dass es ihm gut-geht, wissen sie, wenn seine Briefe denn nicht verloren sind, dass er genug zu essen hat, dass es heiß ist, dass er arbeitet.

Ich habe New York gesehen, schreibt er schließlich, *bei meiner Ankunft vom Schiff aus, die Hochhäuser, Wolkenkratzer. Danach ging es mit dem Zug bis nach Texas, aber nicht im Viehwaggon, wie wir alle gedacht hatten, sondern in einem Pullmanwagen, auf richtigen Bänken, mit Gepäckablage und Toiletten an jedem Ende. Das war vielleicht eine Reise, sage ich Dir. Einmal quer durch das Land. Hab leider keine Indianer gesehen, keine Büffel. Old Shatterhand lässt auf sich warten. Aber vielleicht wird das ja noch.*

Er hat schon fast das Ende der Karte erreicht. Gerade kommst du in Schwung. Werden aber womöglich sowieso alles streichen, von New York, von der Zugreise. Wenn nicht die Amerikaner, dann die Zensoren der Wehrmacht. Das werden sie nicht mögen, denkt er, die Geschichten von Fahrten im Luxus.

Gestarrt hat er, sich die Stirn am Fenster platt gedrückt. Endlose Wälder, die immerhin auch in Deutschland hätten wachsen können, wenn auch nicht in dieser Größe, in dieser Weite. Die Holzhäuser, Kirchen, Dörfer und Städte, vor allem die vielen, vielen Automobile, dicke Schlitten, die überall herumstanden, so als führe jeder Amerikaner mit seinem eigenen Wagen. Fabriken, haben sie zuerst gedacht, Autofabriken, aber die Wächter, die mit ihren Holzknüppeln am Waggonende standen, haben nur gelacht.

»Supermarket«, riefen sie, »King Kullen.«

Und deuteten nach draußen.

Und einige der Deutschen zeigten ihnen einen Vogel. Lügenmärchen, flüsterten die Kameraden, die Amis und ihre Lügenmärchen. Franz saß mit Paul zusammen, sie aßen Sandwiches und Äpfel, sie schauten die Landschaft wie einen Film. Das sollte er Josef schreiben, darüber würde er sich freuen.

Von der Nacht, in der der Zug einfach weiterrumpelte, in der er mit dem Kopf gegen das Fenster gelehnt schlief, vom Morgen, an dem die Hitze kam, das undurchdringliche Grün des Südens, die großen Bäume mit turmdicken Stämmen, aus deren Kronen irgendeine graue Pflanzenart herabhing wie Lametta. Überall diese Girlanden, die im Wind wehten, ab und an Plantagen. Sie öffneten die Fenster, saßen in Unterhemden.

»Wenn so die Gefangenen reisen«, sagte einer, »wie reisen bei denen die Offiziere?«

Als sie durch Alabama fuhren, wurde Paul nervös, er versuchte die Ortsschilder zu erkennen, begann von seinem Vater zu erzählen, der, wie er sagte, wahrscheinlich auf dem Feld unterwegs war, wenn er nicht gerade Maschinen reparierte. Eigene oder die benachbarter Farmer. Dass sie ihn die deutsche Zauberhand nannten, sagte Paul, und ihm war der Stolz anzumerken gewesen.

Und jetzt kommt er ihn nicht einmal besuchen, jetzt weigert er sich, seinen Sohn zu sehen. Sein eigener Vater hat trotz all der lauten Töne, trotz aller Drohungen nie etwas gegen Josef unternommen, er verpfiff ihn nicht, er setzte ihn nicht auf die Straße, er ließ ihn, den Störenfried, bei sich wohnen, auch als er sich Jahre nach dem Unfall noch immer von Gelegenheitsarbeit zu Gelegenheitsarbeit hangelte. Nachtwächter hier, Markthelfer dort. Er machte Witze über die gemeinsamen Kirchenbesuche von Mutter und Sohn, über die Treffen der Kirchengruppe, zu denen Josef ging, manchmal war es der Grund für ihre Schreierei. Gottlos nannte Josef den Vater und der ihn einen Kirchenbruder, besonders als Josef begann, für die Armenspeisung der Kirche zu arbeiten. Ausgebeutet werde er, von verlogenen Pfaffen, einen Hungerlohn zahle man seinem Sohn, um andere Hungerleider zu versorgen. Und Josef sagte dem Alten, er werde in der Hölle schmoren, gemeinsam mit seinem lieben Herrn Hitler und dessen ganzer Bande.

Aber trotzdem, trotz all dieser Beleidigungen blieben sie gemeinsam am Tisch sitzen, Vater und Sohn. Und Franz saß dazwischen, hatte immer öfter das Gefühl, dass sie durch ihn miteinander kämpften, dass jeder versuchte, ihn auf seine Seite zu ziehen. Und dann knallte der Kopf des Alten auf die Tischplatte. Und es war vorbei. Wenn es sich mit keiner Haltung verbindet, denkt Franz, was soll das überhaupt sein, seine Haltung. Schwankst doch wie ein Halm im Wind. Er schaut auf seine Hände. Schwankst vielleicht, aber wer ist frei davon, von diesem Schwanken. Es hat angefangen, denkt er, es wird Zeit brauchen. Aber du bist dabei, es loszuwerden.

Ich weiß jetzt, dass du recht hattest.

Er schreibt diesen Satz, einfach so, ohne eine Erklärung auf die Karte. Ein Satz für seinen Bruder. Sie werden ihn durchstreichen, sie werden begreifen, wie es gemeint ist. Aber er hat ihn geschrieben.

Nach einem langen Tag im Süden, im satten Dschungelgrün Louisianas, durch die geschlossenen Fenster vor den Moskitos geschützt, rumpelte der Zug am Abend langsam über den Mississippi. Wieder glotzten sie, auf den weiten Fluss, auf die unzähligen Boote. Franz entdeckte einen der weißen Dampfer mit einem großen roten Schaufelrad am Heck. Er malte sich aus, wie er das Fenster herabreißen würde, hinausspringen in den Fluss und zum Dampfer schwimmen, davonfahren in den Norden, ein Leben führen in einem Dorf am Flussufer. Wie hieß dieses Kinderbuch? Etwas mit einem Floß und einem Sklaven.

An die Arbeiter auf dem Feld denkt er, an die freundliche Verabschiedung, als ihr letzter Einsatz auf den Kartoffelfeldern beendet war. Mit Schulterklopfen sagten sie sich Lebewohl, Christmas umarmte ihn.

»See you in the cotton fields«, sagte er zum Abschied.

»Die sind in Ordnung«, sagte Jürgens, auf der Ladefläche des Lastwagens sitzend.

»Sonnenstich, Gefreiter Jürgens?«, fragte Franz. Und dann lachten sie beide.

Franz schaut auf. Jürgens' Bett ist leer. Auf seinem Nachtschrank die Bibel, davor auf dem Fußboden seine sauber gewichsten Stiefel. Vielleicht kapiert der es auch noch, der ist keiner der üblen Sorte, vielleicht ist es bei dem noch nicht zu spät. Er legt die Postkarte beiseite, holt sein Glas aus dem Nachtschrank und schaut nach den Steinen. Ganz oben liegt ein roter, flacher Stein, der wie ein Flint aussieht. Eine silbrige Maserung läuft hindurch, die ein wenig glitzert, wenn man sie in die Sonne hält. Bitter hat der Stein beim ersten Probieren geschmeckt, außerordentlich bitter.

Am Morgen vor ihrer Ankunft im Lager wurde Franz vom lauten Quietschen der Bremsen geweckt, bevor ihn der Schwung des bremsenden Zuges gegen die Vorderbank beförderte. Kurz darauf standen sie still. Um ihn herum war das Stöhnen der Kameraden zu hören, die ähnlich unsanft wie er geweckt worden waren. Eine Weile schwirrten ihre Stimmen durcheinander.

»Die steigen aus«, rief jemand.

Sie schauten hinaus auf ein flaches Stück Land neben dem Bahndamm, einen Zaun, dahinter eine weite Wiese, Weideland, in der Ferne der Turm einer Kirche. Sie konnten sehen, wie eine Gruppe amerikanischer Soldaten absprang, wie die Männer sich ein Stück vom Waggon entfernten, zum Zaun hinabliefen und dort stehen blieben. Einige der Soldaten begannen zu rauchen.

Einer der Wächter trat in den Gang, scheuchte sie zurück auf ihre Plätze. Einige Minuten lang geschah nichts, bis sich die Tür öffnete und ein Soldat eintrat.

»Out!«, rief er. »Get out!«

Einige Kameraden erhoben sich.

»Bleibt sitzen«, rief einer, »das ist keine Station.«

Paul rief dem Wachmann etwas auf Englisch zu.

»Out!«, wiederholte er. »Train kaputt, okay? Out!«

Er sprach eine Weile mit Paul. Der übersetzte, dass es einen technischen Defekt gebe, dass sie aussteigen sollten, um sich die Beine zu vertreten.

»Bist du denn blöde«, zischte ein Kamerad hinter ihnen. »Du warst doch selbst in Russland.«

»Du spinnst doch«, sagte Paul.

»Keiner geht raus!«, rief einer von hinten. »Die wollen uns hier abknallen.«

Der Wächter schaute sie verständnislos an.

»Out!«, wiederholte er.

Paul sagte etwas auf Englisch zu ihm. Der Mann schüttelte den Kopf und stürmte aus dem Waggon. Die Deutschen lachten. Ein Feldwebel gab die Order, sich zur Not mit Händen und Füßen zu wehren. Zuerst gelte es, den Soldaten die Knüppel zu entreißen, dann müsse man sich die Wachen mit den Gewehren schnappen. Paul sank auf der Bank zurück und starrte auf die Lehne der Vorderbank.

»So ein Schwachsinn«, sagte er.

Kurz darauf öffnete sich die Waggontür und ein großer, hagerer Mann mit weißem Kittel und einer Armbinde mit rotem Kreuz trat ein. Er schaute sich um, räusperte sich laut, und als er zu sprechen begann, klangen seine Worte kehlig und schwer.

»Moser«, sagte er, »mein Name ist Dr. Moser, ich bin Mitglied des Roten Kreuzes. Ich kann Ihnen versichern, dass ein Ausstieg hier völlig ungefährlich ist, solange Sie nicht zu fliehen versuchen. Wir sind in einer großen Delegation im Zug vertreten und stellen sicher, dass Sie gemäß der Genfer Konvention behandelt werden. Dürfte ich Sie also bitten auszusteigen. Mir ist mitgeteilt worden, dass es sehr heiß werden wird, jetzt, da der Zug zum Stehen gekommen ist.«

Nach einigen Sekunden erhob sich ein erster Kamerad, kurz darauf ein zweiter. Auch Paul stand bereits und schob sich den Gang entlang. Franz folgte den Männern, die nun in großer Anzahl in Richtung Ausgang drängten. Sonne, dachte Franz, ein wenig frische Luft, ein wenig Erde unter den Füßen; er dachte an die Steine in seiner Brusttasche und dass er versuchen würde zu schmecken, was es mit diesem Landstrich auf sich hatte.

Die Barackentür öffnet sich. Er stellt sein Steinglas zurück, nimmt die Postkarte wieder auf, er schreibt: *Ich hoffe, bald von Dir oder der Mutter zu hören. All meine Gedanken gelten Euch und der Heimat! Dein Franz*

Gelogen, denkt er. Da ist diese Angst, diese Angst vor den Bomben auf Essen. Aber es ist eine ferne Angst, ein Gefühl, das sich am Abend anschleicht oder im Morgengrauen. Ansonsten gelten seine Gedanken der Arbeit, dem Englischlernen, sie gelten den Freunden und den Afrikanern, die eine echte Bedrohung sind, eine spürbare, körperliche, eine Bedrohung mit Gesichtern.

*

Auf den ersten Blick sehen sie aus wie Schwestern. Die Ältere trägt ein dunkles, eng geschnittenes Kleid, das ein schmaler Gürtel an der Taille zusammenhält, die Jüngere schwarze, weite Hosen, die hoch bis über die Hüften reichen, darüber eine weiße Bluse und eine dünne Jacke. Sie sehen nicht aus, wie Franz sich Frauen vorgestellt hat, die auf einer Farm leben, sie sehen nicht aus wie Frauen aus Deutschland, sehen nicht aus wie Mutter und Tochter, oder tun es doch, auf den zweiten Blick, als er sich von Paul heranwinken lässt, als er die Unterschiede in Alter und Ausdruck bemerkt. Das Gesicht der Mutter ist gebräunt, die dunkelblonden Haare um den Kopf zu einem Kranz geflochten, und als sie lächelt, entdeckt er einige Falten um ihren Mund. Ihre Tochter, deren kurze Haare unter einem Strohhut mit schmaler Krempe kaum zu sehen sind, hat ein helles, offenes Gesicht, Sommersprossen, und ihre dünne Nase hat, im Gegensatz zu ihrer Mutter, einen kleinen Höcker, so als hätte sie sie sich schon einmal gebrochen.

»Das ist Franz«, sagt Paul, und Franz fühlt sich wie ein Haustier, das vorgeführt wird. Er hält das Papier mit der Genehmigung zum Betreten des amerikanischen Lagerabschnitts noch in der Hand, als er sich den dreien nähert.

»Wir freuen uns sehr, Sie endlich kennenzulernen«, sagt Pauls Mutter und schüttelt seine Hand.

Er hört den nordischen Einschlag in ihrem Deutsch, einen breiten Singsang, mitten im geschäftigen Treiben der Baracke; Amerikaner an Schreibtischen, das Klappern von Schreibmaschinen, Klingeln von Telefonen, dicke Aktenschränke an den Wänden, darüber Karten, Flaggen, Papiere. Irgendwo läuft ein Radio, dazwischen Wortfetzen, Kommandos, Gelächter.

»Hallo.«

Die großen, hellen Augen von Pauls Schwester mustern ihn von unten herauf, sie hat den Mund ein wenig gespitzt, vielleicht lächelt sie. Der Druck ihrer kleinen Hand ist sehr kräftig.

»Ich bin Wilma. Du musst ein tapferer Soldat sein, dass du es mit meinem Bruder aushältst.«

Sie lacht. Ihr Deutsch klingt fremd, es hat eine Melodie, die anders ist als alles, was er vorher schon einmal gehört hat.

»Shut up!«, sagt Paul und schiebt sie beiseite. Wilma packt ihrem Bruder ins Haar und zieht daran. Einige Amerikaner sehen von ihren Schreibmaschinen auf.

»Kinder«, sagt ihre Mutter, ohne ihren Blick von Franz zu wenden, »wir sollten das Besuchsrecht nicht für euren Unfug riskieren.«

Ihre Stimme unterbricht die Kabbelei augenblicklich, Bruder und Schwester tauschen Blicke. Gemeinsam setzen sie sich an einen Tisch, den man offenbar für die Besucher freigeräumt hat. Paul deutet in den hinteren Teil der Baracke. Dort arbeite er. Das erste Treffen habe noch in einer der Verhörbaracken stattgefunden, sagt er in Franz' Richtung, aber als sein vorgesetzter Offizier davon erfahren habe, habe er entschieden, dass das ganz und gar unhöflich sei zwei Damen gegenüber.

Pauls Mutter fragt Franz nach seiner Heimat und seinen Eltern. Sie hört ihm zu, nickt, schaut ihn an, während sie mit ihm spricht, sehr offen, sehr direkt. Eine Frau, denkt er, die ihre Tochter nimmt und allein durch mehrere Staaten reist, ganz ohne ihren Mann. Er findet sie schön, schämt sich für diesen Gedanken, er schaut zu Paul, aber der streckt seiner Schwester gerade die Zunge heraus.

Ein Gefühl der Wärme geht aus von den dreien, eine Wärme, die durch ihre Worte und Gesten in ihn eindringt, die sich in seinen Magen setzt und dort einen Klumpen Ruhe formt, einen warmen, glatten Stein. Er stellt sich ein großes Farmhaus aus Holz in Alabama vor, riesige Felder, moderne Maschinen, ein Automobil. Darüber ein blauer Himmel, eine Weite, die einem den Kopf öffnet. Du kommst aus der Zeche, aus den Stollen, aus dem Backstein von Katernberg; alles ist eng, wo du herkommst, so eng, dass es einem auf die Brust drückt.

»Und Sie lernen Englisch?«

Ihre Frage reißt ihn aus den Gedanken. Er nickt; er sagt, dass er versucht, das Beste aus seiner Situation zu machen, die Zeit zu nutzen.

»Ich war vorher nie ein großer Lerner«, sagt er.

Pauls Schwester lacht. Er schaut sie an, sie erwidert seinen Blick. Etwas an ihm scheint sie zu amüsieren.

»Machst du auch einen Musterschüler aus ihm?«, fragt sie Paul.

»Ich mache gar nichts aus niemandem«, sagt er.

»Natürlich«, sagt die Schwester.

Eine Spannung herrscht zwischen den Geschwistern, die ihm anfangs nur spielerisch erschien, aber je länger Franz mit ihnen zusammen ist, desto mehr hat er den Eindruck, dass eine Bitterkeit dahinterliegt, zumindest von ihrer Seite. Der warme Stein in seinem Bauch bekommt einen Riss, oder nein, denkt er, eine feine, kalte Kristallmaserung. Pauls Mutter ignoriert die Worte ihrer Kinder, sie redet einfach über die Spannung hinweg. Sie erzählt, dass sie als junge Frau einmal in Essen war, auf einer Reise mit ihren Eltern. Dass ihr der Baldeneysee gefallen habe, sagt sie, die Wälder drum herum. Sie fragt nach der Situation in Essen, nach Bombenangriffen, nach dem Haus, dem Bruder, ob er in der Armee ist. Und als Franz verneint, greift sie seine Hand.

»Wenn Sie mir den Ausdruck verzeihen«, sie senkt ihre Stimme, »aber die Armee, der Krieg, das ist doch für Dummköpfe.«

Sie schaut zu ihrem Sohn hinüber.

»Wir haben nur das Glück gehabt, dass wir unseren Dummkopf heil wiederbekommen haben.«

Nebeneinander laufen sie durch den amerikanischen Sektor, vorbei an Jeeps und Lastwagen, an Soldaten, die sie

mustern. Auch hier Blumen, auch hier Entwässerungs-
kanäle und Brücken, aber alles wirkt strenger, geschäfts-
mäßiger als bei den Deutschen, die sich mit ihren Brunnen
und Statuen darangemacht haben, eine fremdartige Hei-
meligkeit zu erzeugen.

»Er ist nicht gekommen«, sagt Paul.

Also doch, denkt Franz. Er klopft dem Freund auf die
Schulter.

»Vielleicht kommt er beim nächsten Mal.«

»Ja, vielleicht. Ich hatte mir vorgenommen, gar nicht
darauf zu hoffen. Aber je näher die Besuchstage gerückt
sind, desto schwieriger wurde es, nicht an die Möglichkeit
zu denken, dass er doch kommen könnte. Dann hätte ich
es ihm zeigen können. Meine Arbeit für die Army. Meinen
Freund, der es ebenso kapiert hat wie ich. Ich hätte es ihm
sagen können.«

»Dann sagst du es ihm beim nächsten Mal.«

»Oder er wird es sehen, wenn der Krieg vorbei ist.«

»Spätestens dann«, sagt Franz.

»Und Wilma?«, fragt Paul.

»Was?«

»Meine Schwester. Findest du sie hübsch?«

»Natürlich«, sagt Franz, »natürlich.«

»Mein lieber Herr«, Paul bleibt stehen, er lacht so laut,
dass einige Amerikaner sich nach ihnen umdrehen. »Dir
platzt ja gleich die Schädeldecke vor Scham.« Er gibt ihm
einen Stoß. »Die wird eh nie heiraten, wenn sie sich an ihre
eigenen Worte hält. Was soll ich mit einem Mann, hat sie
gesagt.«

»Wann siehst du sie wieder?«, fragt Franz.

»Heute Abend noch, vielleicht morgen früh, bevor sie
abfahren.«

Paul schaut zu ihm herüber.

»Sie haben mir einen Sonderausgang gewährt. Heute Abend gehen wir zusammen ins Dorf, essen und trinken, ein wirklich freier Abend.«

Sein Gesichtsausdruck ist jetzt weich. Er wirkt zufrieden, sehr ruhig. Sie kommen zum Übergang in den deutschen Bereich des Lagers, die zwei Amerikaner am Tor scherzen mit Paul. Franz hält seine Genehmigung hoch, einer der Amis lacht.

»We know you're alright«, sagt er.

Sie laufen durch das Niemandsland zwischen den Bereichen von Wachmannschaft und Gefangenen. Das Gras ist seit ihrer Ankunft noch höher gewachsen, niemand kümmert sich darum. Am Eingang zu ihrem Compound nur ein Mann am Tor, der sie durchwinkt. Auf der Freifläche vor der Schulbaracke schießen ein paar Kameraden einen Fußball hin und her. Als Franz und Paul sich nähern, tritt einer auf das Leder, schaut zu ihnen herüber; das Spiel erstirbt. Die Blicke der Männer folgen ihnen, er kann sie im Rücken spüren.

»Zu zweit von den Amerikanern gekommen. Das wird registriert«, sagt Paul. Und nach einer Weile: »Tut mir leid.«

»Die können mich mal«, sagt Franz, »die Hundsfötte, die dreckigen.«

Er schreckt aus dem Schlaf hoch. Sein Bett wackelt. Kameraden rennen an ihm vorbei; graue Konturen, polternde Stiefel auf den Bohlen der Baracke. Die Tür wird aufgerissen. Draußen flammt der Scheinwerfer eines Wachturms auf, Sekunden später erklingt die Sirene. Ihr Klang ist lang und durchdringend, steigert sich und ebbt plötzlich ab. Mehr Scheinwerfer beginnen zu zucken. Stimmen mischen sich im Freien, aufgeregte Rufe. Franz setzt die Füße auf den Boden. Die Baracke ist halb leer. Vor der Tür einige umgekippte Flaschen. Jürgens' Bett aufgewühlt und verlassen.

»Step away from the fence!«

Die Durchsage aus dem Lautsprecher hallt durch die Nacht, durch den Morgen. Die Welt hat ihre Farbe noch nicht zurückgewonnen, alles ist von dunkler Tinte getränkt, aber alle Formen im Raum sind bereits zu erkennen. Einige Kameraden stehen unentschlossen vor ihren Betten.

»Step away from the fence immediately!«

Wieder dröhnt die Sirene. Ihr Klang zieht Franz zur Tür. Er tritt ins Freie. Rechts von ihm, am Südrand ihres Compounds, eine Gruppe Deutscher am Stacheldraht. Er hört die aufgeregten Rufe der Männer. Als das Licht stillsteht und sich mit dem Scheinwerfer eines weiteren Turmes vereint, sieht er die Gestalt im Draht. Der Mann überragt mittlerweile die Köpfe der Kameraden, er ist unerreichbar für sie, muss den ersten Zaun bereits überwunden haben. Ein Schuss knallt durch die Luft.

»Get down from that fence!«

Franz beginnt zu rennen.

Die Mehrzahl der Männer am Zaun kennt er, es sind Kameraden aus ihrer Baracke, er sieht Jürgens ganz vorne, die Hände auf dem Draht. Immer mehr Männer kommen aus anderen Gebäuden und nähern sich ihnen.

»Komm da runter!«, ruft Jürgens, »Mensch, Siggi, komm da runter!«

Jetzt begreift er, jetzt sieht er die roten Haare, erkennt die drahtige Gestalt, die die mit Stachelrollen besetzte Oberseite des zweiten Zauns fast erreicht hat. Baumanns Hände greifen bereits in die Stacheln, er rüttelt daran, schiebt sich hindurch. Im Scheinwerferlicht sieht Franz das Blut von seinen Händen tropfen, seine zerrissene Uniform, die Striemen im Gesicht. Erneut knallt ein Schuss.

»Komm da runter! Komm da runter!«

Jürgens' Stimme weinerlich, verzweifelt. Auch andere fordern Baumann dazu auf herunterzukommen, lass dich fallen, rufen sie, lass doch den Schwachsinn. Aber Baumann lässt sich nicht fallen. Stattdessen schiebt er die Drahtrollen beiseite, windet sich hindurch, hat die Oberseite des zweiten Zauns bereits überwunden und klettert, den Kopf voran, auf der anderen Seite hinab. Sein Gesicht ist ihnen jetzt zugewandt, sie sehen die Anstrengung darin, die Verbissenheit. Sie hören die Rufe aus dem amerikanischen Compound, hören die Motoren der Jeeps. Wieder knallt es. Der Aufschlag der Kugel wirft Baumanns Körper gegen den Zaun, seine Hände verlieren ihren Halt, er rutscht ab, Fetzen seiner Uniform bleiben im Draht hängen, als er fällt und mit einem kurzen, dumpfen Schlag auf dem Boden aufkommt. Franz will sich abwenden, aber Baumann ist noch nicht am Ende. Er stöhnt sehr laut, sein Kopf hebt sich, seine Augen sind weit aufgerissen und starren zu ihnen herüber. Blut läuft aus seinem Mund.

»Bleib liegen, bleib doch liegen!«

Jürgens ist der Einzige, der jetzt noch schreit, die anderen schweigen. Wieder übertönt die Sirene alles, der Scheinwerfer zittert, er beleuchtet den Schauspieler Baumann, der seine Arme in den Boden stemmt und den Oberkörper anhebt, sich über die Knie aufrichtet und zum Stehen kommt. Sein Blick hat sich jetzt von ihnen abgewandt, ist auf den einfachen Zaun am südlichen Rand des Sportbereichs gerichtet. Er ist ein Scherenschnitt vor dem Grau des anbrechenden Tages.

»Stay down!«, klingt es aus dem Lautsprecher.

Baumann setzt sich langsam in Bewegung. Er stolpert, taumelt in Richtung Zaun, er versucht zu rennen, über das weite, frei einsehbare Sportfeld. Tack-tack-tack, macht es.

Kurz und trocken. Noch einmal: Tack-tack-tack. Baumann fällt, er liegt lang ausgestreckt, der Körper leicht verdreht. Der Scheinwerfer ruht auf seinem Körper. Er hat nicht einmal die halbe Strecke zum Zaun geschafft. Die ersten Männer wenden sich ab und gehen davon. Jürgens steht immer noch am Draht, die Hände darin verkrampft, den Kopf gesenkt.

Die Warnung erklingt, sie mögen zurücktreten und in ihre Baracken zurückkehren. Die Männer gehorchen. Nur Jürgens regt sich nicht. Jeeps fahren heran, halten an der Außenseite des Zauns. Die Soldaten richten ihre Waffen auf Baumann. Jürgens hebt den Kopf.

»Er ist tot«, brüllt er in Richtung der Amerikaner, »habt ihr sogar Angst vor Toten?«

»Komm!«

Franz tritt heran, er legt Jürgens die Hand auf die Schulter.

»Komm!«, wiederholt er.

Jürgens dreht sich halb, hält eine Hand noch am Zaun, er blickt Franz ins Gesicht. Seine Augen sind rot. Franz ist nicht sicher, ob der Kamerad ihn erkennt.

»Komm!«

Jürgens lässt den Zaun los, stürzt Franz entgegen. Der fängt ihn auf, stemmt sich gegen das Gewicht des anderen, bis der sein Gleichgewicht wiederfindet, seinen Arm um Franz' Schulter legt. Während die Amerikaner in den Compound kommen, das Sportfeld betreten und Baumanns Körper ins Lazarett schaffen, stehen die Kameraden an den Barackenfenstern und schauen hinaus, kommentieren das Vorgehen der GIs.

Franz sitzt Jürgens gegenüber auf seinem Bett. Beide haben sie weder Stiefel noch Socken an, ihre Füße sind schwarz vor Staub.

»Jetzt hat er erreicht, was er wollte«, sagt Jürgens. Er zündet sich eine Zigarette an. »Seit gestern haben wir versucht, ihn nicht aus den Augen zu lassen, haben versucht, ihn besoffen zu halten.«

»Was war gestern?«, fragt Franz.

»Telegramm aus Köln«, sagt Jürgens. »Bombentreffer. Die ganze Familie: Schwestern, Eltern und Großeltern. Ein Angriff. Erst der Bruder vor Paris, jetzt alle anderen. Ich hab's gewusst.«

Er hebt den Kopf, schaut Franz direkt in die Augen.

»Ich hab's gewusst, verstehst du? Ich hab den anderen gesagt, dass wir aufpassen müssen. Das verträgt keiner, keiner verträgt so was, wirklich keiner. Wir haben Biere geholt, jeder seine Tagesration. Wir haben Schnaps von den Afrikanern organisiert. Schnaps rein, Bier rein. Durchhalten, Siggi, durchhalten für uns, für Deutschland. Auf den Barackenstufen haben wir gesessen. Scheiß auf die Sperrstunde, haben wir gesagt. Geredet haben wir, die ganze Nacht durch. Irgendwann ist er aufgestanden. Muss pissen, hat er gesagt. Ist ein, zwei Schritte an den Graben. Wir haben es gehört. Er hat ja wirklich gepisst. Aber dann ist er losgerannt, so schnell losgerannt, als hätte er die letzten Stunden überhaupt nichts gesoffen. Er war fast schon am ersten Zaun, bevor wir kapiert haben, was er vorhat.«

»Selbstmord«, sagt Franz.

Jürgens' Gesicht ist ausdruckslos.

»Heldentod«, sagt er leise.

Später am Tag, nach dem Durchzählen und dem Frühstück, kommt eine Gruppe Amerikaner in ihre Baracke. Sie fragen nach Baumanns Bett und seinen Habseligkeiten. Jürgens zeigt ihnen seinen Nachtschrank und seine Kiste.

»Is he dead?«, fragt Franz einen der Wächter.

»Doesn't get more dead than that«, sagt der Mann.

»Was sagt der?«, fragt Jürgens.

»Kopfschuss«, sagt Franz, »war direkt vorbei.«

Als Heimo in ihre Mitte tritt, klatschen sie leise. Er legt die rechte Hand auf die Brust und verbeugt sich.

»Ehre, wem Ehre gebührt.«

Rudis Lachen erklingt von der anderen Seite des Zauns. Neben ihm sitzt ein kleiner, kräftiger Kerl, den sie ebenfalls schon einmal in der Küche gesehen haben. Geprüft, sagt Rudi, auf Nieren und vor allem aufs Herz. Auch auf ihrer Seite ist der Kreis ein wenig gewachsen. Leo sitzt zwischen ihnen, und er hat einen Kameraden aus seinem Arbeitskommando dabei, auch Husmann hat jemanden mitgebracht, den Mittelstürmer seiner Fußballmannschaft, einen baumlangen Kerl namens Mey. Sie wachsen, langsam, aber stetig. Am vorigen Morgen sind Gerüchte aufgekommen, die Amerikaner hätten deutschen Boden betreten und stünden kurz vor Aachen. Begleitet wurden diese Neuigkeiten vom üblichen Mischmasch: Lüge, sagten die einen, Feindpropaganda, die amerikanische Front in Frankreich sei völlig überdehnt, der Krieg sei längst zu Ende, die anderen.

»Wenn Aachen fällt«, sagt Paul, »dann gehen den Afrikanern langsam die Argumente aus.«

»Ich hoffe halt nur, dass es dort einen Kommandanten gibt, der rechtzeitig den weißen Lappen hisst«, sagt Heimo. Die Narbe an seinem Auge, die vom Überfall zurückgeblieben ist, ist noch sehr weiß. Er hat Gewicht verloren. Die Ruhe, die er vorher ausgestrahlt hat, ist ihm verlorengegangen, denkt Franz.

»Diese gottlosen Hunde, die opfern doch noch den letzten Veteranen auf Krücken, wenn man sie lässt.«

»Hat man ja gesehen, wie sie ihn besingen, den Heldentod«, sagt Husmann.

Sie sind auf das Sportfeld marschiert, allesamt in Uniform und Formation, haben immerhin nicht dort gestanden, wo er gefallen ist, haben dem Priester gelauscht, der über den Bruder Baumann redete, anschließend dem Lagersprecher, der von der Ehre sprach, vom Tod im Kampf für das Vaterland. Kein Wort vom Zaun, kein Wort von der Verzweiflung. Stramm haben sie gestanden in ihren Uniformen, die Nationalhymne haben sie gesungen. Dass er den Priester bei der Beerdigung das erste Mal gesehen hat, denkt Franz. Und zu Hause mit der Mutter und dem Bruder in die Kirche, nicht jeden Sonntag, aber doch so oft, dass ihn das eigene Vergessen der Kirche, das eigene Vergessen von Gott überrascht. Er weiß, dass Heimo zu den Messen geht. Die Kirche ist eine Baracke wie jede andere, nur dass man Bänke statt Betten hineingestellt hat. Den heiligen Heimo nennen sie ihn, wenn er nicht da ist. Vielleicht wird er selbst wieder gehen, denkt Franz, wenn er zurück ist. Für die Mutter. Und weil es dazugehört, zum Zu-Hause-Sein. Aber hier, denkt er, hier passt es nicht.

»Sind sie dir noch mal auf die Pelle gerückt?«, fragt Husmann.

Heimo schüttelt den Kopf.

»Ein kurzer Besuch nach der Rückkehr aus dem Lazarett«, sagt er, »kaum der Rede wert. Haben mir gratuliert, dass ich niemanden verraten habe. Bist schon ein Arschloch, hab ich ihm gesagt, aber bist trotzdem mein Kamerad.«

Er lacht. Franz sieht, wie Paul das Gesicht verzieht. Jetzt geht es wieder los, denkt er, aber Paul schweigt. Stattdessen sagt Husmann, dass er sich auf den Tag freut, an dem der Krieg vorbei ist, an dem man es diesen Schweinen endlich heimzahlen kann.

»Da wird das Pack durch die Straßen geprügelt«, sagt er.

»Von wem denn?«

Rudis Bariton von der anderen Seite.

»Sei doch nicht so strunzdämlich zu glauben, dass ditt irgendjemand zulassen wird. Die Amis übernehm'n ditt vielleicht, hau'n ditt ganze Land zu Klump, lassen keen Stein auf den anderen, oder der Russe, der Russe würde das sicher gerne übernehm, wär ich ein Russe, ich tät mich freiwillig melden. Aber die Deutschen«, er schüttelt den Kopf, »die Deutschen doch nicht. Wo haste denn jelebt die letzten Jahre?«

»Vielleicht Roosevelt«, sagt Leo.

»Watt soll der?«, fragt Rudi.

»Recht und Ordnung«, sagt Leo, »so was in der Art.«

Rudi lacht.

»Na, denn träum ma schön vom Onkel Fränky.«

»Besser als gar nichts«, sagt Husmann, »sonst können wir die ganze Scheiße ja gleich sein lassen.«

Er lässt die Finger knacken.

»Und zur Not knack ich hier noch ein paar Köpfe.«

»Mehr Leute«, sagt Paul, »wir brauchen mehr Leute. Wir müssen die Augen offen halten. Zuhören. Herausfinden, wer den Kopf noch klar hat.«

»Seid bloß vorsichtig«, sagt Leo, »würde mich nicht wundern, wenn ein paar von uns schon auf ihrer Liste stehen.«

Die Fußballer, denkt Franz, die ihr Spiel unterbrochen haben, als er und Paul aus dem amerikanischen Compound gekommen sind. Und Paul ist Dolmetscher, ist Amerikaner, hat das Lager verlassen. Das werden sie wissen, das wissen sie bestimmt. Und du warst neben ihm, du gehörst dazu.

*

Mein lieber Franz, beginnt der Brief. Er will weiterlesen, aber die Buchstaben verschwimmen. Als er vom Lehrgang zurückgekehrt ist, von der Schulung für die Baumwollernte, da lag der Umschlag einfach auf dem Fußende seines Bettes, ein kleines Rechteck auf der gefalteten Wolldecke. *Hannelore & Josef Schneider* als Absender, darunter ihre Adresse. Nicht ausgebombt war sein erster Gedanke. Das Haus noch an Ort und Stelle, er sieht die Straße, sieht das Kopfsteinpflaster, die Laterne an der Straßenecke, sieht den kleinen Garten. Vorsichtig hat er den Umschlag aufgetrennt, hat die Nase nahe an den Brief gehalten und die Luft eingesogen, ohne etwas anderes zu riechen als den Schweißgeruch, der ihn seit dem Mittag begleitet.

Er reibt sich die Augen frei, schnäuzt sich die Nase. Seine Hände zittern. In einiger Entfernung sitzt ein Kamerad auf seinem Bett und beobachtet ihn.

»Is was?«, fragt Franz.

»Erster Brief?«, fragt der Mann.

Franz nickt.

»Glückspilz«, sagt der andere. »Sollte mir wohl Hoffnung machen. Vielleicht sind wieder ein paar Sendungen durchgekommen. Vielleicht würde ich dann auch so flennen wie ein Weib.«

Der Mann steht auf und verlässt die Baracke, ohne ihn noch eines Blickes zu würdigen. Das sind sie, seine Kameraden. Ärger und Neid. Vielleicht, denkt er, hat Paul recht. Vielleicht ist das alles scheiße, das mit der Bruderschaft, mit der ewigen Treue.

»Unsere Gruppe, du und ich«, hat ihm Paul erst vor ein paar Tagen gesagt, als sie sich zum Englischüben trafen, »das ist etwas, was wir gewollt haben. Gefundene Freunde, nicht befohlene.«

Er nimmt den Brief wieder auf, legt die Hände auf den

Oberschenkeln ab. *Es macht uns so glücklich zu lesen, dass Du wohlauf und gesund und in amerikanischer Gefangenschaft bist. Wir haben im Atlas nachgeschaut, wo genau Texas liegt. Josef lässt ausrichten, Du mögest Winnetou grüßen, wenn Du ihm begegnest.* Danach sind zwei Zeilen geschwärzt worden. Franz hält das Papier nah an seine Augen, aber es ist unmöglich, die gestrichenen Sätze zu erkennen. Eine Weile rätselt er, was seine Mutter geschrieben haben mag. Etwas über Josef vielleicht, etwas im Anschluss an den Satz von Winnetou. Vielleicht eine weitere Frage, vielleicht einen Hinweis über den Kriegsverlauf, etwas über Essen, etwas über Bomben. *Im Garten ziehen wir ein wenig Gemüse*, schreibt die Mutter darunter, *wir haben auch noch ein paar Hühner und zwei Kaninchen, die wir vielleicht einmal zu einem schönen Anlass essen mögen.*

Dass die Straße unversehrt ist, schreibt sie, dass die meisten Nachbarn ihre Kinder aufs Land verschickt haben, dass sie allen erzählt hat, dass er gesund ist und in Amerika, dass alle in der Straße darüber geredet haben. Am Ende sind noch einmal einige Zeilen geschwärzt, darunter ihr Gruß.

Du bist jeden Tag in unseren Gedanken. Wir beten für Deine Gesundheit und ein baldiges Wiedersehen in der Heimat. Gott schütze Dich! Deine Dich liebende Mutter, Hannelore. Darunter, mit ein wenig Abstand: *Und Dein Josef*, in der krakeligen Schrift des Bruders. Er liest den Brief erneut, er versucht, die geschwärzten Passagen zu enträtseln, gibt es auf. Er lacht, schüttelt den Kopf, weiß nicht, weshalb. Er schaut auf das Datum: verschickt Mitte August, über einen Monat auf Reisen, aber immerhin, denkt er, immerhin.

Ein drittes Mal liest er den Brief, bevor er ihn zurück in den Umschlag steckt, ihn zwischen die Seiten seines Englischwörterbuchs legt, seine Sachen zusammenpackt und sich beeilt, zum Unterricht zu kommen. Ihr Kurs ist gewachsen in den letzten Wochen. Alle paar Dutzend Kilometer Vormarsch der Amis auf Deutschland bringt einen neuen Schüler, denkt er.

Auf dem Weg zur Schulbaracke sieht er eine Gruppe Männer, die einen Kameraden zwischen zwei Baracken eingekreist haben. Der Mann steht an die Außenwand eines der Gebäude gelehnt und redet gestikulierend auf einen Kameraden ein, der sehr nahe vor ihm steht. Der andere hat pechschwarze, kurzgeschorene Haare und dort, wo sein linkes Ohr sein sollte, leuchtet eine weiße Narbe. Dass er den Mann von der Kartoffelernte kennt, denkt Franz.

»Gelogen«, hört Franz den Kameraden an der Wand rufen, »das ist gelogen.«

Franz bleibt stehen, er schaut, aber er kennt den Kameraden an der Wand nicht. Der Mann mit der Narbe redet leise auf ihn ein. Einer der Männer am Rand des Kreises hat Franz entdeckt und tritt auf ihn zu.

»Geh weiter, Kamerad«, sagt er, »das hier geht dich nichts an!«

Und Franz senkt den Kopf und setzt seinen Weg fort, er betritt die Schulbaracke, in der der Kurs schon begonnen hat. Er kennt den Mann nicht, er kann nichts tun, für einen Freund, ja, für einen Freund. Ganz hinten in der Ecke setzt er sich auf den Boden; alle Stühle besetzt, die Luft stickig, nach wenigen Minuten beginnt er zu schwitzen.

Draußen die Afrikaner, draußen die Einschüchterungen. Sie werden weitermachen, solange sie können, sie werden nicht einfach so aufhören. Man muss etwas tun, denkt er, man müsste. Er klappt das Wörterbuch auf, holt den Brief hervor. Die vielen neuen Schüler stören ihn, sie besetzen Plätze, sie rauben die Luft, sie sind langsam, sie hängen hinterher, müssen ständig nachfragen. Er sollte beantragen, in einen Kurs für Fortgeschrittene versetzt zu werden.

Die Gespräche mit Paul am Brunnen, leise Gespräche auf Englisch, um nicht an die Ohren der falschen Zuhörer zu gelangen, bringen ihn viel weiter als all die Stunden über Vokabellisten. Paul bringt ihm ausgelesene Zeitungen der Amerikaner, die er sich um den Körper legt und so in den Compound schmuggelt. In Franz' Nachtschrank liegen, sauber gefaltet, ein paar Artikel über Filme oder Sport, über den Kriegsfortschritt der Amerikaner. Und wenn jemand sie findet, denkt er, dann werden sie dich einkreisen wie den Kameraden, der vielleicht längst auf dem Weg ins Lazarett ist, Sportunfall, wie man das eben so nennt bei uns. Da ist dieses Kribbeln, diese Freude, wenn er die Artikel liest, und gleichzeitig sitzt ihm die Angst im Nacken bis zu dem Moment, an dem er sie endlich ausgelesen hat und zerknüllen kann.

*

Sie singen. Ihre Stimmen wehen vom anderen Feld zu ihnen herüber, sie singen laut und vielstimmig, sie singen vom »Lord«, von »Leiden«; so viel versteht er. Franz hebt seinen Oberkörper, wischt sich den Schweiß von der Stirn. Der Schmerz zieht von der Hüfte bis zum Nacken, kurz wird ihm schwarz vor Augen. Er sieht die Köpfe der Kameraden, die sich, vom Gesang aus der Routine gerissen, ebenfalls zwischen den Baumwollsträuchern aufrichten und zum Nachbarfeld schauen, auf dem die schwarzen Arbeiter durch die Reihen ziehen und ihre Säcke mit einer Geschwindigkeit füllen, die Franz verzweifeln lässt. Und jetzt der Gesang, den der Wind zu ihnen trägt, ein Summen, ein Vibrieren, voller Freude und Wehmut. Auch die Deutschen, die kein Englisch verstehen, scheinen diese Wehmut zu spüren, sie stehen still und lauschen. Ob Christmas unter den Sängern ist, fragt sich Franz, er hat ihn am Morgen bei der Ankunft nicht gesehen, aber er erinnert sich an die Verabschiedung: See you in the cotton fields. Und hier ist er: verschwitzt und staubig, mit krummem, schmerzendem Rücken zwischen den Sträuchern, die ihre weichen weißen Büschel einfach nicht hergeben wollen, die sich wehren, obwohl es doch so einfach ausgesehen hat in der Schulung.

»Like this«, sagte der amerikanische Unteroffizier und riss die Büschel von den Knospen. Dann verteilte er einzelne Blüten, ließ sie probieren. An der Tafel ein Schaubild mit Zeichnungen von Strauch und Blüte, von Händen, die scheinbar kinderleichte Bewegungen durchführten. Und kaum sind sie an diesem Morgen vom Laster gestiegen und haben mit der Arbeit begonnen, da haben sie begriffen, wie wenig die kurzen Stunden im Camp mit der tatsächlichen Arbeit des Baumwollpflückens zu tun haben. »Fill the sacks«, heißt es, aber je mehr Blüten er auch hineinwirft, die Last auf seinem Rücken wächst nicht.

Seine Finger schmerzen, haben erst geblutet, sind dann getrocknet, so wie überhaupt alles trocken geworden ist, außer seiner Stirn und seinem Rücken. Immer noch schwitzt er Wasser aus, er weiß nicht, woher. Die Erde staubt bei jedem Schritt, sie ist hart, reißt an der Hose, wenn er in die Knie geht. Seine Zunge klebt am Gaumen, in seinem Kopf pocht es, und er fühlt sich so müde, dass er sich einfach auf die Erde legen und schlafen möchte.

Sein heller Sack, auf den das Wort »Cotton« gedruckt ist, liegt leicht auf seinem Kreuz, kaum beschwert von den wenigen Flocken, die er geerntet hat. Steine, denkt er, ein paar gut platzierte Steine. Er spuckt Schleim aus, schließt die Augen. Die Musik erreicht ihn, sie ist nur ein zartes Schwingen, aber sie ist da, sie ist in seinem Körper. Er presst die Lippen aufeinander und summt, summt leise, versucht die Töne zu treffen, die die Schwarzen singen. Jetzt drehst du durch, denkt er, während er sich wieder bückt, während der Schweiß tropft und er nach den nächsten Knospen greift. Die Musik treibt ihn vorwärts, die Musik macht es einfacher.

Am Abend, neben dem Feld, im goldenen Herbstlicht, ruhen sie unter den roten Blättern einer Baumgruppe, die ihnen Schatten spendet. Einige Kameraden stehen um eine Wassertonne, sie halten Brot in den Händen und Würste, die der Farmer verteilt hat.

»You eat, boys«, hat er gesagt, »gotta take care of them negroes.«

»Der ist in Ordnung«, hat Jürgens gesagt.

Aber Franz schaut hinüber auf das andere Feld, das durch die Baumreihe von ihnen getrennt ist. Er sieht den Farmer mit den Arbeitern sprechen, er sieht ihn ausspucken vor den Männern, er hört die verärgerten Stimmen der Schwarzen. Sie streiten um Geld, denkt er, weiß nicht, woher er es weiß, kann ihre Sätze nicht verstehen. Der Farmer deutet auf den Laster, auf dem die hellen Baumwollsäcke in der Sonne leuchten, er gestikuliert, und ein Schwarzer, offensichtlich der Anführer des Arbeitstrupps, hebt seinerseits die Arme und schüttelt immer wieder den Kopf. Irgendwann ist der Disput beigelegt, die Arbeiter erhalten ihren Lohn und machen sich auf den Weg. Sie schultern ihre Bündel, und kurz nachdem sie sich in Bewegung gesetzt haben, weht ihr Gesang wieder zu den Deutschen.

»Them lazy bastards«, sagt der Farmer, als er zurückkehrt. »Have it in their blood to cheat you.«

Er lächelt die Deutschen an und fragt, ob die Boys gestärkt seien. Franz entfernt sich ein wenig von der Gruppe, schaut über das Land. In der Ferne eine Scheune, dahinter nur Felder und Bäume, nur blauer Himmel und die Sonne, ein roter, fetter Klecks über dem Horizont. Er glaubt das Knattern eines Propellerflugzeugs zu hören, ohne den Flieger entdecken zu können. Er spürt die Schmerzen in seinen Gliedern, fühlt sich aber so leicht, als ob ihn eine sanfte Brise davontragen könnte.

Der Farmer klettert in das Fahrerhäuschen seines Lastwagens, er winkt ihnen, hupt und fährt davon. Die Kameraden sammeln sich an ihrem Transporter, der im Schatten der Baumreihe geparkt steht. Einige Männer klettern auf die Ladefläche und strecken die Beine aus, die anderen stehen herum, schauen sich an.

»Wo ist der Wächter?«, fragt jemand.

Das Fahrerhäuschen ist leer, auch die Ladefläche, auf der die GIs manchmal schlafen.

»Wir können schlecht ohne ihn zurückfahren«, sagt ein anderer.

Sie teilen sich auf in kleine Suchkommandos, laufen die Reihen zwischen den Baumwollbüschen ab, rufen den Namen des Mannes, Sergeant Henderson, ohne eine Antwort zu erhalten. Gelächter plötzlich, Rufe am Ende des Feldes. Franz erreicht die Gruppe Kameraden, die lachend am Rande eines Entwässerungsgrabens steht. Sergeant Henderson schläft, die Beine im Wasser des Grabens, den Oberkörper gedreht, die Arme unter dem Kopf. Er schnarcht laut. Die Flasche Whisky, die er offensichtlich getrunken hat, liegt noch neben ihm.

»Und mit solchen Soldaten wollen die den Krieg gewinnen«, sagt Jürgens.

»Die Guten sind drüben, die Säufer bewachen uns«, sagt ein anderer.

Sie ziehen den Mann aus dem Graben, packen ihn an Armen und Füßen und schleppen ihn zum Lastwagen, wo sie ihn auf der Ladefläche ablegen, ohne dass Henderson aufwacht. Ein Kamerad hält sein Gewehr.

»Ich fahre«, sagt Jürgens, »komm!«

Franz steigt zu seinem Bettnachbarn ins Führerhäuschen. Er streckt den Kopf hinaus und schaut nach hinten.

»Alle an Bord?«, ruft er, und von hinten antwortet ein Johlen und Füßetrampeln.

Jürgens dreht den Schlüssel, der Wagen keucht kurz, dann springt er an. Sie rumpeln über den Feldweg, erreichen die Landstraße. Jürgens schaut ihn fragend an, und Franz deutet nach rechts. Sofort bereut er die Entscheidung. Einfach wegfahren sollten sie, einfach losbrausen mit einem Armeelaster, so lange, bis der Tank leer ist, weiter zu Fuß, oder eine Tankstelle ausrauben, Abenteurerleben. Er schaut zu Jürgens, der einen Fuß auf die Ablage neben dem Lenkrad gestellt hat und mit einer Hand steuert. Sie lachen sich an. Franz hält den Kopf aus dem Fenster. Der Fahrtwind ist warm, trägt noch eine Erinnerung an den Sommer mit sich; das Land ist weit und grün, es ist atmen, es ist offen. Essen ist fern, ist klein und grau, ist voller Kohlestaub, ist die elterliche Stube, die ihm unter diesem Himmel dunkel und traurig vorkommt. Auch wenn er weiß, dass ihre Fahrt sie zurückbringt hinter den Draht, auch wenn ihm der Körper schmerzt von der Arbeit auf dem Feld, auch wenn er weiß, dass er morgen wieder zwischen den Baumwollbüschen wird knien müssen, er will nicht tauschen, will nicht fort. Er denkt an den Brief aus der Heimat, der unter seinem Kopfkissen liegt, den er noch immer nicht beantwortet hat. Er schaut hinaus, fühlt sich einsam, einsam und glücklich.

Sie stoppen den Lastwagen in einiger Entfernung zum Tor des Lagers, steigen aus und winken die Torposten heran. Die Männer kommen zögernd zu ihnen gelaufen, lassen sich von den Deutschen den schlafenden Henderson auf der Ladefläche zeigen. Die Männer schütteln ihre Köpfe, einer rennt im Laufschritt davon, kurz darauf kommt er mit einem Offizier und weiteren GIs zurück.

Es gibt lautes Gelächter, als Sergeant Henderson durch einen Eimer Wasser geweckt wird, über seine aufgerissenen, erschrockenen Augen, den Schwall englischer Worte, der sich aus dem Mund seines Vorgesetzten über ihn ergießt. Zwei Männer mit einer MP-Armbinde bringen ihn weg, und ein wenig tut Franz der Mann leid, der sie immer in Ruhe gelassen hat, nie schikaniert, der ihre Arbeitsstunden einfach genutzt hat, um sich zu besaufen. Der amerikanische Offizier mustert die aufgereihten Deutschen, lässt sich das Gewehr von einem seiner Untergebenen reichen. Einen Augenblick lang schaut er konzentriert den Karabiner an, der in seinen Händen liegt; das Lachen platzt plötzlich aus ihm heraus, ein dröhnendes Lachen. Alle Anwesenden, Deutsche und Amerikaner, stimmen ein. Der Offizier bedankt sich bei ihnen. Sie haben wie gute Soldaten gehandelt, sagt er, sie haben allen Seiten viel Ärger erspart.

Sie schlendern zurück ins Lager, die Amerikaner lassen sie passieren und niemand begleitet sie. Das Tor zu ihrem Compound wird geöffnet, sie werden durchgewinkt und laufen die Straße in Richtung der Baracken hinab. Für einen kurzen Augenblick fühlt es sich an, wie nach Hause zu kommen.

*

Paul sitzt auf dem Rand des Teufelsbrunnens. Als er Franz entdeckt, steht er auf und umarmt ihn kurz.

»Aachen«, sagt er. Er lächelt. »Sie haben Aachen erobert.«
»Wann?«

»Vor ein paar Tagen«, sagt Paul. »Alle großen Zeitungen berichten davon. Die Wehrmacht hat gekämpft bis zum Schluss, bis die Amerikaner vor dem Bunker des Kommandanten gestanden haben.«

Franz überlegt, wie weit es von Aachen bis nach Essen ist, versucht, sich an eine Deutschlandkarte zu erinnern. Noch nicht über den Rhein, sagt Paul, aber in Deutschland, auf deutschem Boden.

»Und was heißt das jetzt für den Krieg?«, fragt er.

»Dass es nicht mehr lange dauern wird, denke ich. Ich frage die Amerikaner, aber niemand verrät mir etwas. Nur die Aufregung, die ist zu spüren. Stell dir vor«, sagt er, »vielleicht befreien sie Essen noch vor Weihnachten.«

Befreien, denkt Franz. Wie leicht er dieses Wort sagen kann. Franz selbst stellt sich Bomben vor, Artillerie und Panzer. Bis zum Ende haben sie Aachen verteidigt, bis zum Ende. Und dazu diese Geschichten von Wunderwaffen, von Geheimplänen, von einer Falle für die Amerikaner, von einer Gegenoffensive, die wie Mückenschwärme durch das Lager ziehen. Immer wieder hört er diese Sätze, in den Pausen der Baumwollernte, in der Dusche, beim Essen. Halbsätze, Geflüster. Die Afrikaner würden erzählen, man habe gelesen, im deutschen Radio höre man. Es heißt, dass es mittlerweile ein drittes Radio gibt, irgendwo in ihrem Compound, versteckt von Leuten, die es von den Afrikanern erhalten haben, weil sie sich verdient gemacht haben, weil sie keinen Zweifel gelassen haben, wie sie zum Führer und zur deutschen Sache stehen. Umgebaut für die Kurzwelle, eine Verbindung in die Heimat.

»Vielleicht geht es bald schon nach Hause«, sagt Paul.

»Dein Wort in ...«, beginnt Franz, aber er bricht ab. Gottes Ohren, denkt er und denkt an den einohrigen Kameraden, der sicher keinen Zweifel lässt, wie er zur deutschen

Sache steht. Und er stellt sich Gott als jemanden vor, dem man ganz ohne Zweifel beide Ohren abgeschossen hat, vor vielen Jahren schon, vielleicht beim ersten Angriff auf Polen oder später in Frankreich, ganz sicher aber, als das mit Russland anfing.

»Jetzt zum Englisch?«, fragt Paul. Franz nickt. Er ist aus dem völlig überfüllten Anfängerkurs in eine Klasse für Fortgeschrittene versetzt worden. Manchmal raucht ihm der Kopf, aber dennoch merkt er, dass er mithalten kann, dass er bei weitem nicht der schlechteste Schüler ist. Der büffelnde Bergmann. Wirklich eine andere Welt, eine ganz andere.

»And tomorrow we talk again«, sagt er.

»Oh how we will talk«, sagt Paul. »Of Robert and Maria.«

Es ist Franz' Idee gewesen, sich über das Buch zu unterhalten, dessen englische Originalausgabe er sich mittlerweile besorgt hat. Er liest in jeder freien Minute, manchmal auf Deutsch, manchmal auf Englisch, manchmal beinahe parallel. Er liest vom Krieg, von dem er nichts gewusst hat, er liest von den spanischen Bergen, der Hitze, über die er sich verbunden fühlt, und er liest von Maria, deren Bild er manchmal so klar vor sich hat, die so lebhaft durch seine Träume tanzt, dass er die Spuren dieser Träume morgens beschämt mit einem Lappen zu entfernen versucht. Die Kameraden haben begonnen, ihn Bücherwurm zu nennen, einige fragen, was er denn liest, aber geben sich zufrieden damit, dass es ein Roman ist, einer über den Krieg, den spanischen.

»Ja, Spanien, die Condor«, sagt Jürgens, »das waren Helden. Mehr von denen und wir hätten London längst plattgemacht wie eine Flunder.«

Ansonsten ist Jürgens still geworden in den letzten Wochen. Er arbeitet, er spielt Fußball, oft kommt er erst spät wieder in die Baracke. Oft riecht er nach Bier. Manchmal glaubt Franz ihn beim Beten zu überraschen. Er hat Post erhalten aus der Heimat, aus Hannover, von seinen Eltern, die ihm mitteilen, dass sie wohlauf sind. Und an diesem Abend hat Jürgens eine Flasche Schnaps besorgt, woher auch immer, und sie haben bis spät in die Nacht getrunken und Karten gespielt.

»Mensch, Schneider«, hat er gesagt, »was haben wir ein Glück, was haben wir ein Glück. Wenn ich an Baumann denke.«

Und sie stießen auf den toten Kameraden an, später sank Jürgens nach hinten und schlief ein. Franz und Leo mussten ihn aufs Bett tragen.

*

Eine Spannung liegt über dem Publikum, eine Vorfreude; gebeugte Oberkörper, Gesichter, in die sich schon ein Lächeln geschlichen hat, sobald der Uffz mit dem aufgeklebten Bart sich auch nur der Passage genähert hat, auf die sie warten. Sie wissen alle, dass gleich dieser Satz kommen wird, sogar Franz, der das Stück nie gesehen oder gelesen hat. Selbst die amerikanischen Offiziere, die in der ersten Reihe sitzen und halb der Übersetzung in ihren Händen, halb dem Geschehen auf der Bühne folgen, scheinen es zu wissen. Der Mann tritt vor den Burgturm aus Pappmaché, der von einigen Pflanzen umstellt ist.

»Mich ergeben! Gnad und Ungnad!«, ruft er, er schlägt sich mit der silbern gefärbten Faust so kräftig auf die Brust, dass sein falscher Bart zittert. »Vor Ihro Kaiserliche Majestät hab ich, wie immer, schuldigen Respekt. Er aber, sag's ihm, er kann mich im Arsche lecken!«

Der Schauspieler des Götz muss einige Momente warten, bis sich das Lachen gelegt hat, selbst die Amerikaner in der ersten Reihe haben eingestimmt. Eine Spannung löst sich, inmitten der Hitze des zum Bersten gefüllten Raumes, inmitten einer Luft, in der der Geruch nach Menschenschweiß steht und nach Rasierwasser, so dick, dass Franz glaubt, diese Düfte mit der Zunge lecken, sie über seine Lippen verteilen zu können. Ein paar Augenblicke nur sind es, in denen sich alles vermischt, in denen sie wieder eine Gemeinschaft sind.

Nachdem das Stück beendet ist und die amerikanischen Offiziere gegangen sind, werden auch die Deutschen aus dem Theater gelassen. Franz schaut kurz in den kleinen Orchestergraben, in dem bei der letzten Aufführung einige Streicher gesessen haben, er schaut auf die Bühne, sieht die Bewegungen der Schauspieler hinter den Requisiten. Er hört Gelächter.

»So eine umgemodelte Baracke bei uns«, sagt Leo. »Das hätte schon was.«

Sie verlassen das Gebäude, marschieren an den aufgereihten Wachen vorbei aus dem Tor des Compounds, laufen den Draht entlang bis zu ihrem eigenen Bereich. Die Franzosen, die sich für den Theaterbesuch gemeldet haben, lachen und scherzen. Es scheint Franz, dass nur er die Afrikaner bemerkt, die am Zaun des zweiten Compounds stehen und sie beobachten, stumme, dunkle Schemen, die nur ab und an vom Aufleuchten ihrer Zigaretten erhellt werden.

»Mit eigener Theaterbaracke könnten wir uns dieses Spalier ersparen«, sagt Franz.

»Als ob es unsere Schuld wäre«, sagt Leo.

Die Amerikaner haben Verhaftungen durchgeführt, heißt es, vor allem unter jenen Deutschen, die im Postamt gearbeitet haben, auch eine Durchsuchung des ganzen Lagers ist angeordnet worden, aber ergebnislos geblieben.

»Immerhin tun die Amerikaner mal etwas«, flüstert Franz.

»Und wir dürfen es ausbaden«, sagt Leo.

Die Männer sitzen im Halbschatten auf der Treppe vor der Tür. Sie unterhalten sich leise. Als Leo, Franz und zwei andere Barackenkameraden sich nähern, erheben sie sich. Franz erkennt das Einohr, der Mann schaut ihn an. Es geht los, denkt Franz, jetzt geht es los.

»Du.« Der Mann zeigt auf ihn. »Du bleibst hier. Ihr anderen, ab ins Bettchen.«

»Ich bin nicht müde«, sagt Leo.

»Was war das?«

»Ist schon gut«, sagt Franz, »das bringt nichts.«

»Ich bleib an der Tür«, sagt Leo leise, »ich bleib an der Tür, und wenn es sein muss, schreie ich das ganze Lager zusammen.«

Die Tür der Baracke öffnet und schließt sich. Franz schaut auf seine Stiefel, deren Spitzen direkt an die kleine Brücke über den Abwassergraben reichen. Er hört das leise Plätschern unter sich.

»Kamerad Schneider«, sagt das Einohr, »warum setzt du dich nicht?«

Er deutet auf die Treppe. Franz zögert, er wägt seine Optionen ab, schließlich nähert er sich den Männern und lässt sich auf der obersten Stufe nieder. Das Einohr steht nahe vor ihm, die Hände in die Hüften gestemmt. Seine drei Begleiter halten sich im Hintergrund. Die weiße Narbe reicht vom Ohr fast bis zum Mund des Mannes, seine linke Gesichtshälfte wirkt sonderbar steif. Seine Augen sind sehr groß und hell, Franz kann nicht erkennen, ob sie blau oder grau sind.

»Ist doch schön, wenn man sich mal unterhalten kann, so unter Kameraden.«

»Natürlich«, sagt Franz.

»Wo wir doch alle dieselben Ziele haben.«

»Die sichere Rückkehr in die Heimat«, sagt Franz.

Der Mann lacht.

»So ist es. Es hat aber unglücklicherweise, Kamerad Schneider, einige Verhaftungen gegeben. Diese Durchsuchung. So etwas stört das Lagerleben beachtlich.«

»Eine Schande«, sagt Franz. »Man sollte das Rote Kreuz verständigen.«

Der Mann macht eine abweisende Bewegung mit der Hand.

»Wir brauchen keine Schweizer«, sagt er, »wir klären solche Ärgernisse lieber selbst.«

Er lächelt.

»Und vielleicht magst du uns helfen, Kamerad Schneider.«

»Wie kann ich helfen?«

»Dein Freund«, sagt das Einohr, »Dein Freund, der Halbami.«

»Ich kenn keinen Halbami«, sagt Franz, »meine Freunde sind Deutsche, Volksdeutsche, ganz und gar.«

»Du weißt doch, von wem ich spreche, Kamerad Schneider«, sagt das Einohr.

Franz will etwas sagen, aber der Mann hebt die Hand.

»Die Sache ist die, Kamerad Schneider, dass wir hier alle sehr freundliche Zeitgenossen sind, vielleicht sogar zu freundlich. Aber diese Durchsuchungen und diese Verhaftungen. Da fragt man sich doch als besorgter Kamerad, woher der Amerikaner weiß, wen er zu verhaften hat.«

»Vielleicht hat der Amerikaner einfach irgendwelche Leute verhaftet.«

Das Einohr legt den Kopf schief.

»Vielleicht. Aber vielleicht hat ihnen auch jemand gesagt, wen sie verhaften sollen. Die Sache ist nämlich die, Schneider: Wir glauben nicht, dass du ein schlechter Kamerad bist. Wir haben keinen Anlass, das zu glauben. Der Halbami aber, da sind wir nicht so sicher. Und manch einer sagt, dass es echte Freundschaft sei zwischen euch, und manch einer sogar, dass der Halbami noch etwas ganz anderes wolle von dir, Kamerad Schneider, dass er ein Perverser sei. Das sollte man natürlich bedenken. Denn wenn man sich auf die Seite stellen würde, von einem Perversen, Kamerad Schneider, einem Verräter womöglich, dann könnten gute und wahrlich deutsche Kameraden ja den Eindruck gewinnen, dass man ebenfalls ein Perverser und ein Verräter sei. Und da hört sie dann auf, unsere Freundlichkeit, verstehst du?«

»Der Kamerad Linde ist kein Verräter«, sagt Franz.

»Das hast du nicht zu entscheiden«, sagt das Einohr.

»Und wer entscheidet das? Du?«

Franz hört die eigene Stimme in sich nachklingen, er hört sie lauter werden, er spürt das Zittern der eigenen Knie und Waden, spürt eine unglaubliche Lust, zu schreien und zu schlagen, was immer danach auch passieren würde.

»Ich entscheide gar nichts«, sagt das Einohr ruhig.

Franz steht auf. Er schaut auf den Mann hinab.

»Dann spar mir dein Gequassel!«

Ihm ist schwindelig, die Hände zittern. Eine Energie läuft durch seinen Körper und weiß nicht, wohin, sie will hinaus, sie reißt an ihm. Die Männer im Hintergrund treten näher, das Einohr schüttelt den Kopf. Er lächelt. Es sieht aus, als freute er sich über den Ausbruch.

»Frieder, was soll das?«

Die Stimme erklingt in Franz' Rücken, sie kommt von der Tür der Baracke.

»Halt dich da raus, Hermann!«

Jürgens tritt hinter Franz, legt ihm die Hand auf die Schulter.

»Lass gut sein, Frieder.«

»Das entscheidest du nicht, Hermann.«

»Doch, ich entscheide das jetzt, weil ich sage, dass der Schneider in Ordnung ist und ihr ihn in Ruhe lasst!«

Frieder und seine Begleiter wechseln Blicke.

»Darüber wird zu reden sein«, sagt er.

»Das wird es«, sagt Jürgens, »aber nicht heute.«

Franz schwebt in die Baracke, er spürt den Kontakt zwischen dem Boden und seinen Füßen nicht, hat überhaupt das Gefühl, dass sein Kopf losgelöst ist von seinem Körper. Er sieht Leo, der etwas zu ihm sagt, der seine Hand in Richtung von Franz' Körper bewegt, aber weder hört er den Freund noch spürt er die Berührung. Sein Kopf bewegt sich zu seinem Bett, er legt sich auf das Kopfkissen, er schließt seine Augen, er hört das Rauschen des Blutes in den Ohren, sonst nichts.

Plötzlich ist da der Gedanke: Du stehst auf der Liste, du stehst jetzt ganz oben auf der Liste, du stehst direkt hinter Paul, vielleicht stehst du sogar davor. Dieser Gedanke schleudert ihn in seinen Körper zurück, lässt ihn die Augen öffnen, an die Decke starren. Er fühlt sich so wach wie seit Wochen nicht mehr. Er hört die Schritte in der Baracke, das Stimmengewirr. Er setzt sich auf.

Jürgens sitzt ihm gegenüber.

»Danke«, sagt Franz.

Jürgens lächelt. Franz ist sich nicht sicher, ob dieses Lächeln freundlich ist oder mitleidig.

»Nicht der Rede wert«, sagt Jürgens. »Der Frieder mag es, Leute zu erschrecken. Der ist eigentlich ganz harmlos.«

Franz lacht, er kann nicht anders, als laut zu lachen.

»Glaub mir, der macht nur, was andere ihm sagen. Und wenn ich ihm sage, dass er dich in Ruhe lässt, dann wird er auch das tun.« Und nach einer Pause: »Solange es keine Verhaftungen mehr gibt, keine Durchsuchungen, solange niemand mehr Mist baut, wird er auf mich hören.«

Er klopft Franz aufs Knie.

»Am Ende wollen wir doch alle miteinander auskommen.«

Franz sieht Jürgens in die großen, warmen Augen. Seine vollen Lippen sind zu einem Lächeln nach oben geschwungen, Franz kann die obere Reihe seiner Zähne sehen.

»Mach dir keine Sorgen«, sagt Jürgens. »Am besten schläfst du jetzt. Und morgen ist das alles vergessen.«

Immer wieder schreckt er hoch in dieser Nacht, immer wieder reißt ihn das Zucken der eigenen Muskeln beim Einschlafen zurück in den Raum, in die Wachheit. Er starrt ins Dunkel über sich, er lauscht auf den Atem der Kameraden. Draußen die Bewegungen der Scheinwerfer, ab und an das Brummen eines patrouillierenden Jeeps, über allem das niemals endende Konzert der Zikaden. Aachen, denkt er, und immer wieder: wie lange noch. Er wünscht sich, dass es schnell geht, wünscht sich zum ersten Mal aus vollem Herzen, die Amerikaner mögen schon morgen die ganze Wehrmacht zu Klump schießen, wünscht sich Ruhe, wünscht sich weg vom Draht, weg von den Kameraden, von jedem einzelnen.

An Robert Jordan denkt er, der im Wald liegt und stirbt, der mit seinen letzten Atemzügen die Flucht der Geliebten schützt. Das würdest du nicht tun, weiß er, du würdest jammern und weinen, du würdest nie versuchen, eine sinnlose Brücke zu sprengen.

Man muss sich hart machen in diesen Zeiten, man muss

sich hart machen, und er ist noch viel zu weich. Eine Knarre nehmen und dem Einohr in den Kopf schießen, dem lieben Frieder, einfach so. Aber dann würde ein anderer kommen. Und dann noch einer, und noch einer.

»Du solltest ma hoffen, dass er Wort hält«, sagt Rudi. »Dein Kamerad aus der Baracke. Hat er Einfluss bei die Nazis?«

»Ich glaube nicht«, sagt Franz. »Vielleicht doch. Er kannte Frieder.«

»Wen?«, fragt Leo.

»Das Einohr.«

»Ditt ist allet nich schön«, sagt Rudi, »die Einbuchtungen, die Drohungen. Wir müssen wirklich vorsichtig sein.«

Er schaut Paul an.

»Was?«

»Beunruhigt dir ditt nich?«, fragt Rudi.

»Dass ich auf der Liste stehe?«, fragt Paul.

»Dass se gezielt nach dir fragen, dass se deine Freunde uff die Pelle rücken.«

Paul schaut zu Franz.

»Wenn sie was wollen, dann sollen sie zu mir kommen.«

»Ich glaube nicht, dass du dir das wünschen solltest«, sagt Heimo.

»Aber du bist hier, oder? Und hast deine Ruhe. Wenn sie das brauchen, die Hunde, ein wenig kläffen, ein wenig beißen, dann bitte sehr.«

»Du hast se doch nich mehr alle!« Rudi schüttelt den Kopf.

»So kann ich wenigstens auch ein paar Schläge austeilen«, sagt Paul. »Das wünsche ich mir schon seit Wochen.«

Franz beobachtet den Freund, sucht nach einem Zucken im Gesicht, nach zitternden Händen, nach einer Spur jener Angst, die ihn selbst seit Tagen nicht mehr loslässt. Aber

Paul lacht, er reckt das Kinn vor, er trinkt Bier. Keine Angst, oder eine Angst, die so tief vergraben ist, dass niemand sie wahrnehmen kann. Franz bittet Leo leise darum, ihm eine Zigarette zu drehen, weil das Rauchen das Zittern seiner Hände mindert.

»Wenn du meen Rat hören willst«, sagt Rudi, »aber ditt willste wahrscheinlich nich, dann halt dich bloß zurück. Sach watt über die Wunderwaffe, über die Schwäche der Amerikaner, so watt in der Art. Koof dir Zeit. Und dann bete, dass die Amis bald übern Rhein sind.«

»Niemand wird im Winter über den Rhein«, sagt Husmann.

»Noch ist Zeit«, sagt Rudi.

»Nein«, sagt Paul, »nein zu deinem Vorschlag, auch wenn ich die Absicht dahinter zu schätzen weiß, und nein zum Rhein. Die amerikanische Front ist überstreckt, der Nachschub stockt. Sie werden sichern, Strukturen aufbauen, sie werden ihre Bomben werfen und auf das neue Jahr warten.«

»Dir ist schon klar«, sagt Husmann grimmig, »dass du ein Spitzenspion sein könntest für das Einohr und seine Bande, bei all dem, was du so mitkriegst?«

Paul zeigt ihm einen Vogel. Husmann greift sich Pauls Arm, er drückt seine Hand.

»Sag mir Bescheid, wenn sie kommen. Ich werd vorbeischauen, ein paar Köpfe einschlagen.«

»Dummheit bleibt ansteckend«, sagt Rudi.

»Dein Problem ist, Rudi«, sagt Husmann, »dass du dir schon seit so langem in die Hose scheißt, dass du angefangen hast, den Gestank für Rosenduft zu halten.«

Die Arbeit auf dem Feld bringt Ruhe, bringt zwar Schweiß und Erschöpfung, aber sie zwingt ihn zur Konzentration, lässt ihn nur bei sich sein, bei seinen Händen, die die Baumwolle von Tag zu Tag geschickter von den Pflanzen lösen. Er ist unter der Sonne, ist im Freien, kein Stacheldraht, keine Wände, nur das Herbstlicht und der weite Himmel. Der Gesang der schwarzen Arbeiter ist sein Begleiter, so wie die wunden Hände und ein schmerzender Rücken. Immerhin ist der Farmer, anders als sie es von Kameraden auf anderen Feldern gehört haben, nachgiebig mit ihren Quoten. Er verteilt Essen und Zigaretten, wann immer er vorbeischaut. Nach dem Vorfall mit Sergeant Henderson wurden sie eine Weile von drei Wachen begleitet, aber schon nach zwei Wochen saß wieder nur ein Mann im Schatten der Bäume oder des Lastwagens. Oft sehen sie ihn schlafen. Die schönsten Momente sind die Rückfahrten am Abend, wenn das Land erst golden wird, dann rot, wenn sie auf der Ladefläche sitzen, manchmal schweigend, oft lachend oder singend. Das Land liegt offen vor ihnen. Sie sehen Automobile, die manchmal allein von Frauen gesteuert werden; sie pfeifen ihnen hinterher und malen sich Liebesabenteuer aus, sie sehen Traktoren, Fabrikhallen, unendliche Felder. Das Leben ist offen. So kommt es ihm vor.

Aber jede Fahrt endet im Lager, im Draht, zwischen den Türmen, den amerikanischen Wachen, die nicht die Bedrohung sind, die nur den Rahmen setzen für die Angst, in der er lebt, sobald die Sonne untergeht. Und was Franz gelernt hat über die Angst, ist, dass sie schnell kommt und sich einrichtet, aber nur sehr langsam wieder geht, dass sie Stollen gräbt in ihm, die tief gehen, sich verzweigen, dass sie wächst nur aus sich selbst und sich befeuert, dass sie nur kleine Anlässe braucht, nur das nächtliche Klappen einer Tür, Stimmen am Fenster der Baracke, nur den Blick eines Kameraden, den er nicht deuten kann. Dann ist ihm, als hätte er wieder Tage verloren, als wüchsen diese Angsttunnel, die er am Tage mühsam zuzuschütten versucht.

So vergehen die Wochen. Regen kommt, Gewitter-
stürme, die die Abwasserkanäle überlaufen lassen, die die
Straßen des Compounds in Schlamm verwandeln, die den
Eindruck erwecken, als ströme Wasser aus den Tiefen des
Teufelsbrunnens und flute das Lager. Aber der Regen ver-
geht, die Straßen trocknen, die Baumwollernte geht voran,
auch der Englischkurs, in dem er oft nur damit beschäftigt
ist, gegen die Müdigkeit anzukämpfen. Aber irgendwann
eine erste Nacht, in der er durchschläft, ein erster Morgen,
an dem das Erwachen nicht schreckhaft ist, nicht mehr mit
dem Abtasten des Körpers beginnt. Weitere Nächte kommen hinzu, die Ruhe, so scheint es, gewinnt langsam die
Oberhand.

*

»Was ist das denn?«, fragt Paul.

Franz setzt sich neben ihn und platziert den Pappkar-
ton neben sich. Vor ihnen liegt das Fußballfeld, auf dem
die Sieger der Compounds den Lagermeister ausspielen.
Husmann, sagt Paul, habe bereits ein Tor erzielt. Die Plätze
rings um das Feld sind alle belegt, selbst mehrere Amerikaner sind gekommen, um sich das Spektakel nicht entgehen
zu lassen. Anfeuerungsrufe und die Schreie der Spieler
wehen über das Feld.

»Ein Paket«, sagt Franz, »von meiner Mutter aus
Katernberg.«

»Und?«

»Proviant«, sagt Franz, »Dosenfleisch, Fisch, Schokolade.
Sogar ein Brot ist drin, natürlich komplett verschimmelt.«

Paul schüttelt den Kopf.

»Aber hast du nicht …«

»Natürlich«, sagt Franz, »gleich im ersten Brief. Wie gut

die Versorgung ist. Aber entweder haben sie es zensiert oder sie hat es nicht glauben können.«

Er öffnet eine Dose Heringe.

»Auf deine Mutter«, sagt Paul, nimmt sich einen Fisch, lässt ihn in seinem Mund verschwinden und leckt sich danach die Finger. Wie viele Marken, denkt Franz, wie viele Marken sie dafür geopfert hat oder wie viele Gefallen irgendwelchen Nachbarn getan. Er hofft, dass der Bruder den größten Anteil daran getragen hat. Er muss schreiben, noch am selben Abend, muss sich bedanken und gleichzeitig erklären, dass sie nie wieder Nahrung zu senden braucht, dass sie alles im Überfluss haben. Er sieht die runden, speckigen Gesichter der Kameraden, die leichte Arbeiten erledigen, oder die Wampen jener Unteroffiziere aus den anderen Compounds, die ihre Tage nur mit Lesen und Umherspazieren verbringen. Die Baumwollfelder lassen ihn schlank bleiben, was er sich auch in den Bauch stopft, verbrennt in Staub und Schweiß.

Jubel brandet auf. Sie erheben sich. Eine Traube von Spielern bejubelt ein Tor. Eine Trompete erklingt. Sie klatschen.

»Das war bestimmt Husmann«, sagt Paul.

»Husmann, der Superstürmer.« Franz lacht und nimmt sich einen Hering. Es hat ja keinen Sinn, denkt er, zurückschicken kannst du es doch nicht.

Als sie wieder sitzen, fragt Paul, wie ihm die Arbeit auf dem Feld gefällt. Dass sie in Ordnung ist, sagt Franz, bis auf den Rücken und die Hände. Aber immerhin ist er draußen, immerhin ist da kein Zaun, keine Bewachung. Das offene Land.

»Würdest du dir zutrauen, auf Englisch zu arbeiten?«, fragt Paul. »Für die Amerikaner?«

»Als was?«

Paul zuckt die Schultern.

»Übersetzer, Dolmetscher. So etwas.«

Er habe mit seinem Offizier geredet, bei einem gemeinsamen Ausflug ins Dorf. Ausgang habe er bekommen, sagt Paul, er sei einfach mit dem Mann in den Jeep gestiegen und nach Hearne hineingefahren. Er habe am Tisch einer Bar gesessen und eine Cola getrunken, in seiner Uniform mit dem PW auf dem Rücken. Und die Leute hätten geschaut, als wäre er vom Himmel herabgestiegen, oder eher, er lachte, eher aus der Hölle empor.

»Und er hat mich gefragt: nach vertrauenswürdigen Deutschen, nach Männern, die einen guten Kopf haben. Ich habe deinen Namen genannt.«

»Ich weiß nicht.«

»Denk darüber nach«, sagt Paul.

Sie haben die Motoren der Jeeps gehört, ohne sich übermäßig zu wundern. Immer wieder kommt es vor, dass eine einzelne Patrouille durch die Compounds fährt. Franz hat nicht einmal von seinem Essen aufgeschaut.

Jetzt öffnet sich die Tür, und hinter den letzten Kameraden, den Nachzüglern, schieben sich die amerikanischen Wachen in den Raum, ein gutes Dutzend. Sie platzieren sich neben dem Eingang. Die Köpfe der Deutschen heben sich, die Gespräche ersterben. Ein Unteroffizier tritt ein, begleitet von einem deutschen Kameraden, der als Dolmetscher arbeitet.

Dass sie das Essen fortsetzen sollen, sagt der Amerikaner auf Englisch, und der Kamerad wiederholt auf Deutsch. Ein Verlassen der Messe sei bis auf weiteres untersagt. Unruhe kommt auf, einzelne Männer erheben sich.

»Sit down!«, ruft der Unteroffizier. »Sit down immediately!«

Der Sprecher des Compounds erhebt sich, auch er fordert die Kameraden auf, Ruhe zu bewahren. Er verlässt seinen Tisch, marschiert durch den Raum. Von der Küche her ist Countrymusic aus einem Radio zu hören. Die langsamen, ausgreifenden Schritte des Kameraden lassen die Szene albern wirken, wie aus einer Komödie. Der Mann baut sich im Freiraum zwischen den Esstischen und den Amerikanern auf.

»Ich verlange, darüber informiert zu werden, was es mit dieser Störung auf sich hat!«, sagt er laut.

Der Unteroffizier sagt etwas, das Franz nicht verstehen kann. Der Sprecher dreht sich zu ihnen um.

»Eine Lagerdurchsuchung«, sagt er.

Empörung bricht los. Männer springen auf, rennen zu den Fenstern, Besteck wird durch den Raum geworfen.

»Ruhe!«, brüllt der Compoundsprecher. »Hinsetzen!« Und anschließend, mehr zu den Amerikanern: »Wir werden Protest einlegen gegen diese dauerhaften Kontrollen, gegen diesen Terror, diese Verletzungen der Genfer Konvention. Bis dahin werden wir uns verhalten, wie es sich für deutsche Soldaten gehört.«

Nur langsam kehrt Ruhe ein. Die Kameraden, die zu den Fenstern gerannt sind, setzten sich wieder.

»Alles voll«, sagt einer, der in Franz' Baracke schläft, »alles voller Amerikaner. Die gehen in jedes Gebäude.«

Franz schaut auf, streckt den Rücken. Er sucht nach Paul, kann ihn aber nicht entdecken.

Im Chaos, das dem Abzug der Amerikaner aus dem Compound folgt, im Gewirr aus Menschen, Klängen, Stimmen wiederholt sich bald immer wieder ein Satz: Sie haben die Radios. Immer mehr Kameraden verbreiten die Nachricht. Die Verstecke seien entdeckt, Bodenbretter seien ausgehoben worden, Schränke aufgebrochen. Jemand spricht von einem Tunnel. Alle drei Compounds seien betroffen, in allen dreien wären die Amerikaner erfolgreich gewesen. Zudem habe es Verhaftungen gegeben.

Franz schiebt sich durch die Gruppen der Kameraden, viele Männer stehen vor ihren Baracken und diskutieren. Er sucht nach Paul, läuft den ganzen Compound ab, die Straße, die Flächen hinter den Baracken. Dann kehrt er zum Platz am Teufelsbrunnen zurück, an dem sich die meisten der Männer versammelt haben. Er entdeckt Heimo, der aus einer Gruppe herausragt.

»Wo ist Paul?«, fragt Franz.

Heimo schüttelt den Kopf.

»Schöne Scheiße«, sagt er.

»Stimmt das?«, fragt Franz. »Das mit den Radios?«

»Sieht so aus.« Er beugt sich vor und flüstert: »Das wird ihnen ganz und gar nicht gefallen.«

Der Compoundsprecher ruft etwas, offensichtlich versucht er, Ordnung herzustellen. Franz wendet sich ab, er läuft zur Messe und tritt ein. Drinnen liegt Besteck auf dem Boden, Teller sind gegen die Wand geworfen worden. Wie deutsche Soldaten, denkt Franz. Rudi und einige Kameraden sind mit Besen damit beschäftigt, die Verwüstung aufzuräumen. Als er Franz bemerkt, stellt Rudi seinen Besen gegen einen Tisch und kommt herüber.

»Die Kurzwellen«, sagt er zur Begrüßung. »Da war zu erwarten, dass es nicht ruhig bleibt. Der Draht in die Heimat.«

»Hast du Paul gesehen?«, fragt Franz.

»War vorhin hier, bevor alle rausgestürmt sind. Er hat jesagt, dass er die Empörung nicht aushält, das Jerede von der Genfer Konvention.«

»Hat er gesagt, wohin er wollte?«

»Seine Baracke«, sagt Rudi.

Als Franz sich umdrehen will, hält Rudi ihn am Arm fest.

»Ditt is wirklich nich jut«, sagt er. »janz und jar nich.«

»Ich weiß«, sagt Franz.

»Die werden nen Sündenbock wollen.«

»Ich weiß.«

Er sitzt auf seinem Bett, die Stiefel ausgezogen, die Beine ausgestreckt und übergeschlagen, den Rücken gegen die Barackenwand gelehnt. Er hält ein Buch in der Hand, scheint zu lesen. Als die Tür der Baracke zufällt, hebt er den Kopf. Seine Haare sind lang geworden, bald wird er sie schneiden müssen. Er legt das Buch ab und lächelt.

»Hast mich also gefunden.«

Die Baracke ist menschenleer. Die Bohlen knarren, als Franz sich dem Bett des Freundes nähert. Draußen sind Schritte zu hören, Rufe, undefinierbar, undeutlich. Franz setzt sich gegenüber von Paul auf ein Bett. Auf dem Buchdeckel sieht er ein einzelnes kleines Haus mit Spitzdach und Schornstein, das ihn an einen Scherenschnitt denken lässt, nur dass das Haus nicht schwarz ist, sondern in ein dunkles Blau getaucht. Aus einer Wolke, sehr weit über dem Haus, fallen einzelne eckige Lichtstrahlen. Der mittlere Strahl, ein weißer, dicker Balken, scheint direkt auf das Haus. Wie ein Scheinwerfer, denkt Franz, wie eine Nacht in unserem Lager. Er schaut Paul an.

»Willst du es ausleihen, wenn ich fertig bin?«, fragt er.

»Das wird Ärger geben«, sagt Franz. »Gewaltigen Ärger.«

»Und?«

»Sie werden dich verdächtigen.«

»Weil die Amis Glück hatten dieses Mal?«

»Sie haben alle drei Radios gefunden, heißt es. Alle drei. In einer einzigen Durchsuchung.«

»Und darum muss ich etwas verraten haben?«

»Hast du?«

Paul hat den Mund bereits geöffnet, aber er schließt ihn wieder. Er hebt die Beine vom Bett, setzt die bloßen Füße vor Franz auf den Boden. Er sieht ihn an, sehr gerade, sehr direkt. Er sieht enttäuscht aus.

»Woher zum Teufel sollte ich denn wissen, wo die Radios in den anderen Compounds sind? Denkst du, ich habe durch die Barackenwände hindurchgeschaut, als ich auf dem Weg zu einer Theatervorstellung war?«

»Also hast du ihnen nicht geholfen?«

»Den Amerikanern?«

Franz nickt.

»Natürlich helfe ich ihnen. Ich helfe ihnen immer, wenn ich es kann. Wenn sie mich fragen, dann sage ich ihnen, worauf sie achten können, um Nazis zu identifizieren. Und wenn einer vor mir sitzt, in einem Verhör, dann sage ich es. Aber von den Radios, von den scheiß Radios hatte ich keine Ahnung.«

»Es wird gefährlich werden«, sagt Franz.

»Das war es immer«, sagt Paul.

»Ich meine, dass du aufpassen solltest.«

»Auch das tue ich immer. Und wenn es ihnen hilft, sich zu prügeln, dann prügeln wir uns eben.«

Franz betrachtet den Freund eine Weile. Paul lächelt. Er wirkt völlig ruhig.

»Ich muss zurück«, sagt Franz. Paul nickt.

»Irgendwann«, sagt der Freund, als Franz die Tür der Baracke fast schon erreicht hat, »irgendwann muss man sich einfach entscheiden und die Konsequenzen tragen. Eine Seite. Eine Meinung. Man kann sich nicht immerzu raushalten.«

*

Es ist ein Warten, die nächsten Tage. Die Angst ist zurück, legt ihre Hände um seinen Hals oder umarmt ihn so fest, dass ihm der Brustkorb schmerzt. Es ist ein Warten darauf, dass sich die Anspannung löst, die über dem Lager liegt. Dass etwas passiert. Nicht einmal die Arbeit auf dem Feld kann ihn ablenken, nichts durchbricht die Eiseskälte, die Blicke der Kameraden, das Schweigen. Und obwohl er sich fürchtet, vor dem, was passieren wird, ist die andauernde, allumfassende Angst so unerträglich bleiern, dass ein Teil von ihm wünscht, es möge endlich geschehen.

Als es dann geschieht, drei Nächte nach der Durchsuchung und dem Fund der Radios, drei Tage nach der Ansprache des amerikanischen Kommandanten, der ihnen mitgeteilt hat, dass Vergehen dieser Art hart bestraft werden würden, drei Tage nachdem sie das Einohr in Handschellen aus dem Compound geführt haben, als es geschieht, glaubt er zuerst, sich durch einen Traum zu bewegen.

Er hat kaum geschlafen in diesen Tagen, ist aufgewacht bei den kleinsten Geräuschen, ist übermüdet, erschöpft. Seine Augen flackern, oft liegt ein Flirren über seinem Blick wie im Sonnenlicht des Sommers. Gegenstände werden trübe. Ob im Unterricht oder beim Essen: Immer wieder schreckt sein Kopf empor, und er merkt, dass er geschlafen hat, für Sekunden nur.

In dieser Nacht liegt er auf dem Rücken und hat, so scheint es ihm, stundenlang an die Decke gestarrt, die im Halbschatten ein Meer wird, in das er seine Angst zu versenken sucht. Etwas liegt in der Luft, es ist, als wehten fremde Gedanken umher wie Böen vor dem Ausbruch eines Gewitters. Du solltest aufstehen, denkt er. Du solltest hinüberlaufen zur Baracke, solltest Wache stehen, solltest dich neben sein Bett hocken. Aber er rührt sich nicht.

Wenn er den Kopf hebt, glaubt er einen Schatten zu sehen an der Tür, er stellt sich einen Kameraden vor, der schweigend dort sitzt und ihn beobachtet. Er legt den Kopf zurück, versinkt wieder im Halbschlaf.

Die Schreie erklingen zuerst in seinem Kopf, sie entstehen dort, so kommt es ihm vor, bevor sie in die Welt hinausgehen und von dort in sein Ohr dringen. Die Scheinwerfer werden aus ihrem langsam treibenden Rhythmus gerissen und beginnen hektisch zu tanzen. Ein Traum, denkt er, obwohl ein Teil von ihm schon begriffen hat, ein Traum, obwohl seine Füße schon den Boden berühren. Er erhebt sich. Auf dem Stuhl neben der Tür sitzt niemand mehr oder hat nie jemand gesessen. Er reißt die Tür auf, und die Kälte der Nacht lässt alles sehr klar, fast schneidend deutlich werden.

Auf der Straße des Compounds, zwischen den kleinen Brücken und den Blumenbeeten, auf der Straße im Scheinwerferlicht taumelt ein Betrunkener in langsamen, schleppenden Bewegungen vorwärts. Rote Haare, denkt er, obwohl ein Teil seines Gehirns schon begriffen hat, rote Haare denkt er, obwohl er das Glänzen auf dem Kopf erkennen kann. Der Mann geht in die Knie, stützt sich auf beide Hände. Im Hintergrund laufen Gestalten davon, verschwinden im Schatten, andere Männer treten aus den umliegenden Baracken, angelockt durch das laute Stöhnen des Mannes; Franz sieht, wie die Gestalt Blut spuckt, sich ruckartig wieder aufrichtet, einige schnelle Schritte macht, ohne ein rechtes Ziel. Nach wenigen Metern bricht er erneut zusammen, fällt erst auf die Knie, kippt dann auf die Seite. Noch am Boden liegend zucken seine Beine, so als wollten sie weiterlaufen.

Franz rennt los oder rennt schon seit dem ersten Moment. Er erkennt ihn oder hat ihn schon im ersten Augenblick erkannt. Er ist bei ihm, beugt sich über ihn. Sein

Gesicht, oder was davon übrig ist, ist blutverschmiert, aufgequollen, ein Auge völlig geschlossen und blau, das andere offen, es starrt ihn an. An der linken Hälfte seines Kopfes klafft eine Wunde, Blut sickert daraus hervor, dunkles, dickflüssiges Blut. Er hält seine Hände, die den Druck noch erwidern. Er brüllt nach einem Sanitäter, so als wäre er wieder im Krieg, obwohl er nie im Krieg gewesen ist, nie wirklich, nicht wie in diesem Moment. Die Sirene erklingt, die lange, nervenzerreißende Sirene. Er schwitzt, sitzt im Scheinwerferlicht, er glaubt Blut zu schmecken. Am Rande seiner Wahrnehmung tauchen Gesichter auf, Gestalten, die ins Licht treten und wieder in den Schatten sinken.

Die Amerikaner kommen. Sanitäter mit einer Bahre. Er sieht den Schrecken in ihren Gesichtern. Sie müssen Franz' Hände von den Händen des Freundes lösen. Sie müssen ihn zurückhalten, als sie den leblosen Körper forttragen. Ein Offizier steht vor Franz, sein Mund bewegt sich, er spuckt beim Reden, er ist aufgeregt, Franz hört den Klang der Stimme wie aus einem fernen, tief vergrabenen Stollen. Die Wörter ergeben keinen Sinn mehr.

»You have to arrest me«, sagt Franz mehr zu sich selbst. Der Amerikaner hört auf zu sprechen und schaut ihn fragend an. Also wiederholt er, diesmal lauter: »You have to arrest me!«

»What's that, son?«, fragt der Amerikaner.

»You have to arrest me«, sagt Franz, »you have to arrest me, or they will kill me too.«

III.

»HIER!«

Franz stand über eine Vitrine gebeugt und winkte ihn heran. Der Geruch von Zucker lag in der Luft. Die meisten der Amerikaner saßen noch im Nebenraum, in dem eine Kaffeemaschine blubberte, sie tranken aus ihren Pappbechern und aßen Donuts. Er sah die weiten Schweißflecke unter den Achseln des Alten. Beinahe vier Stunden reden, fragen, antworten hatten selbst Martin erschöpft, obwohl er nur zugehört hatte. Der Blick des Alten war glasig.

»Hier ist er«, sagte Franz.

Martin beugte sich vor. Auf dem schwarzweißen Foto das offene, lachende Gesicht eines jungen Mannes, eine feine, lange Nase, die Färbung der Haut dunkel, die kurzen lockigen Haare darüber weißblond. Im Hintergrund waren Schränke zu sehen und eine amerikanische Flagge.

»Das muss«, sagte Franz, »einer der Offiziere aufgenommen haben, für die er gearbeitet hat.«

Martin entzifferte den Text unter dem Foto. *… überfallen in der Nacht auf den 15. November …*, las er, *… verprügelt mit Knüppeln, Stahlrohren und Holzlatten, durch deren Enden man Nägel getrieben hatte … Er starb zwei Tage später im Camplazarett …*

»Zwei Tage«, sagte Martin.

»Ja«, sagte Franz. Er machte eine Pause, schaute auf das Foto. »Er war schon am nächsten Morgen wie tot, eigentlich. Das linke Auge, das nicht zugeschwollen war, blieb offen. Manchmal zuckte es. Es war blutunterlaufen, fast kein Weiß mehr zu sehen um die Pupille.«

Er holte sein Stofftaschentuch aus der Hosentasche und schnäuzte die Nase. Er sprach leise.

»Kein Gegendruck mehr, wenn man seine Hände fasste. In der Nacht, im ersten Moment, als er zusammenbrach, da konnte ich seinen Griff noch spüren.«

Still war es gewesen, als Franz die Geschichte dieser Nacht erzählt hatte, in einem langsamen, sicheren Englisch mit starkem Akzent. Die Blicke der Amerikaner gingen zu Boden, eine der Angehörigen weinte. Nur Cathy hatte Franz direkt angeschaut; sehr offen, sehr freundlich. Nachdem Franz geendet hatte, war einen Moment lang nur das Surren der Klimaanlage zu hören gewesen.

»Wir wussten es nicht«, sagte schließlich einer der Amerikaner, ein großer Kerl mit Hawaiihemd und Baseballcap. »Ich glaube, wir haben das alle gar nicht richtig verstanden. Ihr wart doch alle Kameraden, ihr wart doch alle Deutsche. I think we didn't really understand. You were all comrades, after all, you were all Germans.«

»Ja«, sagte Franz, »ja, das waren wir.«

Cathy hatte eine Kaffeepause vorgeschlagen. Außerdem, sagte sie, sei es nicht mehr so heiß. Vielleicht könne, wer wolle, ein Stück spazieren gehen, um die Reste der Fontäne und des Theaters zu sehen.

»Ich habe damals geglaubt«, sagte Franz, den Kopf weit vorgebeugt, den Blick auf das Foto geheftet, »dass er versucht durchzuhalten, bis seine Familie kommt. Damit sie Abschied nehmen können.«

»Hat er?«

Franz schüttelte den Kopf.

»Einen halben Tag vorher ist er gestorben. In der Nacht.

Auch ich hab es verpasst. Ich war in der Zelle. Hätte schlafen sollen.«

Der Alte starrte ins Leere. Martin las den Erklärungstext neben den Fotos, die Geschichte des Mordes, und er las, zu seiner Überraschung, auch von der Aufklärung.

… blieb ungeklärt, las er, *bis ein deutscher Kriegsgefangener, der sich in eine Amerikanerin verliebt und durch sie zu Gott gefunden hatte, seine Teilnahme am Mord gestand und die Namen seiner Komplizen verriet … gab an, er habe nur das Urteil ausgeführt, auf das sich ein Tribunal der Kriegsgefangenen geeinigt hatte …*

»Sie haben sie verhaftet«, sagte Martin.

»Ein halbes Jahr nachdem ich transferiert worden war«, sagte Franz. »Ich hab es in einem Buch gelesen, als Vorbereitung auf diese Reise. Jürgens«, sagte er und lachte leise, wie über einen Witz, den nur er verstehen konnte.

»Wer?«

»Jürgens«, sagte der Alte. »Mein Bettnachbar.«

Er deutete auf das Foto des Mannes, einen freundlich lächelnden Mann.

»Gott gefunden. Und eine Amerikanerin.« Er schüttelte den Kopf. »Ich hätte das beides nicht für möglich gehalten bei ihm. Den Mord nicht und die Amerikanerin nicht. So kann man sich täuschen.«

»Immerhin hat er geredet«, sagte Martin.

»Immerhin«, sagte der Alte. »Drei wollten sie hängen dafür, haben sie dann alle ins Gefängnis gesteckt. Er selbst saß ein paar Jahre ein, ist dann begnadigt worden, zurück nach Deutschland geschickt. Hat seine Amerikanerin geheiratet, ist wiedergekommen und hat in San Antonio gelebt. Eine schöne Belohnung für einen Mord«, sagte er. Und nach einer Pause: »Es sind nirgendwo genug von denen gehängt worden. Hier nicht und in Deutschland auch nicht. Über diese drei hätte man sich freuen können.«

Den Mann, der da sprach, hatte Martin nie kennengelernt. Es war ein Mann, der sich in seiner Offenheit plötzlich den Geschichten annäherte, die seine Tochter über
ihn erzählt hatte. Ein harter, unnachgiebiger Mann. Der
höfliche, ein wenig überkorrekte Großvater hatte den Flug
vielleicht noch angetreten, aber er hatte die Bilder in Texas nicht überstanden, nicht die Erinnerungen, die alten
Geschichten. Und gleichzeitig war da dieser Gedanke: Sie
haben seinen Freund getötet. Ein Mann, der all die Monate
neben ihm geschlafen hatte, mit dem er sicherlich jeden
Tag ein paar Worte gewechselt, den er zu kennen geglaubt
hatte, hatte seinen besten Freund getötet. Martin versuchte, es sich vorzustellen: die Baracke, die vielen Betten, die
Gerüche der Männer, ihre Gespräche. Jeden Tag das Gesicht dieses Mannes direkt neben sich. Und dann erschlug
er den Freund des Alten, weil irgendein geheimes Gericht
so entschieden hatte.

»Wollen Sie die Ruinen sehen?«, fragte Cathy. Sie legte
ihnen ihre Hände auf den Rücken.

»Ja«, sagte Franz, »lassen Sie uns die Ruinen besichtigen.«

Der Anblick war gleichzeitig aufregend und enttäuschend.
Die Büsche teilten sich, eine Freifläche wurde sichtbar, davor einige Steinplatten, von denen die meisten gesprungen
waren. Von der Baracke war nichts mehr übrig außer dem
Fundament, nur ein langer rechteckiger Betonkasten, den
man in den Boden eingelassen hatte.

Aber als sie näher traten, erkannte er die Stufen, die
Ebenen, die zur Bühne hin immer tiefer wurden, um allen
Zuschauern einen guten Blick auf die Aufführungen zu er-
möglichen. Auch der Orchestergraben war noch vorhan-
den, auch wenn er eher ein Kasten aus Beton war, in den
sich kaum mehr als fünf oder sechs Musiker hätten zwän-

gen können, dahinter die Bühne, auch sie gegossen, auch sie gesprungen, von Unkraut durchsetzt. Er stellte sich die deutschen Soldaten vor, den Großvater unter ihnen, wie sie dichtgedrängt auf ihren Plätzen saßen und einem deutschen Klassiker folgten, in einer abgesenkten Baracke in Hearne, Texas.

»Man bekommt eine Idee davon«, sagte er.

»Es hätte dir gefallen«, sagte der Alte. »Alles sehr gewissenhaft, auch die Komödien, aber alles mit einer Freude, die sonst nirgendwo erlaubt war. Wehrmachtssoldaten in Frauenkleidern, die Kreide fraßen, um ihre Stimme heller zu machen.«

Sie umrundeten die Baracke, und Cathy erklärte, dass es ein Problem sei, dass sie die Überreste freigelegt hatten. Jetzt sei alles der Hitze ausgesetzt, dem Wind, dem Regen. Jetzt setzte eine Zerstörung ein, gegen die sie ankämpfte.

»There's only three of us here«, sagte sie, »but we're trying our best.«

*

Im dunklen Hotelzimmer nur das fahle Leuchten des Laptops. Martin sah sich selbst im kleinen Seitenfenster der Übertragung, er sah sehr rot im Gesicht aus, aber auch sehr müde. Laura saß auf ihrem Bett, sie hatte sich Kissen in den Rücken gelegt, hatte die Haare hochgesteckt und trug eine dicke runde Brille. Obwohl es früh am Morgen sein musste, schien die Sonne schon in ihr Zimmer. Sie koppelte die Webcam von ihrem Rechner ab, um ihm Judith zu zeigen, die neben ihr im Bett auf dem Bauch lag und schlief.

»Ich habe keine Chance«, sagte Laura. »Irgendwann in der Nacht wird sie wach und schreit so lange, bis ich sie zu mir nehme. Immerhin schläft sie halbwegs lange und fest, selbst wenn ich mit ihrem Papa spreche. Aber vielleicht wecke ich sie später, bevor wir auflegen.«

Martin lehnte sich zurück, er spürte die warme Luft des Laptops auf seinen nackten Beinen. Er schaute hinaus auf die nächtlichen Türme von Austin. Dass er es kaum glauben könne, sagte er, dass sie noch vor wenigen Stunden in Hearne gewesen seien, am Lager, in einer Baracke. Wie es gewesen sei, fragte Laura. Er begann von Cathy zu erzählen, die mit zwei anderen Ehrenamtlichen das Museum betreute, von den ehemaligen Wächtern, von Lieutenant Williams, der Franz wiedererkannt hatte. Er schickte ihr ein paar Fotos, die er gemacht hatte. Er erzählte vom Tod des Freundes, von den Geschichten über den Terror im Lager.

»Wie absurd«, sagte Laura, »dass er fast schon wieder zu Hause war, dass seine Familie ihn schon besuchen konnte.«

»Eine Dummheit«, sagte Martin.

»Für seine Meinung einzustehen?«

»Die Risiken zu kennen und es trotzdem zu tun.«

Und er sah den Ausdruck, den Lauras Gesicht daraufhin annahm, er sah ihr langsames Nicken, das nicht seiner Aussage galt. So ist er, dachte er ihre Gedanken. Einer, der das Risiko scheut, einer, der kleine Schritte macht, aber immerhin einer, der sich um seine Tochter kümmert. Ich bin in Texas, dachte er, wie um sie zu widerlegen; er führte ein Streitgespräch mit ihr, er argumentierte für sich gegen sie, nur in seinem Kopf. Wieder einmal. Zum Abschied weckte sie Judith, die in die Kamera blinzelte, die winkte, lachte, die etwas sagte, das »Papa« bedeuten mochte oder »Baba« oder »Lala«. Kurz darauf war es still. Für die Kleine, dachte er, würdest du töten. Und der Gedanke überraschte ihn. Er klappte den Laptop zu, legte ihn neben das Bett. Auf seinem Handy die Fotos der alten Männer, ihre hellen, faltigen Gesichter, die Altersflecken, die symmetrischen Reihen ihrer dritten Zähne. Franz vor der Baracke, neben sich Cathy, die ihm den Arm um die Schulter gelegt hatte. Das Unbehagen im Gesicht des Alten. Sein Blick auf das Fundament der Statue gerichtet, die im zweiten Compound errichtet worden war, einzelne Felsbrocken im dichten Gestrüpp. Es fiel schwer, sich die Weite vorzustellen, den Draht, die Türme, obwohl sie ein Exemplar wiederaufgebaut hatten. Was für ein Leben, dachte Martin. Er nahm sich ein Bier aus der Minibar, setzte sich auf den Fußboden vor der Fensterfront und schaute hinaus. Hinter den Türmen der Innenstadt die Lichter des Highways, noch weiter entfernt der Flughafen. Noch einmal rausgehen, die Stadt genießen, die er sich als Ziel immerhin gewünscht hatte in Texas. Er stellte seine Füße gegen das Glas, spürte die Kälte, betrachtete dann die eigenen Abdrücke auf der Scheibe. Noch zwei Tage, bevor es weiterging. Er leerte das Bier. Musik und Menschen, dachte er, dafür war es an der Zeit, laute Musik und junge Menschen, um genau zu sein. Er stand auf, zog sich seine Hose an, griff sich sein Portemonnaie und zog die Chipkarte aus der Halterung neben der Tür.

*

Martin legte die Stirn gegen die Scheibe, schaute hinaus, sah den Lichtteppich auf der nächtlichen Ebene, dahinter die Berge Nevadas eine schwarze Masse. Als sie sich näherten, glaubte er einzelne Türme auszumachen. Alles glitzerte. Der Alte schaute über seine Schulter. Martin roch seinen warmen, muffigen Atem.

»Worauf habe ich mich da eingelassen«, sagte Franz.

»Du wolltest den Canyon sehen«, sagte Martin, »und er ist am schnellsten von hier aus zu erreichen.«

»Wir können dein Erbe verspielen, wenn du möchtest.«

Die Freude des Alten hatte etwas Kindliches. Die Trauer und der Zorn, die ihn in Texas begleitet hatten, waren verflogen. Jeder Tag Abstand hatte seine Laune verbessert. An ihrem letzten Abend in Austin hatte er ihn sogar auf die Brücke über den Colorado River begleitet, und gemeinsam hatten sie zugeschaut, wie ein nicht enden wollender Schwarm stinkender Fledermäuse mit dem Einsetzen der Dämmerung darunter hervorbrach, eine quiekende, flatternde Welle aus Tieren, die sich in den Nachthimmel erhob, um sich dann zu verteilen und sich auf die Jagd nach Ungeziefer zu machen. Der Alte hatte in die Hände geklatscht, hatte laut gelacht, er hatte sich sogar ein Fledermaus-T-Shirt bei einem der Händler an der Brücke gekauft. Wer ist das, hatte Martin gedacht.

»Jetzt möchte ich ein Bier trinken«, hatte der Alte gesagt, und Martin hatte ihn in die bereits gut bevölkerte 6th Street geführt. Auf der Dachterrasse einer Bar hatten sie gesessen, Franz inmitten all der jungen Menschen wie ein Außerirdischer. Aber mit jeder vergehenden Minute hatte sich der Alte weiter zurückgelehnt in seinem Sessel, war eine Ruhe in ihm gewachsen, die Martin vorher nie gespürt hatte. Der Alte hatte das Treiben vor sich beobachtet, die Musiker, Punks, Hipster; er hatte dem Schrammeln der Gitarren zugehört. Und er hatte es offensichtlich genossen. Als sie zurück zum Hotel wollten, hatte er ein Fahrradtaxi herangewinkt. Und so waren sie durch die Stadt chauffiert worden, im Rücken eine leuchtende Mickymausfigur, vor ihnen ein Fahrer, der sie lachend gefragt hatte, ob sie ein Pärchen seien, Verwandte oder beides. Vor dem Hotel hatte Franz den Kopf in den Nacken gelegt und tief Luft geholt.

»Das ist alles …«

Er machte eine Pause, drehte sich wieder zur Stadt,

schaute zu einer Straßenlaterne empor, durch deren Licht-kegel eine Fledermaus zuckte.

»Offen«, fuhr er schließlich fort. »Mir geht die Lunge auf hier, Lunge und Kopf.«

Und jetzt lag die linke Hand des Alten auf Martins Schul-ter, der Zeigefinger der rechten deutete in die Nacht und auf die Lichter von Las Vegas. Der Knorpel des halben Ringfin-gers daneben leuchtete weiß.

»Wie bist du damals gefahren?«, fragte Martin.

»Durch die Wüste ging es«, sagte der Alte, »mehr als einen Tag lang nur Sand, Steine und Steppe. Kakteen und Adler. Mir haben nur noch die Angriffe der Apachen gefehlt.«

Er lehnte sich in seinen Sitz zurück. Das Symbol für die Anschnallgurte leuchtete auf.

»Es mag sein, dass wir in Las Vegas gehalten haben«, sag-te Franz, »ich erinnere mich nicht an die Städte auf dieser Reise. Bahnhöfe, Menschen, die aus- und umstiegen. Das verschwimmt alles. Auf einem Umsteigebahnhof dieses Schild: ›Toilet for Whites‹. Der Wächter, der mich beglei-tete, war ein junger Kerl, vielleicht ein paar Jahre älter als ich, der mir gegenübersaß und ebenfalls aus dem Fenster starrte. Auf die Geier, die Kakteen, irgendwann eine große Menge an Pferden, die über die Prärie jagten.«

Er trommelte mit den Fingerkuppen auf seinen Sitzleh-nen, so als wollte er den Galopp der Pferde imitieren.

»Es gab Felsen, die so rot waren, als hätte man sie mit Farbe übergossen. Das Land unendlich. So kam es mir vor.«

»Wie schnell bist du verlegt worden?«

Der Alte dachte eine Weile nach.

»Am Tag nach Pauls Tod«, sagte er, »haben sie mir gesagt, dass die Verlegung genehmigt wurde. Das war der Wil-liams, den wir getroffen haben. Am Tag seiner Beerdigung. Das war … seine Familie war gekommen.«

»Sein Vater?«

»Am Sarg konnte er stehen«, sagte Franz. »Die Ermordung war ihm wohl Zeichen genug, dass sein Sohn kein Nazi mehr war. Das deutlichste Zeichen muss die Beerdigung selbst gewesen sein: keine militärischen Ehren, keine Uniformen, gar nichts. Ein Verräter. Sie sind in weißen Hemden gekommen, in Unterhemden, in kurzen Hosen.«

»Alle?«

»Die Amerikaner, die dabei waren, trugen Uniform. Und ich trug meine, auch wenn sie seit Tagen nicht gewaschen war.«

Martin hörte die Härte in seiner Stimme.

»Niemand sonst hat sich getraut«, sagte der Alte, »diese ganzen Duckmäuser und Feiglinge. Niemand hat sich getraut, niemand ist zu mir gekommen, um mit mir zu reden. Es gab einen anderen, der sich auch hatte verhaften lassen. Den habe ich zum ersten Mal gesehen an diesem Tag. Ansonsten hat man uns getrennt voneinander, hat uns für die Zeremonie am Rand gehalten, danach direkt wieder ins Gefängnis gebracht.«

»Und dieser andere, hat man den auch nach Utah gebracht?«

Der Alte schüttelte den Kopf.

»Ich weiß nicht, was aus ihm geworden ist. Vielleicht haben sie ihn direkt in eines der Anti-Nazi-Lager gebracht.«

»Warum bist du da nicht hin?«

Der Alte schwieg. Der Flieger flog eine enge Kurve, war der Stadt jetzt schon sehr nah. Kleine Lichtpunkte auf den Highways, Leuchtreklamen, Hoteltürme. Eine Erschütterung lief durch den Rumpf, als sich das Fahrwerk ausfuhr.

»Seine Familie hat mich eingeladen. Und die Amerikaner haben mir Sonderausgang gewährt, obwohl ich eigentlich im Gefängnis saß.«

»Du warst im Ort?«

Franz lachte.

»Das war damals noch weniger ein Ort als heute. Ein paar Häuser, Drugstore, eine Kirche, eine Tankstelle, und alles durchtrennt von den Bahnschienen. Ich habe an diesem Tag das erste Mal einen dieser niemals enden wollenden Güterzüge gesehen, von denen wir im Lager nur das Jaulen der Lokomotive kannten. Wir haben im einzigen Diner gesessen. Es gab Steak und Wasser mit Eiswürfeln, daran erinnere ich mich. Und dass Pauls Vater einen Flachmann dabeihatte, einen richtigen deutschen Flachmann aus Metall, aus dem er mir einschenkte, auch gegen den Protest der Wirtin, alles bis auf Bier sei im ganzen County verboten. ›They killed my son‹, hat er gesagt, so laut, dass alle Gäste still wurden. ›They killed my son, those huns, and almost killed this one too.‹ Er zeigte mit dem Zeigefinger auf mich. Sein Arm zitterte. Sein Englisch hatte einen sehr deutschen Akzent, aber das störte niemanden. Einige Gäste kamen an den Tisch, sagten etwas von Beileid oder dem Frieden Gottes. Und man ließ ihn trinken, bis der Flachmann leer war. Er wurde sehr still nach diesem Ausbruch.«

Der Flieger setzte auf, bremste, ihre Körper wurden nach vorne gedrückt. Der Kapitän hieß sie in Las Vegas willkommen und sagte, sie sollten ihre Kreditkarten lieber an Bord lassen.

»Was war mit der Mutter und seiner Schwester?«, fragte Martin.

Der Alte schnallte seinen Gurt los und stand auf, so als hätte er ihn nicht gehört, er nahm seine Jacke aus dem Gepäckfach und verließ den Flieger. Martin sah ihm nach und nahm sich vor, sich nicht mehr so leicht abschütteln zu lassen. Das war seine Masche. Die schlechten Ohren, die abgleitende Aufmerksamkeit. Mutter und Schwester, dachte er. Er musste anfangen, Notizen zu machen. Ermittlungen im Kopf des Alten, Ermittlungen wider das Vergessen und den Unwillen seines Großvaters, der ganz plötzlich genug haben konnte von einem Gespräch. Martin stand auf, lief gebückt durch den Gang nach vorne, wo ihn einer der beiden Kapitäne aus dem Cockpit anlächelte. Auf der Runway stand der Alte und wartete. Es roch nach Kerosin und trockenem Beton.

Das Hotel sah aus wie ein aufrecht stehendes aufgeklapptes Buch mit gläsernen Seiten. An der linken Oberhälfte die Köpfe der Beatles, rechts das Wort »Love« und einige rote Figuren. Vor dem Gebäude ein Wildwuchs aus Palmen und Sträuchern, künstliche Felsen, Springbrunnen und ein großes, glattes Wasserbecken, in dem die Lichter der Stadt glänzten, die künstlichen venezianischen Türme des Hotels gegenüber. Auf dem Strip Limousinen, auf den Fußwegen Menschen mit übergroßen bunten Plastikbechern, und allein auf der kurzen Strecke vom Highway zum Hotel unzählige Mickymäuse, Stormtrooper und Supermen. Martin lenkte den Wagen auf den Vorplatz des Hotels. Jemand öffnete die Tür, Kofferträger kamen und packten ihr Gepäck aus.

»Your key, sir!«

Martin stand in der schwülen Abendluft und schaute dem Mann verständnislos ins Gesicht.

»I need the key of your car, sir, or else I can't park it.«

Und er gab den Schlüssel ab, ohne Fragen nach dem Wie und Warum zu stellen, er folgte dem kleinen Gepäckwagen, an dem alles golden glänzte, er trat in die Halle ein, sah mehr Bäume vor sich, einen Glasdom, hörte das Plätschern von Wasser, folgte dem Kofferträger vor die Rezeption, an der der Mann ihnen bedeutete, sich anzustellen. Die gesamte Wand entlang, hinter den Frauen und Männern, die die Reisenden in Empfang nahmen, erstreckte sich ein Aquarium, in dessen gedämpftem Licht allerlei bunte Fische umherschwammen. Als Martin sich wieder nach dem Kofferträger umdrehte, war er verschwunden. Er wollte etwas zu Franz sagen, aber sein Großvater war bereits an die Rezeption getreten und sprach mit einer jungen Frau. Wie ein Fisch, dachte Martin und ließ sich auf das Aquarium zutreiben.

Es war erstaunlich, mit welcher Selbstverständlichkeit der Alte sich an den Roulettetisch setzte und seine Chips aufreihte. Martin stellte sich hinter seinen Großvater, der direkt einige Chips auf Rot schob. Rot fiel. Der Alte erhielt mehr Chips zurück. Es roch süßlich parfümiert, trotzdem war die Luft von Zigarettenrauch durchdrungen. Eine asiatische Dame mit großer Sonnenbrille saß ihnen gegenüber, rechts von Franz zwei blonde Frauen mit glitzernden Kleidern, die Mutter und Tochter sein konnten, vielleicht auch Schwestern. Der Alte setzte auf Schwarz. Schwarz fiel. Martin setzte sich auf den freien Stuhl neben Franz und platzierte seine Chips unsicher auf dem Filz. Eine Kellnerin kam und fragte nach Getränken. Der Alte bestellte ein Bier, Martin einen Gin Tonic. Die Getränke kamen nach wenigen Minuten. Martin setzte einen Chip auf Ungerade. Er verlor. Er zögerte. Wenn der Alte verlor, verdoppelte er seinen Einsatz. Er setzte ununterbrochen auf die Farben.

»Baden-Baden«, sagte Franz nach drei weiteren Runden. Er nahm einen Schluck Bier. Sein Chipstapel war gewachsen. »Deine Großmutter hat Casinos geliebt. Sie hat Karten gespielt, Poker, Blackjack. Ich habe das alles für Blödsinn gehalten. Aber der Roulettetisch, der hat mir immer gefallen.«

Wieder setzte er, sehr mechanisch. Er verlor. Martin setzte zehn Dollar auf die Dreizehn. Auch er verlor. Der Alte verdoppelte und verlor erneut. Martin setzte auf die Drei. Die Drei fiel. Er hörte, wie der Alte geräuschvoll Luft durch die Nase einsog. Der Croupier schob Martin einen Stapel Chips über den Tisch. Martin zählte dreihundertfünfzig Dollar. Er lächelte.

»Ich lade dich zum Essen ein«, sagte er zum Alten und stand auf.

Franz schaute ihn schräg über die Schulter an. Er spitzte den Mund, machte mit dem Kopf ein paar kleine nickende Bewegungen.

»Dein Gewinn, deine Entscheidung«, sagte er. Er wirkte enttäuscht.

Von ihrem Tisch aus konnte er über die Theke in den offenen Küchenbereich gucken, in dem Männer mit schwarzen Schürzen und Kochhüten hektisch vor einem Grill hantierten, aus dem immer wieder hohe Flammen emporschlugen. Überall dunkles Holz, Licht aus feinen Strahlern, die in lange, von der Decke hängende Holzstäbe eingelassen waren. Die Steaks waren gigantisch. Sie tranken Rotwein aus Kalifornien.

»Was war mit Pauls Mutter und seiner Schwester?«

Franz schaute von seinem Fleisch auf.

»Hast du mit ihnen sprechen können?«

Martin versuchte zu lächeln, aber er spürte, dass es ihm nicht gut gelang. Er fühlte sich schlecht wegen dieses Überfalls. Der Alte trank einen Schluck Wein.

»Seine Mutter hat geweint, viel geweint. Ich kann mich nicht … umarmt hat sie mich. Gleich bei der Begrüßung. Mir war das unangenehm vor all den Leuten, das weiß ich noch.«

»Und die Schwester?«

Der Alte legte das Besteck ab, betupfte sich mit der Serviette die Lippen.

»Ach, was weiß denn ich noch«, sagte er. Einen Moment schwiegen sie beide. »Sie hat mir ihre Adresse aufgeschrieben. Die Postadresse in Alabama. Dass ich ihr schreiben soll, hat sie gesagt, von ihrem Bruder schreiben.«

Das Brechen in der Stimme geschah ganz plötzlich, als er das Wort Bruder sagte, und es traf Martin völlig unvorbereitet. Franz senkte den Kopf, legte seine Hand an die Stirn. Der halbe Finger deutete auf seinen Enkel. Martin sah die Köche umherlaufen, er roch die Holzkohle, spürte Vibrationen in den Füßen, hörte Gläser klirren, Gelächter.

»Tut mir leid«, sagte er.

Der Alte hob den Kopf und war für einen Augenblick wirklich wieder das: ein Alter. Die Augen glasig und rot, die Haut sehr hell und fleckig, unter den dünnen weißen Haaren, die wie Stromleitungen nach hinten liefen, die Kopfhaut von der texanischen Sonne verbrannt.

»Man glaubt, man vergisst, und man vergisst doch nicht«, sagte Franz. »Sie hat mir die Adresse auf ein Stück Papier geschrieben. Eine sehr feine, sehr saubere Schrift hatte sie. Sie hat meine Hand gehalten, einen kleinen Moment, als ich das Papier genommen habe. Ich weiß noch, dass ihre Finger sehr kalt waren. Ich solle ihr die Adresse des neuen Lagers senden, hat sie gesagt.«

»Und hast du?«

Jetzt lächelte sein Großvater.

»Ich nicht, ich durfte nicht. Keine Post innerhalb der USA für deutsche Kriegsgefangene. Aber ein anderer.«

»Wie?«

»Ein Amerikaner, ein Captain. Wir haben über ihn geschrieben, wenn du so willst.«

»Und hast du ihre Adresse nicht mehr? Die von Pauls Familie?«

»Ich hab sie verloren«, sagte der Alte.

»Aber wie groß ist der Ort? Ich erinnere mich, dass du den Namen noch wusstest. Hast du nicht versucht, sie zu finden?«

»Nein«, sagte Franz.

Die Art und Weise, wie er ›Nein‹ sagte, machte deutlich, dass er keine weiteren Fragen beantworten würde. Er nahm sein Besteck wieder auf und begann, die Reste seines Steaks zu schneiden. Martin schaute ihm dabei zu.

*

Er trat an das Geländer und legte die Hände auf das Metall, das heiß geworden war in der Sonne. Sein Gehirn registrierte den Schmerz, aber er hob die Hände nicht. Vor ihm erstreckte sich dieses überdimensionale Gemälde, das irgendein verrückter Künstler in weitem Bogen über den Horizont gespannt hatte. Rote Felsen, Kanten, Zacken und Schluchten, die aus der Ferne aussahen, als wären sie so winzig klein, dass man sie mit dem Finger abdecken könnte. Er wartete darauf, dass die Landschaft realer wurde, sich echter anfühlte. Wie mit einem Hammer, dachte er, wie mit einem gigantischen Hammer auf einen roten Felsblock geschlagen, immer und immer wieder. Wolkenschatten zogen über die Klippen. Ganz weit hinten, inmitten des Canyons, das Glitzern von Wasser, auch ein Helikopter war auszumachen, eine Mücke mit Rotor. Etwas überfiel ihn, umarmte ihn. In seinem Kopf dieser Gedanke, dass entweder der Anblick eine Täuschung sein musste oder er selbst, seine eigene Existenz nur eine Behauptung, die vor dieser Landschaft keinen Bestand haben konnte.

Die meisten Menschen um ihn herum machten pausenlos Fotos. Aber einige andere standen still wie er selbst, starrten in die Weite, mit geschlossenem Mund und aufgerissenen Augen. Er fühlte sich haltlos und gleichzeitig mit all diesen Starrenden verbunden. Der Alte trat neben ihn. Sie schwiegen und schauten. Am Ende machten sie ein paar Aufnahmen. Ein Mann fotografierte sie nebeneinander vor dem Geländer. Er schaute sich das Bild an und entdeckte zum ersten Mal eine Ähnlichkeit im Gesicht. Die Nase, dachte er, die Form der Augen. Er machte ein Foto mit dem Telefon, schickte es Laura. Er stellte fest, dass er aufgehört hatte, darüber nachzudenken, ob er ihr Bilder von der Reise senden sollte. Als Antwort kam, als sie nach einem Spaziergang entlang des Canyons und einem Mittagessen schon wieder im Auto saßen, ein Foto: Judith auf dem Rücken in Lauras Wohnzimmer liegend, auf dem Strampler der Aufdruck »USA«. Er lachte, zeigte Franz die Urenkelin. Der Alte betrachtete das Bild eine Weile.

»Hübsch«, sagte er, und reichte Martin das Telefon zurück. »Man erkennt die Ähnlichkeit.«

Martin ließ den Motor an.

»Bist du sicher, dass du nicht hinunterwandern willst?«, fragte Franz. »Ich kann warten. Wir bleiben eine Nacht länger in Flagstaff.«

»Alles in Ordnung«, sagte Martin.

Sie fuhren schweigend hinter einem großen Camper her. Martin schaltete das Radio an, nach wenigen Akkorden Countrymusic schaltete der Alte es wieder aus.

»Du solltest dich nicht immer gezwungen fühlen, das Richtige zu tun«, sagte er, »oder das, von dem du glaubst, dass andere es für richtig halten.«

Martin setzte den Blinker und trat aufs Gas, er überholte den Camper.

»Mit dieser Frau, mit der Mutter der Kleinen.«

»Laura«, sagte Martin.

»Mit Laura«, sagte der Alte. »Ich verstehe nicht, was das soll.«

»Was was soll?«

»All diese Nachrichten, Fotos, die nächtlichen Gespräche. Die führst du mit ihr, oder? Du schreibst ihr.«

Martin nickte.

»Findest du das nicht seltsam?«

»Warum?«

»Weil sie nicht deine Freundin oder deine Frau ist. Sie ist nur die Mutter der Kleinen, mehr nicht.«

»Judith«, sagte Martin. »Und wenn du mir gleich erzählst, dass ich einen Vaterschaftstest hätte machen sollen, dann kannst du den Greyhound nach Utah nehmen.«

»Keine Sorge«, sagte sein Großvater. Er schien sich zu amüsieren. »So etwas spürt man, glaube ich. Oder man hätte zumindest Zweifel, wenn es nicht so wäre. Vielleicht auch nicht. Das ist egal. Ich spiele nicht den Agenten deiner Mutter.«

»Du klingst so«, sagte Martin.

»Du solltest dich einfach fragen«, sagte Franz, »warum du das tust, obwohl du ein paar tausend Kilometer weg bist. Glaubst du, dass sie das erwartet? Oder sonst jemand? Erwartest du das von dir?«

»Ich weiß nicht, was du von mir willst«, sagte Martin. Wo kommt plötzlich dieser Analytiker her, dachte er. Er wünschte sich den distanzierten Großvater zurück.

»Ich will gar nichts. Was du willst, darum geht es doch. Aber ich bin nicht sicher, ob du danach handelst.«

Martin schaute auf das Band der Landstraße. Als ihm eine Highway Patrol entgegenkam, drosselte er die Geschwindigkeit des Wagens ein wenig.

»Ich frage mich«, sagte er in schärferem Ton, als er gewollt hatte, »ob du da nicht gewaltig etwas von dir auf mich projizierst.«

Eine Weile war nur das Brummen des Motors zu hören. Ein Schuss ins Blaue, dachte Martin, und ein Volltreffer. Er überlegte, ob er sich entschuldigen sollte, hatte die Worte schon beinahe auf der Zunge, schluckte sie aber herunter. Am Straßenrand niedrige, struppige Bäume, der Boden steinig und trocken.

»Wie schmeckt der Grand Canyon?«, fragte er stattdessen. Er hörte den Alten leise lachen und in seinem Rucksack kramen. Kurz darauf hielt Franz ihm einen kleinen roten Stein unter die Nase.

»Der ist für dich, wenn du willst. Ich hab noch einen. So schmeckst du ihn selbst.«

Er ließ den Stein in Martins Hemdtasche fallen.

»Vielleicht hast du recht, was die Erwartungen angeht«, sagte Franz. »Ich könnte diesen Satz sagen, von den anderen Zeiten. Aber trotzdem hast du recht. Jeder hat seine eigene Entschuldigung.«

Nach einer Stunde erreichten sie den Highway nach Norden. Der Alte hatte das Radio angeschaltet, sie hörten eine Weile Countrysongs, fanden später einen Bluessender. Die Zeit dehnte sich und zog sich zusammen. Sie überfuhren die Staatsgrenze nach Utah. Die Grundfarbe der Welt war ein warmes, weiches Rot, das in der Erde steckte, im Stein. Das Land leuchtete. Nach ein paar Stunden wechselte es seine Farbe, Grün und Grau dominierten jetzt, die Felsen verloren ihre Schroffheit, die Hügel wurden weicher. Aber das Leuchten blieb.

»Ich mag sie«, sagte Martin, nachdem sie an einem Diner eine Kaffeepause gemacht hatten und wieder in den Wagen stiegen. Der Alte drehte den Kopf, sah ihn fragend an.

»Du hast nach Laura gefragt, heute Mittag. Ich mag sie. Ich denke oft diesen Gedanken, und es ist vielleicht schrecklich, dass ich ihn denke, dass Judith uns beendet hat, noch bevor da wirklich etwas war.«

»Und darum diese Nachrichten?«

»Wenn ich in Deutschland bin«, sagte Martin, »sind da all diese Systeme und Sicherheiten. Jetzt bin ich weg, jetzt kann ich schreiben und habe etwas zu erzählen. Es ist so, als gäbe es Judith nicht oder als gäbe es zumindest die Probleme nicht, die sie mitgebracht hat.«

»Im Schwerelosen«, sagte Franz.

»Wenn du so willst.«

»In Ordnung«, sagte Franz, nachdem er einen langen Schluck aus seiner Wasserflasche genommen hatte. »Das kann ich verstehen. Als Barbara kam damals …« Er brach ab. »Und glaubst du, dass sie etwas ändern können, deine Nachrichten und Fotos?«

»Ich habe keine Ahnung«, sagte Martin.

*

Als er die Tür des Badezimmers öffnete, schnarchte der Alte leise. Er lag rücklings auf dem Bett, die Beine ausgestreckt, nur die Schuhe abgestreift, Martin schaute direkt auf ein Loch in einer Socke. Er nahm eine Wolldecke aus dem Schrank und deckte Franz damit zu. Das Gesicht seines Großvaters wirkte sehr schmal, die Nase reckte sich weit empor, ihre Flügel hoben und senkten sich leicht. Er verspürte den Impuls, dem Alten über die Wange zu streichen. Zerbrechlich kam er ihm vor. Er nahm sich eine Cola aus der Minibar, öffnete die Zimmertür und trat auf die Galerie, die vor den Zimmern im ersten Stock das gesamte Motelgebäude umrundete. Er lehnte sich auf das Geländer, schaute auf den Teich inmitten der Anlage, der von zwei niedrigen pilzförmigen Laternen erleuchtet wurde. Dahinter die Lichter der Kleinstadt, und als er den Kopf zurücklehnte und aus der Flasche trank, über ihm ein glitzernder Sternenbrei. Trotz über acht Stunden Fahrt fühlte er sich wach, überdreht. Er setzte sich auf den Boden, streckte die Beine gegen das Geländer und hoffte, dass niemand mehr sein Zimmer verlassen würde. Er spürte ein leichtes Gewicht über dem Herzen, griff in die Brusttasche seines Hemdes und förderte den Stein zutage, den ihm Franz am Grand Canyon geschenkt hatte. Er drehte ihn zwischen Daumen und Zeigefinger, spürte die glatte und doch raue Oberfläche. Sehr rund war er, beinahe eine urzeitliche Gewehrkugel. Er wusste, was als Nächstes kommen würde, er musste lachen, weil er es bereits wusste, er schaute nach rechts, wo ein grünes »Exit«-Schild surrte. Jetzt wirst du einer der Spinner, dachte er, als er sich den Stein in den Mund steckte. Er ließ ihn auf der Zunge liegen, bewegte ihn ein wenig vor und zurück. Es kitzelte. Er zog Speichel in den Mundraum, bewegte den Stein vor und zurück, lutschte wie an einem Bonbon. Sandig schmeckte der Stein. Er dachte an eine Welle, die ihn als Kind am Atlantik umgerissen und mit dem Gesicht voran an den Strand gespült hatte. Bitter war der Stein, aber gleichzeitig war da eine Schärfe, wie eine Ahnung von Chili.

Du schmeckst, was du schmecken willst.

Er spuckte den Stein in seine Hand. Die kleine, von Spucke überzogene Kugel lag dort. Er schaute sie an. Trank einen Schluck Cola, gurgelte, schluckte. Dann nahm er den Stein zurück in den Mund.

*

»I think that's you!«, sagte Sarah.

Der lange Zeigefinger der Archivarin legte sich auf eines der Fotos, das in der großen Mappe hinter Plastik geklebt war. Es zeigte einen hochgewachsenen schwarzhaarigen Mann in dunkler amerikanischer Uniform, mit einem schmalen Käppi auf dem Kopf, der den Arm um die Schulter eines jungen Mannes in der hellen Uniform eines Kriegsgefangenen gelegt hatte. Das PW war auf die Brust gestickt. Die Haare des Kriegsgefangenen waren sehr kurz geschoren, aber Martin erkannte die Augen und die Nase, die ihn auf dieser Aufnahme noch viel stärker an sich selbst denken ließen als auf dem gemeinsamen Foto vom Canyon.

Dass es bisher nur den Untertitel gegeben hatte, *Captain Johnson and a German POW*, dass sie aber, als sie ihn das erste Mal auf Skype gesehen hatte, gleich vermutete, dass Franz der Mann auf der Aufnahme sein könnte.

Die Archivarin bewegte ihren großen, schweren Körper um den Tisch und stellte sich neben Franz, der das Foto musterte.

»Yes, that's me«, sagte er. »Ich war sein Übersetzer, sein Sekretär, irgendwann auch sein Fahrer.«

Sarah lachte, und ihr ganzer Körper schien sich dabei zu schütteln. Sie klatschte in die Hände. Als sie sich vorbeugte, um das Foto genauer zu betrachten, berührten die daumendicken silbernen Kugeln ihrer langen Halskette den Ordner. Das Plastik knisterte leise, als sie das Foto aus der Folie zog.

»So I can update our information. That's great.«

Den ganzen Morgen schon hatte sie ihnen, schnaufend unter der Last der Ordner und Kisten, mehr und mehr Dokumente auf den Tisch gelegt, den sie ihnen in der Special Collections Section der Bibliothek reserviert hatte. Einige Studenten, die in einer Ecke des Raumes an Lesegeräten für Mikrofilme saßen, schauten auf und beobachteten den alten und den jungen Mann, die von der Leiterin der Abteilung mit solcher Aufmerksamkeit bedacht wurden.

Sie hatte sie freudestrahlend empfangen, als sie am Morgen das nur spärlich besuchte Gebäude der Bibliothek betraten.

»I'm Sarah, I'm incredibly exited to see you!«

Ihr Lachen war laut und sehr ansteckend. Ihre Augen hatten geleuchtet, als sie Franz die Hand schüttelte. Martin hatte sich an Cathy in Texas erinnert gefühlt, dieselbe Begeisterung, dieselbe Freude gespürt. In der Weber State University, einem ausgedehnten, sehr grünen Campus am Rande von Ogden, warteten keine alten Wächter oder Helfer des Camps, sondern Akten, Kopien und Fotos. Sie habe eine ganze Menge Fragen, sagte Sarah, und ob sie das Gespräch vielleicht aufzeichnen und dokumentieren könne, um es Studenten zur Verfügung zu stellen. Außerdem gebe es, sagte sie und legte ihren großen Kopf ein wenig schief, die Anfrage eines lokalen Fernsehsenders. Es tue ihr leid, sie habe sich verplappert. Sie könne einfach absagen. Wenn nicht, würden die Reporter am nächsten Tag in die Bibliothek kommen. Wie ein Rockstar, dachte Martin. Und er der Roadie oder persönliche Assistent. Alles in einem. Der Alte sagte zu. Er würde das Interview geben. Sarah nickte zufrieden und öffnete eine weitere Kiste.

»We've got so many ›Unser Leben‹ here. But they are only fotocopies. The quality is really bad.«

Sie holte stapelweise zusammengeheftete Papiere hervor, auf denen allerlei Zeichnungen und Texte zu sehen waren. Der Alte nahm sie entgegen, blätterte, reichte sie weiter. Die Titelblätter von »Unser Leben« waren handgezeichnet, auch der Titel selbst und einige der Texte, die meisten Artikel aber waren auf Schreibmaschinen getippt und dann vervielfältigt worden. Das Blatt erinnerte Martin an eine Schülerzeitung. Er sah Informationstexte zur Unfallverhütung bei der Arbeit, Kreuzworträtsel, Kurzgeschichten, Artikel über die Geschichte der Vereinigten Staaten.

»Der ist von mir«, sagte Franz irgendwann. Er lächelte, las ein wenig. »Das war nach Kriegsende.«

Er reichte Martin die Papiere, erklärte Sarah, dass er der Verfasser dieses anonym erschienenen Artikels sei. Sie nickte und vermerkte die Information in ihrem Notizbuch.

Auf ein Wort, Hitlerjunge, las Martin. Es war ein Text, in dem ein unbekannter Erzähler sich an ein fiktives Gegenüber wandte. *Ich mache dir und deinen Freunden keinen Vorwurf daraus und schmaehe euch nicht. Deine Haltung ist die Folge einer zwoelfjaehrigen Erziehung, die nicht die freie harmonische Entwicklung deiner Persönlichkeit anstrebte mit den Kriterien des selbstaendigen Denkens, des Wahrheitsdranges und des Gerechtigkeitssinnes, sondern deren Bestreben darin lag, aus dir einen blind Glaubenden, unbedingt Gehorchenden herauszubilden. Ich brauche wohl kaum zu sagen, Kamerad, dasz ich dieses Erziehungsideal nicht sonderlich schaetze, dass ich es verabscheue und mir der doktrinaere Fanatiker ein Greuel ist.*

Martin schaute auf.

»Das hast du geschrieben?«, fragte er.

»Mit ein wenig Hilfe«, sagte Franz. Er lächelte.

»Klare Ansage«, sagte Martin. Er fragte sich, ob er mit achtzehn oder neunzehn einen solchen Text hätte schreiben können.

»Einige Leute hier«, sagte Franz, »haben damals mehr als eine klare Ansage gebraucht.«

Martin sah ihm in die hellen blauen Augen. Die Freude und Ruhe, die in den letzten Tagen in Franz überhandgenommen hatten, waren verschwunden. Martin sah den halben Finger, der etwas über den Blättern auf dem Tisch schwebte, und dachte an die Antwort des Alten, die dieser ihm auf der Fahrt nach Hearne gegeben und die er für einen Scherz gehalten hatte: *Den hat mir jemand abgebissen.*

Sarah und Franz redeten wie alte Freunde miteinander. Martin saß auf einem Stuhl im Rücken seines Großvaters und hörte zu. Franz erzählte von der Ankunft, vom Lager, das noch nicht wieder ganz fertiggestellt worden war, weil man es erst für italienische Kriegsgefangene benutzt und dann zwischenzeitlich größtenteils abgerissen hatte. Er erzählte von der Vorweihnachtszeit, als die Gerüchte über die Ardennenoffensive der Wehrmacht die Runde machten und bei einigen Kameraden dem Glauben an den Endsieg noch einmal Nahrung gegeben hatten.

»Da kamen sie aus ihren Löchern gekrochen«, sagte er. »Da hab ich mir gemerkt, wer die Anführer waren. Hab's mir aufgeschrieben.«

Als die Offensive Anfang fünfundvierzig zusammenbrach, sagte er, sei es sehr ruhig geworden im Lager, erst recht im Frühjahr des Jahres. Er erzählte vom Captain, für den er gearbeitet hatte, davon, dass der Mann ihn manchmal beinahe wie einen Sohn behandelt hatte.

»Das war verboten. Aber das war ihm egal«, sagte der Alte. Sarah lächelte.

Martin bemerkte, wie er abdriftete, wie das Interview zu einem Klangteppich wurde, aus dem nur noch einzelne Wörter wie Fransen herausragten. *Uniform,* hörte er, *Jeep* oder *Punishment.* Er stellte sich den Alten vor, wie er zu seiner Arbeit im Ogden Military Depot spazierte, das direkt an das Lager der Deutschen angrenzte, wie er mit dem amerikanischen Captain zusammensaß, wie der ihm Zigaretten schenkte oder Schokolade. Seine Augen wurden schwer.

»Was war mit dem Camp selbst?«, fragte er, mehr um sich vom Einschlafen abzuhalten.

»Was soll damit sein?«, fragte Sarah.

Ob es noch Überreste gebe, Baracken, irgendetwas. Er erzählte von den Ausgrabungen in Hearne. Sarah schüttelte den Kopf. Dass man es abgerissen habe, sagte sie, vollständig. Man brauchte das Holz, begann sie, unterbrach sich, stand auf und holte ihren Laptop.

»Vielleicht«, sagte sie, »gibt es einen Ort, den ihr euch anschauen könnt.«

*

Martin stoppte den Wagen an der Abzweigung. Das Tor bestand aus zwei vertikalen Metallstangen, die an Laternenpfähle erinnerten, und einer horizontalen Stange, die man einfach durch zwei Löcher in der Oberseite der Laternen gesteckt hatte. Auf der Oberseite stand ein Kreuz, darunter war, mit einfachem Draht, ein Holzschild befestigt: *Abbey of our Lady of the Holy Trinity*. Es gab ein Metallgatter, vielleicht für Kühe oder Schafe, aber es war geöffnet. Ein kleiner roter Briefkasten stand ein wenig windschief daneben.

»Das muss es sein«, sagte Franz.

Es war ihr dritter Tag in Ogden, der Tag nach dem Fernsehinterview. Die Reporterin war begeistert vom alten Deutschen und seinem hervorragenden Englisch gewesen. Martin hatte den Eindruck gehabt, sie flirte mit seinem Großvater. Einige Studenten hatten den Auflauf im Archiv bemerkt, sich an Tische gesetzt und zugehört. Nachdem die Reporterin gegangen war, kamen einige der jungen Männer und Frauen zu Franz und stellten Fragen, die der Alte in aller Seelenruhe beantwortete. Martin hatte sich wie ein Möbelstück gefühlt. Abends hatten sie im kleinen

Zentrum der Stadt in einem Restaurant voller junger Menschen Sushi gegessen, weil Franz es sich gewünscht hatte. Und nach dem Essen hatte Franz verkündet, dass er sich das Kloster ansehen wolle. Also waren sie heute nach dem Frühstück aufgebrochen, Martin hatte sie auf einer kurvenreichen Straße ein enges Tal im Osten von Ogden hinaufgefahren, das sich nach etwa einer Stunde endlich weitete und den Blick auf einen Stausee freigab. Dahinter Wiesen, sanfte Hügel, große Gehöfte, am Horizont graue Bergrücken, von denen einige Spitzen schneebedeckt waren. Sie hatten das am See gelegene Dorf hinter sich gelassen und waren einer Landstraße bis zu diesem Tor gefolgt. Auf der Kuppe eines Hügels in der Ferne machte Martin einige weiße Gebäude aus.

Er setzte den Wagen wieder in Bewegung. Langsam rollten sie in einem weiten Bogen einen Hang empor. Die Straße war uneben, schüttelte sie durch. Martin ließ das Fenster herunter. Man hörte den Motorenlärm eines Traktors. Bäume rückten der Straße links und rechts zur Seite, Akazien und Eichen verschränkten ihre Äste zu einem Dach über ihren Köpfen. Die Blätterschatten tanzten auf Martins Gesicht. Für einen Moment schloss er die Augen, ließ den Wagen blind rollen.

Auf einem kleinen Parkplatz hielt er an. Er schaute zum Alten. Franz hatte den Mund leicht geöffnet. Er betrachtete das weiß getünchte Gebäude vor sich. Das von Blumen umrahmte Eingangsportal war aus Holz, ebenso die Seitenwände. Das Dach aber, das das langgestreckte Gebäude wie ein umgedrehtes U überspannte, war aus Wellblech. Und oben darauf ein großes hölzernes Kreuz. Rechts von ihnen, gegenüber der Kirche, lagen Baracken, von denen einige offensichtlich zum Wohnen und andere zur Lagerung von Werkzeugen, Traktoren und sonstigem Gerät genutzt wurden. Die weiße Farbe auf diesen Gebäuden war schmutzig, teilweise abgeblättert. Aber auch hier: Holzwände und gebogene Dächer aus Wellblech. Es sah aus, als hätte man einige der Gebäude direkt aus den Fotos im Archiv herausgeschnitten und in diese malerische Landschaft verpflanzt.

Franz war bereits ausgestiegen und einige Schritte auf die Wohnbaracken zugelaufen. Martin folgte ihm. Der Traktor war verstummt. Das sanfte Rauschen des Windes in den Blättern der Allee war zu hören, trotzdem hatte Martin ein Gefühl absoluter Stille.

»Das gibt's nicht«, sagte Franz.

Mit seinen Augen sehen, dachte Martin. Diesen Ort in den Bergen Utahs, der vollends aus der Zeit gefallen war, selbst für ihn, der den Alten aber, das war offensichtlich, mitten hinein schleuderte in seine Vergangenheit. Das metallische Scheppern der Kirchenglocke vom Tonband warf ihn zurück in sein Jetzt. Die Kirche rief, und die Mönche folgten. Ein gutes Dutzend Männer in langen schwarzen Gewändern kam von den Wohn- und Arbeitsquartieren her auf sie zugelaufen. Nur einer, der anscheinend gerade noch auf dem Feld gewesen war, trug eine blaue, verdreckte Latzhose. Alt waren die Männer, ihre Haare weiß oder grau, ihre Gesichter faltig. Sie liefen über den Vorplatz, schauten auf den Wagen und die beiden Besucher, die etwas verloren danebenstanden. Sie nickten ihnen zu. Die Mönche passierten sie und betraten die Kirche, die nichts anderes war als eine alte Kriegsgefangenenbaracke, die man vor beinahe siebzig Jahren abgetragen, hierhergebracht und wieder aufgebaut hatte. Einer der letzten Mönche, ein Mann in Franz' Alter, mit langem weißem Bart und Glatze, bog ab von seinem Weg und kam zu ihnen herüber.

»We're glad to have visitors«, sagte er, mit einer freundlichen, weichen Stimme. »Have you come to pray with us?«

»No«, sagte Franz, »no, we haven't.« Er legte dem Mann eine Hand auf die Schulter. »But thank you.«

Der Mönch nickte und setzte seinen Weg fort. Franz drehte sich zu Martin um. Er lächelte.

IV.

SIE STAND AM KÜCHENFENSTER und schaute hinaus, sah
das Postauto auf der Dorfstraße langsamer werden und
den Blinker setzen. Der Wagen hupte zweimal, als er in
ihre Einfahrt einbog. Sie stellte ihre Tasse ab und schloss
den Morgenmantel. Im Flur blieb sie kurz stehen und betrachtete sich im Spiegel. Alles war an seinem Platz.

»Moin«, rief der Postbote, als sie die Tür öffnete.

»Moin, Herr Hansen«, sagte sie.

Er schob die Seitentür seines Kleintransporters auf und
kramte eine Weile auf der Ladefläche. Der dunkelblaue
Stoff seiner Hose spannte über seinem Hintern.

»Von der Universität?«, fragte sie.

Herr Hansen sagte etwas in die Ladefläche hinein. Auf
dem Feld hinter dem gegenüberliegenden Haus tauchten
ein paar Schafe auf. Sie sog die Luft durch die Nase ein,
roch den Herbst.

»Die zwei hier«, sagte Herr Hansen und reichte ihr die
Umschläge, auf denen sie das vertraute Wappen erkannte.

»Danke«, sagte sie.

»Moment«, sagte Herr Hansen und kehrte zu seinem
Wagen zurück.

Das Paket war groß und schien schwer zu sein. Herr
Hansen trug es auf beiden Unterarmen.

»Schneider«, sagte er.

»Wie bitte?«

»Der Absender«, sagte er. »Franz Schneider. Soll ich es reintragen?«

»Nicht nötig, Herr Hansen. Vielen Dank«, sagte sie.

»Da nich für«, sagte er, und setzte das Paket auf den Stufen vor der Haustür ab.

Er nickte ihr zu, stapfte zum Auto, stieg ein, wendete und fuhr davon. Bevor er um die nächste Straßenecke bog, hupte er noch zweimal. Barbara winkte, senkte die Hand und lachte über sich selbst. Wie ein Schulmädchen. Sie trat ins Haus, lief zum Küchentisch und legte die Umschläge ab, griff sich die Zigarettenschachtel und kehrte auf die Türschwelle zurück. Der Rauch stieg langsam unter das Vordach, während sie das Paket betrachtete. Einzelne Tropfen lösten sich vom Reet, fielen herab und hinterließen dunkle Flecken auf dem Packpapier. Moses mit der Landpost, dachte sie und stellte sich einen Weidenkorb unter dem braunen Papier vor. Das hatte sie jetzt davon. Franz hatte nicht angerufen, keine E-Mail geschickt. Aber sie hatte so eine Ahnung gehabt. Die leuchtenden Augen von Enkel und Großvater am Flughafen. Sommerbräune in ihren Gesichtern, deren Ähnlichkeiten ihr noch nie so deutlich gewesen waren.

Von Archiven und Recherche hatte Martin erzählt, von einem Lagernachbau. Unglaublich, hatte er sehr oft gesagt, wirklich unglaublich. Ein Kloster hatte er erwähnt, die Berge, Utah, Sushi. Warum Sushi, hatte sie gedacht. Was für ein Kloster? Er hatte geplappert. Las Vegas, Grand Canyon, am Ende New York. Enthusiastisch wie als Teenager. Sie hatte es gemocht, weil sie ihn lange nicht mehr so erlebt hatte. Sie hatte ihm kurz mit der Hand über das Knie gestrichen und gemerkt, wie er zurückzuckte, weil sich einige Dinge auch durch Reisen nicht änderten. Und Barbara hatte auch den Blick ihres Vaters im Rückspiegel aufgefangen. Er hatte sie angeschaut, sehr ruhig, sehr nachdenklich. Da hatte sie geahnt, dass etwas kommen würde.

Zwei Tage hatten die beiden Männer unter ihrem Reetdach verbracht, sie hatten im Garten gesessen, Kuchen gegessen, Tee getrunken, abends Rotwein, sie waren zusammen an der Weser spaziert. Aber während Martin geredet und geredet hatte, gestenreich und laut, hatte ihr Vater die Hände vor dem Bauch gefaltet und gelächelt. Gesprochen hatte er kaum mit ihr, nur den üblichen Kleinkram, er schien sehr in die eigenen Gedanken versunken zu sein. Und hatte viel zu viel gelächelt. Sie kannte das nicht, es hatte sie misstrauisch gemacht. Und jetzt, wie zum Beweis, das Paket. Sie schnipste die Kippe auf den Kies vor dem Haus und überlegte, ob sie an den Fluss sollte. Aber am Ende ging sie doch in die Knie und hob den Karton auf, der tatsächlich recht schwer war, wenn auch nicht so schwer, wie es Hansen hatte wirken lassen, der alte Schauspieler. Hatte vermutlich nur gehofft, auf einen Kaffee eingeladen zu werden. Sie stellte den Karton auf den Küchentisch, holte ein Messer und schnitt den Deckel auf.

Papiere, jede Menge Papiere, zusammengetackert oder geheftet, Briefe offensichtlich, Kopien und auch Originale, Zeitungsartikel, alte Fotos, auch einen Datenstick entdeckte sie. Ganz oben ein Umschlag: Für Barbara. Sie seufzte. Setzte sich, den Brief in der Hand. Einen Augenblick lang schloss sie die Augen. Alte Männer und ihre Sentimentalitäten. Sie stand auf, ging ins Wohnzimmer, nahm ihr Telefon vom Sekretär und wählte. Es erklangen nur wenige Freizeichen, bevor er abnahm.

»Hier ist Barbara.«

Sein Küchenradio plärrte einige Augenblicke im Hintergrund.

»Das Paket ist angekommen«, sagte er schließlich.

»Was soll das?«, fragte sie. Er lachte.

»Wenn ich es dir vorher gesagt hätte, hättest du wahrscheinlich versucht, es mir auszureden. Wie bei der Reise.«

»Vermutlich«, sagte sie.

»Also hab ich es einfach geschickt.«

»Und wenn ich es wegwerfe?«

»Lies den Brief. Und dann entscheide, was du damit machen willst.«

Darum hatte er Originale dazugelegt. Und Fotos. Sie schwiegen beide. So viel zu Veränderungen, dachte sie.

»Wenn du es nicht willst, gib es von mir aus Martin«, sagte er nach einer Weile. »Der wird sich freuen.«

»In Ordnung«, sagte sie. »Wir werden sehen.«

Anschließend versuchte sie sich an den Ritualen. Sie fragte, ob er gesund sei, ob er oft genug vor die Tür käme. Die üblichen Dinge. Nach wenigen Sätzen legte sie auf.

Sie ging hinauf in ihr Arbeitszimmer, aus dessen Fenster sie durch die Baumkronen des Nachbargrundstücks hindurch den Weserdeich sehen konnte. Von draußen das Gezwitscher von Vögeln, die den Herbst noch nicht wahrhaben wollten. Barbara schaltete den Laptop an, begann die E-Mail einer Doktorandin zu lesen. Das erste Kapitel im Anhang. Weiblichkeit in der amerikanischen Literatur des frühen 20. Jahrhunderts. Eine unendliche Geschichte. Sie hatte versucht, es ihr auszureden. Und gleichzeitig hatte sie sich über die Hartnäckigkeit gefreut. Sie las ein paar Zeilen. Verlor sofort den Faden. Die Wut war da, schaute ihr über die Schulter, die Wut las mit und sprach jedes Wort in ihrem Kopf laut. Die Wut hatte einen anderen Rhythmus. Sie war hartnäckiger als jede begabte Doktorandin. Immer wenn Barbara glaubte, sie sei sie losgeworden, tat ihr Vater irgendetwas, das sie auf dem falschen Fuß erwischte. Und sofort war sie zurück.

Er war nie ein brutaler Vater gewesen, nie ein Schreihals oder Säufer. Er war nicht liebevoll gewesen, das nicht. Aber liebevolle Väter, dachte sie, hatte es nicht gegeben in Essen nach dem Krieg. Nicht in ihrer Welt.

»Sei doch froh, dass dein Alter nicht prügelt«, hatte ihre Freundin Hilde gesagt und ihr die Gürtelstriemen auf dem Rücken gezeigt. Prügelnde Väter gab es zuhauf, und dazu solche, die nachts schrien, die all ihre Toten mit aus dem Krieg gebracht hatten.

Was ihr Vater mit aus dem Krieg gebracht hatte, war ein hervorragendes Englisch, das ihm in Kürze eine Arbeit bei der Militärverwaltung der Engländer einbrachte. Und seiner jungen Familie Essen auf den Tisch, als viele andere noch hungerten. Barbara brachte das neben ausreichender Ernährung auch Getuschel und schiefe Blicke in der Schule ein. Verräterbalg nannte man sie. Ihr Vater sei ein Tommy, rief man. Und Barbara hatte gelernt, sich zu prügeln für ihren Verrätervater. Was dieser Vater noch aus dem Krieg mitgebracht hatte, war ein eisernes Festhalten an dem, was er für recht und richtig hielt. Ein Gerechter, dachte sie, oft ein Selbstgerechter.

»Was willst du immer bei den Beberichs?«, fragte er. »Da gehst du nicht mehr hin, zu diesem Nazischwein. Wenn es nach mir ginge«, begann er, aber beendete den Satz nicht. Und Barbara hatte nicht gewusst, was ein Nazischwein war, sie hatte nur ganz normale Schweine gekannt. Aber der Gesichtsausdruck hatte ihr klargemacht, dass ein Nazischwein etwas viel Schlimmeres war. Also traf sie ihre Freundin Lore nur noch draußen, zwischen den Ruinen. Ein Abenteuerspielplatz, dachte Barbara, auch wenn sie von der Mutter den Arsch vollbekommen hatte, als sie mit blutigen Knien nach Hause gekommen war und gestehen musste, sie sei wieder in den Trümmern gewesen.

Ihre Mutter war diejenige gewesen, die Schläge verteilte, wenn es sein musste. Johanna hatte feste Regeln für ihre Tochter, die zu brechen meist Hausarrest nach sich zog, manchmal aber eben auch ihre klatschende Hand auf Barbaras nacktem Hintern. Ihr Vater erhob seine Hand nie gegen sie. Aber er hatte Blicke und Sätze hart wie Gürtelschnallen.

Barbara gab das Lesen auf. Sie klappte den Laptop zu, zog sich eine Jacke über und lief auf den Deich. Das Gras war noch feucht vom Regen der letzten Tage, der Fluss stand hoch, hatte am gegenüberliegenden Ufer einige Wiesen überschwemmt. Sie trat hinunter auf den Uferweg, grüßte einige Nachbarn, die ihr auf Fahrrädern entgegenkamen. Der Wind brachte Meeresluft von der Nordsee. Sie entschied sich, nach Süden, Richtung Elsfleth und Bremen zu spazieren. Und obwohl sie sehr schnell war für eine Frau von fast siebzig Jahren, waren die Erinnerungen schneller, sie holten sie ein, schon nach wenigen Minuten.

Diese Frage, was denn eigentlich so schlimm gewesen war an einem Vater, der weder dem Führer nachtrauerte noch anderen vermeintlich besseren Zeiten, der eine Arbeit hatte und von den Engländern geschätzt wurde, der immer wieder sagte, dass er etwas aufbauen wolle, dass es Zeit sei, etwas Neues zu schaffen. Sie hatte es doch viel besser gehabt als die meisten anderen, mal ganz davon abgesehen, dass es in dieser Zeit keine Selbstverständlichkeit war, überhaupt einen Vater zu haben. Oder willst du mir erzählen, sagte die kleine Barbara, dass seine Härte etwas Ungewöhnliches war für diese Zeit?

»Was weißt du denn?«, sagte Barbara laut.

Selbstgespräche. Auch so eine Sache, die man sich angewöhnen konnte, allein in einem Haus hinterm Deich. Wenn man nur noch einmal die Woche nach Bremen fuhr an die

Uni, wo man zwar theoretisch noch ein Büro hatte, trotz des Status als emeritierte Professorin, wo man sich dieses Büro aber mit einer jungen Kollegin teilte, mit der man sich kaum etwas zu sagen hatte. Barbara war sich nicht einmal sicher, ob sie sich siezten oder duzten. Sie vermutete Siezen, weil sie sich nicht erinnern konnte, der Jansen das Du angeboten zu haben, und so wie sie die Jansen einschätzte, duzte die nur mit Erlaubnis.

»Wenn die Jungen spießiger sind als die Alten«, sagte Barbara der Weser, »dann muss man sich Sorgen machen.«

Der Fluss ignorierte sie, ließ sein Treibgut leichte Drehungen vollführen, floss dahin in Richtung Nordsee.

Kälte, das war es. Abwesenheit, trotzdem er am Tisch vor ihr gesessen hatte. Das war es vielleicht mehr, als es seine Härte war, zumindest am Anfang. Wenn er stundenlang englisches oder amerikanisches Radio hörte oder im Wohnzimmer saß und Bücher las, deren Titel sie nicht verstand, selbst als sie schon zur Schule ging. Irgendwann hatte er die Abstellkammer im ersten Stock leer geräumt und sich ein Arbeitszimmer eingerichtet. So konnte sie sich nicht einmal mehr im Wohnzimmer an ihn heranschleichen und ihn beim Lesen beobachten.

Abends, wenn sie im Bett hätte liegen sollen, hing die kleine Barbara an den Öffnungsgittern der Rohre, die die Wärme des Ofens aus der Stube nach oben trugen und dazu die Gespräche der Eltern mitbrachten. Auch hier gab es keine Schreie, keine Schläge. Aber eine große Traurigkeit in der Stimme der Mutter, die ihre breite bayerische Sprachfärbung noch breiter werden ließ.

»Ich weiß nicht, wie ich es dir recht machen kann« war einer dieser Sätze, die sie gehört hatte und nicht mehr vergessen. »Wennst gehen willst, dann gehst halt, aber gib mir nicht die Schuld für dein Bleiben.«

Das war der Satz gewesen, nach dem sie zitternd im Bett gelegen, nach dem sie tagelang voller Angst in der Schule gesessen hatte, unkonzentriert und fahrig, immer in der Erwartung, dass der Vater, während sie auf der Schulbank saß, schon längst seine Koffer gepackt hatte und gegangen war. Aber nichts geschah. Der Vater blieb. Er arbeitete weiter für die Engländer, später für die Stadtverwaltung. Als sie ihm eines Abends ihre Hausaufgaben in seinem Arbeitszimmer zeigte, entdeckte sie einen an den Vater adressierten Brief auf dem Fußboden. »Vorsitzender des Entnazifizierungsausschusses«, stand darauf. Und sie fragte ihren Vater, was das für ein Wort sei. Und da sagte er, dass der Brief alt sei, noch von 1947, als sie gerade geboren war, als er noch in Bayern war, nahe der Heimat ihrer Mutter. Was ein Nazi war, erklärte er ihr, zumindest in einer Version, die eine achtjährige Tochter halbwegs begreifen konnte. Es war seine Aufgabe gewesen, die Nazis zu finden und dafür zu sorgen, dass sie nicht mehr in der Verwaltung arbeiteten. Ob er sie alle gefunden habe, hatte Barbara gefragt. Und ihr Vater hatte geseufzt und gesagt, dass das nicht so einfach gewesen sei.

»Viele hatten nämlich, musst du wissen, selbst ganz und gar vergessen, dass sie Nazis waren. Und wenn ich sie gefunden hatte, dann musste ich die Amerikaner und meine Kollegen überzeugen, dass sie auch wirklich Nazis waren. Und schlimm genug.«

»Du hast sie bestimmt alle gefunden«, hatte die kleine Barbara gesagt, oder etwas in der Art. Und der Vater hatte sich von seinem Stuhl vorgebeugt und ihr einen Kuss auf die Wange gegeben. Daran erinnerte sich auch die alte Barbara noch sehr gut. Sie hatte Elsfleth erreicht, in nicht einmal einer Stunde, der Seewind hatte sie getragen. Der Weserstrand endete, die Bootsanleger der Segelclubs begannen. Sie überlegte kurz, ob sie umdrehen sollte, entschied sich aber dafür, im Leuchtfeuer einzukehren, etwas zu essen und ein Bier zu trinken. Ein Bier würde ihr guttun.

*

Mein lieber Franz, stand auf dem vergilbten Papier, in einer feinen, zierlichen Schrift geschrieben. Der Brief war auf den September 1947 datiert. *Verzeihe mir das lange Schweigen. Ich wollte Dir sogleich zurückschreiben, nachdem ich Deinen Brief gelesen hatte. Zu gratulieren war mein Wunsch, und das tue ich nun auch: Ich gratuliere Dir ganz herzlich! Eine Tochter, die Dir sicher viel Freude bringen wird. Vielleicht auch ein wenig Angst, würde meine Mutter sagen. Aber wir wissen beide, daß Söhne viel mehr Kummer bereiten können. Deshalb freue ich mich sehr über Dein Glück.*

Barbara legte den Brief auf den Stapel zurück, aus dem sie ihn achtlos gezogen hatte, sie suchte im Paket nach Umschlägen, Absendern, fand aber keine. Sie las weiter.

Trotzdem würde ich lügen oder müsste etwas verschweigen, wenn ich nicht schreiben würde, daß mir diese Nachricht auch einen kleinen Stich versetzt hat. Was natürlich ganz und gar albern ist. Ich bin mir dessen bewußt.

Schau mal einer an, dachte Barbara. Und: Wer zum Teufel ist das? Sie dreht den Brief um. *Es grüßt und umarmt Dich Deine Wilma,* stand darunter. Dass die Erntezeit begonnen habe, schrieb Wilma weiter oben, so als hätte sie diesen *Stich* gar nicht erwähnt, den Barbaras Geburt ihr versetzt hatte. Wer immer Wilma auch war, sie ließ ihre Eifersucht einfach im Raum stehen. Was sie Franz damit hatte sagen wollen, fragte sich Barbara. Und was solche Briefe jetzt in einem Paket von Franz an seine Tochter sollten.

Ich habe jedenfalls mit Vater gesprochen. Und ich soll Dir aus-

richten von ihm, daß sein Angebot, Dein Sponsor zu sein, natürlich auch für Deine Familie gilt. Es wäre eine Freude für uns alle, Euch eine erste Heimat in Alabama zu bieten. Ich hoffe, Du verzeihst mir mein langes Schweigen, und ich hoffe sehr, daß Ihr unser Angebot annehmt. Es grüßt und umarmt Dich Deine Wilma.

Barbara pustete Rauch unter die Küchenlampe. Alabama. Auswandern war nie ein Thema gewesen. Oder war es das? Sie betrachtete den Umschlag, den ihr Vater seinem Paket beigelegt hatte. Sie strich mit dem Zeigefinger darüber, öffnete ihn aber nicht. Stattdessen nahm sie ihr Telefon, schrieb eine Nachricht an Martin: wer war wilma?

Danach saß sie am Tisch und wartete. Das Haus knirschte und ächzte. Vor den Fenstern saß eine schwere Dorfdunkelheit. An ihre Wohnung in Bremen dachte sie. Ihr Telefon vibrierte.

woher weißt du von wilma?, schrieb Martin.

gar nichts weiß ich, schrieb sie zurück. Kurz darauf klingelte es.

»Du stellst Fragen, so spät.«

»Ich habe Post bekommen heute«, sagte Barbara, »ein ganzes Paket voll.«

Sie hörte Martin lachen. Kurz darauf ein Kinderquäken im Hintergrund.

»Schhhhhhh«, machte er in den Raum. »Warte kurz«, sagte er in ihre Richtung. Es rauschte, sie hörte ihn leise reden. Ein Knistern.

»Da bin ich wieder.«

»Bist du zu Hause?«, fragte sie.

»Hmmm…«, sagte er, nicht recht überzeugend.

Jetzt drehen alle durch, dachte Barbara. Sie stellte sich vor, wie Martin im Dunkeln durch Lauras Wohnung tapste. Oder eine andere, dachte sie, fragte sich aber sofort, ob er sich tatsächlich wieder eine mit Kind suchen würde.

»Er hatte erwähnt, dass er dir vielleicht etwas schicken wollte«, sagte Martin.

»Soso«, sagte Barbara. Sie kam sich vor wie eine Jugendliche, die von ihrer Clique außen vor gelassen wurde.

»Bei unserem letzten Telefonat«, sagte Martin, der jetzt wieder etwas lauter sprach, »hat er erwähnt, dass er diesen Wunsch hat, dir Dinge zu zeigen, die du nicht kennst. Dass er nicht recht weiß, wie er damit anfangen soll. Wegen, na ja ...«

»Wegen so ziemlich allem«, sagte Barbara.

Martin seufzte.

»Ich weiß. Ich kenne deine Version.«

»Meine Version?«, sagte Barbara. Sie spürte eine unglaubliche Wut in sich aufsteigen, auf Martin, auf ihren Vater, auf diese Reise. Martin unterbrach sie.

»Also Wilma«, sagte er.

»Kannst du mich erhellen?«

»Sie war die Schwester eines Freundes, den er in Texas im Lager hatte. Des Deutschamerikaners, den sie umgebracht haben.«

»Sie haben jemanden umgebracht? Die Amerikaner?«

»Die Deutschen«, sagte er. Und als sie fragte, warum die Deutschen einen Mitgefangenen umgebracht hatten: »Es ist ein bisschen zu spät, um das jetzt alles zu erklären. Hat er nichts gesagt dazu? Oder geschrieben?«

»Doch«, sagte Barbara. »Aber ich hab es noch nicht gelesen.«

Martin seufzte.

»Es ist wirklich spät, Barbara.«

»In Ordnung«, sagte sie. »Ich sollte dich schlafen lassen.«

»Wir können die Tage telefonieren. Ich könnte auch mal wieder vorbeikommen, an einem Wochenende nächsten Monat. Das wäre das Einfachste.«

»Wegen der Mutter oder wegen eines Heimspiels in Bremen?«, fragte sie.

Er lachte.

»Ist doch gut, wenn sich das verbinden lässt.«

»Arbeit und Vergnügen«, sagte sie.

»Gute Nacht, Barbara«, sagte er und legte auf.

Sie blieb am Küchentisch sitzen, rauchte und blätterte durch die Briefe. Mehr als zwei Dutzend gab es; sie legte sie auf den Tisch. Davor platzierte sie den Umschlag ihres Vaters. Sei nicht albern, dachte sie, nahm ein Messer aus einer Schublade, schnitt das Papier auf und holte seinen Brief hervor, den er sehr sauber per Hand auf mehreren DIN-A4-Seiten geschrieben hatte. Die kleine Barbara wusste noch sehr genau, wie der Vater aussah beim Schreiben solcher Briefe, wie er sich vorbeugte, die Stirn in Falten, die Augen ein wenig zugekniffen, diese etwas sonderbare Haltung des Füllfederhalters zwischen Daumen und Mittelfinger. *Meine liebe Barbara*, las sie, *ich habe jetzt mehrere Tage darüber nachgedacht, was ich tun soll, wie ich es angehe. Ich wollte Dich anrufen, habe es aber nicht getan. Ich war mir sicher, Du würdest es schaffen, mir dieses Paket auszureden, mich zu überzeugen, dass es Unfug ist, es zu verschicken. »Was soll das, Papa?«, hörte ich Dich sagen. Und ich weiß nicht, ob ich es Dir ausreichend erklären könnte am Telefon. Also ein Brief. Ich hoffe, dass Du Dir die Zeit nimmst, ihn zu lesen.*

»Gern geschehen«, sagte sie in die leere Küche.

Ich habe in diesen Wochen mit Martin in den USA sehr viel nachgedacht, über Dinge, die eigentlich abgelegt und archiviert waren in meinem alten Schädel. Ich habe viel an Dich denken müssen, habe all diese Kleinigkeiten an Martin entdeckt, die ich von Dir kenne. Die Art, wie er isst, wie er abschweift. Und wenn in ihm plötzlich dieser Enthusiasmus durchbricht, den man diesem ru-

higen, irgendwie blockierten jungen Mann gar nicht zutraut, dann
war es wie früher mit Dir, wenn ich Dir Englisch beigebracht habe
oder wenn ich Dir einfach die Tiere im Zoo gezeigt habe.

Sentimental, dachte Barbara, aber sie schaffte es nicht,
die nötige Distanz zu halten. Er zog sie mit rein, er schaff-
te es. Sie legte ihre gespreizte Hand auf den Brief. Gute
Güte, Barbara. Neunundsechzig und kein bisschen weiser.
Sie konnten sich an keine Zoobesuche erinnern. Aber sie
erkannte ihren Sohn wieder in den Beschreibungen ihres
Vaters, und dieser Spiegel war mehr, als sie so spät in der
Nacht von sich fernhalten konnte.

Es gibt diese riesige Lücke, die Jahre, in denen wir uns nicht ge-
sehen haben. Aber es gibt auch diese Lücke an Geschichten. Es gab
Momente dort drüben, in denen ich das Gefühl hatte, Martin ein-
fach ungefiltert erzählen zu können. Sehr offen zu sein. Verletzlich,
weil die alten Wunden wieder sichtbar wurden. Sonderbarerweise,
schrieb er, habe ich mich sehr leicht gefühlt in diesen Momenten.

Barbara lehnte sich zurück. Der Tod fehlte, er würde
noch kommen. Der Wunsch nach Verbundenheit im Angesicht des Nichts. Sie überflog die nächsten Zeilen. Da
war es: *In der Zeit, die mir noch bleibt.* Sie seufzte. Sie las vom
Aufsteigen der Erinnerung, von der Gleichzeitigkeit, die
viele Dinge plötzlich hatten.

Und ich weiß nicht, ob es möglich ist, sich zu verstehen, als
Tochter und Vater, als die Art von Tochter und Vater, die wir beide
sind. Aber ich bin mir mittlerweile sicher, dass Du auch gar nichts
begreifen kannst, dass niemand etwas begreifen kann von mir ohne
diese Geschichten. Ich hatte ein Leben und dann Amerika. Das hat
alles anders gemacht. Und danach hatte ich wieder ein Leben in
Deutschland. Es gab dieses Versprechen, das auf der anderen Seite
des Atlantiks lag, diese Möglichkeit. Und wenn ich heute wieder
daran denke, erscheint es mir unbegreiflich, dass ich erst jetzt, mit
Deinem Sohn, wieder dort gewesen bin. Er hat einen Eindruck be-

kommen von meinem Leben dort. Es hat uns, auch wenn das albern klingen mag, verbunden. Es wäre mein Wunsch, schrieb er, dass wir diese Verbindung teilen könnten. Darum wäre es mein Wunsch, dass Du diese Dokumente aufbewahrst, dass Du sie liest. Dass wir uns sehen, dass ich Dir etwas davon erzählen kann.

»Verdammter Scheißkerl«, sagte Barbara. Der Motor des Kühlschranks begann zu summen. Sie überflog den Rest des Briefes, sah einige Namen: Wilma, Paul, Martin. Sie schloss die Augen, atmete einige Momente ruhig durch die Nase ein, blies die Luft danach vollständig aus. Er hatte den Haken ausgeworfen nach dem Tochterfisch. Er würde Beute machen.

Sie stand auf, ließ Paket und Briefe einfach auf dem Tisch liegen und ging ins Bett. Als sie allein unter der großen Daunendecke lag, wünschte sie sich, dass William wieder neben ihr läge. Aber William war zurück in England, und statt seiner saß jetzt die Jansen im Büro und lächelte angestrengt. William hatte gelacht, wenn sie sich im Büro getroffen hatten, er hatte ihr zugezwinkert, wenn sie nicht allein waren. Und waren sie allein, hatte er manchmal die Tür abgeschlossen und … Sie setzte sich auf, trank einen Schluck Wasser. Erinnerungsseligkeit war ein Gift. Und sie hatte es aus der Küche mit in ihr Schlafzimmer gebracht. Sie hätte es besser wissen müssen. Sie schloss die Augen, sah weite Felder, ein großes Holzhaus, davor eine Frau in einem langen Kleid. Vermutlich träumte sie schon.

*

Sie stellte die Plastiktüte mit den großen Ordnern neben ihrem Bürostuhl ab, legte die DIN-A4-Folien auf den Schreibtisch und pulte sie aus der Verpackung. Sie steckte einen Brief von Wilma vorsichtig in eine der Folien, strich sie glatt. Dieser erste Brief, datiert auf den März 1945, enthielt allerlei Belanglosigkeiten über den Winter in Alabama, über Wilmas Wunsch zu studieren. Sie drückte auch die Freude aus, die sie verspürt hatte, als Franz' erster Brief aus Utah kam.

Du wirst meine Verwunderung verstehen, als ich den Absender las: Captain Horacio Johnson, Armed Forced Depot Ogden, Utah. Und meine Eltern erst, die einen heimlichen Verehrer vermuteten. Wie groß war die Überraschung, als ich, neben der Note von Captain Johnson, Deinen Brief im Umschlag entdeckte. Wie groß die Freude, daß Du wohlauf bist, daß wir diese Möglichkeit haben, uns zu schreiben.

Barbara fragte sich, was diesen Johnson dazu veranlasst haben konnte, sich zum Kuppler zu machen für einen deutschen Kriegsgefangenen. Sie zog einen Ordner aus einer der Tüten, heftete den Brief ab, las noch einmal den Schluss.

Wenn Du mir, wie versprochen, in Zukunft von meinem Bruder schreiben magst, so würde mich dies sehr freuen. Manchmal, wenn ich im Flur schon an seinem Zimmer vorbeigegangen bin, kehre ich um und öffne die Tür, schaue hinein in die Stille. Vielleicht können Geschichten von ihm dagegen helfen.

Es grüßt Dich recht freundlich
Deine Wilma

Noch keine Umarmung, dachte Barbara. Nur ein verlorener Bruder. Sie hatte die Kiste ausgeräumt und durchsucht in der Hoffnung, dass ihr Vater die Originale der Briefe an Wilma kopiert haben könnte, aber alles, was ihr blieb von diesem Kontakt, waren die Antworten der Fremden. Sie nahm den nächsten Brief, von Anfang April 45, in dem Wilma um eine Antwort bat und ihre Sorge äußerte, der Kontakt könnte bereits abgerissen sein. Der Text dazu war mit einigen Bitten auf Englisch an Captain Johnson versehen, ihre Antworten doch bitte weiterzuleiten oder ihr zu telegraphieren, wenn ihm dies nicht mehr möglich sei. Barbara schob auch diesen Brief in eine Folie und verfuhr so mit allen Nachrichten von Wilma, bis sie sie chronologisch in den Ordner geheftet hatte. Wenn schon, dann systematisch. Sie hatte das Foto einer jungen Frau mit sehr kurzen weißblonden Haaren gefunden, mit großen Augen und einer schmalen, ein wenig schiefen Nase. Sie trug einen schwarzen Rollkragenpullover und lächelte sehr offen in die Kamera. Das Foto sah nicht aus, als stamme es aus den Vierzigern, und diese Frau sah nicht aus wie eine Farmerstochter aus Alabama. Aber es war das einzige Porträt einer Frau, und die Machart unterschied sich von jenen Bildern, die offensichtlich aus Deutschland stammten. Diese junge Frau hätte eine Kommilitonin von Barbara sein können an der Uni in Essen, eine kleine Existenzialistin mit Camus in der Jackentasche, eine Frau, mit der Barbara untergehakt auf Demos ging oder zu Diskussionsrunden. Eine Amerikanerin, mit der sie gemeinsam studierte. Wilma, entschied sie und steckte das Foto in die Folie zum ersten Brief. Als sie Amerikanistik zu studieren begann, im Sommer 66, da musste diese Frau bereits beinahe vierzig gewesen sein, vermutlich verheiratet und mit drei Kindern. Und während Barbara Henry James las und Faulkner, kochte Wilma Essen, schaute fern und wartete auf ihren Mann, der Jim hieß oder Joe und Farmer war, so wie Wilmas Vater, und der den Hof übernommen hatte, ein oder zwei Jahre später, als Barbara zu Sit-ins ging und zu Demos, als sie protestierte, erst gegen den Schah, dann gegen Vietnam. Als sie verhaftet wurde, weil sie versucht hatte, einen Freund loszureißen, der von Polizisten festgehalten wurde.

Und ihr Vater, der so stolz darauf gewesen war, Anfang der Fünfziger selbst auf die Straße gegangen zu sein gegen die Wiederbewaffnung, dieser Vater empfing sie zu Hause mit den Worten, man hätte sie in seinen Augen ruhig noch länger schmoren lassen können. Das komme davon, hatte er gesagt, wenn man Kommunisten verteidige.

Das war der Anfang vom Ende gewesen, dachte sie, die Vietnamproteste, die K-Gruppen, das war ihm ein Graus gewesen. Ho Chi Minh, ihre kurzen Röcke, ihre offenen langen Haare. Du willst ihn zu einem Spießer machen, aber wenn du ehrlich bist, ist das eine Lüge, das war er nie, war auch nie ein Reaktionär. Er hat dich aufs Gymnasium geschickt, gegen den Willen deiner Mutter. Und erinnerst du dich, wie begeistert er war, als du ihm gesagt hast, dass du Amerikanistik studieren willst? Und überhaupt das Englisch; er war das, er hat damit angefangen, er hat es dir beigebracht. Barbara klappte den Ordner zu.

Er hatte sie im Wohnzimmer entdeckt, über einem seiner Bücher. Hemingway, glaubte sie, aber vielleicht wünschte sie sich einfach nur, es sei Hemingway gewesen. Sie hatte sich ein Wörterbuch aus dem Regal genommen, sich auf den Teppich im Wohnzimmer gesetzt und begonnen, jeden Satz Wort für Wort zu übersetzen. Es waren Zeiten, in denen man nicht in der fünften Klasse mit Englisch begann, geschweige denn im Kindergarten. Er musste eine Weile hinter ihr gestanden haben, sehr still. Als sie den Kopf hob und den Schatten bemerkte, stand er einfach nur da und lächelte. Erschrocken hatte sie das Buch zugeklappt.

»Dafür bist du noch zu jung«, hatte er gesagt, aber nicht wütend dabei geklungen.

»Ja, Vater«, hatte sie gesagt. Er hatte ihr eine Hand entgegengestreckt und ihr das Buch abgenommen.

»Wenn du willst, werden wir etwas anderes für dich finden.«

Als sie am Ende der Woche aus der Schule gekommen

war, hatte ein schmales Taschenbuch auf ihrem Kopfkissen gelegen. *The Secret Seven,* stand darauf in dicken Druck-buchstaben, darunter ein Junge und ein Hund, die aus einer halb geöffneten Tür hinauslugten. Sie war zum Vater ge-laufen und hatte ihn umarmt. Und er hatte ihr den Kopf getätschelt. Für die nächste Woche hatte er ihr Vokabel-listen erstellt, die sie noch abends spät im Bett lernte, so lange, bis ihre Mutter sie ihr wegnehmen musste. Durch die Ofenrohre hörte sie den Streit, der darüber zwischen ihren Eltern entstand.

»Du setzt ihr Flausen in den Kopf«, sagte Johanna.

»Eine Sprache«, sagte Franz, »eine Sprache ist nie eine Flause, sondern immer eine Möglichkeit.«

»Was soll eine Frau mit einer Fremdsprache?«

»Das ist deine Tochter«, sagte Franz und erhob die Stim-me, »und du solltest ihr alle Möglichkeiten eröffnen, die sie haben kann. Die Dinge ändern sich, auch für die Frauen.«

»Für andere Frauen vielleicht«, sagte Johanna. Und als Franz danach mit der Hand auf den Tisch schlug, wich die kleine Barbara in ihrem Zimmer vom Lüftungsgitter zu-rück und verkroch sich im Bett. Aber trotzdem: Gar nicht so übel, wenn man darüber nachdachte, für einen Mann in den Fünfzigern, gar nicht so schlecht, wie sie es gerne gewollt hätte.

Sie drehte sich wieder zum Schreibtisch. Es gab eine Handvoll Briefe des Amerikaners, über den Franz mit Wil-ma kommuniziert hatte. Captain Johnson hatte auf einer Schreibmaschine geschrieben, seine Briefe trugen oben links stets dieselbe Absenderadresse, Fort Meade MD. Sie nahm ihr Handy, fand den Ort auf der Karte, eine Gemein-de an der Ostküste zwischen Washington und Baltimore, weit weg von Utah. Die Briefe stammten von Ende 1947 und Anfang 1948. Sie waren recht belanglos. Johnson erkundigte sich nach Franz' Gesundheit, er erzählte von seiner Verlegung an die Ostküste, davon, dass es seiner Frau dort viel besser gefalle, dass diese ihn grüßen lasse. Er schrieb, dass er sich erkundigt habe. Er selbst sei als aktives Mitglied der US Army nicht berechtigt, als Sponsor für ihn zu agieren. Er könne aber, wenn es Franz' Wunsch sei, bei Freunden nachfragen. Das sei wirklich kein Problem.

Dieser Wunsch auszuwandern, in die USA zu gehen, von dem Barbara nie erfahren hatte, schien der rote Faden all dieser Kommunikation zu sein. Sie fragte sich, ob ihr Vater vielleicht einfach abgelehnt worden war und die Pläne dann begraben hatte. Was auch immer der Grund war, es wurde deutlich, dass er, Jahrzehnte später, sein Ziel erreichen würde. Sie würde ihn anrufen müssen, mit ihm reden. Aber zuerst würde Martin kommen. Sie schaute auf den Kalender. Zwei Wochen. Sie würde versuchen, sich so viele Informationen wie möglich von ihrem eigenen Sohn zu besorgen, so lange würde sie warten müssen. Sie stockte, las einen Satz noch einmal, den Johnson am Ende seines letzten Briefes geschrieben hatte. Franz solle das Geschenk nutzen, dass er ihm gemacht habe. Es sei mehr wert als ein halber Finger.

I pray to God that you make good use of the gift I made you. Let it be worth much more than half a finger.

Sie heftete den Brief ab. Las den Satz erneut. Die Geschichten seines Fingers, die wechselnden, wunderbaren Geschichten. Von den Komantschen, die ihm den Finger abgeschnitten hatten, nachdem er Winnetou befreit hatte, von den Trollen, die ihn gegessen hatten, bis hin zu den späteren Versionen für eine ältere Tochter, mal vom Schuss in der Normandie, mal vom Arbeitsunfall bei der Baumwollernte. Sie hatte immer das Gefühl gehabt, ihr Vater habe selbst schon vergessen, wie er den Finger verloren hatte, er habe sich bereits in den eigenen Geschichten verloren. Jetzt fragte sie sich, ob es sich um eine bewusste Fälschung handelte, der der Alte den Anschein des Spiels gegeben hatte. Sie betrachtete einige der Familienfotos, die er beigelegt hatte. Franz und Johanna Arm in Arm, Barbara in weißem Kleidchen zu den Füßen ihrer Mutter, zu Franz' rechter Seite Großmutter Hannelore mit ihrem ernsten, unbeweglichen Gesicht, dass sie die Jahre bis zu ihrem Tod nicht mehr abgelegt hatte. Im Hintergrund das neue Reihenhaus in Heisingen, auf der Terrasse noch der Betonmischer. 51 musste das gewesen sein, rechnete sie, zwei Jahre später war die Großmutter gestorben. Sie erinnerte sich an den letzten Besuch in dem kleinen, dunklen Haus in Katernberg, in dem es muffig gerochen hatte.

»Hier ist dein Papa groß geworden«, hatte ihre Mutter gesagt, und Barbara konnte sich erinnern, wie sie versucht hatte, sich vorzustellen, dass ihr Vater einmal nicht erwachsen gewesen war. Im Flur hatte ein Foto gehangen, sehr braun und sehr ausgeblichen, vor dem die kleine Barbara eine ganze Weile verharrt hatte. Später hatte es im Arbeitszimmer des neuen Hauses gehangen. Die Familie Schneider, der Vater in seiner SA-Uniform, Hannelore in einem hochgeschlossenen schwarzen Kleid, Franz auf der Seite des Vaters, sein Bruder Josef, der sie alle um einen Kopf überragte, auf der Seite der Mutter. Die beiden Söhne lächelnd, schwarze Anzüge, dazu diese Napola-Frisuren, die jetzt wieder in Mode waren. Dieses Foto hätte sie gerne gehabt, gerne überprüft, ob ihre Erinnerung stimmte. Sie reihte sie alle in ihrem Kopf, stellte die Aufnahme der eigenen Eltern daneben, dazu ein Bild von ihr und Konstantin mit dem kleinen Martin. Nur dass ihr eigener Vater in diesem Bild fehlte. Aber vielleicht würde es ein neues Bild geben, so wie die Dinge sich entwickelten: Martin mit

Judith auf dem Arm und sie und Franz je zu seiner Seite. So sah aus, was von der Familie geblieben war. Sie fragte sich, ob Konstantin für Martin noch auf ein solches Bild gehörte. Sie wusste nicht, wie viel Kontakt er mit seinem Vater noch hatte.

Und Laura, dachte sie. Dass sie ihn fragen würde, bei seinem Besuch. Schon nach dem nächtlichen Anruf hatte sie beschlossen, dass sie ihn fragen wollte. Aber sie wusste nicht, was sie ihm eigentlich sagen würde, wenn er ihren Verdacht bestätigte. »Was soll das« war keine Frage für einen Sohn, der langsam auf die vierzig zuging.

Ausgerechnet sie wollte ihm vorschreiben, mit wem er zusammen sein sollte. Wie der Vater, so die Tochter. Nur dass es bei mir nie um ein Kind ging, dachte sie, nie um eine Liebesschuldigkeit einer Fremden gegenüber.

Konstantin war das Chaos gewesen, er war Kontrollverlust, Rausch, eine Droge, jedenfalls hatte sie das anfangs geglaubt. Er trug seine Haare länger als sie selbst, er kleidete sich in zerschlissene Stoffhosen und bunte indische Hemden. Er sprach vom Kampf gegen den Imperialismus, den inneren und äußeren, er forderte Befreiung von allen Fesseln. Barbara musste lachen. Sie ging in den Abstellraum, der ehemals die Waschküche des alten Bauernhauses gewesen war, und suchte nach ihren eigenen Fotos. Überall schiefe Metallregale und fingerdick Staub, blaue Mülltüten mit unbekanntem Inhalt, alte Legokisten von Martin, für die er keinen Raum in Berlin gehabt, die wegzuwerfen er sich aber ebenfalls geweigert hatte. Schließlich fand sie eine Wäschewanne aus Plastik im alten Spülstein, darin einige Alben. Zurück im Wohnzimmer, legte sie sie auf den Teppich, setzte sich daneben und begann zu blättern.

Ein tolles Lächeln hatte Konstantin gehabt, das ohne

Zweifel, dazu einen Harem aus Verehrerinnen. Wenn man es runterbrach, hatte die Befreiung für viele der Typen damals bedeutet, ihre Schwänze in möglichst viele Muschis stecken zu können, ohne damit irgendeine Verantwortung verbinden zu müssen. Dass Frauen sich dasselbe Recht rausnahmen, war selten vorgekommen, soweit sie sich daran erinnern konnte. Befreier der unterdrückten Völker sein wollen, dachte sie, aber wehe, man fand heraus, dass die Dame auch noch Besuch von einem anderen Befreier empfing. Dann brach der innere Tanzschüler aus ihnen heraus. Es gab ein paar Aufnahmen aus Konstantins WG, die sie aus dem Album herausnahm und genauer betrachtete. Überall Kissen und Matratzen, an den Wänden Tücher und Teppiche. Tausendundeine Nacht, aber trotzdem irgendwie deutsch. Eine Reihe von Menschen saß dort im Zimmer; man diskutierte offenbar. Vielleicht war es vor einer der Aktionen gegen die *Bild* gewesen. An die meisten Gesichter konnte sie sich nicht mehr erinnern, keine Namen mit ihnen verbinden. Was man sich damals alles ausgemalt hatte. Ewiger Zusammenhalt, ewige Revolution. Die tapferen Trotzkisten. Und jetzt saß sie in einem Bauernhaus kurz hinter der Weser und hatte keine Ahnung mehr, wer das blonde Mädchen neben Konstantin war oder der dicke Kerl, der mit geschlossenen Augen mitten in der Diskussionsrunde saß wie ein Buddha. Konstantin aber schaute direkt in die Kamera, schaute sie direkt an, die sie damals im Türrahmen gestanden und das Foto gemacht hatte. Den Blick, dachte sie, diesen offenen, direkten Blick, den hatte sie wirklich geliebt an ihm. Beim Rest war sie sich nicht mehr so sicher. Umstände. Die Tatsache, dass er seinen Harem davongejagt hatte, als Beweis seiner Zuneigung, hatte eher ihrem Ego geschmeichelt, wenn sie ehrlich war. Er hatte etwas von seiner Abneigung gegen kapitalistische Besitzverhältnisse in Beziehungsform gesagt. Aber er hatte sie trotzdem davongejagt. Und die Kommilitoninnen hatten sie gehasst. Auch das hatte ihr gefallen.

Und am Anfang, dachte Barbara, hatte nichts auf diesen Zusammenprall hingedeutet. Vorgestellt hatte sie ihn sogar, und Konstantin, das musste man ihm lassen, hatte sich Mühe gegeben. Die Haare zurückgebunden, ein gestreiftes Hemd, wenn auch ein wenig knittrig, ein großer Strauß Blumen für die Mutter, eine Flasche Rotwein für den Vater. Er hatte sich schon damals gut ausgekannt mit Rotwein, dachte Barbara.

Bei den Nazis, dachte sie, da waren sie sich einig gewesen. Sie hatten gemeinsam die Flasche geleert, hatten noch zu dritt zusammengesessen nach dem Essen, als sich die Mutter längst zum Schlafen entschuldigt hatte. Sie hatten über die alten Strukturen gesprochen, über die Mitläufer, die vielen Tausend Vergesslichen, die das Führerportät von der Wand gehängt und in den Keller gestellt, Jahre später dann durch Kiesinger ersetzt hatten.

Franz hatte, und das war neu für Barbara gewesen, von der Entnazifizierung gesprochen, seiner Arbeit in Bayern, von den Schwierigkeiten, jemanden tatsächlich zu verurteilen, obwohl es oft für ihn völlig klar gewesen war, wes Geistes Kind die Herren oder Damen waren, die vor ihnen saßen.

»Das Problem war«, hatte er gegrollt, zurückgelehnt im Sessel, einen großen Weinkelch in den Händen, »dass Leute in den Ausschüssen saßen, die selbst einer genauen Überprüfung nicht standgehalten hätten. Ich habe da einen Sensor für dieses Pack.«

»Mit diesem Sensor«, hatte Konstantin gesagt, »müssten Sie mal die Professoren bei uns an der Uni abtasten.«

Und Franz hatte laut gelacht, seine Hilfe und danach das Du angeboten.

»Der ist schwer in Ordnung, dein Alter«, hatte Konstantin ihr im Flur zugeflüstert, bevor er sich verabschiedete. Und Franz hatte ihm die Hand gedrückt und auf die Schulter geklopft. Als sie in die Küche ging, um die Gläser zu spülen, war ihr Vater ihr nachgekommen.

»Lass das doch stehen«, sagte er.

Als sie sagte, sie mache das jetzt einfach kurz, stellte er sich neben sie und trocknete ab. Nur das Gluckern des Wassers war zu hören, das Klirren von Porzellan und Glas.

»Und?«, fragte Barbara, als sie fast fertig waren. Ihr Vater nickte.

»In Ordnung«, sagte er. »Hat das Herz am rechten Fleck. Ziemlich euphorisch.«

»Ja«, sagte sie. Und nach einer Weile: »Das gefällt mir an ihm.«

Er räusperte sich.

»Also …«

Er brach ab.

»Ja?«

»Ihr verhütet, hoffe ich.«

Sie starrte ihn an, war völlig entgeistert, auch heute noch, wenn sie daran dachte, dass ihr Vater ihr diese Frage gestellt hatte.

»Papa!«

Er hob beide Hände. Sie konnte sehen, wie erschrocken er über sich selbst war. Er schwitzte.

»Entschuldige. Es ist …« Er brach ab, schloss kurz die Augen. »Wenn plötzlich ein Kind kommt«, sagte er leise, »das verändert alles.«

Er strich ihr über den Kopf, lächelte. Sie zuckte zurück.

»So wie ich?«

»Nein«, sagte er, »das meine ich nicht.«

Er sah hilflos aus, legte das Geschirrhandtuch auf die Spüle und verließ die Küche. Sie hörte seine langsamen, schweren Schritte auf der Treppe in den ersten Stock, hörte Wasser und Spülung im Bad. Kurz darauf war es still.

Sie betrachtete die Aufnahme der Familie auf der Terrasse. Niemand lächelte. Wenn plötzlich ein Kind kommt. Ende 47 war sie geboren worden, noch in Bayern, danach waren Franz und Johanna Schneider, geborene Egelhofer, mit ihrer Tochter in Franz' Heimat zurückgekehrt, hatten erst bei seiner Mutter in Katernberg gewohnt, später das neue Reihenhaus gemietet. Eine richtige Familie in Bayern gab es nicht mehr, soweit Barbara wusste. Bombentreffer, das ganze Haus verschüttet, Eltern und Großeltern, nur Johanna bei der Arbeit als Hilfsschwester im Krankenhaus kam davon und eine ältere Schwester, die schon geheiratet hatte und in Hessen lebte, dazu ein älterer Bruder an der Front, von der er aber nicht zurückkehrte. Wenn plötzlich ein Kind kommt. Da war diese Linie vom Alten zu ihrem eigenen Sohn, in Form einer ungewollten Tochter, wenn auch bei Martin nicht gerade verfrüht. Wenn sie noch so unterschiedlich sind, dachte Barbara, haben sie beide dieses Pflichtbewusstsein. Und die Folgen kannte sie: die große Distanz. Ihre lächelnde, liebe Mutter, deren Verbitterung sehr plötzlich und sehr heftig ausbrechen konnte.

»Was soll das denn, eine Scheidung in deinem Alter. Willst du als eine dieser alleinstehenden Damen gelten? Herrenbesuche empfangen? Wie eine geile Witwe?«

Barbara nahm den Telefonhörer für einen Moment vom Ohr und fragte sich, wie man der eigenen Mutter erklärt, dass keine Liebe mehr da ist, wie man ihr diesen Scheidungsgrund erklärt, wenn sie ein Leben gelebt hat,

in dem man sich freundlich auf die Wange küsste, ab und
an, in dem man sich zunickte, sich kurz mit der Hand an
der Schulter berührte. Kälte, dachte sie, und unendlich viel
Routine, geübte Abläufe. Respektvoller Umgang.

»Ich bin, glaube ich, alt genug, um das zu entscheiden.«

»Hast dich immer schon alt genug für alles gehalten«,
zischte ihre Mutter.

Und Barbara wusste nicht mehr, ob diese Wut schon
immer da gewesen war, diese Wut auf die eigene Tochter.
Wenn sie an ihre Kindheit dachte, war da der distanzierte
Vater und die liebende Mutter, aber je genauer sie an be-
stimmte Momente zurückdachte, desto weniger hielt dieses Bild der Erinnerung stand.

»Es ist längst entschieden, Konstantin sieht das genauso.
Du brauchst dich also nicht aufzuregen. Es ändert ja doch
nichts«, antwortete sie.

Wie kann man seiner Mutter sagen, dass man ihren eigenen Lebensentwurf ablehnt, dachte Barbara, dass jede
Scheidung es wert ist. Es versucht zu haben.

Die Begeisterung, die Leidenschaft der gemeinsamen
Flucht, des Ausbrechens, des neuen Lebens in Nord-
deutschland hatte sie viele Jahre getragen, hatte einen Sohn
hervorgebracht. Aber irgendwann war Schluss. Nicht dra-
matisch. Einfach Schluss. Sie hatten noch eine Weile zu-
sammengelebt, bis Martin aus dem Haus war, aber sie hatte
ihre Affären gehabt, er eine Freundin. Es war in Ordnung
gewesen. Sehr unspektakulär, nach diesem dramatischen
Beginn.

Mit Vietnam hatte es angefangen. Als es noch um den
Schah ging, um den Filz, die Nazis in der Verwaltung, da
hatten sie auf einer Seite gestanden, Vater und Tochter.
Aber als sie im Februar 1968 zum Vietnamkongress nach
Westberlin gewollt hatte, da hatte ihr Vater es ihr verboten,

ebenso wie weitere Besuche von Konstantin, als er erfuhr, dass er ein »Roter« sei. Wobei sie schon damals das Gefühl hatte, dass es ihm nicht um die Sozialisten oder die Kommunisten an sich ging, sondern um ihre Gegnerschaft zu den USA. Amerikanischer Imperialismus, sagte er, wenn er das schon höre.

»Ohne diese bösen Imperialisten würdest du heute nicht zu irgendeiner Kommunistenkonferenz fahren wollen, sondern mich anbetteln, zu den Hitler-Festspielen zu dürfen.«

Dass die USA einen imperialistischen Unterdrückungskrieg gegen das vietnamesische Volk führten, sagte Barbara. Franz lachte. Das vietnamesische Volk hänge zwischen korrupten Generälen und von Mao finanzierten Kommunisten, sagte er, und die Amerikaner würden sich eben auf die Seite des kleineren Übels stellen. Dass er zynisch sei, sagte sie ihm. Dass Krieg immer zynisch sei, sagte er, wenn sie das nicht begreife, dann sei sie dümmer, als er gedacht habe. Sie hatte geschrien, er sei ein gewissenloses Schwein. Ihm habe man in seinem scheiß Amerika das Hirn gewaschen und jetzt sage er zu allem Ja und Amen, was der liebe Onkel Sam mache.

Barbara erinnerte sich, wie er sie angestarrt hatte. Jetzt wird er mich schlagen, hatte sie gedacht. Stattdessen packte er sie am Arm, zog sie die Treppe hinauf, schleifte sie, als sie sich fallen ließ und schrie wie ein Kind, trug sie in ihr Zimmer und warf sie auf ihr Bett.

»Wenn du eh nicht zur Uni gehen wolltest, kannst du auch zu Hause bleiben«, sagte er. Dann verließ er das Zimmer und schloss die Tür ab.

*

Er näherte sich dem Nachbargrundstück, öffnete die Gartenpforte der Schröders von außen, stapfte wie selbstverständlich durch den fremden Garten, um sich dann am Apfelbaum emporzuziehen und von dort aus einen Fuß auf ihren Zaun zu setzen. Einen Augenblick lang schwankte er, schien zurück in den Nachbargarten fallen zu können, aber letztlich fing er sich und sprang über den Zaun. Von ihrem Arbeitsplatz aus hatte sie ihn bereits entdeckt, als er noch oben auf dem Deich gestanden hatte. Sie legte das erste Kapitel ihrer Doktorandin auf den Laptop und ging ins Erdgeschoss. Als sie die Verandatür erreichte, stand er bereits draußen auf der Terrasse und grinste sie an. Seine Mütze saß ein wenig schief, der grün-weiße Schal quoll dick aus seiner Jacke hervor.

»Und?«, fragte sie. »Wie war's?«

»Verloren«, sagte er, »wie immer.«

»Ist nicht mehr wie früher«, sagte sie.

Martin lachte.

»Du alte Expertin!«

Sie erinnerte sich gut an die Achtziger, als johlende und prügelnde Horden durch das Viertel gezogen waren. Jahre später die Fans aus aller Welt, die nach den Champions-League-Spielen die Hamburger Straße bevölkert hatten. Sie hatte mal was mit einem Spanier gehabt, einem Barcelona-Fan, der sie auf der Straße angesprochen und nach einer guten Bar gefragt hatte. Sie war dann mitgegangen und er später mit ihr. Zehn Jahre musste das her sein, kurz bevor sie das Haus hinterm Deich gekauft hatte und aus Bremen weggezogen war. Kurz bevor sie William kennengelernt hatte.

»Ein bisschen bekommt man doch was mit in all den Jahren«, sagte sie. »Willst du reinkommen?«

»Ich trink noch mein Bier aus«, sagte er.

Sie lief in die Küche, holte sich ein Bier aus dem Kühlschrank, nahm die Zigaretten vom Tisch und stellte sich zu ihrem Sohn auf die Terrasse. Die Wolken, die schnell über sie hinwegzogen, hingen sehr niedrig. Auf den Deich stellen und sich nach ihnen ausstrecken, dachte Barbara, die Fingerspitzen in den grauen Schlieren. Sie pustete einen Rauchkringel. Martin streckte die Hand nach der Schachtel aus.

»Ich dachte, du hättest aufgehört«, sagte sie.

»Fußball«, sagte er. »Meine offizielle Ausnahme.«

Nach dem Essen saßen sie am Tisch und schauten sich die Briefe an, die Fotos und die Notizen, die Franz auf Textblöcke gekritzelt hatte. Martin las einige Briefe von Captain Johnson und von Wilma. Barbara sah ihm dabei zu und nippte an ihrem Weinglas. Er hatte diese lange Stirnfalte, wenn er sich konzentrierte, die sie auf Fotos von sich selbst immer gehasst hatte. Ihm stand sie gut. Die Augen waren Familienaugen, ganz eindeutig, aber in der Farbe um einen dunkleren Ton erweitert, so als hätte Konstantin die Schneider'sche Kälte darin etwas abmildern können.

»Das wusste ich nicht«, sagte er nach der Lektüre einiger Briefe, »das mit dem Auswandern.«

»Hat er das nicht erwähnt? Er hat mir geschrieben, wie ehrlich er dir alles erzählen konnte.«

»Von der Gefangenschaft, ja«, sagte Martin, »wobei er da auch in Bezug auf Texas deutlich ausführlicher war. Sein Freund Paul, die Gruppe, die sich dort immer getroffen hat, um sich über den Druck der Nazis auszutauschen, Theater, Arbeit. Von Utah weiß ich hauptsächlich, dass er für diesen amerikanischen Offizier gearbeitet hat. Übersetzen, dolmetschen. Später sogar als Fahrer. Picknick mit der Familie.«

»Das Auswandern«, sagte Barbara.

»Richtig«, sagte Martin, »das Auswandern. In den Tagen vor dem Rückflug aus New York, da haben wir Ellis Island besucht. Er hat eine Bemerkung gemacht, ich weiß nicht mehr so genau, etwas in die Richtung, dass er selbst sich manchmal vorgestellt hätte, wie es gewesen wäre, nicht nur als Gefangener in die USA einzureisen.«

»Er hat ganz eindeutig genau daran gearbeitet.«

»Ganz offensichtlich«, sagte Martin. »Hast du da nie was von mitbekommen?«

Barbara schüttelte den Kopf.

»Aber wie kann das sein?«

Was glaubst du, was du alles nicht mitbekommen hast, dachte sie. Aber vielleicht irrte sie sich. Martins Ruhe war immer etwas gewesen, was sie irritiert hatte. Sie hatte sie, schon als er noch ein Kind war, manchmal mit Gleichgültigkeit verwechselt. Sie sah, wie er sie musterte. Er schaute genau hin, hatte das immer getan. Manchmal unterschätzte man das. Vielleicht war es kein Zufall, dass ihr Vater ausgerechnet ihm gegenüber plötzlich zu erzählen begonnen hatte.

»Ich war noch sehr klein, als er diese Briefe bekommen hat«, sagte Barbara. »Später ist es nie zur Sprache gekommen.«

Sie holte den letzten Brief von Wilma aus der Folie hervor. September 1950, da war Barbara drei Jahre alt gewesen, abgeschickt aus Tuscaloosa.

Es macht mich sehr traurig, las Barbara vor, *daß ich immer, wenn ich aus einem Seminar komme und das Postfach in meinem Dorm öffne, in einen leeren Schlund schaue, oder daß die Briefe, die ich voller Vorfreude daraus hervorziehe, von meinen Eltern sind oder Freundinnen aus der Heimat. Es kommt mir vor, wie in eine Richtung über den Atlantik zu rufen, aber meine Stimme verhallt ungehört, schafft den Weg nicht, geht in den Wellen verloren.*

»Eine Poetin«, sagte Martin.

»Sie schreibt für die Studentenzeitung *Rammer Jammer*«, sagte Barbara lächelnd, »das hat sie ihm in ihrem ersten Brief aus der Universität berichtet. Eine ihrer Freundinnen ist die Chefredakteurin.«

»Lies weiter«, sagte Martin.

Ich habe mich deshalb, auch wenn es mir im Herzen weh tut, dazu entschlossen, daß dies mein letzter Brief an Dich sein wird. Ich weiß nicht, warum Du verstummt bist, warum ich diesen Freund verloren habe, von dem ich glaubte, daß mich mittlerweile viel mehr mit ihm verbindet als nur mein toter Bruder. Aber vielleicht habe ich mich getäuscht. Vielleicht muß Deine Erinnerung an mich verblassen, wie es die Erinnerung an Paul für Dich tut, dort drüben, fern.

Ich freue mich, Dich getroffen zu haben, ich bin Dir dankbar, daß Du mir so viel über meinen Bruder geschrieben hast, ich hoffe, daß Du meine Zeilen gerne gelesen hast, so wie ich Deine stets gerne gelesen habe. Ich wünsche Dir und Deiner Familie alles Gute dieser Welt, möge Gott Euch schützen!

Deine Wilma

Sie legte den Brief zurück auf den Tisch.

»Er hat sie einfach so ins Leere schreiben lassen«, sagte Martin.

»Und trotzdem hat er sie aufbewahrt«, sagte Barbara. Sie fragte sich, ob er ihre eigenen Briefe auch noch irgendwo in einer Schublade hatte, ob sie sie finden würde in ein paar Jahren, nach seinem Tod.

Es erschien ihr auch heute noch absurd, dass es ausgerechnet ihre Heirat gewesen war, die er als den größten Verrat angesehen hatte. Nicht die Streitigkeiten über Vietnam, nicht ihre Beschimpfungen, Spießer, Arschloch, Diktator, Dinge, die sie selbst ihrem Sohn niemals hätte durchgehen lassen, nicht die zweite Verhaftung nach einer Demo. Da war er gekommen und hatte sie ausgelöst auf der Wache. Er hatte sie in den Wagen verfrachtet und schweigend nach Hause gefahren. Den Eispalast hatte sie das Reihenhaus damals gegenüber Konstantin nur noch genannt. Alles darin strahlte für sie Kälte aus: die Wände, die niedrigen Decken, das Weiß der Küchenschränke, das freundliche Lächeln der Mutter beim Abendbrot, ihr sanftes Streicheln über Barbaras Arme, ohne ein Wort. Kalt. Was sie liebte, war das Knirschen der Dielenböden, wenn ihr Vater abends spät aus seinem Arbeitszimmer schlich und ins Bett ging. Das war das Zeichen für Barbara, dass sie den Ausbruch wagen, dass sie sich davonschleichen konnte zu Treffen mit Freunden oder zu kurzen Schäferstündchen in Konstantins Zimmer, von denen sie stets vor dem Morgengrauen wieder aufbrach. Ihre eigene Disziplin schlug die ihres Vaters. Wenn der Wecker klingelte, lag sie im Bett und achtete darauf, das Zimmer stets im Nachthemd zu verlassen, damit er sie sehen konnte. Wenn Martin betrunken nach Hause gekommen war, dann hatte sie es meistens gehört, vielleicht nicht immer, aber doch sehr oft. Sie schaute ihn an und lächelte. Er war nicht sehr geschickt gewesen. Auch den süßlichen Geruch, der irgendwann aus seinem Zimmer zu strömen begann, kannte sie gut. Aber sie schwieg, hatte selbst mehr als genug geraucht, nachdem sie mit Konstantin nach Bremen gezogen war.

»Alles in Ordnung?« Martin legte ihr seine Hand auf den Arm. Die plötzliche Berührung ließ einen Schauer durch ihren Körper laufen. Sie machte eine kreisende Bewegung mit der Hand neben ihrem Kopf.

»Die Gedankenmaschine. Läuft auf Hochtouren, seitdem das Päckchen da ist.«

»Glaube ich«, sagte er.

»Sag mal …«

Sie drückte ihre Handflächen fest auf den Tisch. Sie hatte es sich vorgenommen. Sie würde dabei bleiben.

»Laura und du?«

Er seufzte.

»Ich hoffe einfach, dass es dir gutgeht.«

Sie gab sich Mühe. Sie lächelte. Es schien zu funktionieren. Sein Gesicht blieb offen. Er spreizte die Finger seiner Hände.

»Ich habe wirklich keine Ahnung. Wir haben keine Ahnung. Darauf haben wir uns verständigt. Ansonsten … mal sehen.« Er grinste. »Wir sind im Stadium zweite Zahnbürste.«

»Das ist kein schlechtes Stadium«, sagte Barbara.

»Nein«, sagte er, »ist es nicht.«

Die Begeisterung über die neue Verbundenheit war es gewesen, über die Vertrautheit, das gemeinsame Aufwachen, Einschlafen, Essen, Diskutieren, Lesen, all das war es gewesen, was Barbara über die Zeit nach dem Rauswurf hinweghalf. Es hatte sie erschüttert, sagte sie sich, obwohl sie doch sowieso vorgehabt hatte zu gehen. Sie hätte das alles viel leichter nehmen sollen. Seinen Gesichtsausdruck, als sie diese Sätze sagte am Abendbrottisch.

»Wir haben geheiratet. Wir gehen nach Bremen.«

Besteck klirrte. Die Küchenuhr machte Lärm. Erstaunlicherweise war es ihre Mutter gewesen, die zuerst die Sprache wiedergefunden hatte.

»Ihr habt was?«

Barbara hatte die Tränen kommen sehen.

»Wie konntest du heiraten, ohne uns?«

»Er hat mir verboten, ihn zu sehen.«

Sie hatte ihren Zeigefinger in die Richtung ihres Vaters ausgestreckt.

»So redest du nicht über deinen Vater«, hatte die Mutter gesagt.

»Konstantin hat eine Stelle bekommen an der Uni Bremen. Er wird gehen. Und ich werde mit ihm gehen, als seine Frau.«

»Wie kannst du nur …«

»Lass sie doch!«

Franz hatte seine Frau unterbrochen. Er hatte seine Tochter sehr geradeheraus angeschaut, sehr ruhig.

»Sie ist einundzwanzig, sie kann tun, was sie will.«

Er hatte die Hand gehoben, als Johanna etwas sagen wollte.

»Glückwunsch zur Hochzeit«, hatte er gesagt. Danach war er aufgestanden, die Treppen emporgestiegen und hatte sich in sein Arbeitszimmer begeben. Es war der letzte Satz, den er für knapp zehn Jahre an sie richten sollte. Die Mutter blieb mit ihr am Tisch sitzen, schob ihr Essen mit der Gabel von links nach rechts. Irgendwann stand sie auf, lief in die Küche, kam mit einer Flasche Cognac zurück und schenkte sich ein. Sie stellte ein paar Fragen nach der Hochzeit: im Standesamt, der Feier: mit Freunden in einer Kneipe, den Trauzeugen: Freunde.

Johanna leerte sehr schnell drei Gläser Cognac, ihre Augen wurden glasig.

»Sich an einen Mann zu binden, so früh, das ist wirklich nicht das, was ich dir gewünscht habe. Mag dein Vater von ihm halten, was er will.« Sie machte eine wegwerfende Bewegung mit der Hand. »Aber diese kleine Freiheit, die man haben kann als Frau, die wirft man weg, wenn man zu früh heiratet.«

Bevor Barbara antworten konnte, war ihre Mutter aufgestanden, hatte ihren Teller genommen und war in der Küche verschwunden. Kurz darauf sah sie sie mit langsamen, schweren Schritten in den ersten Stock steigen, den Arm und den Oberkörper schwer auf das Treppengeländer gelehnt.

Als Barbara am nächsten Nachmittag aus der Universität kam, passte ihr Schlüssel nicht mehr. Erst glaubte sie, dass sie einen Fehler gemacht hatte. Sie überprüfte den Schlüssel und das Schloss. Sie klingelte. Durch das Scherbenmuster im Fenster der Haustür glaubte sie die Bewegung eines Schattens im Wohnzimmer auszumachen.

»Mama?«, rief sie. Aber niemand regte sich mehr.

Die fliegenden Kleidungsstücke bemerkte sie erst, als eine Hose direkt neben ihr auf den Hausstufen landete. Sie drehte sich, sah Hemden und Socken auf der Wiese des Vorgartens, schaute hinauf.

Er stand am Fenster ihres Zimmers, schaute auf sie herab, ohne eine Miene zu verziehen, beugte den Kopf, griff etwas zu seiner Seite. Ein Bündel ihrer Unterhosen flog in hohem Bogen Richtung Straße.

»Papa!«, rief sie.

Er senkte den Blick, griff, warf einige Büstenhalter hinterher.

»Papa, mach doch die Tür auf!«

Aber er hatte entschieden, dass er nicht mehr mit ihr sprechen würde. Er hatte entschieden, dass er, Hose für Hose, Hemd für Hemd, ein Exempel statuieren würde, vor den Nachbarn, vor der ganzen Straße.

Weinend war sie durch den Vorgarten gelaufen, hatte ihre Besitztümer eingesammelt, hatte es zumindest versucht, hatte kleine Hügel gebildet, beschämt, weil alle Welt ihre Wäsche zu Gesicht bekam. Als er begann, ihre Bücher hinauszuschleudern, rief sie noch einmal nach ihm, auch nach ihrer Mutter, aber Johanna hatte beschlossen, dem Rauswurf ihrer Tochter nicht beizuwohnen. Mehr als den

Schatten hinter der Tür sah sie von ihrer Mutter nicht an diesem Tag. An eine Nachbarin konnte Barbara sich erinnern, Frau Lorbeck, die ihr einen Wäschekorb und einen Koffer gebracht hatte, auch ein Taxi gerufen. Ansonsten keinen Finger gerührt, dachte Barbara, kein Wort der Aufmunterung, keine Berührung. Konstantin hatte sie in den Arm genommen, er hatte ihr Gepäck einfach im Hausflur stehen gelassen und sie ins Bett gebracht. Er hatte die Tage neben ihr verbracht, an denen sie sich weigerte aufzustehen, er hatte für sie gekocht und ihre Kleidung einfach in seinen Schrank geräumt, er hatte sie langsam zurückgeholt, und das Glücksgefühl, in diesen Tagen an seiner Seite zu sein, das vielleicht sogar größer gewesen war als in den ersten Tagen in Bremen, das vielleicht nur von Martins Geburt übertroffen worden war, dieses Glücksgefühl hatte sie nie vergessen, auch nicht, als sie nur noch zwei Bekannte waren, die sich eine Wohnung und ein Kind teilten. Sie wünschte Martin dieses Glücksgefühl. Zumindest, dachte sie, machte er einen zufriedenen Eindruck. Zufriedener als seit Jahren. Vielleicht, dachte sie, sollte sie aufhören, sich zu beschweren, wenn sie es versuchten. Auch Konstantin und sie hatten es versucht. Es war das Beste, was man tun konnte.

*

Das Wasser der Kaffeemaschine gluckerte. Sie sog den Duft ein. Lächelte. Der Brötchenwagen fuhr durchs Dorf und bimmelte. Sie ging in den Flur, zog sich ihre Jacke über und lief in Pyjamahose und Hausschuhen hinaus, obwohl es kalt war und windig. Sie grüßte die Nachbarn und den Brötchenverkäufer, schwatzte kurz mit der Nachbarin über deren Venen-OP.

Als sie zurück in die Küche kam, saß Martin in T-Shirt und Boxershorts am Tisch und trank eine Tasse Kaffee. Eine zweite Tasse für sie stand auf dem Tisch. Sie legte die Tüte mit den Brötchen ab, er stand auf, holte Teller, Besteck, Aufschnitt, bewegte sich mit einer Sicherheit, die sie überraschte. Dafür, dass er in diesem Haus nie gelebt hatte und nur alle paar Monate vorbeischaute, war ihm alles außerordentlich vertraut. Sie strich ihm über den Rücken, als er vor dem gedeckten Tisch stand und ihn prüfte.

Nach dem Frühstück und nachdem er das Geschirr in die Spülmaschine gestellt hatte, räumte Barbara die Dokumente zurück auf den Tisch. Er habe Zeit bis zum frühen Abend, sagte er, er würde gerne mehr lesen. Sie würde ihm Scans schicken, sagte sie, von allem, was ihn interessierte. Sie saßen am Tisch, blätterten, meist schweigend, aber ab und an lasen sie sich laut einzelne Passagen vor. Martin erzählte, dass er das Treffen der alten Männer in Texas traurig gefunden habe, oder dass es vielleicht an Traurigkeit gewann, je länger die Reise zurücklag.

»Er wirkte so fit im Gegensatz zu diesen Männern, fast jugendlich.«

»Sei froh, dass du seine Gene hast«, sagte Barbara.

»Er hat diese Reise wirklich unglaublich gut gemeistert.« Er unterbrach sich. »Auch so einer dieser Sätze. Als ob er ein Kind wäre.«

»Hat ihn nie die Melancholie gepackt?«

»In Texas«, sagte Martin, »als es um seinen Freund ging, diesen Paul. Er hat mir die Vitrine gezeigt, in der seine Geschichte erzählt wurde, mit Fotos, Artefakten. Da kam einiges hoch. Die Tatsache, dass sein Bettnachbar dabei war, sein Kamerad aus der Baracke, zu dem er ein gutes Verhältnis hatte, ich glaube, dass ihn das etwas aus der Spur gebracht hat.«

235

»Das wusste er nicht?«

»Er sagte, er hätte es bei Vorbereitungen auf die Reise gelesen, in einem Buch. Aber entweder war das gelogen, oder aber der Ort hat seinen Teil dazu beigetragen. Das Realwerden dieser Geschichte. Das Erstaunlichste war, dass er dieses Down völlig umgekehrt hat, diese Trauer. Als wir zurück in Austin waren, hatte ich das Gefühl, dass er sich um ein paar Jahre verjüngt hatte. Er wollte alles sehen, alles aufsaugen, auch später in Utah, in New York.«

»Wie war das in Utah?«, fragte Barbara.

Er erzählte von der Bibliothekarin, von dem Foto, das Franz und Captain Johnson zeigte, von den Zeitungsartikeln, dem Interview, dem Besuch im Kloster. Er erzählte langsamer, oder Barbara war ruhiger, konnte ihm besser zuhören als direkt nach der Reise. Sie stellte sich die Mönche vor und ihren Vater, wie er die Baracken betrachtete. Dass das Kloster aufgeben würde, in ein paar Jahren, erzählte Martin, ein sterbender Ort, weil die Männer zu alt waren, niemand mehr nachkam und kein Geld mehr zur Verfügung stand.

»Dann wird es das auch gewesen sein für die alten Baracken.«

»Und Wilma? Das Auswandern?«

Er schüttelte den Kopf.

»Wirklich keine Ahnung. Ich hatte den Eindruck, dass ihm Texas viel präsenter ist.«

»Aber geschickt hat er mir ihre Briefe.«

»Du wirst ihn fragen müssen«, sagte Martin.

Barbara wurde sich bewusst, dass sie, durch die Einladung Martins, noch kräftiger auf seinem Köder gekaut, dass sie sich den Haken noch tiefer ins Fleisch gebohrt hatte. Er würde bekommen, was er wollte, es würde sich nicht vermeiden lassen.

Zehn Jahre lang waren ihre Verbindungen nach Essen die Postkarten ihrer Mutter gewesen, auf deren Front sich stets irgendwelche Sehenswürdigkeiten aus Essen befanden, auf der Rückseite kurze Nachrichten ohne Belang, ab und an ein Anruf von Johanna, wenn Franz mit Freunden unterwegs war oder beim Sport. Mehr als einmal hörte sie ihn während dieser Telefonate zurückkehren, hörte sie das Klappern der Tür, seine Schritte, seine entfernte Stimme wie einen Geist durch das Telefon.

»Deine Tochter«, sagte Johanna dann, so als wäre alles normal, so als wäre es nur eine Ausnahme, dass er dieses Mal nicht mit ihr sprach.

»Ich fange an zu erzählen«, sagte Johanna einmal, als Barbara ihr von ihrer Anstellung an der Uni erzählte und fragte, ob ihr Vater eigentlich wisse, worüber Mutter und Tochter sich austauschten. »Ich fange an zu erzählen, und schon nach den ersten Sätzen steht er auf, unterbricht mich und sagt, dass er nichts davon hören will. Dass ich es bleiben lassen soll.«

»Und dass du überhaupt mit mir sprichst?«

»Was soll damit sein?«

»Ist er damit einverstanden?«

»Es ist mir völlig gleichgültig, ob er damit einverstanden ist«, sagte ihre Mutter.

Barbara hatte Briefe geschrieben, in denen sie von ihrem Leben in Bremen erzählte, offene, sehr lange Briefe, in denen sie ihrem Vater die baufällige Wohnung im Viertel beschrieb, im ersten Stock eines ehemaligen Bürgerhauses nahe dem Osterdeich gelegen, sogar einen Plan zeichnete sie. Sie schrieb von Konstantins Arbeit und seinen schweigsamen Physikerkollegen, überhaupt den trockenen Norddeutschen, mit denen sie nur sehr langsam warm wurde, sie schrieb vom Studium, auch von den Demos, der

Polizeigewalt, sogar von den Freunden, die in den Untergrund gingen, sie schrieb von ihrem Abschluss, der Stelle an der Uni, dem Doktorvater, ihrer Promotion über Frauenfiguren im Yoknapatawpha County. Manchmal hatte sie das Gefühl, sie schriebe ein Tagebuch und sende es dann per Post ins Nichts. Nicht einmal Faulkner, nicht einmal der Doktortitel war ihm eine Antwort wert gewesen, wenn er ihre Briefe denn jemals gelesen hatte. Adressiert hatte Barbara sie stets nur an Franz Schneider. Weder in ihren Postkarten noch in den Anrufen ging Johanna jemals auf die Briefe ein, nie nahm sie Bezug auf etwas, das Barbara darin geschrieben hatte, so dass Barbara sicher war, dass niemand sie öffnete, niemand sie las. Ihrer Mutter schrieb sie nie, aber warum auch, dachte sie, wenn sie mit ihr sprechen konnte.

Die Überraschung, die die Schwangerschaft mit Martin bedeutete, nach Jahren des gezielten Probierens, gefolgt von der Resignation, des unverhüteten, aber immer seltener werdenden Sex, diese Überraschung hatte sich verdoppelt an einem Wochenende kurz nach der Geburt; sie lag noch im Bett, hatte den ruhig atmenden Wurm auf ihrem Bauch liegen, hörte das Klingeln des Telefons nur durch einen Schleier der Erschöpfung, spürte die Bewegung an ihrer Seite, als Konstantin sich erhob, spürte kurz darauf seine Hand auf ihrem Arm, spürte den Druck seiner Finger.

»Dein Vater«, sagte Konstantin, der das Telefon aus dem Wohnzimmer bis an ihr Bett gezogen hatte. Er hielt ihr den Hörer hin.

»Hallo«, sagte sie sehr leise, um Martin nicht zu wecken.

»Ich höre, dass ich Großvater geworden bin«, sagte er.

Und nach dem kurzen Gespräch, als er gratulierte und den Hörer weiterreichte, dieser Satz ihrer Mutter:

»Ich habe ihm gesagt, dass es jetzt genug ist, dass ich meinen Enkel sehen will, ob mit ihm oder ohne ihn.«

»Und was hat er gesagt?«

»Na, dann reden wir eben.«

*

Das Freizeichen erklang wieder und wieder. Aus irgendeinem Grund hatte sie erwartet, dass er neben dem Telefon sitzen und sofort abnehmen würde. Gerade als sie auflegen wollte, knackte es kurz in der Leitung.

»Schneider.«

»Ich bin's«, sagte sie.

»Ja«, sagte er, »die Anzeige. Ich hab dich gespeichert. Ist der Junge gut in den Zug gekommen?«

»Natürlich«, sagte sie.

»Ja, natürlich«, sagte er. »Hattet ihr schöne Tage?«

Sie hatten wirklich schöne Tage gehabt, dachte Barbara. Und das war unter anderem seine Schuld. Oder vielleicht auch einfach ihre eigene. Und Martins natürlich. Sie bejahte.

»Er macht einen guten Eindruck«, sagte Franz.

»Familienglück«, sagte Barbara, und es klang ironischer, als sie gewollt hatte. Aber ihr Vater lachte.

»Ich bin gespannt, wie die Dinge sich bei ihm entwickeln werden, aber ich habe Hoffnung. Vielleicht hält es nicht für ewig, aber wer macht so was heute schon noch.«

»Wenn es einer macht, dann mein Sohn«, sagte Barbara.

»Möglich wär's«, sagte Franz. »Wirst du sie alle drei einladen, wenn es hält, zu Weihnachten und Jahresende?«

Barbara sagte, dass sie keine Ahnung habe. Darüber werde sie sich Gedanken machen, wenn es so weit sei. Es sei Oktober, sagte ihr Vater.

»Zur Not fahre ich nach Berlin«, sagte sie.

In Barbaras Kopf dieses absurde Bild: Sie alle in dieser Wohnung, die sie nicht kannte, mit Martin, der Kleinen und dieser Frau, an die sie sich nur sehr vage erinnern konnte. Und dem Alten, wenn sie schon dabei waren. Sie lachte.

»Was ist?«, fragte er.

»Nichts«, sagte sie. »Dein Paket.«

»Ja?«

»Ich habe fleißig gelesen. Wir haben gelesen. Was war das mit Wilma?«, fragte sie.

»Was meinst du?«, sagte er.

»Na, überhaupt. Und das Auswandern, was war das mit dem Auswandern?«

»Du solltest vorbeikommen«, sagte er, ohne zu zögern. Er hatte offensichtlich vorher sehr ausführlich darüber nachgedacht. Barbara schwieg, sie starrte hinaus in den Regen. Das hatte sie jetzt davon. Hatte ihn wieder hereingelassen damals, weil sie ihm seinen Enkel nicht vorenthalten wollte, weil ihre Mutter und auch Konstantin ihr zuredeten; sie habe sich so viel Mühe gemacht mit den Briefen, sagte er. Das habe sie doch gewollt. Vielleicht hatte sie das. Aber trotzdem hatte sie es geschafft, Distanz zu halten.

»In Ordnung«, sagte sie, »wann passt es dir?«

*

Im Gedränge am Gleis sah sie ihn erst, als er direkt vor ihr stand. Er trug einen dunklen Mantel und einen Seidenschal, sah elegant aus, hatte die kurzen weißen Haare glatt nach hinten gekämmt. Er öffnete die Arme, wirkte dabei ein wenig linkisch.

»Hallo, Franz«, sagte sie.

»Hallo, Barbara.«

Sie ließ den Rollkoffer stehen und umarmte ihn. Der Druck seiner Arme war fest. Sie roch das Kölnischwasser, das er immer getragen hatte. Über seine Schulter hinweg sah sie das Wimmeln der Menschenmassen, die aus einem Regionalzug am gegenüberliegenden Gleis strömten. Wenn sie im Ruhrgebiet zu Besuch war, hatte sie an diesen Knotenpunkten immer das Gefühl, alle Städte und die Gebäude darin seien zu klein für die Massen an Menschen, die hier lebten. Sie löste sich aus seiner Umarmung, folgte ihm die Treppe hinab. Sie liefen durch die neue Eingangshalle, die aussah, wie Bahnhofshallen heutzutage überall aussahen: hohe anthrazitfarbene Decken mit Halogenstrahlern, viel Glas, an den Seiten Einkaufsläden, Imbisse. Der alte Bahnhof, dachte Barbara, hatte etwas Beklemmendes gehabt, war eng, niedrig, schmutzig gewesen. Er hatte zu ihren Ankünften gepasst. Der neue Bahnhof war ihr gleichgültig. Er passte nicht zu ihrer Gefühlslage. Franz lief auf den Vorplatz und steuerte auf ein Taxi zu.

»Lass uns Tram und Bus fahren«, sagte Barbara.

»Papperlapapp«, sagte Franz.

Er winkte einem Fahrer, der Barbara den Koffer abnahm. Ihr Vater hielt ihr die Tür auf. Als sie sich schmatzend hinter ihr schloss, war sie einen Augenblick allein. Es war still. Sie schloss die Augen, atmete tief ein. Es roch nach Thymian. Sie öffnete die Augen. Ein Wunderbaum hing am Rückspiegel. Die Tür auf der anderen Seite des Wagens öffnete sich, und ihr Vater stieg ein. Sie strich sich mit den Händen über die Oberschenkel, drückte ihre Daumen und die kleinen Finger in die Hohlräume neben ihrer Kniescheibe. Kaum war sie wieder in Essen, wurden ihre Gesten die der Schülerin. Ihr Vater diskutierte mit dem Fahrer über den schnellsten Weg nach Heisingen. Sie schaute hinaus. Der Himmel war grau, aber recht hell, die Sonne als weißer

Fleck hinter den Wolken zu erkennen. Sie sah das eigene Gesicht im Spiegel der Scheibe. Es erschien ihr absurd, wie alt sie aussah, besonders hier. Als sie die Autobahnbrücke unterfuhren, schaute sie kurz zu den Hochhäusern südlich des Bahnhofs empor, deren moderne Glasfronten nicht in die Stadt passten, die sie vor fast fünfzig Jahren hinter sich gelassen hatte. Sie bogen auf die Ruhrallee, und die Gebäude wurden austauschbar, Grau oder matte Pastelltöne wischten vorbei, in den Fenstern weiße Gardinen und vereinzelte Schwippbögen. Sie hätte sonst wo sein können, wäre da nicht der Geruch ihres Vaters gewesen, der selbst den Thymian des Wunderbaums übertönte. Sie schaute ihn an, er schaute zurück. Lächelte.

Hinter der neuen, weiß leuchtenden Fassade des Reihenhauses erkannte sie das alte Gebäude, sie hatte den Eindruck, durch dieses Make-up der Sanierung hindurchzuschauen und das alte, gedrungene Gebäude mit beiger Backsteinhülle zu sehen, das ihr Zuhause gewesen war, bevor man es energieeffizient gedämmt hatte.

Im Flur lief sie sich selbst im Spiegel entgegen, rechts die Treppe in den ersten Stock, links vorne die Küche, weiter hinten die Tür ins Wohnzimmer. Die Jacken, Mäntel und Hüte ihrer Mutter fehlten. Es war schwer, sich daran zu gewöhnen. Unten an der Garderobe ein Stock. Er sah ihren Blick.

»Wie im Rätsel der Sphinx«, sagte er, »aber lieber dreibeinig als stürzen und im Rollstuhl sitzen.«

Er entschuldigt sich, dachte sie, vor sich selbst, nicht vor mir.

»Ich spüre die Kälte in den Knochen«, sagte er.

»Und ich den Nordseewind«, sagte Barbara.

Ein alter Vater und eine alte Tochter, dachte sie. Es war

sonderbar. Eine fremde Nähe lag darin. Sie ließ ihren Koffer am Fuß der Treppe stehen, ging ins Wohnzimmer. Er hatte die alten, schweren Vorhänge abgehängt, die große Glasfront gab den Blick auf den Garten frei, der in erstaunlich gutem Zustand war. Rechts im Regal stand ein neuer Flachbildfernseher. Den habe ihm der Sohn seiner Schwägerin eingerichtet, sagte er. Sie fragte, ob er noch regelmäßig Kontakt habe zu ihr. Er schüttelte den Kopf, sagte, dass es keinen Sinn mehr habe. Die Demenz. Aber der Junge, sagte er, komme ab und an zu Besuch, er arbeite in Köln. Barbara nickte. Sie hatte keine Bilder im Kopf, musste selbst für die Namen nachdenken. Sie öffnete die Terrassentür, trat hinaus. Eine Amsel sang. Ein Rasenmäher war zu hören. Im Nachbargarten wehte eine Fahne mit dem Wappen von Heisingen. Als sie sich umdrehte, stand ihr Vater mit verschränkten Armen hinter der Scheibe des Wohnzimmerfensters. Sie glaubte, dass er lächelte, aber sie war sich nicht sicher.

V.

ER ÖFFNET DIE TÜR, der Wind weht etwas Schnee in den Raum. Er tritt ein und klopft sich die Schuhe am Türrahmen ab. Draußen hört er den Jeep der Amerikaner davonfahren. Einige nackte Glühbirnen hängen von der Decke, rechts von ihm ein einfacher Ofen, dessen Rohr geradewegs durch die Decke verschwindet. Der Geruch nach Holzkohle überdeckt alles. Geradeaus ein einfacher Tisch, an dem drei Männer sitzen und Karten spielen, dahinter erstrecken sich die Reihen der Doppelstockbetten. Die Gespräche in der Baracke sind verstummt. Die Männer am Tisch lassen ihre Karten sinken, andere setzen sich auf ihren Betten auf, ein paar treten in den Gang, mustern ihn sehr offen.

»Schütze Schneider meldet sich zum Dienst«, sagt er. »Ihr sollt hier noch ein Bett für mich frei haben.«

Ein Mann aus dem Gang umrundet die Kartenspieler und tritt auf ihn zu. Er ist sehr groß, sehr hager, seine schwarzen Haare sind raspelkurz geschoren. Ein einfaches rundes Brillengestell sitzt auf seiner Nase, und sein Adamsapfel tanzt auf und ab, als er Franz die Hand schüttelt.

»Glohberg«, sagt er. Sein Händedruck ist fest, seine Finger sehr lang. »Wo haben sie dich denn hergebracht?«

»Texas«, sagt Franz.

»Na, schöne Scheiße«, sagt Glohberg, »willkommen in der Kälte.«

»Danke«, sagt Franz.

»Und woher sonst?«, fragt Glohberg.

»Essen«, sagt Franz, und als er merkt, dass Glohberg anscheinend auf mehr Informationen wartet: »243. Infanteriedivision. Granadierregiment 922. Gefangennahme in Cherbourg.«

»Euch haben sie schön zu Klump geschossen«, sagt einer der Kartenspieler.

»Was?«, fragt Franz.

»Die 243ste. Die haben euch in null Komma nix Matsch gemacht, die Amis.« Er grinst und reckt seine Hand. »Hansen. Artillerieregiment 1709. Ebenfalls Cherbourg. Aber eigentlich aus Kiel, und ganz eigentlich aus der See, Meermann, auf nem Kutter geboren. Ich hoffe, ich sterb auch auf einem.«

Hansens Lachen ist kollernd laut, sein ganzer massiger Körper vibriert, wenn er lacht. Er hat nur noch einen schmalen blonden Haarkranz auf dem Hinterkopf, sein Körper ist von beeindruckender Masse und sein Gesicht sehr rot. Franz schätzt, dass er in den Vierzigern sein muss.

»Komm«, sagt Hansen, lässt die Karten auf dem Tisch liegen, murmelt »Bin gleich zurück« in Richtung seiner beiden beinahe identisch aussehenden Spielpartner, die Franz stumm zunicken, er klopft Glohberg auf den Rücken und geht voran.

Franz wählt ein Bett, das unten liegt, obwohl die Matratze über ihm ebenfalls frei ist. Rechts von ihm schläft Glohberg, Hansen zeigt ihm sein Bett, das schräg über den Gang steht. An seinem Bettpfosten ist eine Art Spielkarte befestigt, die eine rothaarige Frau in Mieder und Strapsen zeigt.

»Pin-up«, sagt er. »Tolle Erfindung vom Amerikaner. Hat mich zwei Packungen Kippen gekostet.«

Er macht kehrt, um sein Spiel fortzusetzen. Glohberg fragt Franz, ob er noch Hilfe braucht. Franz verneint. Die

Amerikaner hätten ihn in alles eingewiesen, er klopft auf seinen Rucksack. Er habe auch die Regelungen auf Papier erhalten. Glohberg nickt, er geht zu seinem Bett und nimmt ein Buch von einem Stapel auf dem Nachttisch. Auch neben dem Bett liegen einige Bücher. Es sieht aus, als hätte Glohberg die Bibliothek geplündert. Der Kamerad bemerkt Franz' Blick.

»Deutschlehrererkrankheit«, sagt er. »Wenn du mal was ausleihen willst, nimm dir einfach.«

Er werde darauf zurückkommen, sagt Franz. Anschließend setzt er den Rucksack ab, lässt sich auf die Matratze fallen. Die Bettfedern knarzen. Er schließt die Augen, spürt das Zittern seiner Hände, greift den Gürtel, hält sich daran fest, so als rutschte ihm im Liegen die Hose. Er fragt sich, welchen Eindruck er auf die Kameraden gemacht hat, immerhin ist der Empfang halbwegs freundlich gewesen, oder auf die Amerikaner vorher. Mit dem Jeep hat man ihn vom kleinen Bahnhof in Ogden bis zum Lager gefahren, das offenbar kein allein stehendes Lager nur für Deutsche ist. Das Areal wirkt viel größer als das Lager in Texas. Sie fuhren an mehr und mehr Baracken vorbei, vor denen amerikanische Jeeps oder Lastwagen standen, er sah große Lagerhallen, sah Panzer auf Freiflächen stehen, die, soweit er das einschätzen konnte, nicht einsatzbereit waren. Er sah große Gruppen von Soldaten im dunklen Grün der Amerikaner marschieren. Massen an Menschen und Maschinen selbst hier, irgendwo im Hinterland in Utah. Man sollte einen Brief schreiben, dachte er, an den lieben Herrn Hitler, ihm ein paar Fotos beilegen, vielleicht wird er dann begreifen, wie aussichtslos es ist und immer schon war, einen Krieg gegen einen solchen Gegner gewinnen zu wollen. Südlich des amerikanischen Sektors dann der vertraute Stacheldraht, wenn auch niedriger als in Hearne. Keine Türme, dachte er, sah die Männer, die dort vor den Baracken standen, die auf dem Sportplatz Fußball spielten: fremde Uniformen, der Klang einer fremden Sprache. Italiener, begriff er, als sein Wagen an ihnen vorbeifuhr, nur einige Hundert Meter, bis sie den deutschen Compound erreicht hatten. Hier gab es Wachtürme, hier hatte der Stacheldraht eine vertraute Höhe, wie auch die Uniformen der Männer dahinter vertraut wirkten.

Das Beobachten hilft, neue Eindrücke, neue Bilder. Er hofft, die alten Bilder überdecken zu können, er hofft, einen Berg neuer Eindrücke aufzutürmen, unter denen irgendwann all das verschwinden wird, was in ihm steckt seit Hearne, seit der Nacht und den Tagen bei Paul, seit der Beerdigung. Er öffnet die Augen, die Augen geöffnet zu halten hilft, an den Holzlatten des Bettgestells über ihm haften keine Bilder, sein Kopf kann nichts dagegen projizieren. Holz, der Stoff der Matratze, der Geruch des Ofens, Gesprächsfetzen der Kartenspieler, von irgendwo über ihm das Schnarchen eines Mannes. Die Innenseiten seiner Augenlider sind die Bildfläche, die er seinem Hirn nicht geben darf. Die Zugfahrt über hat er hinausgestarrt, zunächst in die Wüste, auf die gelben Felsen Arizonas, später in das leuchtende Rot im Süden Utahs, aber auch die Farben sind nicht mehr neutral, auch das Rot wollte erzählen, von den schneeweißen Verbänden, die es gefärbt hat, davon, wie es erst sehr hell und leuchtend war und dann fast schwarz werden konnte; wie es zurückkehrte, auch wenn man die Verbände wechselte, wie es schien, als verließe mit dem Rot wirklich alle Farbe den Körper neben Franz, den Körper, über den er wachte. Zu spät wachte, sagten die Kakteen und die trockenen Bäume, warum jetzt erst wachte, sagten die Vogelschwärme und das Blau des Himmels. Er kann träumen vom Rot, von den Flecken, von den feinen Verästelungen der Adern in jenem einen Auge, dessen Pupille sich bis zum Ende bewegte, ganz bis zum Schluss. Er nimmt nichts mehr wahr, sagte die amerikanische Krankenschwester, bald wird es vorbei sein, it'll be over soon, aber das Auge schaute, das Rot leuchtete, es lebte, in seinem Kopf lebte es.

Er setzt sich auf, versucht Luft zu bekommen. Er schwitzt, zieht seine Jacke aus, befreit sich von den Stiefeln. Er möchte hinausrennen in den Schnee, sich abkühlen, aber er kann nicht, er weiß, sie werden es nicht verzeihen, einen neuen Kameraden, einen Fremden, der nicht alle Tassen im Schrank hat, Nervenschaden, werden sie denken, dass man ihnen einen Spinner aufgebrummt hat. Er hätte verloren, schon vom ersten Moment an, er wird nicht mehr verlieren, er wird sich zusammenreißen. Die Anwesenheit der Kameraden ist ein Druck auf der Brust, er wünscht sie alle zum Teufel, rutscht vom Bett, beginnt Liegestütze zu machen, bis ihm die Arme einzuknicken drohen vor Erschöpfung. Dem Zittern einen Sinn geben, denkt er, einen körperlichen Ursprung. Er kann sehen, wie Glohberg von seinem Buch aufschaut.

»Drei Tage im Zug, da muss die Energie raus«, sagt er sehr laut. Glohberg senkt den Blick. Franz setzt sich zurück aufs Bett.

Sie fuhren ihn in die Kommandantur, die viel größer war als das Gebäude in Texas, er marschierte hinter zwei Männern mit weißen MP-Armbinden durch einen großen Raum voller Tische und Menschen, in dem, obwohl es bereits Abend war, ein Wimmeln und Vibrieren herrschte, das ihn kurz dazu zwang, die Augen zu schließen. Telefone klingelten, Schreibmaschinen klackerten, Menschen sprachen pausenlos, es wurde gelacht, geschrien, Schuhabsätze schlugen hart auf dem Holz des Bodens auf, es roch nach

Rosenwasser, Kölnischwasser, Zigaretten, Schweiß und Kaffee.

»Come on!« Einer seiner Wächter stieß ihn an. »You're alright?«

»He didn't sleep«, sagte der andere, der die Fahrt mit ihm im Zug verbracht hatte. »Poor bastard didn't close an eye.«

Stimmt nicht, denkt er, stimmt leider nicht. Der Schlaf war stärker, der Schlaf hat ihn geholt, hat ihn hinabgezogen, er hat die Schwärze der Nacht genutzt, das monotone Rumpeln des Zuges, das Schwinden seiner Kräfte. Der Schlaf gewann, wenn auch nur für ein paar Minuten, vielleicht wenige Stunden. Er weiß es nicht. Eines von Pauls Büchern hat man ihm gelassen, er durfte es sich nehmen, er wollte das Buch, das er bei sich hatte bei ihrem letzten Gespräch, und er bekam es. Aber das Buch war auf Englisch, was es schlimmer machte, den Kampf gegen die Müdigkeit nur noch härter. Das Buch mischte seine Bilder in die Alpträume. Franz träumte von brennenden Häusern, in denen tote Frauen lagen, von Lynchmobs, die durch Gefangenenlager zogen und Verräter töten wollten, er träumte von Wilma, die plötzlich auf einem Feld vor ihm stand, sehr bleich, sehr traurig, bis er merkte, dass es gar nicht Wilma, sondern sein Vater war, der tote Vater in einem weißen Kleid. Was, dachte Franz im Traum, was denn, was? Aber er konnte nicht sprechen. Er schreckte hoch, das Buch fiel auf den Boden, auf dem Titel dieses dunkle Haus im Licht eines eckigen Sonnenstrahls. Er hob es auf und verbrachte die Stunden damit bis zum Morgengrauen zwischen Wachen und Schlafen, er flackerte, sein ganzes Wesen, es ist sein beherrschender Wesenszustand geworden bis heute.

In einem Büro der Kommandantur des ASF Depot Ogden erwartete ihn ein gelangweilter Offizier samt Übersetzer und erläuterte ihm die wichtigsten Regeln des Lagers, die sich kaum von denen in Texas unterschieden. Sechs Uhr Wecken, sieben Uhr Frühstück, dazu Durchzählen, Mittag um zwölf, am Abend Essen ab sechs, für Arbeitskommandos bis acht, danach Freizeit, ab zehn Uhr Aufenthaltspflicht in den Baracken, ab elf Uhr Lichter aus. Keine Annäherung an den Zaun, kein Betreten des Freizeitareals außerhalb der erlaubten Zeiten, keine Gespräche mit Angehörigen der amerikanischen Streitkräfte, außer der zur Arbeit nötigen Interaktion. Er nickte zu allem und schwieg, er dämmerte, bis diese eine Frage kam, auf die er gewartet hatte. Er antwortete, bevor der Kamerad neben ihm auf Deutsch wiederholen konnte.

»Translation«, sagte er. Der Offizier hob den Kopf, zum ersten Mal lag etwas wie Interesse in seinem Blick.

»You speak English.«

Franz nickte und sagte, dass er sehr gerne als Übersetzer arbeiten würde.

Der Mann fragte ihn, ob er Probleme damit haben würde, auch Verhöre zu übersetzen.

Dass er sich freuen würde, Verhöre dolmetschen zu können, antwortete er.

Der Amerikaner machte eine Notiz in seinen Papieren. Ob er sich als jemand beschreiben würde, der mit der aktuellen Regierung des Deutschen Reichs einverstanden sei.

»No«, sagte Franz. »Not at all.«

Der Mund des Kameraden neben ihm zuckte, aber Franz war nicht in der Lage, die Reaktion zu deuten. Der amerikanische Offizier lächelte. Er notierte schweigend noch einige Dinge und schickte ihn danach in seine neue Baracke.

Erste Schritte. Er packt seinen Rucksack aus und räumt seine Habseligkeiten in den kleinen Schrank neben dem Bett. Bevor er das Glas mit den Steinen aus dem Rucksack nimmt, schaut er sich um, aber niemand beobachtet ihn. Er stellt es ganz nach hinten in den Schrank. Danach schlüpft er unter die Decke. Kurz darauf wird das Licht gelöscht. Der Vielklang der Schnarchenden ertönt, ab und an glaubt er das Knacken des brennenden Holzes zu hören. Er hebt den Kopf. Ein schwaches Leuchten geht vom Ofen am Ende des Raumes aus. Jemand stöhnt leise, träumt bereits oder onaniert. Glohberg und Hansen. Er wiederholt tonlos die Namen. Der Schlaf lauert und mit ihm die Alpträume. Paul ist immer dort, er wartet auf ihn, er ist eine Präsenz, aber niemals zu sehen. Das sind die schlimmsten Träume, denkt Franz. Jene, in denen er umherläuft und seinen Freund nicht finden kann. Und in den Träumen weiß er, dass Paul tot ist, kann aber nicht aufhören, nach ihm zu suchen.

*

»Private Schneider, ready for duty!«

Franz salutiert. Der Amerikaner sieht von seinem Schreibtisch auf. Franz' Auftritt scheint ihn zu amüsieren. Seine Zähne leuchten. Er hat sehr dunkle Haare, die ölig glänzen, und einen Hautton, der aussieht, als käme er von einer Woche Sommerfrische am Strand. Er sieht aus, wie Franz sich einen Italiener vorstellt. Der Mann bedeutet ihm, sich zu setzen.

Er sei Captain Johnson, sagt er, und er freue sich, ihn kennenzulernen. Man habe ihn darüber unterrichtet, dass er sowohl für allgemeine Übersetzungsarbeiten als auch für Verhörarbeit zur Verfügung stünde, ob das so korrekt sei. Franz nickt.

»Good«, sagt Johnson, »very good.«

Er klappt die Mappe zu, die vor ihm auf dem Tisch liegt. Wieder lächelt er. Er fragt nach Franz' Alter, nach seiner

Heimatstadt, kennt Essen nicht, wohl aber das Ruhrgebiet. Er fragt nach seiner Beschäftigung vor dem Krieg und wundert sich, dass ein Bergmann als Übersetzer arbeiten will. Franz entgegnet, dass die Arbeit als Bergmann Tradition habe in seiner Familie. Die Schule nicht. Johnson lacht. Das könne er nicht gutheißen, er sei Lehrer an einer Highschool gewesen, bevor er in die Army eintrat. Eines Tages wolle er an eine Schule zurückkehren.

»To normal life«, sagt er.

Er schaut auf seine Finger. Er stellt mehr Fragen. Nach der Familie, nach dem Vater, besonders nach dem Bruder. Nach seiner Zeit in der Hitlerjugend, nach seiner Ausbildung im Militär, nach seinen Gedanken zum Kriegsverlauf. Er verhört mich, denkt Franz, er prüft, ob sie mich gebrauchen können. Nach einigen Minuten herrscht plötzlich Stille. Johnson mustert ihn, seine dunklen Augen liegen auf Franz wie auf einem Museumsstück. Dann zieht er eine Schublade in seinem Schreibtisch auf und holt einige Papiere hervor. Das seien Anweisungen für deutsche Soldaten zu bestimmten Anlässen. Alte Exemplare. Er steht auf, läuft zu einem Regal in der Ecke des kleinen Raumes, zieht ein dickes Wörterbuch hervor und legt es vor Franz auf den Tisch.

»Let's see what you can do«, sagt Johnson.

Nachdem er die Übersetzungen abgegeben hat, kehrt Franz zum Mittagessen in den deutschen Compound zurück. Die Texte sind nicht kompliziert gewesen, Anordnungen zum Verhalten bei der Arbeit in den Lagerhallen des Stützpunktes, dazu eine Aufforderung, das Kartenspielen bei Kerzenlicht nach der Sperrstunde zu unterlassen. Johnson hat die Papiere, die Franz vollgeschrieben hat, entgegengenommen und gesagt, ein deutscher Übersetzer werde sie prüfen. Das war's dann wohl, hat Franz gedacht. Immerhin hat er es versucht.

In der Messe drängen sich schon die Männer an der Essensausgabe. Ein Meer aus fremden Gesichtern. Man mustert ihn eher beiläufig. Hinter der Theke ein bulliger Mann mit weißer Kappe, der ihm den Rücken zuwendet. Rudi, will er sagen, aber als der Mann sich umdreht, ist er so fremd wie alle anderen. Er reicht ihm wortlos einen Teller mit Eintopf, ein paar Scheiben Brot und einen Apfel. Franz läuft durch die Tischreihen, versucht die Anordnung zu verstehen, er muss sich auf seine Hände konzentrieren, darauf, das Tablett nicht zu stark zittern zu lassen. Jemand pfeift. Hansens Kopf erhebt sich in einer der hinteren Ecken des Speisesaals, Franz steuert ihn an.

»Wie ein Lamm fern der Herde«, sagt Hansen.

Glohberg, der ihm gegenübersitzt, grinst und rutscht ein wenig zur Seite, damit Franz sich setzen kann. Neben Hansen sitzen die zwei Kartenspieler vom Vorabend, die auch bei Tageslicht dasselbe runde Gesicht haben, denselben blonden Bürstenschnitt, dieselben großen blauen Augen.

»Das sind die Kowalskis«, sagt Hansen, »Peter und Thomas. Größte Faulenzer der Kompanie. Beste Skatspieler.«

Die Brüder schütteln Franz die Hand. Derjenige, der direkt neben Hansen sitzt, öffnet den Mund und deutet auf die Leerstelle, wo der obere rechte Schneidezahn sein sollte.

»Ich bin Peter. Merkste dir so: Peter, Zahnlücke. Thomas, Dachschaden.«

Der Tisch lacht.

»Verstanden«, sagt Franz. »Wart ihr in einer Truppe?«

Peter schüttelt den Kopf.

»Ich Italien, Infanterie, er U-Boot in Frankreich. Mich haben sie gezogen, er hat sich gemeldet, gleich nach der

Schule. Wir haben uns zusammenlegen lassen, als wir erfahren haben, dass wir beide hier sind. Macht er, der Ami, muss man ihm anrechnen.«

»Dem muss man so einiges anrechnen«, sagt Glohberg. Er senkt seinen Geiernacken über den Eintopf.

»Jeden Tag Fleisch zum Beispiel.«

»Seit wann seid ihr hier?«, fragt Franz.

Die Männer erzählen, dass das Lager erst vor kurzem wieder geöffnet worden sei. Es sei für Italiener gewesen, als die noch mit den Deutschen gekämpft hatten. Nach dem Seitenwechsel, wie Hansen es nennt, hat man es erst geschlossen und anschließend doch wieder geöffnet, als man nach der Invasion immer mehr Platz für Deutsche brauchte. Ihn habe der Amerikaner in Italien geschnappt, sagt Glohberg, Ende Oktober, kurz vor Neapel.

»War ja auch kein Dolce Vita mehr, am Ende. Da konnte man froh sein, wenn man die Möglichkeit hatte, sich von der Front überrollen zu lassen. Arme an Kopp, I surrender. Das wusste man.«

Hansen erzählt, man habe ihn nach dem Krieg erst in ein Lager in Georgia verlegt. Da sei es nicht angenehm gewesen. Er mustert Franz. Prüfen und wiegen, aus den Augen herausschauen, ob man es mit einem Fanatiker zu tun hat. Franz wartet gespannt auf Hansens Entscheidung.

»Da hat es gekracht«, sagt er schließlich, »zwischen den Linientreuen und denen, die einfach die Schnauze voll hatten. Danach haben sie mich in ein anderes Lager verlegt, für ein paar Wochen nur. Das war vielleicht ne Quetschbude, das sage ich dir.«

»Aber schön war's da«, sagt der Kowalski ohne Zahnlücke.

»Du warst ebenfalls da?«

»Zwei Wochen«, sagt Thomas. »War alles voll mit

U-Boot-Leuten. Die haben uns reichlich gequetscht zu unserer Technik, zur Moral der Truppe, zu den Verlusten und der Schlagkraft der U-Boote.«

Hansen nickt.

»Immerzu Gespräche mit Amerikanern, die perfekt Deutsch sprachen. Wie ist Ihre Einstellung, was halten Sie von Hitler, wie ist die Moral der Truppe, wie ist die Stimmung in der deutschen Bevölkerung, welchen Einfluss hat der Bombenkrieg. Solche Sachen. Thomas war gerade erst da, ich schon vor ein paar Monaten.«

»Und wo war das?«, fragt Franz.

Die beiden Männer zucken mit den Schultern.

»In abgedunkelten Wagen hat man uns hingefahren und auch wieder zurück. Das Klima war mild. Ostküste, vermute ich. Das ist alles, was man sagen kann.«

»Und unsereiner reißt sich den Arsch auf bei der Ernte«, sagt Peter. Er grinst, zeigt seine Zahnlücke.

»Baumwolle?«, fragt Franz.

»Erdnüsse«, sagt Peter. »Hab gedacht, mir kann keiner was, Arbeit auf dem Hof der Eltern, Ernte einholen jedes Jahr. Aber diese scheiß Nüsse, die haben mich geschafft. Das reinste Staubfressen.«

»Bei mir erst Kartoffeln«, sagt Franz, »später die vermaledeite Baumwolle.«

»Hab ich auch gemacht«, sagt Glohberg, »in Alabama. Die Hölle. Hatten einen Farmer, der uns dieselben Quoten schaffen lassen wollte wie die Neger. Sonst gab es nur Brot und Wasser. Hat dann Beschwerden gegeben, sogar einen Streik. Da waren alle plötzlich Demokraten.«

Er schüttelt den Kopf.

»Zum Glück haben sie meinen Bruder aus dem Verschwörerlager gelassen und hierhergeschickt«, sagt Peter. »Da konnte ich Verlegung beantragen.«

»Scheint ja ein schönes Sammelbecken zu sein«, sagt Franz.

Hansen beugt sich vor. Er spricht leise.

»Viele vernünftige Leute hier. Die in Ruhe ihre Zeit absitzen wollen.«

»Bis alles vorbei ist«, sagt Glohberg.

»Ich versteh schon«, sagt Franz.

»Wie immer gibt es aber ein paar, die noch von Wunderwaffen träumen. Da muss man vorsichtig sein.«

»Ich will wissen, wer das ist«, sagt Franz.

In der Baracke sitzt er am Tisch und schreibt einen Brief an die Mutter, nachdem er sich von den Amerikanern einige Vordrucke besorgt hat. Einen Pullover hat man ihm außerdem gegeben, eine dickere Jacke, auch diese mit dem PW auf der Brust, eine Mütze und ein paar Handschuhe. Er schreibt, dass es ihm gutgeht, dass man ihn nach Utah verlegt hat, weil er dort zur Arbeit eingesetzt werden soll. Er denkt an Paul, daran, dass er der Mutter nie von ihm erzählen wird. Wie soll man das verstehen, denkt er, wenn die eigene Welt so klein ist. Er schreibt von der Zugfahrt, den Bergen, vom Schnee, er hofft auf ihre gute Gesundheit und die des Bruders. Er adressiert, faltet und klebt die Karte. Er möchte Wilma schreiben. Auch wenn das Versenden von Briefen innerhalb der Vereinigten Staaten verboten ist. Er will zumindest schreiben, auch wenn er diese Nachrichten nie wird absenden können. Er hat es versprochen. Ihr Bruder ist bei ihm, den ganzen Tag über, immer wieder diese Bilder seiner bleichen, wächsernen Haut, des Hebens und Senkens seiner Brust. Sein immer schwächer werdender Puls. Er musste an den Bruder denken, als er bei Paul am Bett saß, an den bleichen, dünnen Bruder, der nach seinem Unfall im Lazarett lag, der immerzu weinte, das Bein in

256

dicken Schienen. Aber der Bruder, denkt er, konnte noch sprechen.

»Nie wieder«, konnte er sagen, »dieser verfluchte Laster, die scheißverflixten Bremsen.«

Er deutete auf sein Bein.

»Nie wieder ein Soldat, mit diesem Bein nicht, niemals mehr.« Und wieder weinte er. Und Franz starrte zu Boden. Aber der Vater, obwohl in seiner SA-Uniform, obwohl er später so gerne darüber spottete, dass es kein Unfall gewesen war, der Vater hielt seinem Sohn die Hand und sagte, dass Josef stolz sein könne, dabei gewesen zu sein.

»Der Erste aus unserer Schneidersippe in der Armee«, sagte er, »das kann dir keiner mehr nehmen.«

Und irgendwann hörte Josef auf zu weinen. Irgendwann stand Josef wieder auf. Josef humpelte, aber er humpelte hinaus aus dem Krankenhaus, zurück in sein Leben. Ein Versehrter, ein Verwundeter, aber ein Mensch. Paul hingegen haben sie ihm genommen, haben nur einen Haufen Fleisch und Knochen zurückgelassen. Er muss sich zwingen, an den lebendigen Paul zu denken, an sein Lachen, den Klang seiner Stimme.

In der Nacht, wenn Paul nur noch eine unsichtbare Anwesenheit ist, ein Hintergrundschimmern im Licht aller Träume, dann kommt Wilma zu ihm, spricht zu ihm, Sätze ohne Sinn, oder sie steht einfach nur da und schaut ihn an. Dass er ihr schreiben wird, wollte er in einem Traum sagen. Aber in diesem wie in allen anderen Träumen ist er stumm.

Er fährt hoch. Die Tür öffnet sich, ein Kamerad kommt aus der Kälte herein, er bleibt kurz am Ofen stehen und wärmt sich die Hände. Er nickt Franz zu und geht zu seinem Bett, ohne ein Wort zu verlieren. Glohberg, Hansen, Kowalski Peter, Kowalski Thomas, wiederholt er, Peter mit Zahnlücke. Thomas, hat er gesehen, hat eine Narbe am Kinn, er wirkt ein bisschen schmaler, hagerer als sein Bruder. Schnell die richtigen Leute zu kennen, denkt er, ist ein Vorteil. Und er hat das Glück gehabt, dass diese vier zu den Richtigen zählen. Der schweigende Kamerad, der sich am Ende des Raums auf sein Bett setzt und sich von seiner Jacke und seinen Stiefeln befreit, mag ein Richtiger oder ein Falscher sein. Er wird es herausfinden. Er wird auch die Namen derer herausfinden, vor denen man sich in Acht nehmen muss. Er wird schlauer sein als beim letzten Mal.

*

»Sie können heute anfangen«, sagt Johnson.

Franz beugt sich vor. Er fragt, ob er richtig verstanden habe. Johnson lacht laut.

»Sie haben offensichtlich nicht damit gerechnet, den Job zu bekommen.«

Er schüttelt den Kopf. Franz stammelt etwas. Er sei sich natürlich nicht sicher gewesen. Sein Kamerad, sagt Johnson, habe die Übersetzungen geprüft und für gut befunden. Er verlasse sich auf das Urteil, der Mann sei vertrauenswürdig. Ob er also bereit sei. Das sei er, sagt Franz.

»Sie werden mein persönlicher Übersetzer sein«, sagt Johnson, »in der Büroarbeit, aber auch sonst, auch bei Verhören. Sie werden mein Sekretär sein, Sie werden mir Kaffee kochen, und wenn ich es will, werden Sie auch mein Fahrer sein. Können Sie fahren?«

Franz schüttelt den Kopf.

»Dann werden Sie es lernen.«

»Jawohl, Captain Johnson.«

Er salutiert. Johnson lächelt.

»Ihr Deutschen«, sagt er, und Franz ist sich nicht sicher, was er meint.

Er werde das mit dem Fahrunterricht weitergeben, sagt Johnson, er müsse immer wieder einmal zu den Seitenlagern fahren, um dort Dinge zu regeln. Er könne einen amerikanischen Fahrer haben, aber er sehe nicht ein, amerikanische Arbeitskraft zu verschwenden, wenn ihn sein Übersetzer sowieso begleiten müsse.

Er schiebt ihm eine Mappe über den Tisch.

»Vor meinem Büro ist ein Schreibtisch für Sie freigeräumt worden. Dort arbeiten Sie. Sie haben ein Telefon, über das ich Sie rufen kann, wenn ich Sie brauche. In der Mappe sind Hinweise für ein neues Arbeitskommando. Übersetzen Sie das und bringen Sie es mir anschließend.«

Franz salutiert und verlässt das Büro. Draußen der Tisch, darauf eine Schreibmaschine und ein schwarz glänzender Telefonapparat. Er setzt sich, zieht einige Schubladen auf: Schreibblöcke und Bleistifte, ein Wörterbuch, Radiergummis. Er legt die Mappe vor sich auf den Tisch.

»You all right, honey?«

Eine Frau steht neben ihm, sehr klein und stämmig, sie trägt einen langen olivgrünen Rock und eine Armeejacke in derselben Farbe. An ihrer vollen Brust hängen einige Auszeichnungen und auf ihrem lockigen dunklen Haar sitzt eine Kappe. Sie wiederholt ihre Frage. Franz nickt. Sein erster Tag, sagt er. Sie lacht. Er sei also der neue Übersetzer. Wenn er Hilfe brauche, solle er sich bei ihr melden. Sie deutet auf einen freien Tisch ein Stück den Gang hinunter. Er schaut ihr nach, als sie den Gang hinunterläuft. Ihre kräftigen Waden in grauen Strumpfhosen. Die Absätze der Schuhe klopfen einen schnellen Rhythmus. Der Geruch von Seife in seiner Nase. Er schaut sich um. Fast alle Tische sind besetzt, mehrere Dutzend Männer und Frauen arbeiten gleichzeitig in diesem riesigen Raum, jeder Tisch der kleine Teil eines Motors. Alles brummt und vibriert. In seinem Rücken führt ein Gang zu den einzelnen Büros der Offiziere, rechts und links an den Wänden Schränke voller Aktenordner, darüber Tafeln oder Bretter, an die man Ankündigungen geheftet hat, an der rechten Wand, unweit von seinem Platz, ein Porträt von Roosevelt, daneben eine große Karte der Vereinigten Staaten, auf der unzählige Punkte markiert sind, Armeelager, vermutet er. Ein Mann am Tisch neben ihm nickt ihm zu, ein junger Amerikaner, vielleicht ein wenig älter als er. Franz nickt zurück. Er pustet Luft aus. Ein Schneider am Schreibtisch der Amerikaner. Was sein Vater wohl gesagt hätte. Seinem Bruder, denkt er, würde es gefallen. Und Paul. Paul wäre stolz auf ihn. Er klappt die Mappe auf und macht sich an die Arbeit.

»Wie lässt es sich an?«

Franz schreckt hoch.

Der Mann neben ihm trägt die deutsche Uniform eines Feldwebels, das PW leuchtet weiß auf seiner Brust. Franz erhebt sich und salutiert.

»Schütze Schneider, Herr Feldwebel«, sagt er, »Compound 1 Baracke 4.«

Der Feldwebel winkt ab.

»Weiß ich doch, Schneider. Feldwebel Bartels. Habe Ihr Verhör begleitet, das nach der Ankunft.«

»Sie waren das? Verzeihung, Herr Feldwebel.«

Wieder macht Bartels eine Bewegung aus dem Handgelenk. Seine Arme sind sehr lang, sehr sehnig, alles an ihm wirkt schmal, überstreckt. Er überragt Franz um mehr als eine Kopflänge.

»Sie waren etwas neben der Spur, das war Ihnen anzusehen. Aber gute Aussage, wenn Sie verstehen.«

Franz nickt.

»Ich habe ihre Probe gelesen. Gutes Verständnis des

Englischen. Aber um Gottes willen, Schneider, Ihre Recht-
schreibung. Ich wollte Sie gerne hier haben. Aber unter
normalen Umständen …«

Franz spürt, dass seine rechte Hand, die er seitlich an
seine Hüfte zu pressen versucht, immer stärker zittert.

»Ich bitte um Verzeihung, Herr Feldwebel!«

»Bitten Sie die deutsche Grammatik um Verzeihung,
Schütze Schneider. Und machen Sie einen Kurs. Ich kann
einen wie Sie gebrauchen, wenn Sie verstehen.«

»Weiß nicht, Herr Feldwebel.«

Bartels seufzt.

»Sie verstehen gut, Schneider. Stellen Sie sich nicht
dumm. Ihre Gesinnung ist hier kein Geheimnis, dem Amerikaner nicht und ebenso wenig vielen Kameraden. Also
machen Sie mir keine Schande!«

Er beugt sich vor.

»Johnson versteht nur Bruchstücke, und den Kameraden
ist es schnuppe, was da steht, solange sie es verstehen. Aber
wenn Sie zu dicke Böcke schießen, dann fliegen Sie auf.
Kommen Sie zu mir, wenn Sie Fragen haben!«

Er deutet auf einen Schreibtisch am Ende der Reihe. Er
salutiert knapp und läuft den Gang hinab. Franz sieht ihn
einige Worte mit einer jungen Sekretärin wechseln. Die
Frau lacht und legt dem Deutschen kurz die Hand auf die
Brust, bevor sie an ihren Platz zurückkehrt. Fraternisie-
rung ist das, und zwar nicht zu knapp, genauso wie das Gespräch zwischen ihm und der amerikanischen Sekretärin
zu Beginn seiner Arbeitszeit. Die Frau hat ihm sogar noch
einen Kaffee gebracht. Hat gefragt, wo er her sei, wie alt.
Dass er noch ein Kind sei, hat sie gesagt. Und der amerikanische Soldat am Nebentisch hat ihn angelacht und mit den
Augen gerollt. Franz setzt sich wieder. Er legt seine Hand
auf dem Oberschenkel ab, wartet, bis sie sich beruhigt hat.

Die Buchstaben auf dem Schreibblock vor ihm verschwimmen. Andere Welt. Ein Klingeln und Klackern und Lachen. Draußen die Kälte, drinnen die Wärme. Es ist ihm, als stünde Paul hinter ihm und lächelte. Er glaubt einen Atemhauch im Nacken zu spüren. Aber hinter ihm liegen nur die Türen zu den amerikanischen Offizieren. Er fragt sich, ob Paul in Hearne in einer ähnlich freundlichen Atmosphäre gearbeitet hat. Er verspürt eine tiefe Dankbarkeit für all die Stunden, die sie gemeinsam am Teufelsbrunnen gesessen und sich auf Englisch unterhalten haben. Er wird Wilma davon schreiben, zumindest das. Er denkt an den Sarg, den einfachen, schmucklosen Sarg, daran, wie falsch ihm das erschien. Er hat die Kameraden gehasst dafür, dass sie ihre Uniformen nicht getragen haben, er hat sie gehasst dafür, auch wenn es ihn nicht überraschte. Kein Teil mehr zu sein dieser Gruppe. Er selbst hatte das Gefühl, dass ihn diese Beerdigung aller Verpflichtungen entband. Rudi und Leo und all die anderen ohne Uniformen, die vermeintlich Aufrechten. Er hat sie nicht angesehen, hat zu Boden geschaut. Nur Husmann und er, nur sie beide.

»Wann hast du dich verhaften lassen?«, konnte er Husmann auf dem Rückweg in den amerikanischen Compound fragen.

»Gleich am nächsten Morgen«, sagte Husmann, »nur weg von diesem Pack!«

Er spuckte aus. Das war das letzte Mal, dass sie miteinander sprachen. Und all diese deutschen Gesichter, denkt Franz, während er die Mappe wieder aufklappt und nach dem Bleistift greift, all diese grimmigen deutschen Gesichter waren es, die nicht gepasst hatten zum Toten in seinem dunklen Sarg. Amerikanische Wächter, ein Ehrensalut und ein Trompeter, vielleicht sogar die Fahne mit den weißen Sternen auf blauem Grund und den dreizehn roten Streifen. Das war es, was gefehlt hatte, was er sich gewünscht hätte für den Freund, einen passenden, einen amerikanischen Abschied.

Als Franz die Baracke betritt und der Kamerad am Tisch seinen Kopf hebt, muss Franz an eine Katze denken, an die Augen einer Katze, aus denen ihn ein leuchtender, offener Blick trifft. Die Nase darunter zierlich, die Lippen voll, es könnte das Gesicht einer Frau sein, wären da nicht das markante Kinn und der Adamsapfel, dazu die kurzgeschorenen hellen Haare. Der Kamerad lässt sein Buch liegen, steht auf und begrüßt Franz.

»Du musst der Neue sein. Gefreiter Mahlstein, komme aus Hannover. Gefangennahme bei Aachen, 49. Infanteriedivision.«

Er ist deutlich kleiner als Franz, vielleicht gerade einen Meter sechzig groß, alles an ihm wirkt dünn, fast zierlich, so auch die Hand, die er Franz entgegenstreckt. Ihr Druck ist sehr fest. Franz nennt seinen Namen und seine Heimatstadt, auch den Ort seiner Gefangennahme. Mahlstein nickt mehrmals schnell hintereinander, so als wollte er sich alles genau einprägen.

»Normandie, das muss ein Kämpfen gewesen sein. Eine echte Feuertaufe. Mit der 49. ging es viel zu oft rückwärts. Viel zu viel Feigheit.«

Er schüttelt den Kopf.

»Viel zu viele vergessen heutzutage den Eid, den sie dem Führer geschworen haben.«

Franz mustert den Kleinen. Er muss ungefähr sein Alter haben. Trotzdem hat er das Gefühl, als ob ein Greis vor einem Kind steht.

»Wir kamen zu spät für die Landung«, sagt Franz. »Und in Cherbourg haben sie uns aus der Ferne und aus der Luft kaputtgeschossen. Immer auf die Fresse. Also ja, eine saftige Feuertaufe. Aber wenig zu kämpfen.«

Mahlstein schüttelt den Kopf.

»Dort sind ja die falschen Männer gewesen, in der Führung. Leute, von denen man munkelt, sie hätten Verbindungen zu Stauffenbergs Bande gehabt.«

Er setzt sich wieder.

»Die sind nur zu gerne in Gefangenschaft gegangen. Man hat ja die Warnungen des Führers vor der Invasion nicht hören wollen. Der Führer hat das alles ja kommen sehen, aber der Generalstab hat nicht auf ihn gehört.«

Franz lächelt. Er ist sehr ruhig.

»Jetzt ist es auch egal.«

»Wieso egal?«

»Weil wir in Utah sitzen. Weil es nur noch eine Frage der Zeit ist, bis wir den Krieg verloren haben.«

Einen Moment lang hört man nur das Murmeln einiger Kameraden im hinteren Bereich der Baracke, das entfernte Brummen von Motoren. Mahlstein lächelt, er zieht seinen Mund sehr breit. Es sieht unheimlich aus, so als wollte er mit dieser Grimasse der Freundlichkeit sein Gesicht zerreißen. Klare Fronten, denkt Franz, klare Fronten von Anfang an.

»Verstehe«, sagt Mahlstein. Und nach einer Pause: »Solche wie du werden sich noch umsehen. Bis an den Rhein sollen sie kommen, dorthin lassen wir sie. Aber wenn der Gegenschlag kommt, wenn die V2 und die neuen V3 erst einmal bereit sind, dann wird sich zeigen, wer wirklichen Kampfgeist hat, welches Volk bereit ist, für diesen Krieg wahrhaft alle Opfer zu bringen.«

Seine grünen Katzenaugen glänzen. Er hebt den Zeigefinger und deutet auf Franz, der ruhig vor ihm im Raum steht.

»Und an Leute wie dich wird man sich erinnern!«

Die Tür öffnet sich, und eine Gruppe Kameraden betritt den Raum, unter ihnen auch Hansen und Peter Kowalski. Die Männer sind laut, sie riechen nach Schweiß und Motorenöl. Es wird gelacht, irgendjemand beginnt zu singen: *Mein Freund Johnny war ein feiner Knabe, er war ein Tramp und hatte kein Zuhaus.* Hansen lässt seinen schweren Körper auf den Stuhl gegenüber von Mahlstein fallen. Er zieht seine Jacke aus und wirft sie über die Stuhllehne. Sein Bauch hängt über die Hose und spannt sein Hemd. Dunkle Schweißflecken unter seinen Achseln. Er mustert erst Mahlstein, dann Franz.

»Hast du den kleinen Hitler also schon kennengelernt.« Er bleckt seine Zähne.

»Halt's Maul, Hansen!«, sagt Mahlstein.

»Du musst nämlich wissen«, sagt Hansen in Franz' Richtung, »dass die Amerikaner unseren kleinen Kameraden hier ganz besonders mögen. Deshalb haben sie ihm auch so einen schönen Spitznamen gegeben. Little Hitler. Ist es nicht so, kleiner Hitler?«

»Halt bloß deine blöde Fresse!«, sagt Mahlstein.

Hansen zieht den Stuhl zu seiner Linken zurück und bedeutet Franz, er möge sich setzen.

»Der kleine Hitler weiß nämlich von Wunderwaffen, von denen noch nicht einmal der große Hitler was weiß. Hast du ihm schon von den X-Strahlen erzählt, kleiner Hitler?«

Mahlstein springt auf. Er schlägt mit beiden Händen auf den Tisch. Es wird still im Raum. Franz sieht, wie die Augen des Kleinen schmal werden, er sieht den Hass in ihnen glänzen. Hansen verschränkt die Arme vor der Brust. Er grinst. Sein roter Kopf leuchtet. Franz hat den Eindruck, dass ihm die Situation enormen Spaß macht.

»Was ist?«, fragt er. »Willst du dein Glück mal wieder versuchen? Hast du beim letzten Mal nicht genug gehabt?«

Die Kameraden halten Abstand. Sie grinsen, flüstern, lachen, sie warten auf Mahlsteins Reaktion. Der Kleine tritt zurück, spuckt auf den Boden. Einige Kameraden buhen und pfeifen.

»Du bist es gar nicht wert!«, sagt Mahlstein.

Dann drängt er sich durch den Pulk der lachenden Kameraden und verlässt die Baracke. Mehrere Männer klopfen Hansen im Vorbeigehen auf den Rücken. Peter Kowalski setzt sich zu ihnen an den Tisch.

»Schade«, sagt er, »hätte gerne gesehen, wie du den frühstückst.«

Er legt ein Blatt Skatkarten auf den Tisch.

»Der verflucht jede Sekunde den Tag, an dem man ihn dieser Baracke zugewiesen hat«, sagt Hansen. »Wollte sich verlegen lassen. Aber da hatte er vorher schon das Maul viel zu weit aufgemacht. Und so ein Spitzname hilft natürlich nicht, wenn man dann plötzlich auf seine Rechte pocht.«

Er nimmt sein Blatt auf.

»So ein Idiot. Dem haben sie diesen ganzen Kram so tief ins Hirn geschissen, dass er gar nicht schafft zu sehen, wie schlimm die Lage wirklich ist. Das geht dem gar nicht in die Birne, wie sehr alles schon in die Scheiße geritten ist. Redet lieber von der V3, von Wunderstrahlen.«

Er ordnet die Karten, Kowalski nimmt seinerseits auf und bedeutet Franz, den dritten Kartenhaufen zu nehmen.

»Aber wer das gesehen hat, die Bomben, die Niederlagen in Russland, all die Toten, die Invasion, all diese Massen an Menschen und Maschinen, wer das gesehen hat und immer noch dran glaubt, der jagt sich am besten früher als später eine Kugel in den Kopf.«

»Klappe jetzt, wir spielen«, sagt Kowalski.

*

»Schalten!«

Franz versucht, den großen Knüppel zu bewegen, zieht mit der Hand daran, aber die Metallstange reagiert nicht.

»Kopf hoch, Augen geradeaus!«

Ein lautes Hupen ertönt. Er lässt die Hand von der Schaltung, tritt auf die Bremse; sein Körper wird nach vorne geworfen, seine Brust prallt gegen das metallene Lenkrad. Kurz wird ihm schwarz vor Augen, er ringt nach Luft. Vor ihm auf der Straße steht ein Lastwagen, dessen Fahrer wild gestikuliert. Franz' Beifahrer lacht laut, er erhebt sich von seinem Platz, signalisiert dem LKW, dass er an ihnen vorbeifahren soll.

»He's just getting started«, ruft er dem Fahrer des Lasters zu, der seinen Motor wieder anlässt, ein Stück zurücksetzt und sie anschließend passiert, nicht ohne mit der flachen Hand vor dem Gesicht hin und her zu wedeln. Sergeant Schmitz setzt sich wieder, er grinst Franz an.

»Zwei Dinge auf einmal, okay, Schneider, kann doch nicht so schwer sein.«

Sein Deutsch ist sehr breit und amerikanisch, er rollt das R, spricht das Ch eher wie ein K aus; trotzdem glaubt Franz einen rheinischen Einschlag zu hören, ein Vermächtnis der Eltern, die direkt nach dem Ersten Weltkrieg ihre Kölner Heimat hinter sich gelassen und in Kentucky eine neue Heimat gefunden haben. Eine sehr germanische Ecke, sagte Schmitz. Überhaupt sieht der Sergeant sehr deutsch aus, hat blonde Haare, ein rundes Gesicht, sehr rosige Haut. Gäbe es die olivgrüne Uniform nicht, die Abzeichen und die Orden, man könnte ihn für einen Kriegsgefangenen halten.

»Wenn Sie schalten, okay, schauen Sie trotzdem geradeaus. Vergessen das Steuern nicht, okay. Zwei Dinge, Schneider. Oder vergessen Sie beim Scheißen das Atmen?«

Der letzte Satz auf Englisch, *do you stop breathing when you're doin' a shit*, worüber er direkt laut lacht, was bei ihm stets in einem kurzen Grunzen endet. Er klatscht in die Hände.

»Noch einmal«, sagt er.

Franz stößt eine Atemwolke aus, er lässt den Motor an und setzt den Jeep vorsichtig in Bewegung. Er fährt langsam bis zum Ende der Straße, lenkt den Wagen nach links, auf eine harte Piste, die an der Innenseite entlang des gesamten äußeren Zaunes des amerikanischen Sektors verläuft. Ganz am Ende liegen die deutschen Baracken. Wenn sie ihn sehen könnten, denkt er. Schneller, sagt Schmitz, und Franz tritt auf das Gaspedal, der Motor dröhnt, schalten, ruft Schmitz, Franz tastet nach dem Hebel, erwischt ihn unterhalb des Knaufs, zieht daran, es knarzt, der zweite Gang rastet ein, der Motor wird leiser, schneller, sagt Schmitz, und Franz beschleunigt. Der eisige Fahrtwind schlägt ihm entgegen, kleine Kristalle auf der niedrigen Windschutzscheibe, auf der Kühlerhaube der weiße Stern der US-Armee, vor ihm der mit Frost bedeckte Weg, dahinter der Zaun, Baracken, in der Ferne die schneebedeckten Gipfel. Er möchte laut schreien, es klappt, er fährt, will jubeln, weinen. Die Kälte brennt im Gesicht. Er fühlt sich gut. Auf Schmitz' Kommando hin wird er langsamer, biegt ab, bevor er den Grenzzaun zum deutschen Sektor erreicht hat, rollt vor die Lagerhalle, in der die Jeeps gewartet werden. Schmitz ist zufrieden. Vielleicht, sagt er, habe Franz es heute endlich kapiert.

»Zwei Dinge, okay, Schneider, zwei Dinge gleichzeitig.«

Sie verabschieden sich per Handschlag. Franz läuft in Richtung des deutschen Compounds. Captain Johnson hat ihm nach dem Mittag für die Fahrstunden freigegeben. Einige GIs grüßen ihn, er grüßt zurück. Er zieht seine Hand-

schuhe aus, reibt sich die Hände. Das Zittern hat nachge-
lassen. Die Träume haben sich gewandelt. Wilma ist daraus
verschwunden, Paul hat ihren Platz eingenommen, er hat
eine Gestalt angenommen, ein Gesicht, auch wenn es das
Gesicht eines Fremden sein kann, das Gesicht eines Schul-
freundes oder Kameraden, immer weiß Franz, dass er es
mit Paul zu tun hat, dass es sein toter Freund ist, der lacht,
spricht, singt, der blutet und stirbt, immer wieder und wieder. Er hat den Übergang zum Bereich der Kriegsgefangenen erreicht, er zeigt seinen Passierschein, man prüft ihn
kurz, wechselt ein paar Worte, nickt, lässt ihn passieren.
Vor den Baracken ist der Schnee beiseitegeschippt worden, einige Kerzen sind in den Fenstern zu sehen, Christ-
sterne aus Papier, Tannenzweige auf den Beeten. Advents-
schmuck, so als wäre es ein gewöhnlicher Dezember. Es
riecht nach Diesel und Kohle, nicht anders als in Katernberg, nur dass die Türme der Zeche fehlen, dass sich stattdessen an der Stadtgrenze Ogdens die Berge erheben und
ihm das Gefühl geben, ein Zwerg zu sein. Paul, denkt er,
während er sich seiner Baracke nähert, hat sich in eine Gestalt in den Bildern der Nacht gewandelt, während seine
Schwester ihn in seinen Tagträumen begleitet. Er stellt sich
ihr Gesicht vor, ihr Lachen, er hat sich angefasst und an sie
gedacht unter der Dusche, er hat sich geschämt, aber er hat
es wieder getan. Er hat sich nicht einmal wirklich ihren
Körper vorstellen können, hat nur diese vage Erinnerung
an ihr kleines Gesicht, ihr Lachen, die kurzen Haare, ihre
langen Hosenbeine, das schon, an ihre sehr langen, dunklen Hosenbeine. Er öffnet die Tür, nickt ein paar Kameraden zu, die am Tisch sitzen und lesen. Jemand hat einen
Adventskranz gebastelt. Eine Kerze brennt. Ein Mann kniet
vor dem Ofen und legt Holzscheite nach. Aus der offenen
Ofentür zischt und knackt es.

Liebe Wilma, schreibt er, setzt ab, hebt den Kopf. Die Baracke ist beinahe leer, Glohberg und die Männer des Arbeitskommandos, die außerhalb des Lagers einen Bewässerungsgraben ausheben, sind noch nicht zurückgekehrt, auch Hansen und Peter Kowalski, die Vorräte und Ersatzteile in einer Lagerhalle ausladen und sortieren, sind noch bei der Arbeit. Thomas Kowalski, der die Nacht im Krankenhaus des Camps gearbeitet hat, liegt auf seinem Bett und schnarcht. Der Kowalski mit dem Dachschaden. Franz ist aufgefallen, dass er unablässig blinzelt, dazu zuckt sein rechter Mundwinkel sehr oft. Dass die Nerven seines Bruders die U-Boot-Fahrten nicht unbeschadet überstanden haben, hat Peter gesagt. Franz öffnet den Schrank neben seinem Bett, öffnet das Glas, greift einen Stein, den er bei einem Spaziergang durch das Lager gefunden hat, ein kleines, spitzes, glänzendes Mineral, ein archaischer Pfeil. Er nimmt ihn zwischen die Finger, rollt sich auf den Bauch und starrte wieder auf den Brief, der nur aus zwei Wörtern besteht. Er öffnet den Mund etwas, schiebt die Pfeilspitze auf seine Zunge, drückt sie gegen den Gaumen, spürt ein leichtes Stechen. Ansonsten schmeckt der Stein nach nichts. Oder ihm fehlt es an der Fähigkeit, diesen Stein zu schmecken. Er wünscht sich Kiesel aus einem Bach in den Bergen jenseits des Lagers. Einen Stein von draußen, so wie jene, die er in Texas bei der Feldarbeit gefunden hat. Er spuckte die Pfeilspitze aus, tauscht sie gegen einen kleinen weißen Dolomitstein, den er in Hearne bei einer Pause von der Baumwollernte in einem trockenen Flussbett gefunden hat. Er glaubt Salz zu schmecken, eine leichte Bitterkeit. Er denkt an die Sonne, den Schweiß, den Gesang der schwarzen Arbeiter, das Schmerzen seiner Arme und Hände. Hitze und ein offener Himmel, das ist Texas. Ein Grab für einen Freund; das auch.

Liebe Wilma, setzt er an, *ich schreibe Dir einen Brief, den Du niemals lesen wirst, ich schreibe einer Person, die ich nicht kenne. Vielleicht werde ich Dich niemals kennenlernen. Das macht mich traurig, und ich weiß nicht, warum.*

Klingst wie ein Mädchen, schreibst von Traurigkeiten. Er fühlt sich dumm und ungelenk, wie auf dem Fahrrad in Katernberg, wenn der Bruder neben ihm lief, ihn mit dem Arm stützte, weil die Angst zu stürzen zu groß war.

»Komm schon«, rief Josef immer wieder, aber sobald er die Hand von seinem Rücken nahm, bremste Franz mit den Füßen und kam zum Stehen. Wenn er hinten bei Josef auf dem Gepäckträger saß, dann breitete er die Arme aus und schrie, so laut er konnte. Aber wenn er allein oben auf dem Sattel saß, wenn er den Lenker wackelig in Händen hielt, dann war die Angst so groß, dass sie ihn erstarren ließ. Bis, denkt er und lächelt, Josef ihm auf einem Hügel in einem Waldstück unweit der Zeche einfach einen Stoß gegeben hatte und er so schnell wurde, dass er sich nicht mehr traute, mit den Füßen zu bremsen, und einfach rollte und rollte.

Ich weiß, schreibt er, *ich habe Dir versprochen, Dir von Deinem Bruder zu erzählen, aber jetzt kommt es mir lächerlich vor, weil Du ihn doch viel besser kennen mußt als ich. Ich habe nur wenige Wochen mit ihm verbracht, in einem Lager in Texas, während Du mit ihm aufgewachsen bist, jahrelang jeden Tag an seiner Seite warst. Ich würde Dich gerne fragen, wie es sein konnte, daß ein Mann wie Paul, so ein aufrechter, ehrlicher Mann, sich für den Krieg und die Nazis begeistern konnte, daß er dafür einen Ozean überquert hat. Ich bekomme meinen Freund nicht mit diesem Kerl zusammen, der für den Führer brennt, der den Bolschewismus bekämpfen will und dafür seine Familie zurückläßt.*

Der Krieg hat etwas gemacht mit Paul, hat etwas in eine Richtung verändert, die den meisten Kameraden entgegenstand, all jenen Maulhelden, die pausenlos von ihren Abenteuern erzählten, davon, wie sie dem Tommy oder dem Russen ordentlich eins auf die Schnauze gegeben haben. Das Lager in Texas war voll von solchen Kerlen, das Lager in Utah ist es zum Glück nicht. Es gibt sie, aber sie sind in der Unterzahl. Paul lauschte solchen Erzählungen schweigend, er machte ein Gesicht, als kaute er eine trockene Steckrübe, irgendwann stand er immer auf und verließ den Raum. Paul erzählte nichts, oder so gut wie nichts.

»All das Blut«, sagte er einmal, nachdem sie einige Biere getrunken und am Teufelsbrunnen gesessen hatten, »das Feuer, der Schlamm, das Eis, all die Gerüche nach verbranntem Fleisch, nach Scheiße, das Donnern der Artillerie, das Rattern der MGs. Was soll ich davon erzählen? Nichts, was ich darüber erzählen kann, würde alldem gerecht werden. Du hast es in Cherbourg erlebt, oder vielleicht auch nur einen Teil davon. Der Westen, das war etwas anderes. Da war es menschlich, trotz allem Sterben und Töten. Im Osten«, sagte er, »im Osten waren wir Tiere. Oder schlimmer.«

Franz weiß, dass er Wilma solche Sätze nicht schreiben kann, dass die Dinge, die hinter solchen Sätzen mitschwingen, dass die Wörter hinter den Wörtern nichts sind, was er der Schwester des Freundes zumuten kann. Also schreibt er von ihrem Kennenlernen an Bord des Dampfers, von den kurzen Pausen an Deck in der Sonne, vom Aufenthalt an der Tür bei der Einfahrt nach New York, so dass er die Freiheitsstatue und die Wolkenkratzer hat sehen können.

Diese Bilder, schreibt er, *haben sich eingebrannt. Es war einer der wundervollsten Momente in meinem Leben. Und ich werde Deinem Bruder auf ewig dafür dankbar sein.*

Er wird zu flennen anfangen. Noch zwei solcher Sätze und er wird heulen wie ein Hosenscheißer. Er schiebt den Schreibblock unter das Kopfkissen, setzt sich auf, nimmt

Pauls Buch, das stets auf seinem Schrank liegt. Er liest darin, auch wenn es ein Kampf ist, er viele Sätze zwei- oder dreimal lesen muss. Die Augen fallen ihm zu. An das Licht im August und September denkt er, auf den Feldern in Texas, an einen Arbeiter, der Christmas heißt, oder eine Figur aus seinem Buch, oder sie heißen beide gleich, obwohl doch niemand so heißen kann. Er wird schlafen, spürt er, er wird träumen; Paul wartet.

*

»I've had enough of this!«

Johnson steht auf, er knallt die Mappe zu, die vor ihm auf dem Tisch liegt, er dreht sich um und stürmt aus dem Raum. Die Tür knallt, die Lamellen, die den Blick aus dem Raum in das dahinterliegende Großraumbüro verdecken, klappern. Franz, der auf einem Stuhl in der Ecke des Raumes sitzt, legt seinen Schreibblock auf dem Oberschenkel ab und bläst kräftig Luft aus. Der Deutsche, der Johnson gegenüber am Tisch gesessen hat, kratzt sich am Kopf und grinst verlegen.

»Ist der immer so launisch?«

Franz rollt die Augen.

»Sei froh, dass du nicht für den arbeiten musst. Eben noch ist alles in Butter, im nächsten Moment wird plötzlich rumgeschrien, weil etwas falsch übersetzt wurde oder weil ich etwas auf Englisch falsch ausgedrückt habe. Spielt den Freundlichen, ist aber ein riesiges Arschloch.«

»Na großartig«, sagt der Kamerad. Er fährt sich mit der linken Hand über den Mund. Die rechte Hand ist mit einer Schelle an einer Vorrichtung auf dem Tisch befestigt. Der Mann hat einen schweren, eckigen Kopf, seine dunklen Haare sind kurz und lockig. Seine Kriegsgefangenenuniform scheint ein wenig zu klein zu sein für seinen massigen Torso. Bullhaupt heißt der Mann, Heinz Bullhaupt, und würde er nicht schon so heißen, denkt Franz, man müsste ihn umbenennen. Verdacht auf Anzettelung einer schweren Schlägerei mit schwarzem Wachpersonal, hat in der Akte gestanden. Körperverletzung. *Negro Guards*, haben sie geschrieben. In Texas, denkt Franz, wäre so etwas überhaupt nicht möglich gewesen. Schwarze hat er nur auf dem Feld gesehen. Aber in Utah, im Depot der Army, gibt es schwarze Versorgungstruppen, einzelne Wachgruppen, auch wenn er vorher noch nie gesehen hat, dass sie einem deutschen Arbeitstrupp zugeteilt werden. Laut der Aussage der Amerikaner hat sich der Obergefreite Bullhaupt, als er und seine Kameraden nach dem Arbeitseinsatz in einer Dosenfabrik von einem LKW mit schwarzem Fahrer und schwarzen Wachsoldaten abgeholt wurden, geweigert, die Ladefläche zu betreten. Er habe nicht hinten sitzen wollen, während vorne die Schwarzen säßen, haben die Wächter ausgesagt. Als der Corporal ihm befohlen hat, den Lastwagen zu besteigen, hat der Obergefreite Bullhaupt dem Mann ins Gesicht gespuckt und ihn einen *dirty negro* genannt. Daraufhin sei es zu einem Handgemenge gekommen, bei dem neben Bullhaupt und dem Corporal auch zwei weitere Kriegsgefangene und ein Wachsoldat verletzt wurden. Erst die Androhung der weiteren Wächter, von der Schusswaffe Gebrauch zu machen, sowie ein abgefeuerter Warnschuss hätten die Situation unter Kontrolle gebracht. Bullhaupt hat, so steht es in der Akte, nach seiner Verhaftung die Version des Corporals als Erfindung bezeichnet. Seine Männer haben ihm beigepflichtet.

»Schöne Scheiße«, sagt Franz. Er steht auf, geht zum Tisch, schaut kurz über die Schulter zur Tür und öffnet die Akte. Bullhaupt mustert ihn.

»Wem sagste datt. Die wollen mich ins Kittchen stecken, bei Wasser und Brot.«

»Wie lange?«, fragt Franz.

Bullhaupt zuckt mit den Schultern.

»Was weiß denn ich. Bei mein Glück sind die Wächter da auch allet Neger. Datt muss man sich mal vorstellen. Völlig unwürdig so watt. Hab die Schande damals ja noch miterlebt. Der Franzose und dem seine Wilden.«

»Woher kommst du?«, fragt Franz.

»Bottrop«, sagt Bullhaupt. »Bottrop-Welheim.«

»Sind wir fast Nachbarn gewesen«, sagt Franz. »Essen-Katernberg.«

»Gibt's ja nicht.« Bullhaupt lacht. »Ich bin öfter zu den Sportfreunden ins Stadion. Dass die noch den Aufstieg geschafft haben, Mensch, das war was.«

Franz lächelt. Er erinnert sich an das Stadion am Lindenbruch, an das Lärmen und Singen dort, wenn er mit dem Vater in der Kurve gestanden hat. Vor dem Krieg gingen sie jedes zweite Wochenende dorthin, standen in der Kurve, schrien sich die Lunge aus dem Leib. Er setzt sich auf den Stuhl, der noch die Wärme von Captain Johnson ausstrahlt.

»Pass auf«, sagt er. »Die Sache ist die. Der Johnson mag zwar ein Schreihals sein, aber was den Neger angeht, da hat er einen guten Verstand, da ist er ganz auf unserer Seite.«

»Auf unserer Seite?«, fragt Bullhaupt.

»Was den auf die Palme bringt, ist dein Schweigen, Kamerad. Der will den Fall zu den Akten legen. Deckel drauf und gut. Dem ist das mit den Negern hier im Lager genauso ein Dorn im Auge wie dir.«

Bullhaupt lehnt sich zurück, soweit es seine Handschelle zulässt.

»Und watt mach ich jetzt?«

»Erzähl ihm einfach, dass es für dich nicht auszuhalten

war, dich von so einem Pack herumkommandieren zu lassen. Dass das unter deiner Würde ist, auch gegen die Konvention. Dass allein die Anwesenheit des Corporals eine Provokation war, auf die du reagieren *musstest*.«

»Und dann?«

»Dann macht er den Deckel drauf. Unzuverlässige Aussage der Wachmannschaft. Keine Beweise.«

Bullhaupt schüttelt den Kopf.

»Wer hätte datt gedacht, so wie der aussieht. Hätte den fast für einen Itaker gehalten.«

»Seine Mutter«, sagt Franz. »Er liebt Mussolini.«

Bullhaupt schnaubt.

»Dieser Operettengeneral.«

»Na, immerhin hilft er dir in dem Fall.«

Franz kehrt an seinen Platz zurück. Er nimmt den Block auf und kritzelt darauf herum, während Bullhaupt sich mit der freien Hand immer wieder über den Kopf fährt. Als Captain Johnson zurückkommt und sich an seinen Platz setzt, räuspert sich Bullhaupt. Johnson öffnet langsam die Mappe. Er hebt den Blick.

»I talk«, sagt Bullhaupt. Und das tut er. Franz übersetzt. Ab und an hebt Johnson die Hand, unterbricht Bullhaupt, fragt nach, erst bei Franz, dann, in gebrochenem Deutsch, auch bei seinem Gegenüber. Das sei also, was sich zugetragen habe. Bullhaupt nickt. Johnson macht sich Notizen. Nachdem der Deutsche geendet hat, schweigt der Amerikaner eine Weile, bevor er sich zu seinem Dolmetscher umdreht.

»What the hell did you tell him?«, fragt er.

Franz lächelt.

»Stuff only a fat-head would believe.«

»So he's a pig, but at least a stupid one«, sagt Johnson. Bullhaupt legt den Kopf schief, er versucht zu verstehen, worüber sich die beiden Männer vor ihm austauschen. Franz kann erkennen, dass den Mann eine erste Ahnung beschleicht, dass etwas schiefgegangen ist. Als die Wächter kommen und ihn abführen, brüllt er Franz an, was zum Teufel er getan habe.

»Schönen Aufenthalt noch«, sagt Franz. Er sieht den Wächtern und dem brüllenden Bullhaupt nach, bis sie ihn aus der Baracke geschafft haben. Er lächelt.

»Warum haben Sie das getan?«, fragt Johnson.

Sie sitzen in seinem Büro und trinken Kaffee.

»Was meinen Sie, Sir?«

»Das war ein Kamerad von Ihnen.«

»Solche Leute sind keine Kameraden«, sagt Franz. »Sind es nicht mehr. Nicht in meinen Augen.«

»Damit werden Sie sich nicht nur Freunde machen.«

»Erstens wird es keiner erfahren und zweitens ist es ein besseres Camp hier. Hier gibt es genug Leute, die Verstand haben.«

»Gut zu wissen«, sagt Johnson. Und nach einer Pause: »Ich schulde Ihnen was, Schneider.«

Franz schaut ihn an. Die gebräunte Haut in Johnsons Gesicht glänzt. Er hat gute, warme Augen.

»Es gäbe da etwas«, sagt Franz.

»Okay«, sagt Johnson.

»Sie könnten einen Brief verschicken«, sagt Franz, »einen Brief, den ich nicht verschicken kann.«

*

In der Messe ein Bienensummen, wie immer, wenn etwas Besonderes passiert ist. Franz erkennt die kleinen Gruppen wieder, die zusammengesteckten Köpfe, die Blicke, die getauscht werden, das Flüstern, Lachen, Kopfschütteln. Mahlsteins Blick, als er den Raum betreten hat, überhaupt Mahlstein im Zentrum einer großen Gruppe von Kameraden, in der ein straffer, eisiger Kerl eine Rede schwingt – SS, SD oder etwas in die Richtung, denkt Franz, der ist ihnen durchgerutscht, den muss er sich merken –, dieser Anblick verheißt nichts Gutes. Die Frage kreist an ihrem Tisch, aber niemand weiß etwas. Jemand spekuliert, dass die russische Front zusammengebrochen ist, andere meinen, die Engländer hätten kapituliert nach dem anhaltenden Beschuss durch V2-Raketen. Sie sollen aufhören zu spinnen, sagt Hansen. Sie sehen Mahlstein, der sich lächelnd ihrem Tisch nähert, drei Kameraden aus der Baracke im Schlepptau, die sich bisher vor allem durch ihr Nichtauffallen ausgezeichnet haben.

»Lasst den erst mal reden«, sagt Glohberg. Er stochert in seinem Rührei herum.

Mahlstein setzt sich am anderen Ende ihres Tisches. Einige Kameraden rücken, machen ihm Platz oder halten Abstand. Mahlstein beschmiert sein Brot mit Butter, legt Käse darauf, er trinkt Kaffee, in aller Seelenruhe, er genießt den Moment spürbar.

»Na, komm schon«, zischt Glohberg.

Hansen legt ihm die Hand auf den Arm. Franz versucht, sich auf sein Essen zu konzentrieren. Er köpft sein Ei, er belegt sein Brot, er kaut. Wenn er ans Ende des Tisches schaut, essen dort Mahlstein und seine Kompagnons vergnügt ihr Frühstück, sehr konzentriert, aber immer wieder flüstert einer und erntet Gelächter. Der Kleine steht erst auf, als sein Teller und sein Kaffeebecher leer sind. Seine neuen Freunde erheben sich ebenfalls. Sie kommen zu ihnen herüber, Mahlstein bleibt hinter Hansen stehen, legt ihm die Hand auf die Schulter. Hansen regt sich nicht.

»Na, Kamerad Hansen«, sagt der Kleine, »nun wendet sich ja endlich das Blatt. Jetzt wird es nicht mehr lange dauern, bis wir den Amerikaner zurück ins Meer schmeißen und den Engländer und die restlichen Franzosen gleich mit. Da freust du dich sicher, oder Kamerad?«

»Wenn das stimmt, da geht mir aber mal richtig einer ab. Aber mir flüstert der große Hitler im Traum nicht seine Pläne ein«, sagt Hansen. »Mir kannst du also viel erzählen.«

Mahlstein lacht.

»Witzig, Hansen, bist ein echter Spaßvogel, wirklich. Schade nur, dass wir für Spaßvögel bald keine Verwendung mehr haben werden.«

»Wenn du meinst«, sagt Hansen.

»Wenn der Amerikaner erst mal kapituliert hat«, sagt Mahlstein, »dann werden hier ganz andere Sitten einge-führt. Dann sind wir es, die das Sagen haben. Ich hoffe, du freust dich schon drauf, Kamerad Hansen.«

Er hebt die Hand an, einen Augenblick sieht es so aus, als wollte er Hansens rote Wange tätscheln, aber er über-legt es sich anders, schlägt ihm nur zweimal kräftig auf die Schulter.

»Man sieht sich«, sagt er.

Sie schauen ihm nach.

»Was der für große Murmeln im Sack hat auf einmal«, sagt Glohberg. Er lässt sein Besteck auf den Teller fallen.

»Offensive also«, sagt Franz. Er schaut Hansen an. »Of-fensive im Westen.«

»Woher weiß der das?«, fragt Peter Kowalski.

»Bei uns in Texas«, sagt Franz, »da hatten einige Kamera-den Radios umgemodelt.«

»Möglich«, sagt Hansen, »aber vielleicht hat auch einfach ein Amerikaner gequatscht.«

Johnson nickt. Er könne da nicht viel zu sagen. Aber die Informationen, die Franz habe, seien nicht falsch, zumindest nicht völlig falsch. Wie er die Informationen erhalten habe, will Johnson wissen. Die Gefangenen, die sich freuten über diese Nachrichten, sagt Franz, die liefen herum und rieben es allen unter die Nase. Das sei unerfreulich, sagt Johnson. Ob die Situation ernst sei, fragt Franz. Johnson hebt die Hände.

»Es ist eine ernstgemeinte Offensive, so viel kann ich sagen. Große Verbände, Wehrmacht, SS. Aber ob die Lage für unsere Truppen ernst ist? Ich glaube es nicht, aber ich weiß es nicht. Wir sitzen hier nicht gerade hinter der Front.«

»Das wird denen helfen, die hier bisher sehr still waren«, sagt Franz.

»Halten Sie mich auf dem Laufenden über die Entwicklungen«, sagt Johnson. »Übrigens«, er zieht eine Schublade auf und holt einen Briefumschlag hervor, »haben Sie Post erhalten.«

Er bemerkt erst, dass seine Hand wieder zu zittern begonnen hat, als er den deutschen Compound betritt. Der Brief flattert leicht, er presst ihn gegen die Brust. Seine Nerven wollen sich nicht beruhigen. Wegen eines Briefes. Er überlegt, die Hand zu wechseln, fragt sich gleichzeitig, wie lange er jetzt Ruhe gehabt hat vom Gezitter, er ist so in Gedanken versunken, dass er das Knirschen der Stiefel auf dem Schnee erst hört, als es sehr nahe ist. Er dreht den Kopf, sieht drei Männer hinter sich, die sich ihm schnellen Schrittes nähern. Er rennt los, erwartet fast, gepackt zu werden, aber nichts geschieht, er läuft weiter, hält den Kopf geduckt. Als er die Treppen seiner Baracke erreicht hat, schaut er zurück. Die Kameraden haben abreißen lassen.

Sie stehen in einigem Abstand zusammen, schauen zu ihm herüber. Er betritt die Baracke. Glohberg sitzt am Tisch.

»Es geht los«, sagt Franz, »sie wollten mich schnappen.«

»Kanntest du sie?«, fragt Glohberg. Franz schüttelt den Kopf.

»Komm«, sagt Glohberg. Er steht auf. Franz folgt ihm. Auf seinem Bett liegt Thomas Kowalski, das Auge geschwollen, die Lippe blutig.

»Scheiße«, sagt Franz.

Thomas winkt ab.

»Das waren nur zwei; in der Dusche heute Morgen. Die kommen so schnell nicht wieder, die feigen Schweine. Hab sie früh genug bemerkt, hatte Glück. Den einen mussten sie auf der Bahre raustragen. Ausgerutscht, habe ich gesagt.«

Er grinst. Seine Zähne sind noch blutig. Glohberg setzt sich auf die Bettkante.

»Keiner geht mehr alleine raus«, sagt er, »besonders abends. Und auch zum Duschen nur in Gruppen.«

»Es sind nicht genug«, sagt Kowalski, »die sind hier in der Minderheit.«

»Manchmal reicht es schon«, sagt Franz, »wenn sie die Schweigsamen und die Schisser beeindrucken. Wie die Fahnen im Wind sind die.«

»Hansen hat einer aufs Kopfkissen gepisst«, sagt Glohberg.

»Ist nicht schwer, sich auszumalen, wer das war«, sagt Franz.

»An den ist kein Rankommen jetzt. Er hat Leute gefunden, die ihn schützen. Zumindest, solange diese Offensive noch läuft. Hast du was gehört?«, fragt Glohberg. Er drückt sich die Brille zurecht, rümpft mehrmals die Nase.

Franz gibt weiter, was Johnson ihm berichtet hat. Glohberg sagt, dass es eigentlich ausgeschlossen sei, dass sich

das Blatt noch wende. Zu viele Soldaten, zu viel Material.
Franz pflichtet ihm bei.

»Die setzen auf den psychologischen Faktor«, sagt Kowalski, »auf den schwachen Kampfgeist des Gegners.«

»Wollen wir hoffen, dass sie sich irren«, sagt Franz.

*

Lieber Franz, liest er. Seine Hände zittern. Da ist ein Gefühl
in seiner Brust, ein Tumult. Er spürt sein Herz pochen. Er
hebt den Kopf. Niemand rührt sich, niemand kann es ihm
ansehen. *Ich kann kaum in Worte fassen, wie sehr ich mich über
Deinen Brief gefreut habe. Was für eine Überraschung. Du wirst
meine Verwunderung verstehen, als ich den Absender las: Captain
Horacio Johnson, Armed Forced Depot Ogden, Utah. Und meine
Eltern erst, die einen heimlichen Verehrer vermuteten. Wie groß
war die Überraschung, als ich, neben der Note von Captain Johnson, Deinen Brief im Umschlag entdeckte. Wie groß die Freude,
daß Du wohlauf bist, daß wir diese Möglichkeit haben, uns zu
schreiben.*

Er liest von ihrem Wunsch, dass er ihr mehr von ihrem
Bruder erzählen möge, mehr von dem Bruder im Lager,
mehr von dem Bruder, den sie nicht kennt. Er schließt die
Augen, hält sich das Papier unter die Nase, er glaubt einen
unbekannten Duft zu riechen. Er stellt sich vor, wie sie
am Küchentisch sitzt und diesen Brief schreibt, oder noch
besser, an ihrem Schreibtisch, einem kleinen Tisch in ihrem Zimmer, in einem weißen Nachthemd, kurz vor dem
Schlafen. Er faltet den Brief zusammen. Schneider, denkt
er, mach mal halblang, mach mal halblang.

*

Er tritt auf die Bremse, der Wagen kommt zum Stehen. Er dreht sich zu Johnson um, dessen Lächeln er nur an den Augen erkennt, über denen die Brauen mit kleinen Eiskristallen versetzt sind. Der Captain hat seine Mütze tief in die Stirn und den Schal bis über den Mund gezogen. Franz selbst schmerzen Lippen und Nase, er hält sich die Handschuhe vor das Gesicht und bläst in den Hohlraum. Johnson steigt aus und läuft um den Jeep herum. Das Knirschen seiner Schritte ist das einzige Geräusch, das die Stille durchbricht. Er läuft die schneebedeckte Wiese hinab, nähert sich dem See, eine einzelne kleine Figur vor dem tiefen Blau, am Horizont zwei weiße Hügel, über ihnen Stoffbahnen aus grauen Wolken, wie unter eine unsichtbare Kuppel gespannt. Der Blick in den Himmel erzeugt bei Franz einen Schwindel, so als könnte er nach oben fallen. Er steigt aus, folgt Johnson ans Ufer, an dem ein leichter Wind den pudrigen Schnee um ihre Stiefel weht.

»Immer wenn ich kann«, sagt Johnson, »fahre ich hier raus und schaue auf den See.«

Er zieht einen Handschuh aus, fährt mit der Hand ins Wasser, leckt einen Finger ab und verzieht das Gesicht.

»Die Einheimischen sagen, dass der See niemals friert. Und dass er so viel Salz hat, dass er einen im Sommer trägt. Ich hoffe, dass ich noch lange genug hier stationiert bin, um es auszuprobieren.«

Er wischt sich die Hand an seiner Uniformjacke ab und zieht den Handschuh wieder an. Er werde zum Jeep laufen und auf ihn warten, sagt Johnson.

»Genießen Sie es, einen Moment alleine.«

Der Amerikaner lässt den Kopf zwischen die Schultern sinken, als er zurück zum Wagen emporläuft. Franz dreht sich, verschränkt die Arme. Das ist also der Grund: der See. Sie sind am Morgen ins Ogden Arsenal gefahren, das neben dem Flughafen südlich der Stadt liegt, um die Überstellung des Obergefreiten Bullhaupt in das dortige Gefängnis zu überwachen. Seine Anwesenheit, denkt Franz, war von Anfang an völlig überflüssig, weil Bullhaupt sich geweigert hat, mit ihm zu reden, und die Wachmannschaften im Arsenal eigene Übersetzer haben. Aber vielleicht ging es Johnson auch von Anfang an nur um den Moment, in dem er ihm befohlen hat, die Landstraße nach Ogden zu verlassen und der Buckelpiste bis ans Ufer des Sees zu folgen. Auf seine Nachfragen hieß es nur, er solle fahren und nicht fragen. Er sei schon viel zu amerikanisch. Franz spuckt in den See. Das Wasser gluckst, wirft nur kleine Wellen. Für kurze Augenblicke ist es, als läge ein Klirren in der Luft, so als schüttelte jemand winzige Glocken. Das andere Ufer ist nicht auszumachen, nur die schneebedeckten Erhebungen einer Insel im Süden. Obwohl er weiß, dass Johnson nur wenige Meter entfernt auf ihn wartet, fühlt er sich einsam. Wenn er nach Deutschland zurückkehrt, eines Tages, wird niemand verstehen, wird er es niemandem begreiflich machen können, nicht der Mutter und auch dem Bruder nicht. Seine Erinnerungen werden ihn zu einem Fremden machen. Vielleicht, denkt er, wenn alles vorbei ist, vielleicht wird es in einer Zukunft möglich sein: er und Josef an diesem Ufer, in einem Zug gemeinsam durch die Weite, oder noch besser: in einem Automobil. Er stellt sich die leuchtenden Augen des Bruders vor. Hirngespinste. Er geht in die Knie, ganz nah am Ufer, lässt einen Handschuh in den Schnee fallen und greift in den See, aber nicht um zu schmecken, wie Johnson es getan hat. Seine Art zu schmecken ist eine andere. Er gräbt und schabt, findet schnell einen flachen, daumenlangen Kiesel, dann spürt er eine raue, fast stachelige Oberfläche, er schaut, entdeckt den Salzkristall, greift einen Brocken, reißt und ruckelt, obwohl seine Finger vor Kälte schmerzen, er versucht es wieder und wieder, bis endlich ein Stückchen abbricht, nicht größer als eine Murmel. Seine Handfläche brennt, eine kleine Wolke Blut tanzt kurz im Uferwasser und löst sich auf. Er schiebt die Hand zurück in den Handschuh, er versucht den Schmerz zu ignorieren. Der Stein oder das Salz besteht, als er es vors Auge hebt, aus vielen kleinen, kantigen Kristallen, trotzdem leckt er vorsichtig daran, kneift die Augen zusammen, weil der Geschmack so intensiv ist, dass er glaubt, sein Mund verbrennt. Er lässt Kiesel und Salz in der Brusttasche seiner Uniform verschwinden, bevor er zum Wagen zurückkehrt. Er hat erwartet, dass Johnson seine Rückkehr kommentieren wird, Fragen stellen vielleicht, aber er schweigt nur und lächelt, zieht schließlich einen Flachmann aus seiner Brusttasche, dreht ihn auf und nimmt einen Schluck. Dafür, sagt er, könne Franz ihn verhaften lassen, zumal bei all den Mormonen hier. Als er Franz' fragenden Blick bemerkt, fügt er hinzu, die hätten es nicht so mit dem Alkohol. Franz ist die Nähe unangenehm, diese Offenheit. Er fühlt sich überrumpelt. Vielleicht spürt Johnson sein Unbehagen, denn er lässt die metallene Flasche direkt wieder verschwinden.

»Fahren wir«, sagt der Amerikaner.

Franz lässt den Motor an, er wendet. Er möchte etwas sagen, aber er weiß nicht, wie. Es tut ihm leid. Er ist dankbar für die Minuten am See, selbst für das Gefühl der Einsamkeit. Zwei Steine von draußen, denkt er, zwei Steine von jenseits des Zauns. Wie ist man dankbar zu einem Vorgesetzten und Feind. Aber wieso Feind, denkt er, der ist nicht dein Feind, dein Feind sind andere.

Sie fahren schweigend zurück. Johnsons Kopf sinkt auf die Brust, erst als sie am Außenrand des Lagers zum Stehen kommen und kontrolliert werden, hebt er ihn wieder.

»Sie sollten Wilma schreiben«, sagt Johnson, als sie vor dem Verwaltungsgebäude halten. »Es ist schlimm genug, dass sie so lange warten musste, dass sie einen zweiten Brief geschickt hat, das arme Mädchen.«

»All die Unruhe«, sagt Franz, »die Offensive.«

»Dann schreiben Sie davon. Wenn Sie durch mich schon die Zensur umgehen können, nutzen Sie es aus. Schreiben Sie.«

Er tippt sich an die Mütze, steht auf und betritt die Baracke. Franz fährt den Jeep in eine der Lagerhallen, er lächelt abwesend über die Scherze der Mechaniker dort. Er fühlt sich schwer, fühlt sich eingefroren. Als ihm eine Gruppe italienischer Soldaten entgegenkommt, läuft er einfach durch sie hindurch. Er ignoriert ihr Lachen, ihre Provokationen, starrt zu Boden. Wenn er Mahlstein träfe, würde er ihm eins auf die Fresse geben; nein, nicht eins auf die Fresse, er würde ihm den Schädel einschlagen, einfach so.

Liebe Wilma, schreibt er, *bitte verzeihe mir mein langes Schweigen. Ich habe Deinen zweiten Brief erhalten, und es tut mir sehr leid zu lesen, wie viele Sorgen Du Dir gemacht hast. Captain Johnson hat mir ins Gewissen geredet, er nimmt seine Aufgabe als Vermittler zwischen uns wirklich sehr ernst.*

Ich hoffe, daß Du und Deine Familie ein schönes Weihnachtsfest hattet, trotz allem, daß ihr ein wenig Trost gefunden habt in dieser Zeit, daß das Jahr 1945 gut für euch begonnen hat. Es freut mich zu hören, daß es Dir gutgeht, daß Du zufrieden bist in der Schule und an einer Universität studieren möchtest. Ich selbst werde nie studieren, aber immerhin habe ich dank Deines Bruders eine kleine Idee von der amerikanischen Literatur, die Dich so interessiert. Ich habe noch einen Roman von Paul, den ich lese, oder mit dem ich kämpfe, aber auch wenn es mich manchmal drei Anläufe kostet, durch eine Seite zu kommen, gebe ich nicht auf. Ich habe lange über-

legt, was ich Dir von Deinem Bruder erzählen soll. Also fange ich damit an: daß ich ihm dankbar bin, daß er mir in den Allerwertesten getreten hat. Daß er mir Bücher vorgesetzt hat, mit mir Englisch gesprochen. Daß er keine Ausreden hat gelten lassen. Ich stelle mir vor, daß das vielleicht nicht immer ein einfacher Bruder war, im Alltag, aber hier, in der Gefangenschaft, da ist er der Freund gewesen, den ich gebraucht habe. Daß ich ihm nie davon erzählen werde, was er verändert hat, nie von meinem Posten hier als Übersetzer, nie von den guten Kameraden, die ich kennengelernt habe, auch nicht von den schlechten, daß er nicht weiß, wie der große Salzsee aussieht im Winter, daß er es nicht erfahren wird. Eine große Ungerechtigkeit. Aber er würde sich freuen, wenn er es wüßte, dessen bin ich gewiß, er würde sich freuen, daß Du Literatur studieren möchtest, daß wir uns Briefe schreiben. Er würde Witze darüber machen, das ist sicher, aber er würde sich freuen. Es wäre schön, wenn Du mir mehr von ihm erzählst oder auch von Dir und Deinen Eltern, ich freue mich, über eure Leben zu erfahren, alleine schon, weil sie außerhalb eines Lagers geschehen. Es gibt darin Dinge, die nicht mit dem Krieg zu tun haben. Alles hier hat mit dem Krieg zu tun. Jetzt, wo es die deutsche Offensive im Westen gibt, noch viel mehr als sonst. Aber ich finde meine Zeit, um zu lesen, ich finde meine Zeit, um Dir zu schreiben. Das verspreche ich Dir!

Dein Franz

*

Er tritt ein, schließt die Tür. Hansen und Glohberg schauen auf, Peter dreht sich auf seinem Stuhl. Zwei Männer, die sich am Ofen wärmen, heben ebenfalls ihre Köpfe.

»Und?«, fragt Hansen.

»Aus und vorbei«, sagt Franz. »Sie sind noch nicht vollständig zurückgeworfen, aber der Durchbruch ist gescheitert, Belgien bleibt in amerikanischer Hand.«

Kowalski klopft auf den Tisch. Die Männer am Ofen tauschen Blicke. Sie lächeln.

»Die werden auf den Rhein zurückgehen müssen«, sagt Glohberg. »Man kann nur hoffen, dass die Amerikaner schneller sind als die Russen.«

»Schluss machen müsste man«, sagt einer der beiden Männer am Ofen, »sofort Schluss machen, bevor noch der letzte Tropfen deutschen Blutes verschwendet ist.«

Schau an, denkt Franz, schau an, wie der auf einmal redet. Müller, denkt er, Wolfgang Müller, einer von den Schweigern der Baracke, eines der Fähnchen. Bis heute. Sein Freund, der Gefreite Zollmann, stimmt ein. Es sei überhaupt völlig unverantwortlich, dass man noch weiterkämpfe. Wo doch klar sei, dass man den Krieg verloren habe. In Gedanken schiebt Franz die Kameraden auf die Liste der Vernünftigen, wenn auch jener, die mit Vorsicht zu genießen sind. Sie werden alle umkippen, denkt er, nach und nach, werden es sowieso immer schon gewusst haben, das eine, und überhaupt nie gewusst haben, das andere.

»Sagt dein Captain sonst noch was?«, fragt Hansen.

Franz schüttelt den Kopf.

»Erst einmal tut sich wohl wenig im Westen. Ich vermute, sie sammeln Kräfte, bevor sie wieder losschlagen.«

»Wenn sie dann schlagen«, sagt Hansen, »tun sie es hoffentlich mit einem großen, schweren Hammer.«

»Da ist ja unser Ehrengast!«

Hansen steht auf und geht zur Tür. Mahlstein ist schon beim Anblick der Männer am Tisch erstarrt, sein Begleiter macht einen Schritt zurück, aber Hansen hat sie bereits erreicht und die Tür geschlossen. Er bedeutet dem langen Kerl, mit dem Mahlstein stets unterwegs ist, er möge sich verziehen. Der Mann senkt den Blick und läuft zu seinem

Bett. Mahlstein versucht vergeblich, Augenkontakt mit ihm aufzunehmen. Hansen tritt neben den Kleinen und packt ihn am Ellenbogen. Mahlstein versucht, sich loszureißen, aber Hansens Griff bleibt eisern.

»Nun komm doch, lieber Kamerad Mahlstein«, sagt er, »wir wollen doch zusammen feiern.«

Er zieht ihn zum Tisch, weist ihn an, sich zu setzen. Franz, der Mahlstein gegenübersitzt, sieht das hektische Hin- und her-Zucken seiner Pupillen. Hansen schiebt Mahlsteins Stuhl an den Tisch, so dass sein Bauch die Kante berührt. Er setzt sich links daneben, auf der rechten Seite sitzt Peter Kowalski; Thomas Kowalski, Glohberg und Franz sitzen ihm gegenüber. Mahlsteins Gesicht hat alle Farbe verloren.

»Was gibt es denn zu feiern?«, fragt er.

»Na, das Ende der Offensive«, sagt Hansen. Seine rechte Pranke legt sich auf Mahlsteins Nacken. »Das Scheitern des großen Herrn Hitler. Wer wäre da besser geeignet zum Feiern als der kleine?«

»Lüge«, sagt Mahlstein; er verschluckt das Wort beinahe. Was er gesagt habe, fragt Hansen und beugt sich vor, der Kamerad rede so leise.

»Lüge«, wiederholt Mahlstein, diesmal etwas lauter.

Hansen lächelt. Von seinem schweren roten Kopf tropft der Schweiß. Überhaupt ist es viel zu warm, der Ofen bollert, aber Hansen hat es sich so gewünscht. Glohberg sagt, dass der liebe Kamerad Mahlstein sich ganz auf sie verlassen könne. Er setzt seine Brille ab, blinzelt mit seinen Äuglein. Sie hätten die Informationen aus erster Hand. Der Amerikaner lüge doch, wenn er den Mund aufmache, sagt Mahlstein.

»Aber *wir* sagen doch, dass die Offensive vorbei ist, Kamerad Mahlstein. Willst du etwa sagen, dass wir Lügner sind?«

Hansen hebt seine Hand von Mahlsteins Nacken und öffnet entrüstet die Augen. »Ich dachte, dass wir Freunde sind, echte Kameraden.«

»Gar nichts sind wir«, sagt Mahlstein.

Hansen hebt den Zeigefinger und lässt ihn kreisen, wie ein alter Studienrat. Das höre er aber nicht gerne, sagt er. Wo man doch ein Dach teile, beinahe das Bett. Er lacht. Jetzt kommt's, denkt Franz. Überhaupt Bett, sagt Hansen, ihm habe da vor einiger Zeit jemand ein echtes Geschenk gemacht, einen feinen Tropfen, sehr edel. Nur leider habe dieser Kamerad, herzensgut, aber vergesslich, den Tropfen in keine Flasche gefüllt, sondern einfach so aufs Kopfkissen geschüttet. Gut gemeint, aber schusselig, sagt Hansen. Zum Glück sei er selbst nicht so schusselig. Mit diesen Worten stellt er das Einmachglas auf den Tisch.

»Solch edle Tropfen sind doch zum Feiern da, oder nicht, Kamerad Mahlstein?«

Er schiebt das Einmachglas direkt vor Mahlstein. Die helle Flüssigkeit darin schwappt. Er dreht den Deckel auf. Mahlsteins Hände liegen auf dem Tisch und zittern, aber der Blick, den er Hansen zuwendet, wirkt ratlos.

»Trink!«, sagt Hansen.

Mahlstein schaut auf das Glas, dessen Inhalt seinen Gestank mittlerweile im Raum verbreitet.

»Sei dankbar, dass noch keine Spargelzeit ist«, sagt Thomas. Er grinst.

»Macht doch kein Scheiß«, sagt Mahlstein.

»Du trinkst das jetzt aus!«, sagt Hansen. »Bis auf den letzten Tropfen. Und wenn du dich weigerst, dann gnade dir Gott!«

»Und wenn du's kotzt, wirst du's fressen«, sagt Peter.

Es ist still. Sie warten. Mahlstein schaut sie an. Franz hat das Gefühl, dass der Blick des Kameraden an ihm einen Moment länger hängenbleibt. Guck du nur, denkt er, guck du nur mit deinem Bettelblick. Er lächelt, zeigt seine Zähne. Da senkt Mahlstein den Blick und schließt seinen Griff um das Glas. Schweiß tropft von seiner Nase in die Pisse und von seinen Augenbrauen auf den Tisch. Plopp, macht es. Noch einmal plopp. Dann trinkt er. Er versucht es mit einem großen Schluck, er schließt die Augen, Franz kann sehen, wie er augenblicklich zu würgen beginnt, aber Hansen packt ihn und presst ihm den Mund zusammen.

»Runter damit!«, sagt er.

Mahlstein quiekt, er reißt seine Augen auf, würgt erneut. Wie ein Schwein, denkt Franz, wie ein Schwein. Als Hansen sicher ist, dass Mahlstein geschluckt hat, lässt er ihn los. Mahlsteins Stirn sinkt auf die Tischkante. Franz hört ihn wimmern. Hansen packt ihn an den Haaren und zieht ihn empor.

»Ist noch was da«, sagt er. »Wir wollen doch nichts zurücklassen von dem guten Tropfen.«

*

Liebe Wilma,
der Schnee hält uns hier in eisigem Griff. Ich habe wenig zu übersetzen, bin mit Sekretärstätigkeiten beschäftigt, ich fahre Captain Johnson umher, manchmal glaube ich, nur um des Fahrens willen. Ich tippe Briefe ab, ich lese Zeitung, trinke Kaffee, plaudere mit den Amerikanern in der Baracke. Fraternisation. Niemand scheint sich hier sehr darum zu scheren. Ich habe einen Kurs in deutscher Grammatik abgeschlossen, mache weitere Kurse, die als eine Vorbereitung auf das Abitur gewertet werden. Ob ich sie jemals abschließen werde, weiß ich nicht. Vielleicht macht mir das Ende des Krieges, auf das ich doch hoffe, einen Strich durch die Rechnung. Wir folgen den Entwicklungen, so gut wir können, ich bin für die Freunde in der

Baracke so etwas wie die lebende Wochenschau geworden, weil ich viel aufschnappe, weil Johnson mir erzählt. Wir freuen uns, daß die Amerikaner sich dem Rhein nähern. Auch weil diejenigen, die noch auf einen deutschen Sieg hoffen, mit jedem Tag leiser werden. Wir haben ein paar solcher Kerle in der Baracke, aber sie sind deutlich in der Unterzahl, sie müssen unsere Späßchen über sich ergehen lassen.

Ich habe dem Brief eine Photographie beigelegt, die eine Amerikanerin von mir an meinem Arbeitsplatz aufgenommen hat. Johnson sagt, ich sehe darauf fast wie ein Amerikaner aus. Ich kann das nicht finden, zumal mit dem großen PW immer auf der Brust. Ich hoffe aber, Du freust Dich darüber. Ich denke an Deine Eltern, hoffe, daß es ihnen bessergeht. Ich denke auch an Dich und warte gespannt auf einen Brief.

Dein Franz

*

Märztage, Schneeschmelze. Oft steht er vor der Baracke und schaut den schweren Wolkenmassen zu, die von den Frühjahrsstürmen über Utah gejagt werden. Auf den Bergen im Osten sitzt noch der Schnee. Er nimmt sich vor, Johnson zu fragen, sich diese Frechheit zu erlauben, um in das Tal jenseits von Ogden zu gelangen. Er wünscht sich Steine im Bergbach, Höhenluft. Ein Brief seiner Mutter und seines Bruders hat ihn erreicht, abgesendet noch vor Weihnachten. Sie haben ihm schöne Feiertage gewünscht, einen guten Rutsch. Es hat sich sonderbar angefühlt, diese Sätze zu lesen. Die Belanglosigkeiten von Wetter und Jahresende. Der Brief beweist ihr Weiterleben bis zu diesem Punkt vor über zwei Monaten. Das zählt, sonst nichts. Er hat geantwortet, vom anbrechenden Frühling in Utah geschrieben, davon, dass er den großen Salzsee gesehen habe, der um ein Vielfaches größer sei als der Bodensee. Sätze in die Trümmerwelt gerufen. Er hat Aufnahmen gesehen aus amerikanischen Bombern in einer Vorführung der US-Wochenschau. Das Kino war sehr voll und sehr still. Niemand schrie danach von Propaganda, von Fälschungen, nur Mahlstein machte das Maul auf, fing sich aber eine Ohrfeige von Hansen. Sie sind in ihre Baracken zurückgekehrt, mit gesenkten Häuptern. Er versucht, es auszublenden, so gut er kann. Er träumt von Wilma, träumt von Paul, von weiten Feldern in Alabama. Die Tage ziehen dahin. Alltag, oder Versuche darin.

*

Lieber Franz,
ich habe mich sehr über Deine Briefe gefreut. Diesmal bin ich es gewesen, die sich Zeit gelassen hat mit dem Antworten. Ich freue mich über Deine Geschichten von meinem Bruder, ich habe sie immer wieder gelesen, sie haben mich stolz gemacht, auch wenn ich gemerkt habe, daß Deine Beschreibung ein Gefühl der Fremdheit hervorgerufen hat. Ich habe meinen Bruder fünf Jahre lang nicht gesehen, ich war noch ein Kind, als er gegangen ist. Ich erinnere mich an die Schreie zu Hause, das Weinen. Ich erinnere mich an einen pubertierenden Kerl, der auf einmal meinte, immer die Brust vorstrecken zu müssen, der vom Volkskörper sprach, vom Führer. Der mit seinen Freunden durch den Ort marschierte und Fackeln und Fahnen trug. Er hat mir damals Aufnahmen gezeigt von der Veranstaltung des Amerikadeutschen Bundes in New York. Diese Massen, die Trommler und auf der Bühne Flaggen mit George Washington und dem Hakenkreuz. Alles, was wir vorher geteilt haben, die Bücher, die Filme, das galt ihm auf einmal nichts mehr, war undeutsch, war Schmutz. Es kommt mir heute vor, als hätte sich diese Wandlung über Nacht vollzogen, aber natürlich ist das Unfug, natürlich habe ich nur die Zeichen nicht erkannt, die Hin-

weise, war zu jung, um sie als das zu begreifen: die neuen Radio-
sendungen, Bücher, Zeitschriften, die neuen Freunde. Ich habe nicht
mehr mit ihm reden können. Ich habe bis zum Schluß gehofft, daß
er nicht in den Zug steigt mit seinen Kameraden, daß er zurück auf
den Bahnsteig springt, daß er lacht und sagt, alles sei ein Scherz
gewesen. Ich bin dankbar für die wenigen Stunden, die ich mit ihm
in Texas verbringen konnte, und für Deine Sätze. Sie beschreiben
einen Fremden und doch jemanden, der mir vertrauter ist als jener
unerträgliche Teenager, der damals nach Deutschland aufgebrochen
ist. Das macht es besser. Es ist ein großes Glück, daß ihr euch kennengelernt habt.

Es umarmt Dich
Deine Wilma

*

Als Franz die Baracke betritt und zu seinem Arbeitsplatz
läuft, erhebt sich Feldwebel Bartels und kommt zu ihm
herüber. Franz salutiert, Bartels bedeutet ihm, er möge sich
setzen. Der Feldwebel stützt sich auf die Kante des Schreib-
tischs.

»Es ist beinahe vorbei«, sagt er. »Das Ruhrgebiet ist ein-
geschlossen. Sie haben Familie dort?«

Franz nickt. Die Schreibmaschinen hämmern in seinem
Kopf. Tack-tack-tack-pling, macht es. Er hört das Interfe-
renzknistern des Radios, überall Telefonklingeln, alles aufgedreht.

»Alle Armeen dort sind abgeschnitten. Es heißt, General
Model habe den Befehl, bis zum letzten Mann zu kämpfen. Es werden massenhaft Truppen des Volkssturms auf-
gestellt. Weitere Divisionen der Amerikaner stoßen bereits
nach Norden und Osten vor.«

Bartels schüttelt den Kopf.

»Eine Schande ist es, dass noch deutsches Blut vergossen wird.«

Der Blick des Feldwebels ruht auf Franz, der versucht, zu reagieren, zu lächeln; aber es gelingt ihm nicht. Er stiert, konzentriert sich auf seinen Atem. Bartels klopft auf den Tisch.

»Das wird schon, Schneider, das wird. Es kann sich nur noch um Tage handeln.«

Bartels kehrt an seinen Platz zurück. An Panzer denkt Franz, an Panzer auf der Zollvereinstraße, an amerikanische Jeeps vor ihrem Zuhause. Die Mutter und der Bruder in der Küche, wenn es die Küche noch gibt, die Mutter und der Bruder am Tisch; wartend, schweigend. An Aachen denkt er, an Häuserkämpfe, an den Befehl, unter keinen Umständen zu kapitulieren, Volkssturm, denkt er, was heißt das genau, wen nehmen die alles. Model, denkt er und würde gerne wissen, was das für einer ist. Ob das einer ist, der aufgeben könnte. So kurz vor dem Ende, so kurz, oder ob es einer ist, der seine Leute verheizt für nichts. Es wird vorbeigehen, bald wird es vorbei sein. Sein Telefon klingelt. Johnson braucht eine Übersetzung. Er steht auf. Er wird übersetzen. Und in ein paar Tagen wird es vorbei sein.

*

Erste Frühlingsblumen in den Wiesen in und um das Lager, Sonnenstrahlen, die zu wärmen beginnen; Vogelschwärme auf dem Rückweg aus dem Süden. In den Gesichtern der Kameraden noch der Winter. Gerüchte im amerikanischen und im deutschen Sektor, die Italiener rufen aus ihrem Compound »Deutschland kaputt« herüber und lachen. Auch an seinem Arbeitsplatz gespanntes Warten. Das Radio läuft ununterbrochen. Jeden Morgen der Sturm auf die Zeitungen. Ein neues Blatt ist erschienen, das sich *Der Ruf* nennt und von sich behauptet, es sei *von deutschen Kriegsgefangenen fuer deutsche Kriegsgefangene.* Er liest:

Die Offensive General Eisenhowers in der noerdlichen Rheinprovinz fuehrte die amerikanischen und britisch-kanadischen Armeen in breiter Front an den Rhein. Koeln und Bonn wurden genommen und gegenueber Remagen auf dem Ostufer des Rheins ein beachtlicher Brueckenkopf gebildet. Das rechtsrheinische Gebiet, vor allem die Staedte Duesseldorf und Essen liegen unter ununterbrochenem Artilleriebeschusz.

Er legt die Zeitung beiseite. An einem Morgen ein paar Tage später kommt per Radio die Erleichterung: Der Ruhrkessel hat kapituliert, General Model, so heißt es, habe sich erschossen.

Franz fährt mit Johnson die schmale Straße in das Tal östlich der Stadt hinauf, links von ihnen der tosende Ogden River, beunruhigend nahe der Fahrbahn. Das Schmelzwasser, sagt Johnson, im Sommer bleibe vom Fluss nicht mehr als ein schmaler Bach. Die Felsen rücken teilweise so nahe, dass sein Beifahrer sie berühren könnte, wenn er sich aus dem Jeep lehnte. Das Grün der Kiefern und Eichen satt und zufrieden. Je höher sich ihr Jeep emporkämpft, desto weiter wird das Tal. Holzhütten sind an den Hängen zu sehen, vereinzelte Pferde. Sie erreichen den Pineview-Staudamm, eine schmale, unauffällige Erhöhung mit einem einzelnen Fluttor im Norden. Dahinter erstreckt sich kristallklar der See, dessen schmaler Einmündung sie einige Hundert Meter folgen, bevor sich mit der Wasserfläche auch das gesamte Tal öffnet. Die Bergspitzen am Horizont noch in Schnee gehüllt, davor weiche Hügel, Weiden, Kuhherden. Eine Kirchenglocke erklingt. Sie sitzen am Ufer, schauen schweigend in die Ferne. Einen Kiesel findet Franz, einen einfachen grauen Stein. An Katernberg denkt er, an das Ende. Johnson liest in einem Buch. Zwischen ihnen ein Korb voller Essen. Es ist völlig still, nur das leise Plätschern des Wassers am Ufer, ab und an das Rascheln, wenn Johnson eine Seite umblättert.

*

Im Radio die schnarrenden Stimmen, die ihm die Welt nach Utah bringen. Süddeutschland und Bayern in amerikanischer Hand, die Russen kurz vor Berlin. Am Morgen des 2. Mai, als er die Baracke zur Arbeit betritt, laute Musik und lachende Amerikaner. Auf einem Tisch nahe dem Eingang das vertraute Gesicht auf dem Titelblatt der *Stars and Stripes*, die Überschrift fast die Hälfte der Seite bedeckend: *HITLER DEAD. Fuehrer fell at CP, German Radio says.* Unten links auf der Seite ein kleiner Artikel nur mit der Überschrift: *Churchill hints peace is at hand.*

Er läuft durch die Reihen der Schreibtische. Gelächter, Geschnatter, man schüttelt ihm die Hand, man stößt ihn gegen die Brust. Ab dem Mittag wird Bourbon ausgeschenkt. Worüber Franz sich wundert: seine fehlende Freude. Auch in der Messe beim Mittagessen, inmitten der lachenden und feiernden Amerikaner, wünscht er sich dazuzugehören. Aber er schafft es nicht. Zu viele Geschichten vom Führer, vom lieben Onkel Adolf, zu viele Gesänge und Schwüre am Lagerfeuer, sie haben dich versaut, sie haben dich gründlich versaut, dein Vater und all die anderen. Versaut bis zum Ende. Er spürt Trauer. Nicht um diesen Mann, darum nicht. Scheiß auf die Drecksau, flüstert er, scheiß drauf. Trauer, dass etwas zu Ende gegangen ist, das für ihn als Kind voller Freude begonnen hat. Ein Dummkopf, ein lachender, naiver Dummkopf. Er denkt an Mahlstein, das arme Schwein. Hättest du nicht so einen Bruder, denkt er, hätte das Herz deines Vaters nicht zu schlagen aufgehört, vielleicht wärst du jetzt Mahlstein, vielleicht säßet ihr zusammen in der Baracke und weintet um den Führer.

Kriegsende, wenige Tage später, mehr Feiern, mehr Gelächter. Laute Jazzmusik, überall amerikanische Flaggen. Diesmal lacht er, diesmal trinkt er Scotch, er tanzt mit einer amerikanischen Sekretärin, betrunken an ihrem Parfum, mit einem Drehkreisel im Kopf. Feldwebel Bartels umarmt ihn. Ein untrügliches Zeichen, dass es wirklich vorbei ist, wenn ein deutscher Unteroffizier einen einfachen Schützen umarmt. Johnson sitzt lächelnd in seinem Büro, er hält sich heraus aus dem Lärm im Rest der Baracke. Er hat ein Glas mit Whisky vor sich stehen und nippt daran.

»Gehen Sie raus und feiern Sie«, sagt er, »Sie haben es sich verdient.«

*

»Und jetzt?«

Glohberg erwartet ihn am Tisch, kratzt sich den Nacken. Franz setzt sich. Sie schweigen. Er spürt den Alkohol, spürt die Aufregung im Körper nachhallen. Glohberg legt seine Brille auf den Tisch, biegt an den Bügeln herum, seine kleinen vorstehenden Augen blinzeln pausenlos, während er sich konzentriert, worauf auch immer, Franz hat den Eindruck, dass er einfach nur am Metall herumwerkelt, um etwas zu tun zu haben. Im Hintergrund der Baracke flüstern Kameraden. Niemand regt sich. Einige lächelnde Gesichter am Eingang zum deutschen Compound hat er gesehen, manch einer hat ihm zugewinkt, aber die Freude, wenn es überhaupt Freude ist, ist sehr leise hier, sie ist gedämpft, nur ein Echo des amerikanischen Lärms.

»Und jetzt?«

Glohberg wiederholt die Frage, er hebt den Kopf, setzt seine Brille auf.

»Keine Ahnung«, sagt Franz.

»Die feiern zünftig.«

»Aber hallo. Scotch und Jazzmusik.«

»Wer will's ihnen verdenken. Sind die Gewinner.«

»Und wir? Was sind wir jetzt?«

Glohberg schaut eine Weile auf den Tisch, fährt mit dem Zeigefinger die Maserung nach.

»Am Arsch sind wir, offiziell am Arsch.«

»Vielleicht haben wir auch gewonnen. Ganz am Ende, verstehst du.«

»Ja, am Ende. Wenn sie was überlassen. Wenn sie nicht jeden Stein abtragen und eine Kuhweide draus machen, von Flensburg bis hinter München. Ich unterrichte dann Melken statt Algebra.«

Er lacht. Die Brillengläser vergrößern die geschlossenen Äuglein. Er klopft dreimal mit der flachen Hand auf den Tisch, steht auf und verschwindet zu seinem Bett. Er wird lesen, liest eigentlich immer, so kommt es ihm vor, wenn sie nicht zusammensitzen. Franz legt die Stirn auf den Tisch. Aus und vorbei. Wenn es nur der Bruder und die Mutter heil überstanden haben, wenn sie noch am Küchentisch in Katernberg sitzen. Er stellt sich vor, wie sie aufstehen, wenn er die Tür öffnet, wie sie lachen werden, sich umarmen. Den Kopf der Mutter an sich drücken, den Seifengeruch ihrer Kopfhaut riechen, danach den eigenen Kopf an die Schulter des Bruders lehnen. Dann wäre es gut. Er wünscht sich, dass sie vor ihm sitzen, ihm gegenüber am Tisch, zwei lächelnde vertraute Gestalten, jetzt hier in

Utah, er muss nur den Kopf heben und die Augen öffnen. Seine Hände befühlen das Holz des Tisches, es ist der Esstisch, von dem die Mutter die Tischdecke abgezogen hat und nun darauf wartet, dass er sie ansieht, der Bruder daneben, grinsend, sein etwas hageres, glattrasiertes Gesicht, sie warten, sie warten. Er öffnet die Augen, hebt den Kopf, starrt auf die schwere Holztür, an die ein Kamerad eine einzelne Spielkarte gepinnt hat. Draußen schießt jemand, oder es ist ein Feuerwerk. Paul wäre wieder hinübergegangen, hätte weitergefeiert. Aber er ist nicht Paul.

*

Die Tür öffnet sich. Die Kolonne setzt sich in Bewegung und schiebt sich langsam in das Kino, die Männer verteilen sich auf die Plätze, einige müssen am Rand stehen.

»Was wird das?«, fragt Glohberg.

Franz zuckt mit den Schultern, er hat die Aufforderung selbst übersetzt, dass sich alle deutschen Kriegsgefangenen nach Kompanien und den dazugehörigen Baracken geordnet zu bestimmten Zeiten am Lichtspielhaus des Lagers einzufinden haben, aber auf seine Nachfrage hat Johnson den Kopf geschüttelt und gesagt, er wisse es nicht. Franz ist sich sicher, dass er gelogen hat, aber er hat nicht nachgefragt.

Amerikanische Wächter klappen die Holzläden vor die Fenster, nur noch ein schmaler Lichtstreifen fällt vom Eingang aus in den dunklen Raum. Der Projektor beginnt zu surren, weiße Lichtreflexe zucken über die Leinwand. Einzelne Männer lachen, husten.

»Schnauze!«, ruft jemand.

Zu Beginn sehen sie nur ein Torgebäude, auf dessen Spitze ein eckiger Uhrenturm sitzt, darüber eine wehende

Fahne, die Franz nicht zuordnen kann. Er starrt auf die amerikanischen Jeeps und Laster, die davor geparkt stehen, auf die Männer in dunklen Uniformen. Anschließend ein Schnitt, eine wackelige Luftaufnahme auf eine ganze Reihe Baracken, davor, auf einer großen, hellen Freifläche, bewegen sich Menschen, laufen umher, andere stehen in kleinen Gruppen beisammen. Ein Wagen fährt durchs Bild. Der nächste Schnitt: Ein metallenes Gittertor schließt sich, darin eingearbeitet dieser Satz: Jedem das Seine. Große, dunkle Buchstaben vor einem weißen Hintergrund, darunter sind Menschen zu erkennen, schemenhaft, sie treten näher, Gesichter werden erkennbar. Eine knarzende amerikanische Stimme beginnt zu sprechen, die Bilder zu kommentieren, aber Franz hört nicht hin. Ein erneuter Schnitt. Weiße Lastwagen, »Red Cross« daraufgepinselt, fahren durchs Bild, schließlich ein Strom von Menschen, der sich aus dem geöffneten Torgebäude auf den Betrachter zubewegt. Dünne Männer, wenige in Mänteln, viele nur in gestreiften Hosen und Hemden, ihre Kappen schief auf den geschorenen Köpfen. Dünne, ausgemergelte Gesichter. Hansen neben ihm zieht scharf die Luft ein. Franz zuckt zusammen, er drückt sich die Fingernägel in die Oberschenkel. Es folgen Porträtaufnahmen einzelner Männer, alter und junger, die unsicher in die Kamera schauen, einige von ihnen auf Krücken gestützt.

Die nächsten Schnitte nähern sich dem Grauen, zeigen zunächst das geöffnete Tor einer Baracke, in deren Innerem man die Leichen nur erahnen kann, Berge aus Kleidung davor, anschließend eine sonderbare Szene, in der die dünnen, verrenkten Glieder eines Körpers gezeigt werden, der auf dem Boden liegt. Die Kamera schwenkt hoch auf die umstehenden Männer, die sich gleichzeitig die Mützen vom Kopf ziehen, so als grüßten sie die Leiche. Decken werden gehoben, eine Hand zieht das Hemd über einem weißen Körper empor, deutet auf die Rippen, den nach innen gewölbten Bauch. Glohberg hält sich die Hände vors Gesicht. Hansen stößt ihn mit dem Ellenbogen an. Hansens Blick ist sehr gerade auf die Leinwand gerichtet, er rührt sich nicht. Tränen laufen seine Wangen hinunter. Glohberg nimmt die Hände beiseite, er schließt kurz die Augen, Franz hört ihn Luft holen. Wie verwachsen fühlt er sich mit den Kameraden neben sich, mit all den schwitzenden Körpern, er riecht den zwiebligen Geruch der Männer, er schmeckt die eigene Galle. Oh Gott, hört er jemanden sagen, oh Gott, oh Gott, immer wieder. Halt's Maul, zischt jemand. Du musst schauen, sagt Franz sich, du musst. Eine Aufreihung der Toten, offene Münder, die Köpfe abgeknickt. Und vor der Leinwand die Deutschen, schwitzenden Deutschen, eng beieinander, aneinandergedrückt, Schulter an Schulter, Seite an Seite. Das Gewicht jedes Einzelnen glaubt er zu spüren, einen Druck, der ihm den Brustkorb zerquetscht. Raus, immer wieder raus, du musst, du musst gucken, du musst hier raus. Aber die Amerikaner stehen an den Türen und Fenstern, sie halten ihre Gewehre vor den Körpern, sie warten nur auf jemanden, der ihnen eine Ausrede gibt. Immer mehr Männer weinen, immer mehr Köpfe senken sich. Du musst dir das anschauen, immer wieder dieser Satz, du musst es wissen. An Paul denkt er, an seine Halbsätze von Russland, schlimmer als Tiere, schlimmer als Tiere. Sein Hemd ist klatschnass, er möchte es aufreißen, legt sich die Arme um den eigenen Körper, er klammert sich, spürt das Zittern von Glohbergs Bein an seinem eigenen.

Der Film kehrt für einige Momente zurück zu den Lebenden, zu Kindern, Jugendlichen und Alten. Große Augen, schmale Gesichter. Knochen, vor allem Knochen und Haut. Ein Mann lehnt an einer Wand, seine nackte Brust so schmal wie die eines Kindes. Er weint. Der Rest des Films nach dieser Szene ist der Tod, ist der Tod in offenen Augen und Mündern, in Bergen aus Körpern in Gruben, in Baracken und auf den Ladeflächen von Lastwagen. Die Köpfe nach hinten gefallen und die Hälse überstreckt, die Arme und Beine dünn wie Äste, Kleiderberge, aus denen man sich die Menschen herausschauen muss, dann nackte Körper, immer mehr und mehr nackte Körper, geschichtet, gestapelt. Weißes Fleisch. Sein ganzer Mund ist bitter, er spürt, wie sich ihm der Magen umdreht. Du musst, denkt er, aber es geht nicht mehr, er schaut zu Boden, er spürt Hansens Griff am Arm, spürt, wie er ihn emporziehen will, aber er schüttelt den Kopf, er kann nicht mehr. Auf dem Boden kleine Kiesel und Sand, plopp, plopp, fällt der Schweiß von seiner Stirn, das gehört zu dir, zu uns allen, das gehört dazu, für immer, das werden sie nie verzeihen, unmöglich, absolut unmöglich, dass es so ein Land noch geben wird, sie werden euch auslöschen; der Schweiß tropft, er zittert, er starrt durch die Lücken zwischen den Bodenbrettern, starrt in die Schwärze.

»Die Öfen«, hört er Glohberg flüstern, »oh Gott, die Öfen.«

Als die Fenster geöffnet werden, als das Frühlingslicht wieder in den Raum flutet, regt sich niemand. Sie schauen sich an. Sie schweigen. Man hört das leise Weinen einiger Männer. Viele Gesichter sind starr, die Münder geschlossen, der Blick noch immer auf die weiße Leinwand gerichtet.

Ein amerikanischer Major tritt vorne vor die Bühne. Er lässt sich Zeit, er wartet, schaut über ihre Köpfe hinweg, als er schließlich spricht. Diese Aufnahmen, sagt er, hätten amerikanische Truppen vor wenigen Wochen in Buchenwald gemacht, mitten in Deutschland. Er wiederholt:

»Mitten in Deutschland.«

Niemand solle sagen können, dass es eine Lüge sei. Niemand. Sie werden angewiesen, in ihre Unterkünfte zurückzukehren und diese nicht zu verlassen, bis die Vorführung für die anderen Kompanien abgeschlossen ist.

»Sie sollten sich begreiflich machen, für was für Leute Sie in den Krieg gezogen sind«, sagt er.

Sie marschieren hinaus, marschieren schweigend zu ihrer Baracke. Die Kowalskis setzen sich an den Tisch und stecken die Köpfe zusammen, Thomas, so scheint es, muss Peter trösten, der nicht aufhören kann zu weinen, er hält den Bruder im Nacken fest, redet auf ihn ein. Andere Männer stehen an ihren Betten und unterhalten sich leise. Franz lässt sich auf seine Matratze fallen, er greift Bleistift und Schreibblock, er will schreiben, warum auch immer er das jetzt will, aber sein Stift kratzt nur einen langen Strich über das Papier, Kreise und Zacken. Er lehnt sich zurück, schließt die Augen, sieht augenblicklich die nackten Leichen, seine Lider zucken zurück, er starrt auf die Holzlatten über sich. Und wir saufen hier Bier, fressen jeden Tag Fleisch und beschweren uns, wenn das Brot zu weich ist. Schweinehunde sind wir, alle zusammen. Egal, ob wir es wussten oder nicht wussten. Aber wieso hast du das nicht gewusst, wie konntest du das nicht wissen? Paul muss es gewusst haben, diese Blicke, wenn er zu erzählen begann von Russland, diese Pausen, und da sind all die anderen, die diese Andeutungen machten, ohne dass er nachfragte, nie hat er nachgefragt. Hansen hat recht, dass sich niemand über das wundern dürfe, was der Russe jetzt in Deutschland veranstalte.

»Wir haben es ihnen vorgemacht, haben dort gehaust wie Tiere.«

Diese Bilder, das ist schlimmer, das sind keine Tiere gewesen, die so etwas gemacht haben, das sind keine Menschen, das ist etwas Neues, etwas völlig anderes.

Er hört laute Stimmen, richtet sich auf. Er sieht Mahlstein in der offenen Tür stehen, die Hand noch auf dem Rahmen.

»Na, was ist denn hier los?«, sagt er laut. »So traurige Gesichter wegen ein paar toter Juden?«

Franz erhebt sich, er kann schon aus dem Mittelgang zwischen den Etagenbetten heraus Hansens breiten Rücken erkennen, der sich vom Tisch erhoben hat.

»Halt bloß deine Schnauze«, sagt er.

Die anderen Männer an der Tür oder im Freiraum zwischen Tisch und Mahlstein weichen zurück, drücken sich an die Seite. Franz hat den Tisch erreicht. Der Schweiß auf Hansens Nacken färbt die Haare und den Kragen der Uniform dunkel. Er hält Abstand.

»Ach, mein Hansen«, sagt Mahlstein, »ach, du armer Hansemann. Glaubst du alles, was der Amerikaner dir vorsetzt, um uns gefügig zu machen?«

Mahlstein lacht. Seine Stimme ist schrill, er ist aufgekratzt, seine Augen glänzen, sein Gesicht ist feucht vom Schweiß.

»Du weißt so gut wie ich, dass das stimmt. Wir kannten alle die Geschichten«, sagt Hansen, »jetzt kennen wir die Bilder.«

»Ich scheiß auf die Bilder«, sagt Mahlstein, »ich scheiß auf die Bilder und auf die Geschichten. Aber weißt du was? Noch mehr scheiß ich auf die Juden. Das ganze Land hier, die ganze Welt ist doch voller scheiß Juden. Denkst du, das macht denen was aus, weil man da mal ein paar tausend um die Ecke gebracht hat?«

Seine Halsschlagader ist geschwollen, sein Kopf rot.

305

»Nicht genug haben wir umgebracht, das ist das Problem, nicht genug. Es sind uns viel zu viele entwischt, sie
sind uns durch die Netze gegangen, haben gelogen und
bestochen, haben viel zu viel Milde von uns gesehen. Die
ganze Brut, sage ich, die ganze Brut hätten wir erwischen
sollen, die ganze Brut mit Stumpf und Stiel ausrotten. Aber
jetzt kommt der Russe, jetzt kommt der Amerikaner und
bringt uns das Pack zurück nach Deutschland, wie die
Geier werden die Juden über uns herfallen, da werden wir
sehen, was wir davon haben, von all unser Freundlichkeit
und Milde.«

»Du machst noch einmal dein Maul auf«, hört er Hansen
sagen, »und dann schlag ich dich tot!«

Mahlstein knallt die Tür mit einem Fußtritt zu. Er verschränkt die Arme vor der Brust.

»Komm doch, Judenhansen«, brüllt er, »komm mal her,
du Judenhansen, und zeig mir, ob dir nicht die Eier ge-
schrumpelt sind, weil wir ein paar deiner Judenfreunde
kaputtgemacht haben. Vielleicht bist du ja selbst einer,
Judenhansen, vielleicht zeig ich den anderen mal deinen
Schwanz, damit sie sehen können, was für einer du bist!«

Hansen schleudert den Tisch mit einer kurzen Armbe-
wegung beiseite, als wäre er aus Pappe. Franz springt vor,
packt ihn von hinten, er umarmt ihn. Hansen brüllt, er
windet sich, beugt sich vor, versucht, das Gewicht auf seinem Rücken abzuwerfen. Franz wie ein Rucksack, er klammert, er klammert mit aller Kraft; über Hansens Schulter
hinweg sieht er die Kowalskis, die von ihren Stühlen auf-
gesprungen sind, unsicher, wem sie beistehen sollen.

»Helft mir!«, brüllt Franz. »Helft mir! Der haut den sonst
tot, helft mir!«

Bevor die beiden Brüder Hansen erreichen können, ist
er bereits rückwärtsgerannt und hat seinen Rücken gegen

eines der Doppelstockbetten gerammt. Alle Luft wird aus Franz' Körper gepresst, sein Griff löst sich, er stürzt zu Boden, hebt eine Hand, erwartet den Faustschlag von Hansen, aber der Faustschlag kommt nicht. Er versucht zu atmen, keucht, öffnet die Augen. Schwarze Punkte tanzen in seinem Blickfeld, aber dahinter steht Hansen, dahinter steht Hansen, und aus seinem roten Kopf stieren seine Augen ungläubig auf Franz herab. Die Kowalskis haben ihn erreicht, sie reden auf ihn ein. Im Hintergrund Mahlsteins Lachen, bis jemand die Tür öffnet und ihn hinausschiebt. Auch von draußen ist er noch zu hören, er brüllt unverständliche Worte. Jemand schließt die Tür.

Hansen stützt sich auf seine Oberschenkel, sein Atem geht schwer, seine Uniform ist völlig durchnässt. Jeder der Kowalskis hat eine Hand auf einer Schulter, auch Glohberg steht bei ihm. Sie beobachten ihn wie einen müden Bären, dessen Zorn jeden Augenblick wieder aufflammen kann. Franz setzt sich auf. Seine Rippen schmerzen. Er würgt kurz, spuckt Speichel und Gallenflüssigkeit aus. Hansen lässt sich auf den Boden sinken, er fällt einfach auf seinen Arsch, sitzt Franz gegenüber und starrt ihn an. Ihre drei Freunde stehen unsicher daneben, die anderen Kameraden verlassen die Baracke oder ziehen sich auf ihre Betten zurück.

»Watt in Düvels Naam?«, sagt Hansen.

Er wischt sich den Schweiß von der Stirn.

»Nicht hier«, sagt Franz. Er macht eine Pause, um Luft zu holen.

»Nicht hier, nicht jetzt, nicht so.«

»Wie dann?«, fragt Hansen.

*

Das lange, ausdauernde Pfeifen eines Güterzuges geht durch die Nacht. Franz öffnet die Augen. Der Strahl eines Scheinwerfers gleitet über die Baracke, lässt die Schemen der Betten und Körper aufleuchten, verschwindet wieder. Er hört das Atmen von allen Seiten, das Schnarchen. Noch einmal schließt er für einen Moment die Augen, wartet auf das Licht, jetzt, öffnet sie wieder. Seine Beine bewegen sich nicht, der Oberkörper bleibt still. Das Licht des Scheinwerfers zieht weiter, kehrt zurück, wieder leuchten die Betten und Körper. Er hebt die Arme, bewegt die Finger. Nicht ohne dich, ohne dich wird es nicht passieren, jetzt, es ist Zeit, sie warten.

Er setzt sich auf, hebt die Beine, spürt das warme Holz des Bodens an seinen Fußsohlen. Er schaut sich um. Niemand regt sich. Sie warten. Langsam schnürt er die Stiefel. Leg dich hin. Er spürt den Atem aller Kameraden. Leg dich wieder hin. Das Licht macht seine Runde. Sie werden warten, sie werden wissen, dass du dich umentschieden hast, sie werden schlafen. Aber niemand schläft, alle atmen, jetzt, atmen ruhig und gleichmäßig, sei nicht dumm, niemand schläft, alle wissen es, alle warten. Die Stiefel sind geschnürt. Leg dich wieder hin. Er reibt sich mit den Händen über die Knie. Für Paul. Jetzt, für Paul. Leg dich wieder hin. Was bringt ihm das, er ist tot, das bringt ihm gar nichts. Franz bleibt sitzen. Für dich, sei ehrlich, nur für dich, für niemanden sonst. Er steht auf.

Er tippt zuerst Glohberg an, der mit Brille im Bett liegt, schleicht zu Hansen, der die Augen schon geöffnet hat, der ihn anlächelt, ein fröhliches, fettes Teufelslächeln. Leg dich wieder hin. Er dreht sich um, will zu den Kowalskis, aber sie sind bereits aufgestanden, kommen leise durch den Gang zwischen den Betten auf ihn zu, im Halbdunkel nicht zu unterscheiden, auch nicht im kurzen Aufflammen des

308

Lichts. Jetzt, immer nur jetzt. Sie hätten es auch ohne dich gemacht, sie hätten dich geweckt, es war deine Idee, aber du hast schon längst die Kontrolle verloren, gleich als du sie hattest, deine Idee, jetzt ist nur noch das Ausführen, nur noch darum geht es. Nicht für Paul, nicht für dich, nur für die Idee, die du in Hansens rundem Gesicht siehst, in Glohbergs ernstem Blick, in den Spiegelgesichtern der Kowalskis. Gemeinsam hocken sie an Hansens Bett, sie schauen sich an. Sie sind erleuchtet, jetzt, für einen Augenblick nur. Hansen hebt sein Kopfkissen, darunter das Seil. Er schließt seine Hand darum, er schaut Franz an, einen Moment lang ist sein Lächeln verschwunden, ist er kein Teufel, ist nur Hansen, der ihn fragend anschaut.

»Los«, sagt Franz.

Langsam bewegen sie sich durch die Reihen, jetzt, die geschlossenen Augen der Kameraden in ihren Betten, so wie du sie geschlossen gehalten hast, so wie du dir eingeredet hast, dass da jemand sitzt, dass da jemand ist, der dich daran hindert aufzustehen, so werden sie sich sagen, dass nichts zu machen ist, dass es richtig ist, niemand schläft, niemand schläft, alle warten. Sie haben das Bett erreicht, umstellen es, Franz betrachtet das helle, fast weiße Gesicht. Vielleicht ahnt er es, vielleicht schläft auch er nicht, so wie all die anderen, vielleicht ist er längst ein Teil des Spiels. Sein Mund ist leicht geöffnet, eine rote Haarlocke fällt in seine Stirn. Du kannst sehen, wie sein Brustkorb sich hebt und senkt, du hörst seinen Atem. Er schläft, er schläft wirklich.

Ihr schaut euch an, ihr nickt euch zu. Ihr habt es besprochen, habt es geübt. Jetzt. Glohberg zieht das Laken weg, Hansen und die Kowalskis packen ihn, reißen ihn vom Bett, du greifst seinen Kopf, presst ihm das Tuch auf den Mund. Ihr bewegt euch schnell. Er zuckt und windet sich,

aber er ist zu klein, er ist zu schwach. Glohberg öffnet die
Tür, du siehst ihn winken, du stößt gegen einen Stuhl, der
Stuhl fällt zu Boden, aber niemand regt sich, alle wissen
es, alle sind wach, aber alle sind still. Jetzt. Im Licht seine
aufgerissenen Augen, die Angst; ihr wartet im Halbschatten der Tür, wartet auf die Dunkelheit, aber noch ist da für
einen Augenblick seine Angst; Glohberg gibt das Zeichen,
hinaus in die Nacht, vom Weg in den Schatten zwischen
den Baracken, er zuckt und windet sich noch immer, aber
er ist zu schwach. Gedämpft hörst du ihn stöhnen und
schreien, du presst das Tuch auf den Mund, presst es so fest
darauf, dass du Angst hast, ihm das Genick zu brechen,
während du seine Schreie erstickst. An der Rückwand der
Messe haltet ihr ihn auf dem Boden, er hat zu zucken aufgehört, er starrt euch nur an, aus seinen großen, weit aufgerissenen Augen starrt er, er liegt still, starrt und redet,
sagt einzelne Worte, die du spüren kannst als Vibrationen
durch den Stoff hindurch, die du aber nicht hören willst.
Du spürst seinen Atem, du spürst die Feuchtigkeit seiner
Spucke durch das Tuch, seine Stirn, die von deiner linken
Hand auf den Boden gepresst wird, ist voller Schweiß, auch
die Haare. Das ist ein Mensch, das ist ein Mensch, du spürst
es ganz genau. Da ist dieser Impuls, die Hände zu heben,
ihn einfach loszulassen, ein Scherz, Kamerad Mahlstein,
nur ein Scherz.

»Fertig«, hörst du Glohberg sagen.

Du wendest den Kopf, siehst das Seil vom Dachbalken
der Messe hängen, du siehst die Schlinge, die langsam im
Wind pendelt. Das ist ein Mensch. Willst die Hände heben,
aber du presst sie nur noch fester auf Kopf und Mund. Das
ist Mahlstein, die Drecksau, du denkst an die Aufnahmen
der Amerikaner, die paar Drecksjuden, hat er gesagt, das
hat er gesagt, das wollen wir doch mal sehen; was ist dieser

310

eine dagegen? Nichts, er ist nichts, es ist beschlossen, das ist es, beschlossen, deine Idee war es, das Seil, die Nacht, deine Idee. Er ist ein Mensch, aber er hat es verdient, er und all die anderen.

Als ihr ihn anhebt, als er den Strick sieht und begreift, was geschehen wird, erwacht sein Körper noch einmal zum Leben, beginnt zu zucken, sich aufzubäumen. Aber auch als er alle Kraft aufwendet, die er noch in sich hat, auch als er zu treten und zu schlagen versucht, ist er zu schwach, er ist einfach zu schwach. Ihr rammt ihn gegen die Außenwand der Messe; sein Körper macht ein dumpfes Geräusch. Du schwitzt, deine Muskeln brennen, er versucht, den Kopf zu schütteln, aber du hältst ihn fest, du hältst das Tuch auf seinem Mund. Glohberg hat die Schlinge in der Hand, ihr stemmt ihn empor. Wie er sich windet, wie sich sein ganzer Körper spannt. Das ist ein Mensch, das ist ein Körper, das ist Mahlstein, die Sau, Mahlstein, der es nicht anders verdient hat, du gibst nur zurück, das ist einer von denen, es ist egal, es ist zu spät, ihr habt ihn hoch genug gestemmt für die Schlinge, die Schlinge ist um den Hals.

»Lass los«, zischt Glohberg. »Du musst ihn loslassen.«

Der wird schreien, die Sau, du musst schnell sein, sonst wird er schreien. Und du willst schnell sein, sonst wird er schreien, aber du hast Mahlstein unterschätzt, der gar nicht schreien will, du hast ihn unterschätzt, denn kaum dass du den Griff lockerst, beißt er zu, beißt mit aller Kraft. Und du fällst rückwärts, der Schmerz schießt von der Hand durch deinen gesamten Körper, du fällst rückwärts und siehst ihn fallen, siehst, wie sich das Seil spannt, und als du aufkommst auf dem Boden, siehst du, wie er in der Luft bleibt, wie seine Beine strampeln; du knallst auf den Rücken, presst die Zähne aufeinander und stöhnst vor Schmerz.

Das ist ein Mensch, der da strampelt, strampelt um sein Leben, da ist der Schmerz, in der Hand, im Körper, überall.

*

Der Vorhang wird zur Seite gezogen. Johnsons Gesicht kommt zum Vorschein. Er lächelt. Er hat die Kappe abgesetzt und unter die Schulterklappe gesteckt, seinen Haaren fehlt der Glanz der Pomade, sie wirken trübe und ein wenig zerzaust. Aber er trägt seine Uniformjacke, an der die Orden schwingen und die goldenen Knöpfe leuchten. Unter seinem Arm seine dunkle Ledermappe. Er schiebt den Vorhang wieder vor und setzt sich auf den Stuhl neben dem Bett. Im Hintergrund das Klappern der Krankenschwesternschuhe, ihre hellen Stimmen, das Quietschen der Reifen einiger Betten, die durch den Gang geschoben werden. Franz versucht, sich aufzusetzen. Johnson erhebt sich kurz, schiebt ihm das Kissen ans Kopfgestell und stützt seinen Rücken.

»Wie fühlen Sie sich?«

»Es könnte schlimmer sein«, sagt Franz. »Ich habe eine Spritze bekommen. Mein Kopf ist etwas langsam. Entschuldigen Sie. Alles ist weich. Aber es hilft gegen die Schmerzen.«

Seine Zunge ist schwer, die Worte rollen ihm langsam durch den Kopf.

»Ich bin ein Dummkopf, dass ich die Hand noch auf dem Rahmen hatte, dem Türrahmen, wissen Sie, als der Kamerad die Tür zugeworfen hat. So ein Dummkopf.« Er lacht. »Aber es hätte schlimmer kommen können.«

Er hebt die Hand mit dem weißen Verband, aus dem Zeige-, Mittelfinger und kleiner Finger gespreizt herausragen. Der Bereich dazwischen ist rot gefärbt und leer.

»Ich werde sicher bald wieder arbeiten können«, sagt er. »Das wird sicher gehen. Nur auf der Schreibmaschine, da werde ich noch langsamer sein als zuvor.«

Johnson lächelt, er schaut Franz an, aber er ist mit den Gedanken offensichtlich woanders. Der Amerikaner öffnet ein wenig den Mund, so als wollte er sprechen, entscheidet sich aber dagegen. Seine Zähne leuchten weiß. Er beobachtet dich, schaut in dich hinein. Die Gedanken in Franz' Kopf sind kleine Wolkeninseln, die langsam zerfasern. Johnson hebt seine Tasche vom Boden auf, legt sie auf die Knie und öffnet sie.

»Ich kann Sie verstehen«, sagt er.

Franz schaut ihn verständnislos an.

»Ich kann wirklich verstehen, was Sie getan haben. Ich nehme es Ihnen nicht einmal übel.«

Franz spürt, wie ihm das Blut in den Kopf steigt, wie er zu schwitzen beginnt. Johnson schaut in seine Tasche. Als der Amerikaner den Blick wieder hebt, da begreift Franz, durch alle Betäubung und Dumpfheit hindurch begreift er.

»Sie hätten wirklich den Finger finden sollen«, sagt Johnson. »Wie konnten Sie den nur zurücklassen?«

Franz schließt die Augen. Das war's, denkt er, das war's. Die Gedanken tanzen durch seinen Kopf, sind springende Kinder auf einer Matratze. Sein Herz hämmert. Rennen, denkt er, jetzt aufspringen und rennen, aber er weiß, dass es sinnlos, er zu schwach ist, dass Johnson ihn noch vor der Zimmertür einholen wird. Aus und vorbei, so einfach ist das. Hast dir gewünscht hierzubleiben, hast nicht geahnt, dass es so kommen würde. Er fällt, er fällt durch die weiche Matratze hindurch, wird einfach verschluckt, immer tiefer, er fällt. Johnson schweigt. Er wartet.

»Wir wollten ja«, sagt Franz schließlich, »wir wollten ja, aber es ging nicht. Die Dunkelheit, es war ja ganz dunkel,

nur das Leuchten, wenn der Scheinwerfer kam, jetzt, hat
er gemacht, nur ganz kurz. Und wir waren ja im Schatten,
mussten ja im Schatten sein. Ich hab es gar nicht begriffen,
zuerst habe ich gar nicht begriffen, was los ist. Nur dieser
Schmerz, ich bin gestürzt, da war der Schmerz und dann
plötzlich das Blut. Ich hab ihnen gesagt, dass sie ihn finden
sollen, dass sie ihn finden müssen, das habe ich ihnen gesagt. Aber sie konnten nicht.«

Johnson lächelt. Er sieht müde aus.

»Sie haben mich weggebracht, haben mich hochgeho-
ben, obwohl ich weitersuchen wollte, haben mich einfach
davongetragen. Sie hatten Angst, glaube ich, sie hatten
Angst, dass ich verblute, halt die Klappe, haben sie gesagt,
halt bloß die Klappe. Sie haben mich weggebracht und anschließend die Stelle gereinigt, weil es voll war, mach dir
keine Sorgen, haben sie gesagt, wir haben die Stelle gereinigt. Alles war voll mit meinem Blut, haben sie gesagt,
alles voll. Nur den Finger, den haben sie nicht, sie haben
das Blut weggemacht, aber den Finger nicht, sie haben ihn
nicht gefunden.«

»Das war nicht einfach«, sagt Johnson.

»Nein«, sagt Franz.

Er fühlt sich müde. Zu schlafen wünscht er sich, das
ganze Jahr nur noch zu schlafen. Alle Kraft ist aus seinem
Körper geflossen, er ist weich, er schmilzt, so fühlt es sich
an.

»Vielleicht war es sogar unmöglich«, sagt Johnson.

Aus der Dumpfheit seines Kopfes steigt der Gedanke in
Franz auf, leuchtend hell, sehr klar.

»Im Mund«, sagt er. »Er hatte ihn im Mund.«

Johnson nickt.

»Natürlich«, sagt Franz.

»Sie hätten ihn vielleicht nicht einmal erreichen können,

wenn Sie es erraten hätten«, sagt Johnson. »Sein ganzer Körper war steif und verkrampft, als wir ihn abgehängt haben. Erst bei der Untersuchung des Toten hat ein Arzt den Finger gefunden.«

Franz kann nicht anders, als zu lachen, er lacht kurz und laut bei der Vorstellung, wie der Amerikaner dem Toten den Mund öffnet und darin seinen halben Ringfinger findet. Er schämt sich für das Lachen, er schließt die Augen. Was für ein Glückspilz du bist.

»Haben Sie ihm den Mund zugehalten?«, fragt Johnson.

Franz nickt.

»Er wollte schreien, natürlich, besonders am Ende, da wollte er schreien, als er das Seil gesehen hat, als es schon am Balken war. Da hat er es begriffen, da wurde es ihm klar, und er hat gezuckt wie ein gefangener Fisch, alle Kraft musste ich aufwenden. Und am Ende, als sie ihm die Schlinge umgelegt haben, als ich die Hand wieder wegziehen musste, da hat er zugebissen.«

Er schweigt.

»Ich werde keine Namen nennen«, sagt er nach einer Pause. »Ich weiß, Sie müssen mich verhaften, aber ich werde keine Namen nennen.«

Sie wissen, wer den Unfall mit der Tür gemeldet hat, denkt er, von wem du ins Lazarett gebracht wurdest, sie werden es sich zusammenreimen können. Er müsste sie warnen, was würde er dafür geben, aber vielleicht kann er sie retten, wenn er schweigt, vielleicht kann er die Schuld auf sich nehmen. Johnson lächelt immer noch, warum lächelt der so dämlich? Franz sieht ihn in seine Ledermappe greifen, er holt ein verknittertes Stofftaschentuch hervor.

»Sie haben Glück gehabt«, sagt er.

»Das große Los«, sagt Franz leise.

»Sie haben Glück gehabt«, wiederholt Johnson, »dass

ich Dienst hatte heute Morgen. Sie haben Glück, dass ich den Arzt kenne, der den Finger gefunden hat, dass er wusste, dass Sie für mich arbeiten. Sie haben Glück, dass es niemanden wirklich interessiert, wie der Gefreite Mahlstein gestorben ist. *Big Hitler* tot, *little Hitler* tot. Wen kümmert's.«

Er zuckt die Schultern. Einen Augenblick lang ist die Welt absolut still.

»Sie haben wirklich mehr Glück als Verstand«, sagt Johnson.

Er steht auf und legt Franz das Taschentuch auf die Bettdecke.

»Und ich hoffe, dass ich mich nicht in Ihnen täusche. Ich hoffe, dass Sie es wert sind, Franz, das hoffe ich wirklich.«

Er salutiert kurz, lacht, als Franz seinen Verband an die Stirn führt, er dreht sich um und verlässt den Raum. Franz hebt das Taschentuch an, er spürt sofort, was darin eingewickelt ist, er braucht das Geschenk von Johnson nicht auszupacken. Er rutscht an die Seite des Bettes, beugt sich so weit hinaus, bis er einen seiner Stiefel erreichen kann. Er knüllt das Taschentuch zusammen und stopft es samt Inhalt ganz nach vorne, bis in die Stiefelspitze. Er stellt den Schuh wieder ab, rollt sich zurück auf den Rücken und starrt an die Decke. Er sieht Mahlsteins Gesicht vor sich, den Ausdruck des Erstaunens, als sie ihn packten: die großen, leuchtenden Augen. Er hört das Röcheln, das erst aufhörte, als sie schon nach seinem Finger auf dem Boden krochen. Ein sonderbarer Anblick, denkt er, die Kameraden auf allen vieren unterhalb des Toten, er selbst sitzend und die Hand nach oben reckend, die Flüche von Hansen und den Kowalskis, dazwischen beruhigende Worte von Glohberg, dem zumindest einfiel, dass man dem Toten das Blut vom Mund wischen musste. Schwindel übermannte ihn, die Hände seiner Freunde packten ihn und trugen ihn davon. Ein Gefühl, als schwebte er. So wie auch jetzt wieder.

*

Liebe Wilma,
ich habe mich gut erholt, seit ich aus dem Krankenhaus entlassen
wurde. Dein letzter Brief hat mich vor einer Woche erreicht, ich
habe mich sehr darüber gefreut, auch über die Photographie, die Du
beigelegt hast. Ob dies das hübsche Fräulein sei, hat mich Captain
Johnson gefragt, als ich den Brief gleich öffnete und die Aufnahme
herausfiel. Das war mir natürlich durchaus ein wenig peinlich, aber
ich konnte auch nichts anderes tun, als zu nicken. Ich trage das
Photo in meiner Brusttasche, damit es niemand finden kann und
vielleicht auch einfach, weil ich denke, daß es dort einen guten Platz
gefunden hat.

Es freut mich, daß der Schulabschluß für Dich so erfreulich ver-
laufen ist. Ein Abschlußball, das klingt wirklich nach einer wun-
dervollen Sache. Ich danke Dir für Deine Worte. Sei versichert, daß
auch ich gerne dabei gewesen wäre, hätte ich die Möglichkeit dazu
gehabt. Ich habe noch nie getanzt und glaube, daß ich viel zu un-
geschickt wäre dafür, aber alleine einmal dabei zu sein bei einem
Ball, das wäre doch etwas Besonderes.

Die Stimmung hier im Lager ist ein wenig trübe, da die Ame-
rikaner die Rationen gekürzt haben und das nicht zu knapp. Wir
sind aus dem Paradies der Feinschmecker in die Kargheit verbannt,
aber ich wage manchmal doch, in die Klagen der Kameraden zu
sagen, daß wir nicht verhungern werden, daß wir nur jammern, weil
wir all die Monate hier verwöhnt worden sind. Eine Strafe sei es,
sagen viele, für die Verbrechen, die mit dem Ende des Krieges erst in
aller Deutlichkeit zutage traten, und wenn ich ehrlich bin, kann ich
es niemandem verdenken.

Ich glaube, daß Dein Bruder, als er in Russland war, Dinge gesehen hat, daß er Blicke werfen konnte auf das Grauen, das der Heimat auf ewig zur Schande gereichen wird. Ich glaube, daß es einer der Gründe war, die ihn so schnell von seiner Führerkrankheit geheilt haben. Und glaube mir, daß er damit sehr viel Herz und Verstand bewiesen hat, denn es hat bis zum Ende hin viele gegeben, die davon nicht geheilt wurden. Ich glaube, daß es immer noch einige gibt, die daran leiden. Aber sie schweigen jetzt oder schwingen gerade die größten Töne als Demokraten.

Ich schreibe schon wieder so viel, der Brief wird zu dick werden. Aber diese eine Sache möchte ich doch noch berichten: Ich war essen in der Stadt, in einem Restaurant nahe dem Bahnhof. Ich war essen mit Johnson und seiner Frau Caroline. Als er die Einladung aussprach und ich sagte, wie das möglich sei, als deutscher Kriegsgefangener, da legte er, sauber gefaltet, eine amerikanische Uniform auf den Tisch. So bin ich durch Ogden spaziert mit den Johnsons, als ein freier Mann, als ein Amerikaner. Mir gefiel der Gedanke. Caroline hat Photos gemacht. Ich werde Dir bald eines senden!

Lass mich hören, wie es Dir geht, wie Du den Sommer genießen kannst. Ich bin auch gespannt zu lesen, für welche Universitäten Du Dich bewerben wirst. Ich drücke Dir meine beiden Daumen!

Es umarmt Dich

Dein Franz

*

Liebe Wilma,

es freut mich sehr zu hören, daß Du so schnell eine Zusage erhalten hast. Bitte verzeih mir, daß ich Dir auf Deine letzten Briefe nicht geantwortet habe. Es fällt mir dieser Tage schwer, mich zu konzentrieren, sowohl bei der Arbeit als auch in den freien Stunden. Ich habe Nachricht erhalten, daß mein Bruder in den letzten Kriegstagen gefallen ist, bei der Verteidigung des Ruhrgebiets, heißt es. Ein heldenhafter Tod. Was immer das bedeuten soll. Ein Telegramm meiner Mutter hat mich erreicht, und ich durfte ihr, aufgrund des Notfalles, auch zurücktelegraphieren. Ich suche Worte, Wilma, aber ich finde sie nicht. Du hast bereits Deinen Bruder verloren. Nun hat mich das gleiche Schicksal ereilt. Vielleicht verstehe ich jetzt noch ein wenig besser. Aber verstehen, das ist überhaupt das falsche Wort, alle Worte, die ich schreibe, sind überhaupt falsch. Es tut mir leid! Ich würde Dir gerne gegenübersitzen, mit Dir sprechen, glaube mir. Das wünsche ich mir mehr als alles auf der Welt. Ich fühle mich unglaublich müde, ich fühle mich alt, wir sind alle alt hier, auf eine gewisse Art und Weise. Aber ich fühle mich wie der älteste Neunzehnjährige auf der Welt. Ich würde gerne vor Dir sitzen und weinen. Ich weiß, daß ich weinen sollte, aber ich kann es nicht. Nicht hier, nicht vor den Kameraden. Ich würde vor Dir sitzen und weinen, und Du würdest mich in den Arm nehmen, Du würdest mich in den Arm nehmen und mich so lange halten, bis ich nicht mehr weinen kann.

Das Sonderbarste an alldem ist diese Ferne. Oder Fremdheit. Sein Tod ist mir fremd. Ich kann es nicht glauben. Das ist es. Es ist alles zu weit weg. Diese kurzen, abgehackten Sätze im Telegramm. Ich habe sie immer wieder gelesen: Bruder verstorben. Eingezogen zum Volkssturm. Gefallen bei der Verteidigung des Ruhrgebiets. In großer Trauer. Deine Mutter Hannelore.

Was soll das heißen, denke ich. Wie soll das ausreichen, wie kann das stimmen. Eine Woche musste ich warten, bis mich ihr Brief erreichte, die Engländer haben ihn per Luftpost ausgeflogen. British Zone of Occupation, steht darauf. Das ist jetzt Deutschland. Im Brief einige wenige Sätze. Von der Trauer, vom großen Verlust. Von ihrer Dankbarkeit, daß zumindest ihr jüngster Sohn wohlbehalten ist.

Die Sätze, die ich gelesen habe, sind so unpassend, so formell, daß ich den Brief am liebsten zerknüllen und wegwerfen würde. Ich habe zurückgeschrieben, fast genauso formell, oder nicht fast, nein, genauso. Vielleicht ist es die einzige Art, wie wir über Josefs Tod sprechen können. Aber Dir, Wilma, Dir würde ich so gerne anders schreiben: von meiner Angst, davon, daß ich nachts wach liege und versuche, mich an ihn zu erinnern, immer wieder und wieder. Aber es geht nicht. Er ist verschwunden. Ich kann mich an Photographien von ihm erinnern, aber nicht an sein eigentliches Gesicht. Er ist mein Bruder, aber sein Gesicht ist fort, sein Gesicht ist ganz und gar fort. Ich bin leer, das ist es, und ich finde nichts in mir, was ich Dir schreiben könnte von ihm. Es tut mir leid. Ich würde wirklich gerne schlafen, das würde ich. Ein wirklich tiefer Schlaf, aus dem ich ein Jahr nicht mehr erwache. Das Einzige, was ich sagen kann, ist, daß Pauls Lächeln mir in aller Klarheit vor Augen steht, tagsüber und nachts. Ich werde es nicht vergessen.

In großer Trauer umarmt Dich
Dein Franz

*

Liebe Wilma,
dies ist der letzte Brief, den ich Dir aus Utah schreibe, und es wird wohl auch der letzte Brief sein, den Du noch aus Amerika von mir erhältst. Captain Johnson hat recht behalten. Ich wurde angenommen für den Sonderaufenthalt in Fort Eutis, Virginia. »Reeducation Program«. Ein unfreundlicher Name, hoffentlich für ein freundliches Erlebnis. Ich wünschte, wir würden über Tuscaloosa fahren, ich könnte dort einfach aussteigen und Dich in der Stadt treffen, mich vielleicht in eine der Vorlesungen setzen, die Du besuchst. Deine Freundinnen dort kennenlernen, Martha, Susan und Harper. Den Hemingway habe ich im Gepäck. Er ist ausgelesen und wieder gelesen, auch wenn mir die Feldarbeit im Herbst dazu wenig Zeit ließ. Auch das »Licht«, das noch Deinem Bruder gehörte, wird mein Begleiter sein. Ich traue mich zu sagen, daß ich es mir erkämpft habe. Ich werde es Dir eines Tages zurückgeben, das verspreche ich Dir. Dieser Abschied schmerzt, aber es bleibt die Freude, daß ich

all Deine Briefe immer bei mir trage. Andere bemühen sich vor der Abreise um Dollarnoten oder Zigaretten, aber ich habe schon alles bei mir, was ich in Deutschland brauchen werde. Ich verspreche Dir zu telegraphieren, sobald ich dazu die Gelegenheit habe. Ich bin Dir dankbar, für all die lieben Zeilen, für Deine Aufmunterungen, für Dein großes Herz. Und ich bin mir, genau wie Du, sehr sicher, daß wir uns wiedersehen werden.

Dein Franz

*

Dampf weht über den Bahnsteig. Das Pfeifen der Lokomotive erklingt. Der Schaffner marschiert den Zug entlang und fordert die Passagiere zum Einsteigen auf. Franz' Wachsoldat ist bereits eingestiegen, auch Glohberg sitzt schon im Waggon und klopft gegen die Scheibe. Er streckt ihm die Zunge raus. Franz rollt die Augen und lacht.

»Es ist Zeit«, sagt er.

Johnson nickt. Weiße Atemwölkchen steigen aus seinem Mund.

»Genießen Sie Virginia«, sagt er.

»Das werde ich.«

»Ich hoffe, dass Sie die Tage dort nutzen können, dass es Ihnen helfen wird, für die Zeit danach.«

»Das wird es«, sagt Franz.

Er drückt Johnson die Hand.

»Danke«, sagt er, »ich danke Ihnen wirklich sehr. Für alles.«

Johnson umarmt ihn kurz und kräftig, schiebt ihn direkt wieder auf Abstand. Er klopft ihm auf die Schultern.

»Machen Sie was draus. Das ist alles. Und schreiben Sie!«

»Versprochen«, sagt Franz.

Der Schaffner kommt und wedelt mit seiner Kelle. Franz

springt auf. Die Tür wird hinter ihm zugeschlagen. Kurz darauf setzt sich der Zug stampfend in Bewegung. Er läuft in den Waggon, wo Glohberg und der begleitende Wachsoldat schon auf ihn warten. Er wuchtet seinen Rucksack auf die Ablage und setzt sich.

»Gab's ein Küsschen von deinem Sweetheart?«, fragt Glohberg.

»Und ich war so dumm zu glauben, es wäre ein Glück, dass sie uns beide ausgewählt haben«, sagt Franz.

Glohberg grinst und rückt sich die Brille zurecht.

»Du wirst dein Glück kaum fassen können.«

Franz schaut aus dem Fenster. Der Bahnsteig ist schon aus dem Blickfeld verschwunden, die schneebedeckten Dächer der Innenstadt ziehen an ihm vorbei, ab und an sieht er dick vermummte Menschen durch die Straßen eilen. Er stellt sich Caroline Johnson vor, auf dem Weg zu einem Friseurtermin oder zum Schlachter. Fremde Heimat. In der Ferne die weiße Spitze des Mount Ogden. Der Himmel darüber klar und blau. Er legt eine Hand auf die eisige Fensterscheibe.

»Bis zum nächsten Mal«, sagt Glohberg.

*

Das Horn des Kreuzers dröhnt. Ein Firnis aus Kohlestaub und Dieselgeruch liegt über dem Hafen. Franz dreht sich um, schaut zurück auf die Stadt, die an dieser Stelle der Halbinsel gar nicht so imposant wirkt wie bei seiner ersten Ankunft. Baracken und Lagergebäude zwängen sich in den Bereich nahe dem Ufer, erst in einigem Abstand wachsen die Häuser langsam in die Höhe. Im Süden und Norden die dicht stehenden Türme von Downtown und Uptown Manhattan. Am Himmel über ihnen zieht ein Flugzeug ein Banner mit Reklame hinter sich her. *Smoke Chesterfield*, liest er. Auf dem Pier wimmelt es von Deutschen, alle tragen schwer an ihren Rucksäcken oder Seesäcken, die bis oben hin vollgestopft sind mit Dosen, mit Zigaretten, mit Kleidung. Gelächter allenthalben, man umarmt und knufft sich, deutet auf die Stadt zurück; einige machen Fotos mit neuen amerikanischen Apparaten, eine Gruppe steht zusammen und singt Schlager, zuerst *Lili Marleen*, danach *Sentimental Journey*. Er hat Glohberg aus dem Blick verloren, er sieht, dass die ersten Kameraden sich bereits über die ausgeklappte Metallstiege in den Bauch des Schiffes begeben. Amerikanische MPs wandern zwischen den Deutschen umher und bedeuten ihnen, sie mögen sich zum Aufbruch bereitmachen.

Franz steigt auf einen Poller, er reckt den Nacken. An der Uferstraße schieben sich Lastwagen entlang, aber auch Personenfahrzeuge und gelbe Taxis erspäht er. An die Straße laufen, denkt er, über den Zaun springen und ein Taxi heranwinken, einfach einsteigen, als wäre es das Normalste von der Welt. Durch den Central Park spazieren, mit den Aufzügen auf die höchsten Türme fahren. Hierbleiben, arbeiten, einen falschen Pass besorgen. Wilma telegraphieren und nach Alabama fahren, sich einschreiben an ihrer Universität und dort studieren. In einem anderen Leben, denkt er.

Die Kameraden strömen auf das Schiff, auch er verlässt seinen Aussichtspunkt und reiht sich ein, steigt die Treppe empor und wird an Bord von einem Amerikaner empfangen, der seine Papiere prüft, ihn mustert und anschließend auf eine Treppe deutet, die nach oben führt.

»Glück gehabt«, sagt der GI und grinst.

Franz steigt die schmale Metallstiege bis auf das Oberdeck hinauf. Dort steht eine kleine Gruppe von Deutschen an der Reling und schaut auf die Stadt. Franz erkennt Glohberg und läuft zu ihm hinüber.

»Man glaubt es nicht«, sagt Glohberg, »wir fahren in den oberen Kabinen. Essen gibt's mit den Amerikanern. Weil wir jetzt Demokraten sind mit Brief und Siegel.« Er schwenkt die Papiere aus Fort Eutis. »Als Volksschullehrer in den Krieg, als Demokratielehrer zurück.«

Ein Deutscher, der neben ihnen an der Reling lehnt, dreht sich zu ihnen um.

»Und was man so hört, von drüben aus Europa, von den Verträgen der Amerikaner mit den Franzosen und Briten, solltet ihr doppelt froh sein über eure Stempel. Da werden Tausende in die Bergwerke geschickt oder auf die Felder.«

Der Mann ist klein, hat einen runden Kopf und eine sehr große Nase. Seine buschigen Augenbrauen heben sich, als er ihnen die Hand entgegenstreckt.

»Hans Werner«, sagt er.

Ob er auch in Fort Eutis gewesen sei, fragt Glohberg. Hans Werner schüttelt den Kopf. Fort Kearney, Rhode Island, sagt er. Was er dann hier oben bei den Demokraten mache, fragt Glohberg. Hans Werner lacht. Ob sie den *Ruf* kennen, die Zeitung. Die habe er herausgegeben von dort aus, ein halbes Jahr lang. Aber jetzt sei Schluss.

»Wir haben so lange protestiert und gestreikt, bis sie uns haben gehen lassen. Als ob jetzt noch jemand diese Zeitung liest. Nach Hause, das ist alles, was zählt.«

Franz schweigt und schaut auf die Stadt.

»Der hier«, sagt Glohberg und knufft Franz in die Seite, »der würde am liebsten hierbleiben.«

»Vielleicht ist es möglich wiederzukommen, irgendwann«, sagt Hans Werner.

»Ja, vielleicht«, sagt Franz.

Das Horn des Schiffes dröhnt von neuem, Männer

rennen am Pier entlang, lösen die Taue und werfen sie ins Wasser. Langsam setzt sich der Dampfer in Bewegung. Sie stehen schweigend auf die Reling gelehnt und schauen zu, wie sich New York langsam von ihnen entfernt. Sie fahren den Hudson hinab, vorbei an der Freiheitsstatue, die klein und einsam wirkt auf ihrer Insel. Die amerikanischen Soldaten, die mit ihnen auf dem Oberdeck stehen, pfeifen und winken ihr, als wäre die grüne Frau mit der Strahlenkrone eine Geliebte, von der man Abschied nehmen muss. Als sie den Hudson verlassen und das offene Meer erreichen, suchen sich die Männer nach und nach ihre Kabinen, auch Glohberg zieht davon, mit dem Versprechen auf den Lippen, ihnen eine Kabine mit Aussicht zu besorgen.

Franz bleibt im Freien, er läuft zum Heck des Schiffes und schaut zurück. Dem weißen Schäumen der Schiffsschrauben folgen kreischend die Möwen. Dahinter ist Amerika nur noch ein Streifen Grün, der sich über den Horizont erstreckt.

VI.

DAS LICHT SICKERTE LANGSAM in den Garten, Schicht um Schicht legte es sich auf die Bäume und Sträucher, die Blumenbeete und die Fliesen der Terrasse. Eine Skulptur, ein kleines graues Schwein, das Barbara nie zuvor aufgefallen war, sah aus, als erwachte es gerade und reckte fröhlich seine Nase in den Morgen. Eine Krähe landete auf dem alten, knorrigen Apfelbaum in der Mitte der Wiese und suchte in den Ästen nach Früchten.

Sie hatte sich den großen Ohrensessel so gedreht, dass die Verandascheibe vor ihr lag wie die Leinwand eines Kinos. Die Farben trauten sich langsam, jede Minute ein wenig mehr, das Braun und Rot der Blätter wurde sichtbar, über Nacht waren wieder einige auf den Rasen gesegelt; ihr Vater würde schon am Morgen den Rechen aus der Geräteabseite holen und sie zusammenharken.

Je heller es draußen wurde, desto undeutlicher konnte sie das eigene Spiegelbild erkennen, die grauhaarige Frau in Pyjama und Morgenmantel, eine Teetasse in der rechten Hand, eine Wolldecke über die Beine gezogen. Hinter ihr das Sofa, der Raumteiler, die Essecke mit hölzerner Vertäfelung; auf dem nutzlos gewordenen Kachelofen, der ihr früher die Gespräche der Eltern geflüstert hatte, stand eine Vase mit getrockneten Blumen, die sich in der Spiegelung der Scheibe über die Nadeln einer Fichte legten. Ihre Augen flackerten. In der ersten Nacht hatte der Rotwein sie bis zum Morgen durch unruhige Träume schwimmen lassen, so lange, bis ihr Vater an der Tür gestanden und geklopft hatte. Aber in dieser zweiten Nacht hatte sie nur wenige Stunden schlafen können, bevor sie schwitzend und verwirrt erwacht war, einen Augenblick lang völlig ohne Orientierung. Sie war ins Bad geschlichen, wie früher als Kind, sie hatte kaltes Wasser getrunken und es sich über die Handgelenke laufen lassen. Aber die Methoden, die ihr unter dem Reetdach hinter dem Deich halfen, waren im Reihenhaus in Heisingen wirkungslos. Eine halbe Stunde lang versuchte sie es mit Lesen, aber die gedruckten Sätze hatten ihren Sinn verloren, sie tanzten wild durch ihren Kopf. Aus den schmalen Gittern der Ofenschächte flüsterte es, im schweren Eichenschrank kicherten die Motten. Irgendwann hatte sie es aufgegeben, war aufgestanden, hatte auf ihrem Weg nach unten einen Stopp an seinem Arbeitszimmer gemacht, die Tür vorsichtig geöffnet und hineingeschaut, die Papierstapel auf seinem Schreibtisch betrachtet, den Schrank an der Rückwand, hinter dessen Glastüren seine Steine lagen, auf Samtdeckchen und Kissen. Martin hatte ihr erzählt, wie der Alte seine Sammlung auf der Reise erweitert hatte. Vermutlich lagen die Neulinge jetzt neben ihren Vorgängern aus den Vierzigern und erzählten, wie sich das Land verändert hatte. Ob Steine aus ihrem Garten dort lagen, fragte sie sich, ob ihr Haus und Grund es ihm wert war. Sie hatte das Licht ausgeschaltet, war ins Erdgeschoss gelaufen, hatte sich einen Tee gemacht, sich den Sessel zurechtgerückt und auf den Tag gewartet.

Was hast du erwartet? Die ersten Nächte seit fast fünfzig Jahren in deinem Zimmer. Du kannst nicht jeden Abend genug trinken dafür. Auch wenn ihre Möbel längst verschwunden waren, die Wände neu tapeziert, der Boden mit hellem Teppich versehen. Sie wusste, warum sie all die

Jahre auf einem Hotel bestanden hatte. Ich habe es immer gemocht, sagte die kleine Barbara, die seit dem Aufwachen neben ihrem Bett gestanden und sie auch mit nach unten begleitet hatte. Das Haus der Kleinen mochte es sein, dass Haus der Großen war es nie gewesen.

Barbara schnaubte und trank einen Schluck kalt gewordenen Tee. Sie hatte keine Ahnung, wie lange sie schon auf ihrem Platz saß, einzige Zuschauerin einer Sonderaufführung von Reihenhausgarten im Herbst. Was hast du erwartet? Sie trank die Tasse leer und stellte sie auf den Boden. Die Erklärung der großen Vaterliebe? Nur für dich, nur für dich, mein Kind. Nur für dich habe ich auf meine amerikanischen Träume verzichtet. Hättest du das gewollt?

Was weiß denn ich, was ich gewollt hätte. Mehr Schlaf vielleicht. Aber denkst du nicht, dass er äußerst freundlich war, sehr bemüht um dich? Ich habe ihn seit Jahren nicht so bemüht erlebt. Frühstück machen, Kaffee kochen, Brote schmieren. Viele Fragen nach dem Haus, viele gemeinsame Spaziergänge. Darum ging es aber nicht, dachte Barbara. Vielleicht für dich, sagte die Kleine.

Fragen, Antworten. Ein Interview. Aber so läuft das nicht. Interviews erlaubt man nur Fremden. Eine Tochter erhält ihre Informationen häppchenweise, über den Tag verteilt, immer mal wieder ein paar. Freu dich darüber, statt zu jammern.

Wilma, die ferne Freundin, Schwester des ermordeten Freundes. So viel hatte sie auch schon von Martin erfahren. Es war die Art und Weise, wie Franz über sie sprach, die etwas verriet, sehr weich, sehr nachdenklich wurde er, wenn er sie erwähnte.

»Ich habe sie vermisst«, sagte der Alte am zweiten Abend, den Stiel eines Weinglases zwischen Daumen und Zeigefinger drehend, »obwohl ich sie nur einmal gesehen habe in meinem Leben. Ein paar Tage in Texas, das war alles. Ohne dieses Foto, das ich dir geschickt habe, hätte ich heute keine Ahnung mehr, wie sie aussah. Und trotzdem. Völlig absurd.«

Er streckte den Rücken, hob den Blick. Zurück im Franzmodus, dachte Barbara. Sie schob ihren Teller beiseite, auf dem noch einige Kartoffelstückchen in brauner Soße schwammen.

»Vielleicht kommt es nicht auf das Sehen an in diesem Fall. Nur auf das Schreiben, auf die Möglichkeit, die darin lag. Ich finde das nicht so überraschend.«

Er winkte ab.

»Flausen gegen das Grau, eine Idee, in die man sich flüchten konnte. Du weißt nicht, wie das war damals, du warst zu jung. All die Trümmer, diese Mondlandschaften. Und überall noch die Nazis, die dir ins Gesicht lächelten und freudig von der Demokratie fabulierten. Feine Schichten Schminke, die nach wenigen Bieren oder Schnäpsen verschmierten. Da brauchte man Flausen, Träume von Amerika, um das auszuhalten.«

»Aber sind nicht andere gegangen?«

»Ja, andere«, sagte er. »Glohberg, ein Kamerad aus dem Lager in Utah. Hat eine entfernte Tante ausgegraben in Kalifornien, ist schon achtundvierzig rüber, gleich als sie anfingen, die Visa auszustellen. Einen Brief gab's noch aus Sacramento. Für mehr reichte die Kameradschaft nicht.«

»Aber du hattest einen Sponsor«, sagte Barbara.

»Ich hatte eine Frau und eine Tochter.«

Der Satz hing eine ganze Weile im Raum, ohne dass er oder sie einen weiteren folgen ließen. Barbara nahm einen großen Schluck Rotwein, lehnte sich zurück und betrachtete ihren Vater über das Glas hinweg. Alt war er geworden, die Augen wässrig, die Haare dünn, und doch jung geblieben. Seine Schritte auf ihren Spaziergängen waren immer noch ausgreifend und bestimmt, alle Handgriffe in seinem Zuhause souverän und ruhig. Wenn er lächelte oder gar lachte, lag ein jungenhafter Ausdruck in seinem faltigen Gesicht.

»Dich hat sicher niemand gezwungen, Johanna zu heiraten«, sagte sie, nachdem sie das Weinglas abgesetzt hatte.

»Deine Mutter«, sagte er und betonte dieses Wort, hatte es genauso wenig gemocht wie Johanna, dass Barbara irgendwann dazu übergegangen war, sie beide mit Vornamen anzusprechen, »Deine Mutter wäre verloren gewesen, alleine mit einem Kind in Bayern. Du weißt doch selbst, wie es damals war, wie die Leute waren. Das müsstet gerade ihr doch wissen.«

Gerade ihr. Ihr Frauenbewegten, dachte Barbara. Sie stand aus dem Sessel auf, näherte sich der Scheibe, bis sie sie fast mit der Stirn berührte. Ihr Atem bildete einen trüben Fleck, in den sie ein lachendes Gesicht malte. Du interpretierst schon wieder, du übermalst ihn mit deinem Ärger. Er ist nie ein Chauvi gewesen, du tust ihm unrecht, ein wenig konservativ, aber nicht im klassischen Sinne, ging nie in die Kirche, war nicht stolz auf sein Land. Steinern in seinen Meinungen, die ihren ganz eigenen Kompass hatten, das war es eher. Und wenn sie ehrlich war, passten Mutter und Vater gut zusammen auf diese Weise. Der Enkel war es für Johanna gewesen, der sie bewegt hatte, ihn zum Brechen des Schweigens zu veranlassen. Postkarten, das ja, auch Anrufe. Aber sie selbst hatte nicht gereicht, um dieses Abkommen zu brechen, das die beiden miteinander ausgehandelt hatten vor vielen Jahren. Dafür hatte es Martin gebraucht. Sie lief in die Küche und setzte sich neues Teewasser auf. Die Uhr zeigte halb sechs. In zehn Stunden würde sie im Zug sitzen, auf dem Weg in ihr eigenes Bett.

Sie kehrte auf den Sessel zurück, wärmte sich die Hände an der Tasse. Ihre Knöchel schmerzten. Arthrose, nichts mehr zu machen. Ein Haus im Süden, dachte sie und dachte sogleich an seinen Ausdruck: Flausen. Es war sehr wahrscheinlich, dass sie hinter dem Deich bleiben würde bis zum Ende. Die ersten Freunde machten die Biege, Trauerfeiern, noch gut besucht, diese dumpfen Blicke, die Tränen, um die Verstorbenen und um sich selbst. Der Blick nach vorne hatte sein Versprechen von der goldenen Zukunft längst verloren. Am Ende lag Schwärze, das Nichts, da waren sie sich einig, sie und ihr Vater. Ihre Mutter hatte die Kirche gehabt, den Glauben. Aber auch der hatte ihr am Ende wenig geholfen. Sie erinnerte sich an die Schreie, die Angst der Mutter, ganz am Ende im Pflegeheim, diese Angst, die ganz plötzlich ausbrechen konnte, in der sie wieder klar werden konnte, ihre Tochter plötzlich erkannte. Wie sie Barbara am Arm packte, wie ihre Fingernägel sich in ihre Haut bohrten und sie »Ich will nicht«, sagte, immer wieder »Ich will noch nicht«. Und wenn die Todesangst wich, wenn sie ihr Pillen gaben, die sie zurück in das Dämmern schickten, das friedliche Dämmern unter dem Kruzifix, in diesem kleinen Zimmer mit Ausblick auf einen Park, dann wusste Barbara nicht, ob sie nicht die Angst bevorzugte, die kalte, aber klare Angst. Das Ende blieb das Ende, da halfen keine Kreuze und keine Gekreuzigten.

»Es würde mir gefallen, wenn etwas bliebe von alledem«, hatte Franz gesagt auf ihrem Spaziergang am Baldeneysee. Er hatte sie in das Parkhaus Hügel zum Mittag eingeladen, danach waren sie am Ufer entlanggelaufen, umspült von Joggern und Eltern mit Kinderwagen. Über ihren ersten Besuch nach Martins Geburt hatten sie sich unterhalten. Konstantin und Franz hatten sich damals die Hand geschüttelt, als ob nichts gewesen wäre, und Barbara hatte ihrem Vater davon erzählt, wie wütend sie das damals gemacht hatte.

»Konstantin war nie kompliziert, was solche Sachen anging«, hatte ihr Vater gesagt. Barbara war sich sicher gewesen, dass es als Kompliment gemeint war. Ob es ihm gutgehe, hatte Franz gefragt, und sie hatte das wenige berichtet, das sie von Martin erfahren hatte: eine Wohnung am Stadtrand von Kopenhagen, die neue dänische Frau mit ghanaischen Wurzeln, mit der er seit der Pensionierung so viel wie möglich um die Welt reiste. Mit dem Jeep durch Ostafrika, Radfahren in Südamerika, Yoga in Indien. Auf eine gewisse Weise war er immer derselbe Konstantin aus der WG in Essen geblieben. Der freundliche Kerl, der sich gleichzeitig für Quantenphysik und spirituelle Atemtechniken begeistern konnte. Ein kurzer Anflug von Sehnsucht hatte sie umweht, aber er war so schnell gegangen, wie er gekommen war.

Und in die Stille ihrer Gedanken hinein hatte ihr Vater diesen Satz vom Bleiben gesagt, vom Bleiben seiner Geschichte. Natürlich sei das sentimental, hatte er gesagt, wie um ihr zuvorzukommen. Aber er habe das Gefühl, als sei all das völlig vergessen. Die Lager in den USA, die Kämpfe dort, aber auch die vielen Momente der Freiheit.

»Wir Jungen, wir wussten ja gar nicht, was Freiheit war, wie sie sich anfühlte. Und da spricht heute niemand mehr von, was das bedeutete für uns alle, die wir nichts anderes kannten als unser enges, dunkles Deutschland, was das veränderte, plötzlich diese neuen Möglichkeiten zu haben, trotz der Gefangenschaft. Einen Traum von Licht und Freiheit. Und was lernt man heute stattdessen? Jede Nacht auf den Dokumentationskanälen die alberne Visage dieses kleinen schwarzhaarigen Mannes mit seinem Schnauzer, überall Hitler, überall die Bilder des Grauens, dieser Fetisch, dieser Voyeurismus des Terrors. Früher liebten sie ihn, jetzt lieben sie es, ihn zu hassen.«

»Soll ich eine eigene Doku drehen?«, hatte Barbara gefragt.

Er hatte ihr einen Seitenblick zugeworfen, über den sie ihrerseits lachen musste.

»Ein bisschen bewahren«, hatte er gesagt. »Du und Martin. Es der Kleinen erzählen, wenn sie alt genug ist. Vielleicht fahrt ihr da mal hin, alle zusammen, in ein paar Jahren.«

Wenn er tot ist, dachte Barbara. Und sie hoffte, dass er anders sterben würde als Johanna. Schneller, schlagartig. Das würde zu ihm passen, dachte sie. Sie trank ihren Tee, genoss das Gefühl, wie die Wärme sich in ihrem Körper ausbreitete. Sie würde ihn beerdigen müssen. Eine Beerdigung mit wenigen Gästen. Das Haus verkaufen. Mit Notaren sprechen. Solche Sachen. Dass sie nicht wusste, ob er tatsächlich beerdigt werden wollte oder eingeäschert. Vielleicht zu den Steinen unter die Erde, dachte sie.

Über ihr, im ersten Stock, knarrte der Boden. Eine Tür klappte. Kurz darauf ging die Spülung im Bad. Sie lehnte sich im Sessel zurück und wartete auf ihn. Als er, vielleicht eine Viertelstunde später, das Wohnzimmer betrat, bereits in Hose und sauber gebügeltem Hemd, entdeckte er sofort ihre Spiegelung.

»Guten Morgen«, sagte er.

»Guten Morgen«, sagte sie gegen die Scheibe.

Ob sie schon lange wach sei, fragte er. Zu lange, entgegnete sie.

»Ja«, sagte er, trat neben sie und legte seine Hand auf die Lehne des Sessels. Gemeinsam schauten sie in den Garten, durch den ein Amselpaar hüpfte und nach Würmern oder

Insekten pickte. Der Himmel war bereits blau, die Farben der Bäume und Blumen schon kräftig. Es würde ein schöner Herbsttag werden.

»Ich mache uns einen kräftigen Kaffee und Frühstückseier«, sagte er.

Kurz darauf begann er, in der Küche zu werkeln. Sie erhob sich und folgte ihm. Als sie eintrat, stand er über die Spüle gebeugt, seine Nackenwirbel sehr deutlich zu sehen, auch die Kopfhaut unter dem dünnen Haar. Sie verspürte den Impuls, zu ihm zu treten und ihm über den Schädel zu streicheln. Als sie ihre Teetasse auf den Küchentisch stellte, drehte er sich zu ihr um und lächelte. Die Ähnlichkeit mit Martin war erstaunlich. Als ob sie sich auf der Reise angeglichen hätten oder sich seitdem etwas in ihrer eigenen Wahrnehmung dieser beiden Männer verändert hatte. Ob sie den Tisch decken würde, fragte er. Sie nickte und öffnete den Küchenschrank.

*

»Warst du verliebt?«

Sie saßen auf der Terrasse in den Gartenstühlen, die Barbara ihren Eltern vor zwei Jahren geschenkt hatte, Franz mit einer dicken Decke um seine Beine gewickelt, Barbara frisch geduscht und in Jeans und Pullover. Der Morgen hatte sein Versprechen gehalten, es war ungewöhnlich warm für einen Novembertag. Dennoch hatte sie auf der Decke für ihn bestanden. Pack ihn fest ein, dass er nicht weglaufen kann. Anschließend fragte sie.

»In wen? Deine Mutter?«

»Beide. In Johanna, in Wilma.«

»Was soll ich dazu sagen.«

Sie schwieg und wartete.

»Wilma, das war etwas Besonderes, eine Verrücktheit, Schwärmerei, etwas ganz und gar Irreales, von Anfang bis Ende. Eine Papierliebe, vielleicht, ich weiß es wirklich nicht. Ich wünschte manchmal, ich wüsste es.«

»Und Mama?«

Er seufzte, schaute auf die Hände in seinem Schoß.

»Ich war so begeistert von ihr, als ich sie traf. Deutschland, das war für mich in meiner Erwartung nichts als Trümmer, das war ein Land voller Toter. Aber deine Mutter hatte ein Lachen, das all diese Gedanken vertreiben konnte. Gedanken an Essen, an die Mutter, an das Grab meines Bruders. Ich wollte das alles nicht sehen, nichts davon.«

»Wie ist er gefallen?«

»Nicht gefallen. Aufgeknüpft haben sie ihn, an einer Laterne. Weil er seinem Trupp aus Kindern und Krüppeln befohlen hat, nach Hause zu gehen. Ihn haben sie erwischt und kurzen Prozess gemacht. Das konnten sie noch. Anschließend haben sie selbst die Uniformen ausgezogen, sind nach Hause gegangen, haben die Fahnen und die Parteibücher verbrannt und schon bald wieder auf ihren alten Stellen gearbeitet.«

Er hob den Kopf. Sie wunderte sich, dass dieser Zorn in ihm auch nach all den Jahren noch so lebendig war.

»Ich hatte wirklich gehofft, dass sich etwas ändern würde, dass man in diesem Land, das seine Berechtigung zu existieren eigentlich verspielt hatte, reinen Tisch machen konnte. Entnazifizierung. Das klang schon wie etwas, das niemals funktionieren konnte. Ein paar mitteldicke Fische durften wir angeln. Dann war Schluss. Kaum einem war wirklich daran gelegen. Den Deutschen sowieso nicht. Man sieht ja, was hier heute wieder los ist, was für Menschen auf einmal wieder im Fernsehen auftauchen, was für Sätze, mit wie viel Stimmen solches Pack wieder rechnen kann. Und damals, da waren den Amerikanern wohl zwei stumme Nazis lieber als ein lauter Kommunist.«

»Und das aus deinem Mund«, sagte sie.

»Natürlich waren das Spinner«, sagte er, »all die Durchgeknallten, die gedacht haben, Stalin oder Mao bringen ihnen die Freiheit. Die gegen die bösen Imperialisten gewettert haben.«

Jetzt kommt es wieder, dachte sie.

»Ohne diese bösen Imperialisten wären sie alle stolze Hitlerjungen gewesen und hätten Hitlers Achtzigsten gefeiert.«

Sie fragte sich, ob er sich bewusst war, dass er fast fünfzig Jahre alte Sätze für sie wiederholte.

»Du wolltest von Johanna erzählen«, sagte sie.

Einen Augenblick lang hatte er völlig den Faden verloren. Er zog die Stirn in Falten, sie sah in seinem Blick, wie er die Gedanken zu ordnen versuchte.

»Richtig«, murmelte er, »Johanna, richtig.«

Er räusperte sich.

»Wir waren sehr alleine, glaube ich. Sie hatte ihre Familie verloren, ich wollte die Reste der eigenen nicht sehen. Weil ich teilgenommen hatte an einer Sonderausbildung, haben mir die Amerikaner erlaubt, in Bayern zu bleiben. Und ich kannte lange niemanden außer ihr und ein paar amerikanischen Soldaten. Später die Leute im Ausschuss, aber von denen war die Hälfte auch nicht zu gebrauchen. Und als deine Mutter schwanger wurde, da war es keine Frage, was wir tun mussten.«

»Wie romantisch«, sagte Barbara.

»Ja, tatsächlich.«

Er lachte.

»Auch wenn das nicht ins Bild passt, das du dir von uns gemacht hast. Eine kleine Kirche, ein Priester; ein Amerikaner und eine Kollegin deiner Mutter als Zeugen. Mit einem Zug sind wir anschließend einfach hinausgefahren, raus in die Frühlingstage, ein paar Zigaretten und Proviant im Gepäck, haben uns einquartiert bei einem Bauern. Zwei Tage Flitterwochen. Draußen auf dem Hof, da konnte man den Rest des Landes beinahe vergessen.«

»Und Wilma.«

»Was?«

»Wilma vergessen.«

Er wedelte mit der Hand.

»Nein«, sagte er, »nein, so war das nicht. Darum ging es überhaupt nicht. Wilma, die Briefe, das hätte gar nichts ändern müssen, wenn all die anderen Dinge in Ordnung gewesen wären; Deutschland, eine wirkliche Veränderung dort, meine Ehe mit deiner Mutter.«

»Aber die Dinge waren nicht in Ordnung«, sagte sie.

»Ja und nein«, sagte er. »Der Anfang in Bayern, der sich zuerst tatsächlich wie ein Neubeginn anfühlte, dieser Anfang war voller Hoffnung. Aber später, als die Arbeit im Ausschuss immer enttäuschender wurde, als wir wieder in Essen waren, da erstarrte alles, wurde grau, steinern. Sie hat es gut gemeint, deine Mutter, hat meine Enttäuschung gesehen im Ausschuss, hat gesagt, dass sie es nicht akzeptieren könne, dass ich meine Mutter nicht wiedersehen würde, nicht meine Heimat. Sie konnte das nicht verstehen. Das bisschen Familie verknüpfen, das wir noch hatten. Das wollte sie unbedingt. Sie konnte sehr ehern sein, wenn sie etwas wollte.«

Barbara lächelte.

»Also habe ich mit den zuständigen Offizieren gesprochen und meine Entlassungspapiere bekommen. Eine Empfehlung für die Engländer dazu. Zwei Tage später waren wir in Katernberg.«

»Hast du es nicht genossen? Nach Hause zu kommen, nach all diesen Jahren?«

»Der fröhliche Heimkehrer, meinst du das? So möchte man sich das gerne vorstellen. Aber stell dir stattdessen vor, dass dein Vater schon lange tot ist, sie deinen Bruder getötet haben und deine Mutter alleine in ihrem Haus sitzt und auf die Wände starrt. Katernberg, das war das Ende, das war vorbei, eine Sackgasse. Ich habe wirklich gedacht, dass ich dort verrückt werde. Die Engländer hatten anfangs keine Arbeit für mich. Ich habe hinter dem Haus gesessen und ins Grau gestarrt. Ich habe die Kohle und die Asche gerochen. Ich habe versucht zu zeichnen, so wie mein Vater, aber ich kann nicht zeichnen, damals nicht und auch heute nicht. Ich habe stattdessen Ratten geschossen mit seinem alten Jagdgewehr, alles war voll mit Ratten damals. Dieser Traum einer Flucht, dieser Traum von Amerika wurde immer größer damals. Erst in diesen Wochen wurde es zum Problem, erst in diesen Wochen habe ich Wilma beinahe täglich geschrieben, habe die Hälfte der Briefe direkt danach verbrannt. Ich habe deiner Mutter gesagt, dass ich mit Freunden in den USA schreibe, als sie nach all dem Papier fragte. Auswandern, habe ich gesagt. Wir kriegen ein Kind, hat sie gesagt, und es gibt keine Visa. Und als du da warst, als sie die Visa ausgaben, da hat sie gesagt, deine Mutter, deine Arbeit, weil die Engländer mich angestellt hatten als Dolmetscher, diese Arbeit, gib das nicht auf.«

»Aber das wolltest du?«

Er schwieg eine Weile.

»Ja«, sagte er, »ja, das wollte ich. Ich wollte weg, ich wollte das hier nicht mehr. Ich wollte diesen Himmel über Utah zurück oder die brennende Sonne in Texas. Ich wollte Weite.«

»Aber sie wollte nicht.«

»Nein. Stunden über Stunden haben wir geredet, geschrien. Unsere ersten Streits, die ersten richtig schlimmen, Streits bis aufs Blut, von denen Spuren zurückbleiben, Streits, in denen man Dinge sagt, die schwer zu vergessen sind. Dann geh, hat sie irgendwann gesagt: Dann geh halt.«

»Warum bist du nicht gegangen?«

Er dachte lange nach.

»Weil ich etwas Neues wollte, aber ich wollte es mit ihr, mit euch. Es wäre andernfalls nie ein Neuanfang gewesen. Nicht für mich. Es wäre feige gewesen.«

»Hätte das einen Unterschied gemacht?«

»Für mich«, sagte er.

Sie schaute ihn an, diesen alten Mann, und sie war sich sicher, dass er recht hatte, in seiner eigenen Welt hatte er recht, in diesem System, in dem er lebte, war es absolut unmöglich gewesen.

»Wir haben dieses Haus gemietet«, sagte er und deutete auf das Verandafenster, »haben Abstand gebracht zwischen uns und meine Mutter. Wir haben gehofft, dass es funktioniert. Und vielleicht hat es das auch. All die Jahre. Schöne Jahre, alles in allem.«

Er zuckte mit den Schultern.

»Wäre es anders gewesen, würden wir heute nicht hier sitzen. Und ich hätte die Reise mit Martin nie gemacht.«

»Wenn es Martin überhaupt gegeben hätte«, sagte sie.

»Also hat der ganze Ärger doch etwas Gutes«, sagte er. »Einen Sohn für dich, für mich einen Enkel. Und jetzt sogar eine Urenkelin.«

Sie lachte.

»Das macht am Ende alles gut? Das Fortbestehen der Sippe? Das soll der Sinn sein?«

Er rieb mit den Handflächen über die Decke und die darunterliegenden Knie.

»Ich bin alt, meine Birne ist weich. Mich sollte man überhaupt zum Sinn von gar nichts mehr fragen.«

Dieses schelmische, kindliche Lächeln. Und sie hätte
weiterlachen und gleichzeitig weinen wollen, auch wenn
sie nicht wusste, warum.

»Hast du sie nie wieder gefragt, ob ihr gehen wollt?«

Er schüttelte den Kopf.

»Sie hat gesagt, ich könne Wilma weiterhin schreiben,
wenn ich das wolle. Wenn es dir hilft, hat sie gesagt. Eine
Weile habe ich es probiert, aber es war nicht auszuhalten.
Diese Erzählungen aus Alabama, aus der Universität. Die
kleinen Vertrautheiten, die Andeutungen, die Fotos. Ein
mögliches Leben. Es hätte mich krank gemacht. Also habe
ich aufgehört.«

»Einfach so?«

Er nickte, kramte ein Stofftaschentuch aus der Hosentasche, schnäuzte sich. Seine roten Augen berührten sie
stärker, als sie erwartet hatte. Sie beugte sich vor, streckte
ihm ihre Hand entgegen, aber er bemerkte sie nicht.

»Ich weiß nicht mehr, wie oft ich diesen letzten Brief begonnen habe. Diesen Brief, der alles erklärte, einen offenen
und ehrlichen Brief. Aber ich habe ihn nicht schreiben
können. Ich habe die passenden Worte nicht gefunden.
Zweimal hat sie es danach noch versucht, du hast es selbst
gelesen. Erst wollte ich die Umschläge nicht öffnen. Sie
haben tagelang in meinem Arbeitszimmer auf dem Tisch
gelegen. Aber am Ende las ich sie doch, ich wollte es wissen, die letzten Worte, ihren letzten Gruß.«

»Hast du auch danach nie wieder versucht, Kontakt aufzunehmen?«

»Nein«, sagte er. »Einmal, Jahre später, schon nach deinem Auszug, da habe ich deiner Mutter vorgeschlagen, in
die USA zu reisen. Vielleicht hätte ich es dann probiert.

Ihren Eltern geschrieben in Alabama, mich nach ihr erkundigt.«

Nach meinem Auszug, dachte Barbara, und wie harmlos das aus seinem Mund klang. Als ob nichts gewesen wäre, keine Schreie, kein Weinen, keine Verzweiflung und danach Jahre des Schweigens. Aber vielleicht war das die Version, die er sich in seinem Kopf zurechtgelegt hatte.

»Aber sie wollte nicht.«

»Wer?«, fragte sie.

»Deine Mutter. Sie wollte weder fliegen noch einen Dampfer besteigen. Ich will da nicht hin, hat sie gesagt.«

Vielleicht besser so, dachte Barbara. Vielleicht wäre das seine Chance gewesen zu bleiben, so ganz ohne Tochter; die einzigen Verpflichtungen ein Reihenhaus und eine Frau. Vielleicht hätte er versucht, sie zu überzeugen, oder er hätte Wilma geschrieben und wäre mit ihr durchgebrannt. Du spinnst, du spinnst wirklich.

»Wahrscheinlich wäre ich nie mehr gefahren, wenn Martin es nicht vorgeschlagen hätte.«

Sie dachte an ihren Sohn, dachte daran, dass er entschieden hatte wie sein Großvater, dass er geblieben war, obwohl es keine Notwendigkeit dazu gegeben hatte. Nicht geblieben. Du irrst dich. Er hatte kein Zuhause, keinen gemeinsamen Ort mit Laura und Judith. Er ist nicht geblieben, er hat sich auf den Weg gemacht. In die USA mit seinem Großvater, aber auch ansonsten. In Bewegung. Er hat sich verliebt, vielleicht einfach das, verspätet, über Nachrichten und Skype-Telefonate aus der Ferne, sehr verschroben, so wie es zu deinem Sohn passt. Und erst dann hat er sich einen neuen Ort erkämpft, keine Rebellion, nur ein mögliches Leben, das er haben wollte, mit dieser Frau, die du nicht magst, die du nicht kennst, sei ehrlich. Das alles mag am Ende ein Fehler sein. Aber was ist schon am Ende, was bleibt denn, dachte Barbara, nichts würde bleiben, nicht von ihr, nicht von Franz, was kümmerten einen am Ende also die Fehler, zumal die der eigenen Kinder. Weitermachen, darum ging es, und zwischendurch etwas Spaß haben, ganz egal, welches Leben man lebte.

*

Ihre Umarmung war länger als bei der Begrüßung, wenn sie sich auch weiterhin für Barbara nicht natürlich anfühlte. Möglich, dass das noch kommen würde, möglich, dass er vorher starb. Sie stieg ein, drehte sich auf der obersten Stufe des Waggons noch einmal um und winkte ihm.

Als sie ihren Platz gefunden hatte, klopfte sie gegen die Scheibe, aber er stand zu weit entfernt und entdeckte sie nicht. Er schaute in die eigene Spiegelung im Fenster und winkte einer Fremden. Barbara schloss die Augen und atmete tief durch die Nase ein. Sie konnte ihn noch riechen, er war noch da, eine kleine Spur von ihm.

EPILOG

DIE STRAHLEN DER SONNE blitzen durch die Blätter einer Linde und blenden ihn. Er schließt einen Moment die Augen, atmet die Frühlingsluft ein. Vögel zwitschern. Er ist den Weg von der Kaserne zurück in die Innenstadt gelaufen, obwohl ihm ein paar Amerikaner angeboten haben, ihn auf ihrem Jeep mit zum Hauptbahnhof zu nehmen.

Ab und an ist er an einigen Schutthalden vorbeigelaufen, spärlichen Zahnlücken im Gesicht der Stadt, die ansonsten von amerikanischen Bomben oder von Artillerie kaum versehrt zu sein scheint. Er umrundet ein großes, ehrwürdiges Gebäude mit Granitfundament und Backsteinfassade, hinter dem ihn ein Park empfängt, in dem zahllose Baumstümpfe vom Feuerholzbedarf der Stadtbewohner zeugen. Aber die Wiese leuchtet grün, wird überall von bunten Blumen durchbrochen; viele Menschen spazieren umher, allein oder in Gruppen, einige Frauen schieben Kinderwagen. Er erreicht einen trockengelegten Springbrunnen, lässt den Rucksack neben seine Füße fallen und setzt sich auf den Rand des Beckens. An den Teufelsbrunnen denkt er, an die sauberen Reihen der Blumen am Rand der Entwässerungsgräben. Alles hier wirkt wilder, chaotischer. Wo er hier sei, fragt er einen alten Mann, der sich auf einen Stock stützt und so kleine Schritte macht, dass Franz den Eindruck gewinnt, er wolle sein Ziel, wo immer es auch liegt, niemals erreichen. Der

Alte mustert Franz durch dicke Brillengläser, er rümpft die Nase. Das sei der Schlosspark. Er deutet erst auf ein großes Gebäude im Westen, das sei das alte Schloss, aber heute die Universität, dann auf einen gelben Flachbau mit mannshohen Fenstern, und das sei die Orangerie. Franz bedankt sich, der Mann brummt etwas, wendet sich ab und schlurft davon.

Franz öffnet den Rucksack und starrt auf die Entlassungspapiere, die er ganz oben auf seinen Habseligkeiten platziert hat. Er faltet sie erneut, so dass er sie in der Brusttasche seiner Jacke verstauen kann. Darunter das Glas voller Steine, das ihn den langen Weg aus den USA bis in die Freiheit begleitet hat. Er beugt sich vor, fischt einen kleinen Kiesel vom Boden, fragt sich, ob er an ihm wohl schmecken wird, dass es sein erster Stein als freier Mann ist. Aber alles, was dieser Kiesel aus dem Schlosspark zu bieten hat, ist Bitterkeit, vielleicht eine kleine Salznote. Enttäuscht spuckt er ihn aus, öffnet aber dennoch das Glas und lässt ihn auf die Steine aus Amerika fallen. Ein Anfang, denkt er, ein erster deutscher Stein. Er wird sich durchfragen nach einer Pension, er hat Dollar zum Bezahlen oder Zigaretten, er geht davon aus, dass ihm dieser Umstand einige Türen öffnen wird. Und wenn die Amerikaner ihn einstellen, wie sie es versprochen haben, dann ist ein Dach über dem Kopf seine geringste Sorge.

»Brauchen Sie Hilfe?«

Er hebt den Kopf. Eine junge Frau steht vor ihm. Sie trägt ein langes dunkelgrünes Kleid, um das eine rote Schürze gebunden ist. Das Oberteil besteht aus einer Art Weste und einer weißen Bluse. Sie hat die langen blonden Haare zu einem Kranz rund um ihren Kopf geflochten. Sie lächelt und wiederholt ihre Frage.

»Vielleicht«, sagt er. »Kennen Sie sich hier aus?«

Sie nickt. Ihre Augen, glaubt er, sind grün, etwas in ihrem Ausdruck ist traurig und fröhlich zugleich. Sie sei hier zu Hause, sagt sie, wohin er denn wolle? Sie hat eine Stupsnase und viele Sommersprossen. Er zuckt die Schultern. Er sei neu hier, gerade entlassen. Sie nickt. Das habe sie sich gedacht. Er habe ein wenig verloren gewirkt.

»Kommen Sie aus Frankreich?«, fragt sie.

»Amerika«, sagt er.

»Oh«, sagt sie. Und nach kurzem Zögern: »Da hatten Sie es sicher gut.«

Er lacht.

»Ja«, sagt er, »ja, das hatte ich, im Großen und Ganzen.«

»Und jetzt wollen Sie nach Hause?«

Er schüttelt den Kopf.

»Ich habe wohl eine Arbeit hier, in der Kaserne der Amerikaner. Was ich suche, ist ein Dach über dem Kopf.«

Ihre Augen blitzen. Als sie lächelt, formt sich ein kleines Grübchen auf ihrer linken Wange. Sie kommt ihm wie ein Trugbild vor, er glaubt sich versichern zu müssen, dass sein Kopf ihm keinen Streich spielt, dass er nicht eingeschlafen ist auf dem Rand des Brunnens.

»Können Sie mir helfen?«, fragt er.

»Ich arbeite in einem Gasthaus«, sagt sie, »an einem Platz, nur ein paar Straßen südlich von hier. Das Essen ist gut, und die Betten sind sauber. Die meisten Gäste sind Amerikaner, aber das ist für Sie ja sicher kein Problem.«

Er steht auf. Sie sind beinahe gleich groß, die Fremde vielleicht sogar eine Handbreit größer.

»Das klingt so, als hätte Sie mir die Glücksgöttin geschickt«, sagt er.

Sie lacht, schüttelte dabei den Kopf. Sie mustert ihn sehr direkt, sie wägt ab.

»Johanna«, sagt sie schließlich und streckt ihm ihre

Hand entgegen. Ihr Griff ist kräftig, die Innenfläche ihrer Hand sehr rau. Er nennt seinen Namen.

»Ich habe Zeit«, sagt sie, »ich bringe Sie hin. Einverstanden?«

»Einverstanden«, sagt er.

Ohne auf ein weiteres Wort von ihm zu warten, macht sie kehrt und geht voran. Franz bückt sich, schultert seinen Rucksack und beeilt sich, ihr zu folgen.

ANMERKUNG DES AUTORS

Dieser Roman ist ein Werk der Fiktion. Alle Quellen und Studien aufzuführen, die geholfen haben, sich dem Thema der deutschen Kriegsgefangenen in den USA anzunähern, und die direkt oder indirekt in diesen Text eingeflossen sind, würde den Rahmen sprengen. Allen Leserinnen und Lesern, die sich über den Roman hinaus mit dem Thema beschäftigen wollen, seien jedoch einige Texte empfohlen: Arnold Krammers *PW – Gefangen in Amerika* (oder *Nazi Prisoners of War in America* in der aktualisierten englischsprachigen Version) kann als Standardwerk bezeichnet werden, das einen umfangreichen Überblick über das Thema ermöglicht. Darüber hinaus gibt die Lektüre des Bandes 10 der Maschke-Kommission zur Geschichte der deutschen Kriegsgefangenen im Zweiten Weltkrieg: *Die deutschen Kriegsgefangenen in amerikanischer Hand – USA*, einen guten und umfassenden Einblick.

Felix Römer hat in seinem beeindruckenden Werk *Kameraden. Die Wehrmacht von innen* die abgehörten Gespräche all jener deutschen Kriegsgefangenen ausgewertet, die zwischenzeitlich in jenem geheimen Abhörlager in Virginia stationiert waren, über das sich im Roman Hansen, die Kowalski-Brüder, Glohberg und Franz in Utah unterhalten.

Dem Sonderaspekt der Beziehungen zwischen deutschen Kriegsgefangenen und Afroamerikanern widmet sich die spannende Studie von Matthias Reiß: ›*Die Schwarzen waren unsere Freunde*‹. *Deutsche Kriegsgefangene in der amerikanischen Gesellschaft 1942–1946*.

DANKSAGUNG

Mein Dank gilt zuerst meiner Mutter und meiner Tante, deren Erzählungen über meinen Großonkel und seine Zeit in den USA den ersten Anstoß zu diesem Roman gegeben haben.

Ganz besonderer Dank gilt zudem meinen beiden Gesprächspartnern, Josef Mutter und Herbert Büscher, die mir mit ihren lebhaften Schilderungen aus ihrer Gefangenschaft in Amerika Eindrücke gewähren konnten, die so keine andere Quelle hätte liefern können. Hendrik Peeters danke ich für die Vermittlung und die Einladung in seine Familie. Leider wird Josef Mutter die Veröffentlichung dieses Romans nicht mehr erleben, der Text ist deshalb auch seinem Andenken gewidmet.

In den USA haben zahlreiche Menschen dazu beigetragen, dass die Recherchereise erfolgreich und unvergesslich war. Ich danke im Besonderen Christine Niehenke für ein erstes Heim und eine Möglichkeit anzukommen, darüber hinaus für ihre Hilfe bei der Recherche Cathy Lazarus im Camp Hearne Visitor & Information Center, Sarah Singh von der Special Collection der Weber State University in Ogden, John Gillum im Museum Aliceville und Amber Korb im Military Museum Sacramento.

Danken möchte ich ebenfalls Elisabeth Ruge für ihr frühes Vertrauen in den Text, und Valentin Tritschler, dessen Betreuung im wahrsten und besten Sinne des Wortes familiär war.

Zu großem Dank verpflichtet bin ich außerdem Ulrike Draesner für ihre Kritik und die entscheidenden Ideen zur rechten Zeit sowie meiner Lektorin Kristine Kress für die intensive und produktive gemeinsame Arbeit am Text. Patrick Findeis, Sebastian Himstedt, Svealena Kutschke, Inger-Marie Mahlke und Sascha Reh seien bedankt für ihre hilfreichen Anregungen zum Text in seinen unterschiedlichen Stadien.

Ein Aufenthalt im Künstlerhaus Schloss Wiepersdorf im Sommer 2014 erlaubte es mir, die gesammelte Fülle an Dokumenten und Texten in Ruhe zu sichten und durchzuarbeiten sowie mit dem Schreiben des Romans zu beginnen.

Und zu guter Letzt gilt mein größter Dank Paula, meiner ersten Leserin und schärfsten Kritikerin, die verrückt genug war, zwei Monate mit mir durch die USA zu reisen, sich an all jenen Orten im amerikanischen Hinterland stundenlang durch Akten und Dokumente zu wälzen oder bei 40 Grad im Schatten durch archäologische Ausgrabungen in Texas zu stromern. Ohne dich gäbe es diesen Roman nicht.